Sybille Bedford

DAS VERMÄCHTNIS

Roman

Deutsch von Christian Spiel

rororo

Rowohlt

Die englische Originalausgabe
erschien unter dem Titel »A Legacy«
1956 bei Weidenfeld & Nicolson in London

Veröffentlicht im Rowohlt Taschenbuch Verlag GmbH,
Reinbek bei Hamburg, Juli 1993

1988 by Greno Verlagsgesellschaft m. b. H., Nördlingen
unter dem Titel »Das Legat« erschienen
Umschlaggestaltung Susanne Heeder
Ausschnitt aus dem Gemälde
»Le Pré Catelan« von Henri Gervex, 1909
Gesamtherstellung Clausen & Bosse, Leck
Printed in Germany
1290-ISBN 3 499 13311 3

Erster Teil
EIN HAUS

Ich verbrachte die ersten neun Jahre meines Lebens in Deutschland, zwischen zwei Häusern hin und her pendelnd. Das eine war erschreckend groß und häßlich, das andere schön: ein riesiges wilhelminisches Stadthaus im alten Westen von Berlin, erbaut und bewohnt von den Eltern der ersten Frau meines Vaters, und ein kleines Schloß mit Park, 17. Jahrhundert, im Süden des Landes, nahe den Vogesen, das meine Mutter für meinen Vater gekauft hatte.

Geboren wurde ich allerdings im Vorort Charlottenburg, wo eigens eine Etagenwohnung gemietet worden war. Mein Vater und meine Mutter lebten damals in Spanien (es war zu Beginn dieses Jahrhunderts) und kamen aus irgendwelchen Gründen nach Berlin. Den Schwiegereltern aus der ersten Ehe meines Vaters, bei denen er gewöhnlich wohnte, war jede Unruhe in ihrem Hause zuwider, und eine Klinik kam nicht in Betracht. So wurde eine Wohnung eingerichtet, deren größter Vorzug darin zu bestehen schien, daß die Pferde meiner Eltern mit untergebracht werden konnten; meine Eltern hielten nichts davon, ihre Tiere in einem fremden Stall einzuquartieren. Eine Rampe führte von der Straße aus direkt zu deren Unterkunft, die wiederum nur durch eine dünne Mauer vom Schlafzimmer meiner Mutter getrennt war, und sie erzählte mir später, daß sie des Nachts immer das Malmen der Tiere gehört und darin Trost gefunden habe.

Das Haus, in dem ich nicht geboren wurde, stand in der Voßstraße, hinter der Reichskanzlei, und ist, glaube ich, heute zerstört.

Dorthin zogen wir alle ungefähr drei Wochen nach meiner Geburt.

Die erste Frau meines Vaters war in jungen Jahren gestorben und hatte ein kleines Mädchen zurückgelassen. Der Witwer wurde weiterhin als Sohn des Hauses behandelt, selbst nachdem er etwa zehn Jahre später meine Mutter geheiratet hatte, und keiner, den es etwas anging, empfand es als unnatürlich;

seine Gastgeber, nun schon in den Achtzigern, hatten sich daran gewöhnt, ihn als ein Glied der Familie zu betrachten. Sie waren nicht engherzig und fanden nichts dabei, ihre Gastfreundschaft in gleicher Weise auf meine Mutter, deren Haushalt und deren Kind auszudehnen. Sie hießen Merz. Arthur und Henrietta Merz. Sie waren, soviel ich weiß, Geschwisterkinder zweiten Grades und entstammten dem jüdischen Großbürgertum Berlins, jenem Dutzend Familien – den Oppenheims und Mendelssohns und Simons –, die immer noch ihre Bankhäuser und Handelsgeschäfte führten, aber auch Kunst und Wissenschaft förderten und oft genug selbst ausübten und deren Häuser, mit ihren Bildern und musikalischen Gesellschaften, hundertzwanzig Jahre lang wahre Oasen in Preußens Hauptstadt gewesen waren. Die Merz stammten direkt, und zwar in geringem zeitlichem Abstand, von Henrietta Merz ab, der Freundin Goethes und Mirabeaus, Schleiermachers und der Brüder Humboldt, von jener Frau, die gleich nach Öffnung des Gettos sich einen Salon schuf, wo sie die Shakespeare-Übersetzer mit Rat und Tat und den König von Preußen mit Zurückhaltung empfing. Diese berühmte Frau war von hoher Gestalt, hatte ein klassisches Profil, einen weiten Freundeskreis, zahlreiche Liebhaber und eine umfangreiche Korrespondenz; wie George Eliot sprach sie Englisch, Deutsch, Französisch, Italienisch, Spanisch, Latein, Griechisch und Hebräisch, und im Gegensatz zu George Eliot konnte sie auch Schwedisch lesen. Keine Spur davon hatte sich auf »Großpapa und Großmama Merz« vererbt, wie man mich sie nennen lehrte, als ich zu sprechen anfing, und noch heute nenne ich sie so, wenn ich ungezwungen von ihnen rede. Ihre Interessen, ihre Wünsche und Gedanken gingen nicht über die Familie und deren Wohlergehen hinaus. Während die Welt, zu der sie eigentlich gehört hätten, zu Schubert- und Haydnklängen dinierte, die Wissenschaften förderte und Corot-Landschaften zu ihren Bouchers und dem Delacroix hinzuerwarb – und zuweilen gar den ersten Picasso –, erwarben die Merz neue Klingelzüge und ließen die Sofas aufpolstern. Nie hörte man Musik in der Voßstraße, außer im Ballsaal oder im Kinderzimmer. Sie reisten niemals. Sie gingen nie aufs Land. Sie fuhren überhaupt niemals fort, höchstens zur Kur, und dann in einem reservierten Eisenbahnwagen, mit eigenen Bettbezügen.

Sie machten niemals einen Spaziergang und trieben keinen Sport; sie hielten keine Tiere – außer den Wagenpferden – und duldeten auch keine in ihrem Haus. Das Hausmeisterehepaar hielt sich einen Kanarienvogel im Souterrain, neben der Heizung, aber keine schnuppernde Nase hatte je die stille, warme Luft des Hauses eingesogen, keine Samtpfote je den Flaum der türkischen Läufer berührt, nie hatte ein Zahn Mahagoni und Plüsch benagt, nie eine Kralle daran gekratzt, und in jedem Raum war diskret eine Mausefalle aufgestellt. Die Merz hatten keine Freunde – ein Wort, das sie selten gebrauchten; sie sahen niemanden bei sich außer den Familienangehörigen, dem Hausarzt und gelegentlich einem, meist etwas dürftigen, Gast, der gebeten wurde, den vierzehnten Platz am Tisch einzunehmen. Sie waren niemals allein; wenn der Friseur nicht da war, dann die Maniküre; Großmama Merz hatte nie ein Bad ohne Beisein und Beistand ihrer Zofe genommen. Sie gingen nie in Geschäfte. Sie ließen sich die Sachen zur Ansicht schicken, und Anproben wurden im Hause vorgenommen. Sie lasen niemals. Es gab einen Rauchsalon und ein nie benutztes Billardzimmer, aber es war nicht einmal die Andeutung einer Bibliothek vorhanden, und ich kann mich nicht entsinnen, jemals ein Buch gesehen zu haben.

Das einzige Druckerzeugnis im Haus war ein schmales Blatt, die »Kreuzzeitung«, eine Tageszeitung, die es nun längst nicht mehr gibt und die damals schon als etwas rückständig galt; sie befaßte sich fast ausschließlich mit Todesfällen, Eheschließungen und Geburten. Daraus wurde Großpapa am Nachmittag vorgelesen, während Großmama dabeisaß, der gelegentlich auch eine Neuigkeit mitgeteilt wurde, die sie interessieren mochte. Ein Sohn mittleren Alters – zum Unterschied von meinem Vater ein echter Sohn –, der auch im Hause wohnte, brachte öfter eine Ausgabe der »Börsennachrichten« mit. In jüngeren Jahren war Großpapa noch zu Vorstandssitzungen gegangen; nun empfing er von Zeit zu Zeit den Besuch eines bieder wirkenden Menschen, der sich mit einem Portefeuille voller Papiere, die zu unterzeichnen waren, voller Banknoten und Gold einfand. Dieser Mann hieß der »Buchhalter«. Das Geld, das er brachte, wurde Gottlieb, dem Butler, übergeben, der die Löhne und Haushaltsrechnungen bezahlte, die persönlichen Ausgaben seiner Herrschaft beglich, den Droschkenkutschern meiner Mutter an der Tür das Trinkgeld gab und meiner Halbschwester manchmal nicht unbedeutende Beträge lieh. Die Banknoten waren neu. Geld galt, wie Tiere, als unhygienisch, und es wurde vom Personal als selbstverständlich erwartet, daß es keine *gebrauchten* Scheine benützte. So wurde jeder mit frischgedruckten Noten bezahlt. Das Problem des Wechselns schien sie nicht zu bekümmern.

Während der Jahre, in denen ich, mit Unterbrechungen, zusammen mit dem Kindermädchen, meinen Spielsachen, und sehr viel mir selbst überlassen, als Gast in einem der oberen Stockwerke des Merzschen Hauses lebte, wurde Großpapa neunzig. Er war ein kleiner, zartgliedriger, lebhafter alter Herr, hielt sich sehr gerade und adrett und war gekleidet in einen langen, altmodischen Rock und enge, lederfarbene Beinkleider. Er hatte einen glatten, rosigen Kopf, schneeweiße, lockige Koteletten, aber keinen Bart und ein weiches rosiges, faltenloses, fast glänzendes Gesicht. Seine Füße waren klein, und die Stiefel hatten breite Kappen. Er ging steif und langsam, aber aufrecht und ohne Stock oder hilfreichen Arm; er sprach kurz, in trockenem, gedehntem Ton, mit Vorliebe im schlagfertigen Berliner Jargon der Kutscher seiner Jugendzeit.

Großmama war ein kleines Bündel von Frau, völlig eingewickelt in Wollsachen und faltenreiche Stoffe, besteckt mit Broschen aus graugetönten Diamanten, das Ganze gekrönt von einer kunstreichen Anordnung groben grauen Haares. Sie hatte mollige, ruhevolle Hände und einen watschelnden Gang. Das Gesicht war eine große, runde, unbestimmte Fläche, nicht glatt wie das ihres Mannes, doch mit wenig Falten für ihr Alter; ihre Züge hatten nichts Auffallendes und waren von zugleich grämlichem und friedlichem Ausdruck. Ihre Sprache war ein langsames, hohes Tremolo, und wenn sie sprach, wußte man nie genau, ob sie mit anderen redete oder mit sich selbst. Sie trug ein Perlenhalsband, eine Uhr, die ihr an einem Band um den Hals hing, und einen Schlüsselbund an der Taille. Jeden Morgen besprach sie sich mit der Köchin eine halbe Stunde lang. Großmama unternahm schon seit etwa zwanzig Jahren keine Ausfahrten mehr; Großpapa hielt es nach wie vor damit und hatte manche Vergnügungen seiner Jugend- und Mannesjahre noch nicht aufgegeben: Er ließ sich in seinem Klub sehen und versüßte sich die Nachmittage durch die Gegenwart eines wohlgeformten Frauenbeins. Dies bereitete der Familie einige Verlegenheiten. Großpapa war viel zu zerbrechlich, als daß man ihm hätte erlauben dürfen, mit Damen des Corps de ballet herumzuflanieren, und Damen des Corps de ballet in der Voßstraße, das war unvorstellbar. Wo aber ein wohlgeformtes Bein finden, diese buchstäblich einzige Perfektion, auf welcher der alte Herr bestand? Gewiß nicht in den eigenen Kreisen, in denen die Bekannten selbst der jüngeren Familienmitglieder die siebte Saison in Marienbad längst hinter sich hatten. Die Antwort war: in der preußischen Aristokratie. Die Damen dieser Kaste verfügten über lange, wohlgeschwungene Beine, und als Kaste lebten sie keineswegs in glänzenden Verhältnissen. So fand sich also eine Folge von knappgehaltenen Schwestern splendider Kavallerieoffiziere und schlecht versorgten Witwen von Hauptleuten der Linienregimenter, langgliedrige Wesen von mageren Formen und mit verbrauchten, verschlossenen, glanznasigen Gesichtern – Fräulein von Bluchtenau, Fräulein von der Wahnenwitz, Frau von Stein und Frau von Demuth –, nach dem Mittagsschläfchen in der Voßstraße ein; sie lasen aus der »Kreuzzeitung« vor oder nahmen an den Ausfahrten teil, gekleidet in schlichte, hochgeschlossene Blusen und lange Röcke, die manchmal einen zarten Knöchel enthüllten. Man bezeichnete sie als Gesellschafterinnen, und Großmama pflegte bedächtig den Kopf zu schütteln, wenn ihre Zeit um war und sie abgelöst wurden. Denn keine dieser steifen Damen hielt sich lange. Der alte Herr hatte versucht, Fräulein zu der Hardeneck einen Geldschein unters Strumpfband zu schieben, und hatte Frau von Kummer sein »Mäuschen« genannt. Gottlieb, der Allwissende, sah sich nach einer Nachfolgerin um.

»Der junge Reußleben hat überall Schulden«, wußte er bei Tisch zu berichten. Gottlieb nahm das Wort, wann es ihm beliebte. Er war fast siebzig und in den Diensten des Hauses, seit er vor fünfundfünfzig Jahren als Stiefelputzjunge begonnen hatte. Er hatte ein volles, glattrasiertes, blühendes Gesicht, kleine, scharfe blaue Augen und ein lebhaftes, senatoriales Gehabe. Er hielt sich an die Regeln der lutherischen Religion, zu der er gehörte, und in diesem Punkt war er den anderen Bediensteten des Hauses ein Vorbild. »Man sagt, sein Schneider setzt ihm zu.«

Mein Vater blickte auf. »Sein Schneider?«

»Faßkessel und Muntmann, Herr Baron.«

»Nie gehört«, sagte mein Vater und strich sich leicht übers Jackett.

»Teure Firma«, sagte Friedrich, der Sohn, der im Haus lebte. »Viel zu gut für arme Leutnants!«

»Was ist zu gut?« fragte Großmama vom Kopf der Tafel her.

»Nichts, Mama«, sagte ihr Sohn.

»Das Soufflé ist trocken.«

Mein Vater schaute in die Runde, auf der Suche nach einem Gesprächspartner. Er hatte verschiedene Lieblingsthemen. Er war zum Beispiel der Ansicht, Fisch müsse unzerstückelt serviert werden, so, daß er noch zu erkennen war, und nicht zu einem Soufflé vermantscht. Und er konnte nicht verstehen, wie man bei einem deutschen Schneider arbeiten lassen konnte; andererseits war er äußerst höflich. Außer dem alten Ehepaar und dem Sohn waren noch Großonkel Emil und Vetter Markwald anwesend, zwei alte Herren – der eine bucklig und sehr liebenswert –, die in der Jugend ihr Vermögen verloren oder verjubelt hatten und nun seit dreißig Jahren schon mit im Hause lebten; außerdem saß noch meine Halbschwester mit ihrer französischen Erzieherin am Tisch. Meine Mutter kam selten zum Mittagessen nach unten, und meinem Kindermädchen, das ohnehin kein Wort von den Tischgesprächen verstanden hätte, wurde das Essen auf einem Tablett nach oben gebracht. Meines

Vaters Blick fiel auf mich. Ich war vielleicht vier oder fünf Jahre alt. Er hüstelte leicht.

»Man kann zwar«, sagte er ruhig, »durchaus einen ordentlichen Stiefelmacher in Deutschland finden.«

»Fünf Schwestern«, sagte Gottlieb. »Zwei davon erwachsen. Wir könnten es mit der Älteren versuchen.«

»Was denn?« fragte Großmama. Man erklärte es ihr.

»Kommt denn heute nicht Fräulein wie heißt sie doch gleich?«

»Fräulein von Kalkenrath hat sich entschlossen, uns zu verlassen, gnädige Frau.« Gottlieb sprach jede Silbe mit Betonung.

»Sehr rücksichtslos!« sagte Großmama, über den Teller gebeugt.

»Eine Veränderung ist vielleicht nicht immer das Schlechteste, gnädige Frau.«

»Ich wünsche keine Veränderung«, sagte sie einen Ton höher.

»Die ältere Schwester, sagen Sie?« fragte ihr Mann, der zugehört hatte.

»Soviel ich weiß, hat die Jüngere einen Klumpfuß, Herr Geheimrat.«

»Spielt für uns keine Rolle«, sagte Großmama.

»Wenn Sie die Bemerkung gestatten, gnädige Frau«, sagte Gottlieb mit seiner wohlklingenden Stimme, »eine Dame, die fest auf den Beinen ist, wäre für Herrn Geheimrat nützlicher, wenn er ausfährt.«

»Wir haben verstanden, Gottlieb«, sagte Friedrich.

»Ich habe Frau Geheimrat nur unser Problem erläutern wollen.«

Mein Vater hob mit einem Ausdruck beherrschter Verzweiflung den Kopf. Er war zugleich zartfühlend und weltmännisch und sehr empfindlich gegen jeden Lapsus, der beides vermissen ließ. Er nahm seine Gabel, starrte sie an und legte sie sogleich wieder hin, denn es fiel ihm wieder ein, daß er das Muster nicht mochte und daß Gottlieb das Silber immer zu stark polierte.

*

Die alten Merz hatten nicht viel Glück mit ihren Kindern gehabt. Die beiden Töchter waren in ihren Zwanzigern an der Schwindsucht gestorben. Innerhalb eines einzigen Jahres wurden die hübschen, verwöhnten Mädchen hinweggerafft, beide jung verheiratet. Ihr Tod erregte in Berlin Aufsehen – die alten Merz waren stets als etwas abseits der normalen Welt betrachtet worden: Dem Verlust ihrer Töchter wurde fast mythologische Bedeutung beigemessen, und niemand vergaß sein Leben lang dieses Unglück. Die Mädchen hatten Melanie und Flora geheißen, und ihre Namen wurden im Hause nie erwähnt.

Friedrich, der zweite Sohn, war ein spießiger, bürokratischer Mensch mit ledernem Gesicht, 58 oder 59 Jahre alt, und es hieß von ihm, daß er Jahr für Jahr sein volles Gehalt und die Hälfte seines väterlichen Taschengeldes auf die Seite legte. Er soll ein langweiliger Junge, aber ein guter Sohn gewesen sein. Er hatte eine Reihe von Universitäten besucht, für die Examina gebüffelt und war dann als Jurist in den preußischen Staatsdienst eingetreten. Er ruinierte seine Karriere, als er einer Französin begegnete, die zwar präsentabel, aber nicht akzeptabel war. Unter anderem sprach gegen sie, daß sie in einem Zeitalter der Gummibadewannen ein silbernes Bidet mit sich führte. Die alten Merz erhoben scharfen Einspruch. Es gelang ihnen, eine Heirat zu verhindern, aber das war auch alles. Friedrich brachte die Französin nach Berlin, und seine Eltern regelten schließlich die Beziehung dadurch, daß sie ihr einen Hutsalon einrichten ließen. Ich glaube nicht, daß Jeanne, wie wir sie später nannten, ein besonderes Talent als Hutmacherin oder -verkäuferin hatte, aber diese Tätigkeit wurde allgemein als passend für eine Französin von nicht ganz einwandfreiem Ruf betrachtet. Friedrich blieb im Hause seiner Eltern wohnen. Seine Laufbahn jedoch war zu Ende, und bis in seine späten Mannesjahre blieb er auf einem untergeordneten, unwichtigen Posten an einem Berliner Gericht. Jeanne wurde in der Voßstraße nicht empfangen. Andere Häuser aber öffneten sich ihr, und als sich im Laufe der Jahre das Gerücht verbreitete, sie sei nicht nur amüsant, sondern auch liebenswürdig, begannen jüngere Mitglieder der Familie ihre Gesellschaft zu suchen. Aus einer dubiosen Ausländerin und etwas skandalumwitterten Person wandelte sich Jeanne innerhalb von vierzig Jahren in den Augen der Stadt zu einem Muster an Standhaftigkeit, zum Opfer herrschsüchtiger Eltern, zum Symbol einer anmutigeren Welt und zu einer Zierde jeder Abendgesellschaft. Als ich sie endlich besuchen durfte, fand ich eine Dame mit blauweißem, äußerst gepflegtem Haar und freundlichen Augen vor, die mit solcher Lebhaftigkeit sprach, daß sich etwas davon ihrer Umgebung mitteilte. Ihre Kleider waren, wie die Hüte in ihrem Salon, pariserisch, aber pariserisch auf eigene Art, wie mein Vater sagte, der sich auskannte. Friedrich heiratete sie am Tag nach dem Begräbnis seiner Mutter.

Der älteste Sohn, Eduard Merz, einst das beneidete Vorbild aller Dandys, war ein stadtbekannter Klub-Mensch, Roué, Spieler und mit sechzig endlich Bankrotteur. In den achtziger und neunziger Jahren hatten sein Vater elfmal und seine Frau dreimal seine Schulden bezahlt. Sarah, eine geborene Genz-Kastell aus Frankfurt, eine von den Anilin-Erbinnen, war eine große, kühle, weltgewandte Frau von klarem Verstand, eher elegant als schön, mit vollkommener Tenue und einem ausgeprägten Charakter. Ihr Wesen war nicht unfreundlich, aber auch nicht mehr; sie war weder gefühlvoll noch überschwenglich und konnte manchmal scharfe Bemerkungen machen. Sarah war in der Voßstraße unbeliebt und gefürchtet, und man war versucht, sie mit den Augen der alten Merz zu sehen, ohne zu bedenken, wie manche Dinge für Sarah aussahen. Es war eine Liebesheirat gewesen, aber Sarah wurde von Edus ständigen trivialen Amouren und von der aalglatten Verantwortungslosigkeit aufgerieben, mit der er selbst ihr gemeinsames Vermögen angriff. Jedesmal, wenn Edu dabei ertappt wurde, gab er sein Wort, nie mehr eine Karte anzurühren. Und zwar sein Ehrenwort. Später aber ließ sie es sich schriftlich geben. Ein letztes Mal bezahlte Sarah, was zu bezahlen war, dann machte sie sich daran, die Zukunft ihrer Kinder, ja ihr eigenes Alter zu sichern, und erreichte die gesetzliche Gütertrennung. Sie setzte ihrem Mann, zusätzlich zu seinem Gehalt als Direktor in der väterlichen Firma, ein Taschengeld aus und erklärte, daß ein Beitrag zu ihren gemeinsamen Ausgaben von ihm nicht erwartet werde. Sie ordnete wirklich alles mit großer Klarheit; sie legte ihrem Schwiegervater schriftlich dar, wie sie sich künftig zu verhalten gedenke, und stellte ihrem Mann deutlich vor Augen, was er zu erwarten habe, falls er sich wieder in Schulden stürze. Sie bot ihm auch die Scheidung an. Edu war gekränkt. Dann erklärte sie öffentlich, daß sie in Zukunft für die Verbindlichkeiten ihres Mannes nicht mehr aufkommen werde. Durch die Klubs ging ein Eishauch. Edu gelobte laut Besserung. Die Voßstraße war außer sich. Sarah ließ Friedrich die Höhe der Summen wissen, die sie zuletzt beglichen hatte, und durch ihn erfuhr sein Vater alles.

Es war keine Kleinigkeit. Der alte Herr richtete sich auf.

»Dieser Idiot wird uns noch ruinieren«, sagte er.

»Wie Frau Eduard schon festgestellt hat«, sagte Gottlieb, der gerade anwesend war.

»Schöne Stange Geld. Kann er etwas dafür aufweisen?«

»Nein, Papa.«

»Whist vermutlich?«

»Nicht Whist, Papa.«

»Dann eben ein anderes idiotisches Spiel. Gutes Geld so zum Fenster rauszuwerfen! Liegt ja in der Familie. Schau deinen Onkel Emil an! Wach auf, Emil !« Sein Schwager, der fünfzehn Jahre jünger und weder taub war noch geschlafen hatte, blickte auf. »Edu hat mehr am Spieltisch verloren, als du je in die Finger gekriegt hast.«

»Arme Sarah«, sagte Emil, der eine gutmütige Natur war.

»Sarah ist eine reiche Frau«, sagte Vetter Markwald, der weder gutmütig noch reich war.

»Immerhin, sie hat es berappt. Wieviel, sagst du, war es?« fragte Großpapa, der es nur noch einmal hören wollte. Friedrich nannte eine Zahl.

»Runde Summe«, sagte Großpapa.

»Hat der arme Edu wieder verloren?« fragte Großmama. »Er hat doch immer Pech. Er wird bestimmt betrogen.«

»Der?« sagte Vetter Markwald.

»Das Resultat deutet nicht in diese Richtung.«

»Mama, ich glaube, die Geldverleiher legen ihn rein. Anders läßt es sich kaum erklären; niemand würde mit klarem Kopf so hoch setzen.«

»Ich habe noch nie gehört, daß jemand mit klarem Kopf hoch setzt«, sagte Emil.

»Geldverleiher?« sagte Großmama. »Wofür sollte der arme Junge denn Geld leihen wollen?«

»*Mein* Sohn ist zu Geldverleihern gegangen?« sagte der alte Herr, wirklich empört. »Werde ihn raussetzen. Was denkt denn der Bengel, was er ist? Ein Goi?«

»Jeder geht heutzutage zu ihnen, Papa«, sagte Friedrich.

»Bei unsereinem hört sich so etwas aber degeneriert an«, sagte Emil.

Ein halbes Jahr später fragte Edu seine Frau: »Ob ich wohl das Taschengeld für das nächste Quartal jetzt schon haben könnte, Sarah?«

»Bedaure, nein, Edu.«

»Es wäre schön, wenn du es doch tätest. Nur dies eine Mal! Es ist augenblicklich so schrecklich schwierig, Kredit zu bekommen.«

»Kredit?«

»Wegen deiner verflixten Erklärungen. Jedermann scheint sie ernst zu nehmen. Ich brauche einen vollen Tag, um wenigstens ein paar hundert Mark aufzutreiben, selbst zu vierzig Prozent.«

»Ach so.«

»Schon gut ... Aber du könntest ein bißchen vernünftiger sein. Es hat keinen Sinn, wenn man einen Mann zu knapp hält. Sag nicht hinterher, ich hätte dich nicht gewarnt!«

Edu ging zu seiner Mutter, die Gottlieb anwies, ihm Geld aus der Haushaltskasse zu geben.

Edus Ansichten, sein Auftreten und seine Erscheinung waren typisch für die Zeit. Er trug ein Monokel und saloppe englische Tweedanzüge, war hochgewachsen, von lässiger, leicht gebeugter Haltung, sein von Falten gezeichnetes Gesicht wies die etwas affenähnlichen Züge auf, die alle Merz bis auf Großpapa an sich hatten. Er ließ kluge Frauen fühlen, daß sie nicht richtig angezogen seien, und mit den anderen verstand er umzugehen; natürlich sah er keine an, die nicht hübsch war, und natürlich war er gewandt und seicht und arrogant, und natürlich hatte er Charme. Für mich hatte er stets einen Scherz parat, und ich pflegte ihn vom Tischende mit unverhohlenem Mißfallen anzustarren. Meine Halbschwester lag ihm zu Füßen.

Meine Mutter sagte einmal, an Edu sei alles Mache: nicht die Karten seien seine Leidenschaft, sondern sich selbst spielen zu sehen. Vielleicht hatte sie recht. Sicher betete Edu seine eigene auserwählte Person an, aber ihr Rahmen wurde in gewissem Maß von seiner Frau bestimmt. Edu bei Pferderennen, bei Herrenessen, Edu und seine Gläubiger, das war die eine Seite, Edu und seine Frau die andere, und die beiden als Ehepaar, das war wieder etwas anderes. Es war klar, daß ihre Ehe gescheitert war, aber darüber konnten sich beide hinwegsetzen, und wenn sie auch nur wenig verband, so hatten sie doch zwei Dinge gemeinsam – den Glauben an die Bedeutung der Gesellschaft und die Selbstverständlichkeit, reich zu sein. Beide fühlten sich wohl in ihrer Zeit.

Edu war im selben Jahr wie Eduard VII. geboren; er hatte das Glück, in einer Zeit zu leben, in der er auch seine zweite Natur entfalten konnte. Denn nur in jener Epoche, die den Söhnen des jüdischen Großbürgertums so gewogen und zugleich so vorurteilslos gegen Baccharat war, konnte er so ungehemmt sein, was er war, und obendrein ein Gentleman seiner Zeit.

Das Leben, das Sarah und Edu führten, war himmelweit entfernt von dem erstarrten Provinzialismus der Voßstraße. Die alten Merz nahmen das Abendessen um viertel nach sieben ein und hatten Suppe zum Mittagessen; die jungen Merz aber gingen mit der Zeit. Sie hielten sich viel in England auf, reisten im Winter an die Riviera, und Sarah kaufte ihre Garderobe in Paris, was damals weder üblich noch schicklich war. Sie fuhr sogar ohne Edu nach Florenz und Rom. Sie lebten ungefähr fünfzehn Kilometer vor der Stadt, in einem Haus mit hohen Fenstern, das Hans Messel für Sarah gebaut hatte, und sahen ständig

Gäste bei sich – Sportsleute, Theaterleute, den Kronprinzen, Literaten, Kritiker; man sagte Sarah nach, sie habe Freunde mit Künstlermähnen und Bilder, die man ebensogut verkehrt herum ansehen könne.

Gleichzeitig aber kamen die jungen Merz sorgsam ihren Kindespflichten nach, wie man sie damals auffaßte. Edu besuchte seine Mutter jeden Tag, und Sarah versäumte nie, sonntags in der Voßstraße zum Abendessen zu erscheinen.

Ihre Kinder, zwei Mädchen, besuchten ein Internat in England – zum Entsetzen der Großeltern, die gehört hatten, daß die Schlafräume nicht mit Dampfheizung ausgestattet seien. Sarah erzog ihre Kinder nach der »natürlichen« Methode. Sie hatten keine Zofe, frisierten sich selbst, mußten kochen lernen und mit der Pferdebahn zu Nachmittagskonzerten und klassischen Matineen nach Berlin fahren.

Ihre Mutter besaß den ersten elektrischen Brougham Berlins und erwarb bald danach einen Delaunay-Belleville, behielt aber ihren Kutscher. Edu legte sich in den neunziger Jahren einen Minerva mit einem belgischen Mechaniker zu; sein Vater fuhr weiterhin in seinem gutgefederten Landauer, gezogen von zwei fetten Stuten.

Edu borgte sich ein paar Jahre lang durch. Zwei- oder dreimal half ihm sein Vater aus der Patsche, und einmal machte er im Roulett einen großen Gewinn. Aber dann, eines schönen Tages, verlor er im Herrenklub eine halbe Million in Schuldscheinen. Innerhalb von zwei Tagen rückten ihm sämtliche Gläubiger auf den Hals. Sarah zahlte nicht. Das wird ihr nicht leichtgefallen sein. Großpapa Merz verfluchte sie, zahlte aber auch nicht. Edu ging bankrott. Er mußte seinen Posten als Direktor bei Merz & Merz aufgeben und sich aus allen Klubs zurückziehen. Er wollte es nicht glauben und gelobte aufrichtige, vollkommene und ewige Besserung. Als ihm aufging, daß seine Frau ihre Warnungen wahrmachte und er sich in keinem Spielsaal mehr blicken lassen konnte, brach er zusammen.

Erneut bot ihm Sarah die Scheidung an, und wieder zog Edu vor zu bleiben. Seine Mutter schickte nach Sarah. Die alte

Dame war den Tränen nahe. »Der Arme sagt, es ist zu Ende mit ihm«, sagte sie. »Der arme Junge – es soll dort so kalt sein, und das scheußliche Essen.«

Aber ihre Stimmung besserte sich sofort, als sie erfuhr, daß ihr Sohn weiterhin zwischen zwei komfortablen Häusern wählen konnte.

»Aber wenn Edu bankrott ist, muß er nicht ins Gefängnis?«

»Heutzutage nicht mehr, Mama.« Sie wurde über die Technik des modernen Bankrotts belehrt.

»Sollen sie ihn doch einlochen«, sagte Großpapa, der wütend und zugleich schadenfroh war, daß es Edu endlich erwischt hatte.

»Und er braucht seine Rechnungen nicht zu bezahlen?« fragte Großmama.

»Er kann nicht!«

»Das klingt doch gar nicht so schlecht. Warum ist er denn so außer sich?«

Auch dies wurde ihr erklärt, und zwar vom Standpunkt ihres Sohnes aus.

»Ja, ja ... Männer gehen nun mal gern in solche Etablissements. Ich sehe nicht ein, warum Edu diese Leute nicht zu sich einlädt, zu einem netten Spielchen zu Hause.« Womit sie ziemlich genau die Zukunft ihres Sohnes prophezeite.

Die Meinungen über Sarahs Verhalten gingen auseinander. Das Deutschland am Anfang des 20. Jahrhunderts war ein Land der Hochkonjunktur, und Berlin war die Hauptstadt dieses Landes. Es gab noch keine festen gesellschaftlichen Maßstäbe. Vor der Reichsgründung waren Atmosphäre und Lebensweise in den einzelnen Fürstentümern regional verschieden und zugleich europäisch gewesen. Die Veränderungen danach kamen schrittweise und uneinheitlich. Mit Ausnahme von Brandenburg. Über dieses Kernland Preußens, arm, flach, mit seinen Sumpfwiesen und kargem Sandboden, und über die Stadt, die inmitten von Exerzierplätzen und kümmerlichen Föhrenwäldern stand, über dieses Grenzland der Garnisonen und unüberschaubaren Güter, mit seinen slawischen Tagelöhnern und von Hugenotten abstammenden Handwerkern, beherrscht von den Nachkommen teutonischer Ritter, brach nach Bismarcks erfolgreichen Kriegen und der Reichsgründung mit einem Mal eine Flut von Großkapital, Großindustrie, Großbauvorhaben und Großmannssucht herein, welche die Grenzen zwischen den Kasten verwischte, die alte soldatische Disziplin und den Bürgergeist ins Monströs-Wagnerische aufblähte und die überkommenen Traditionen, Sparsamkeit, Genügsamkeit und Redlichkeit, verkümmern ließ. Die Geschäftsleute kamen rasch zu Geld, der Mittelstand wurde reich und die Reichen noch reicher. Das Salär der Beamten blieb wohl mager, aber die Staatsdiener strotzten von Wichtigkeit. Bankierssöhne traten in Garderegimenter ein statt in die väterliche Firma, und die Söhne von Brigadegeneralen verzichteten auf ihr Patent, um lieber Schauspielerinnen oder reiche Erbinnen zu heiraten. Die Uniform, nicht mehr das Ehrenkleid der Pflichterfüllung, wurde wie Federschmuck getragen, um den Träger für gute Partien begehrenswert zu machen. Die Männer arbeiteten zwar noch immer schwer, aber sie glänzten mit ihrem Geld und gaben es verschwenderisch aus; noch immer war die Frau dazu bestimmt, die Mitgift einzubringen und Strümpfe zu stopfen, aber oft genug erfüllte sie keine dieser Erwartungen mehr.

In den Klubs meinten manche der Herren, Sarah sei ein hartherziger Geizkragen und sie hätte es sich leisten können, für Edu einzuspringen; wieder andere sagten, daß niemand sich das ewig leisten könne.

»Jedenfalls hätte sie ihm noch einmal eine Chance geben können.«

»Edu hat genug Chancen gehabt.«

»Sie hätte rechtzeitig einschreiten sollen. Er ist nur auf dumme Gedanken gekommen, weil sie immer wieder bezahlt hat.«

»Wenn eine Frau derart reich ist, muß der Mann ja auf dumme Gedanken kommen.«

»Komisch – wenn man denkt, daß Edu an eine kluge Frau geraten ist.«

»Das hat er nicht gewußt.«

»Er wußte von Kastell-Anilin.«
»Wer nicht?«
»Ach, Edu war verrückt nach Sarah.«
»Und außerdem war er auch kein Almosenempfänger.«
»Na, jetzt ist er einer!«
»Ja. Es ist nicht besonders gut ausgegangen für Edu.«
»Wahrhaftig nicht gut.«

Die älteren Männer meinten, Edu habe es immer noch recht gut. Das Haus gehörte Sarah.

»Und das Taschengeld, das sie ihm ausgesetzt hat.«
»Er kann nicht – er ist bankrott.«
»Sarah könnte es ihm zustecken.«
»Nicht Sarah!«
»Nein, Sarah wohl kaum.«

»Sie hätte wenigstens seine Spielschulden bezahlen können. Schon sehr ungemütlich für einen Mann.«

»Wenn man sich vorstellt, daß eine Frau so weit gehen kann.«

»Hat er es immer noch mit dem Mädchen vom Lessing-Theater?«

»Mit der oder einer anderen.«

»Diese Geschichte hat Sarah sicher auch nicht sehr gefallen.«

»Keine seiner Geschichten dürfte ihr sehr gefallen haben.«

»Ja, eine unangenehme Sache, wie man es auch ansieht.«

»Eine sehr unangenehme Sache!«

Im Gerichtsgebäude, wo Friedrich tätig war, sagte man: »Edu Merz ist in der Hand des Konkursverwalters. Wer hätte das gedacht – dieser Name auf der Bankrottliste!«

»Für die alten Leute muß es ein schlimmes Gefühl sein.«

»Gefühl ist ein starkes Wort für diese Familie.«

»Es sind Schulden gemacht worden!«

»Wie kommen die Leute dazu, Merz Geld zu borgen?«

»Vor allem, nachdem seine Frau den Hahn zugedreht hat!«

»Ja, das hatte alles seine Ordnung – soweit man dabei von Ordnung sprechen kann.«

»Die junge Frau Merz hat sehr viel auf sich genommen.«
»Woran können sich die Gläubiger halten?«
»Nur an sein persönliches Eigentum. Merz hat einen Wagen.«
»Nicht viel Aussichten, daß sie ihr Geld bekommen.«
»Nicht daran zu denken.«
»So ist es noch am besten für ihn.«
»Trotzdem, es sieht faul aus. Wenn sie in diesem riesigen Haus wohnen bleiben ...«
»Es sieht verdammt faul aus!«
»Wer hat Frau Merz vertreten?«
»Benjamin & Bleibtreu, die Anwälte ihrer Familie.«
»Man kann sich denken, was die Sozialdemokraten dazu sagen werden.«
»Komischer Bankrott, wenn man es genau betrachtet. Kein Pfennig ehrliche Schulden. Nur Wucherer, Spieler und ein paar Restaurantrechnungen.«
»Fetter Brocken für die Presse.«
»Niemand hat einen Nutzen davon.«
»Sie hätte doch bezahlen sollen.«
»Und über kurz oder lang wäre es wieder das alte Lied.«
»Eine Frau muß zu ihrem Mann halten und die Sache mit durchstehen.«
»Nicht diese Frankfurter Millionärinnen – so wie die erzogen sind!«

Die Leute, die in Sarahs Haus verkehrten, sagten untereinander: »Sie hätte es mit weniger Aufsehen tun können!«
»Derartige Dinge kann man nur so machen oder überhaupt nicht.« »Dann eben überhaupt nicht.«
»So sind nun mal diese Dinge.«

Der Kaiser war wütend. Er machte Eulenburg eine Szene. Er sagte, er wünsche in Berlin keine solchen Affären unter solchen Leuten. Er sagte, er versuche nun seit fünfzehn Jahren den Antisemitismus zu überwinden; er sagte, diese Kastells hielten sich wohl für die Herren der Welt; er sagte, die Schulden müßten bezahlt werden.

Aber als er Genaueres erfuhr, wandte sich sein Zorn gegen Edu. Er werde dafür sorgen, daß Edu aus der Hauptstadt verschwinde, sagte er, und wie solle er denn seinen Gardeoffizieren das Spielen abgewöhnen, wenn solche Geschichten in den zivilen Klubs vorkämen! Es wurde bekannt, daß er erwog, Großpapa Merz schriftlich seines Mitgefühls zu versichern, und alle Welt wartete schon auf eine solche Unbesonnenheit, da überredete ihn Bülow, sich herauszuhalten.

Unter den Schulden war zufällig auch Edus Zahnarztrechnung. Er ging nicht zum selben Zahnarzt wie Sarah. Sarahs Anwälte warnten sie eindringlich davor, eine Einzelrechnung zu begleichen. Sarah schickte ihre protestierenden Kinder hin, damit sie sich ihre eben erst behandelten Zähne nachsehen ließen. Der Zahnarzt verstand und überreichte eine Pauschalaufstellung, die sie beglich.

Als die Zeit verging und man in der Voßstraße erkannte, daß es Edu tatsächlich unmöglich war, seinen Namen unter einen Scheck oder Schuldschein zu setzen, stellte sich ein Gefühl überraschter Erleichterung ein. Natürlich vergaben sie Sarah niemals, sooft sie sich an ihr Verhalten in dieser Geschichte erinnerten. Sie grollten auch wegen der leeren Plätze an der sonntäglichen Abendtafel, denn die jungen Merz waren ins Ausland gegangen. Zuerst hatten sie es mit ihrer eigenen Villa zwischen Grasse und Nizza versucht, aber die Nähe von Monte Carlo machte es Edu gar zu schwer. Freunde boten ihre Jacht an, die ihn zu weniger verführerischen Gestaden trug. Sarah ging nach Paris. Sie bat meinen Vater, ihr eine Wohnung zu besorgen, und er fand eine in der Avenue Rapp. Sarah ließ das Henri-II-Büfett einlagern, meinte aber, daß die Louis-XIII-Garnitur gar nicht schlecht zu einem Bild passen würde, auf das sie ein Auge geworfen hatte. Mein Vater sagte, daß er zwar auch nicht viel für Renaissance übrig habe, aber man könne kaum Besseres von möblierten Wohnungen erwarten. Wenn sie wirklich etwas kaufen möchte, solle sie sich doch lieber eine Verkündigung aus dem 13. Jahrhundert ansehen, die er entdeckt habe – leider könne er ihr im Augenblick noch nicht sagen, wo – und die bestimmt aus Cluny stamme. Sarah folgte in der Wahl ihres Koches den Vorstellungen meines Vaters, in der Frage des Bildes ihren eigenen. Und in ebendieser Wohnung lernte mein Vater bei einem Diner meine Mutter kennen.

Zweiter Teil

EIN GOLDENES ZEITALTER

I.

Julius Maria von Felden wurde gegen Mitte des vergangenen Jahrhunderts in Baden geboren, als zweiter Sohn von August Matthias Joseph, Baron Felden, Freiherr zu Landeney, und erbte nach kontinentalem Brauch zusammen mit seinen drei Brüdern den Titel und einen Teil des Besitzes. Die Familie war alt, begütert, lebte in angenehmen Verhältnissen, ohne jedoch im mindesten reich oder besonders vornehm zu sein. Früher einmal waren die Feldens zweifellos ein robusterer und erwerbstüchtigerer Schlag gewesen, und zumindest ein Felden hatte an einem Kreuzzug teilnehmen müssen, doch während der vier verflossenen Jahrhunderte hatten die Feldens sich um ihren Grundbesitz gekümmert, der eher ab- als zunahm, hatten Diplomatenposten mehr dekorativer als politischer Art eingenommen und an Provinzhöfen Ämter innegehabt. Dennoch waren sie weder Hinterwäldler noch Höflinge, sondern Landedelleute mit gepflegten, wenn auch nicht weitgespannten Interessen. Sie tranken Rheinwein und Bordeaux, aber sie verstanden auch ihren eigenen Wein zu machen. Sie dilettierten in den Naturwissenschaften; es bereitete ihnen Freude, sich mit jenen Künsten zu beschäftigen, die das Leben annehmlicher machen – Raumgestaltung, Instrumentenbau, Gartenkunst. Sie fanden das Abstrakte und die Literatur langweilig, und mit philosophischen Gedanken gaben sie sich nur ab, wenn es sich um das Denken über Dinge handelte. Neue akustische Theorien fanden ihr Interesse, aber politischen begegneten sie mit Mißtrauen und Widerwillen. Sie musizierten wie gelernte Musiker und schufen Kunstgegenstände wie richtige Künstler. Ein Felden ging nach Cremona, lernte und wurde ein namhafter Amateur-Lautenbauer. Manche lieferten Beiträge für ornithologische Werke, manche botanisierten. Verschiedene hatten zu ihrer Zeit alchimistische Versuche angestellt, und der Großvater meines Vaters war vom Phänomen des Dampfes nicht mehr losgekommen. Damals hatte die Physik noch nichts Furchtbares, und man konnte sich in einer Werkstatt, die hinter den Stallungen eingerichtet war, angenehm mit den Gesetzen des Universums beschäftigen.

Für eine so unverfälscht katholische Familie hatten nur wenige den geistlichen Beruf ergriffen, und diese wenigen waren meist Landpfarrer geblieben. Die Französische Revolution empfanden sie noch immer als ein Unglück, und die industrielle war ihnen nicht bewußt geworden. Während der Napoleonischen Kriege hatten sie den Rheinbund unterstützt, und wenn sie auch von Bonaparte nicht begeistert waren, fochten sie doch ein wenig auf seiner Seite. Aber seit der Reformation hatte kein Felden je das Soldatenhandwerk als Beruf gewählt, und es war keiner bekannt, der für irgendeine »Sache« die Waffen ergriffen hätte. Sie heirateten die Töchter ihrer Nachbarn, sie heirateten Frauen aus Bayern, aus Piemont, aus Tirol, der Lombardei, dem Elsaß und Frankreich; das Aussehen war für ihre Wahl wichtig, aber nicht einmal, so weit der Gotha zurückreicht, wird von einem Felden berichtet, der außerhalb der katholischen Aristokratie geheiratet hätte. Zu der Zeit, als mein Vater auf die Welt kam, wurde in der Familie französisch gesprochen, die Atmosphäre und der Rahmen ihrer Lebensführung waren verspätetes 18. Jahrhundert; sie waren stets in einer warmen Ecke ihres Landes ansässig gewesen, jenem milden, lieblichen, ländlichen Baden mit seinen Wiesen und Forellenbächen, kleinen Bauernhöfen, niedrigen Bergen und kleinen Städten; ihre Heimat war das katholische Westeuropa, und der Mittelpunkt ihrer Welt war Frankreich. Sie ignorierten, verachteten und – später – fürchteten Preußen; und die See war ihnen fremd.

Als ich geboren wurde, war Julius von Felden bereits ein Mann Ende Fünfzig, und seine Eltern und deren Zeit waren längst tot. So lernte ich niemals meine Großeltern, niemals Landen kennen, das Haus, in dem mein Vater aufgewachsen war. Und doch vermittelte er durch seine Person etwas von der Atmosphäre seiner Jugend, und in Gesprächen erfuhr ich mancherlei. Nicht alles. Der Sinn für das Wesentliche bestimmte das, woran mein Vater sich erinnerte, und seine Absicht war zu unterhalten. Er hätte am liebsten ein einsames oder vielmehr zurückgezogenes Leben mit Tieren und *objets-d'art* geführt, jedoch fühlte er sich verpflichtet, einen angemessenen Teil seiner Zeit – etwa bei Tisch – mit seinesgleichen zu verbringen. Seine Sprache war begrenzt, er wählte seine Worte sicherlich nicht bewußt, aber ich glaube, daß ihm, wenn er sprach, stets vor Augen stand, was er erlebt hatte. Aus diesen Bruchstücken also kannte ich das geschützte Tal von Landen, wo alljährlich an der Südseite des Hauses die Aprikosen reiften; ich lernte die Namen von Hunden, Enten und Pferden und die Gerüche der Jahreszeiten kennen – den Duft, der über dem Schnee schwebte, wenn die Speckseiten der Wildschweine geräuchert wurden, den süßen, milchigtrüben Wein, der frisch von der Presse, noch schäumend, getrunken wurde, die Anstände bei einem Weiher, wo man bei Sonnenaufgang unbeweglich wartete, den Baum, der drei Zentner Pflaumen trug, und das Schwingen der Sense, wenn der Roggen fiel. Ich lernte Fachausdrücke aus der Bienenzucht und Ausdrücke aus der Treibjagd; ich hörte von reinem Stroh, Hafer und Klee, von Winterhonig, Walnüssen und Märzwolle, von dem Schwein, das alljährlich zu Michaelis und an Ostern geschlachtet wurde, und von den Schinken, die in Brotteig gebacken wurden; ich erfuhr von den Vorführungen fahrender Mesmerianer in der Bibliothek, von Junkerwitzen, von verzweifelten Erziehern und von den listigen Pfauen. Das Landleben, wie Julius es aus der Erinnerung heraufbeschwor, erstand vor mir wie seine eigene erlesen gepflegte Person und sein wohlgeordneter Tagesablauf. Ich erfuhr nicht, wie die Mutter meines Vaters geheißen hatte oder was die Erzieher ihnen hatten beibringen sollen; ich erfuhr, daß man in Landen genau eine Stunde nach Sonnenuntergang diniert hatte und daß mein Großvater (oder war es dessen Vater?) dies seinen Gästen als einen altrömischen Brauch erläuterte; ich erfuhr, daß Julius und seine Brüder irgendeine alte Mähre ritten, aber daß sie angehalten wurden, sich für Ausfahrten besonders sorgsam zu kleiden, daß die Jungen immer Kognak mit heißem Wasser bekamen, wenn sie in der Winterabenddämmerung vom Eislaufen heimkamen, und daß Johannes, der dritte Sohn, einmal auf einem Jahrmarkt mit einem Bären getanzt hatte.

Ich erfuhr von dem Meßbuch, das sie in einer Karlsruher Kirche während des Hochamtes hatten herunterfallen lassen, um die Richtigkeit der Newtonschen Gesetze zu beweisen, und wie sie daraufhin allesamt auf ein Semester ins Jesuitenseminar gesteckt wurden, wo man den ehrwürdigen Patres zu Mittag Weißwein, Forelle und Hasenbraten vorsetzte und den Zöglingen einfache Suppe. Ich erfuhr von den Sommerferien mit Vettern in der Côte d'Or, »en Bourgogne«, wie mein Vater sagte, wo er die Möbel hatte einwachsen dürfen und wo er seinen Weißwein mit schwarzem Johannisbeersaft vermischt bekommen hatte; ich erfuhr, daß Cagliostro einst eine Nacht in Landen zugebracht hatte und daß er ein Geheimnis zurückgelassen haben soll; daß Gustavus, der Älteste (Julius mochte ihn nie), hübsch mit Wasserfarben malte, aber den alten Baron kränkte, weil er nicht bei den Vögeln half und statt dessen beharrlich Wappen malte; ich erfuhr, daß der Curé einmal im Jahr zu Tisch gebeten wurde, an Martini, wenn in einer langen Folge von Gerichten zwei gebratene Gänse serviert wurden – eine für die Tafelrunde, eine für den Curé –, und daß sie sich alle auf lateinisch verständigen mußten, weil mein Großvater sich *weigerte,* in seinem Haus deutsch zu sprechen, außer zu Pächtern und Domestiken, und weil der Curé kein Französisch *konnte;* und ich schmeckte förmlich das Gebäck, das nach überhaupt nichts schmeckte und mit dem die alte Großherzogin von Baden meinen Vater gefüttert hatte, als er noch ganz klein war, und erst jetzt wird mir bewußt, daß es nicht die Großherzogin Louise, gleichfalls eine alte Dame, gewesen sein kann, zu der ich meinerseits mit vier Jahren gebracht wurde und die mir die Wangen getätschelt hat.

Julius' Mutter starb, als er noch ein Kind war. Sein Vater heiratete nicht wieder, es wurde auch keine weibliche Verwandte ins Haus genommen, das von nun an ein ältlicher Verwalter führte. Sie lernten alle frühzeitig, sagte Julius, sich bei Tisch zu benehmen. Tatsächlich nahmen die Knaben mit zwölf Jahren ihren Platz an der Tafel ein, nicht als Kinder, sondern als Söhne des Hauses, sie bekamen ihren Wein und erfüllten ihre Pflichten als Gastgeber. Sie luden ihre Nachbarn so wenig wie möglich zu sich ein. Baden, meinte der alte Baron, war in den sechziger Jahren unelegant geworden – die Männer kleideten sich schlecht, und die Frauen hatten für nichts Interesse. Dennoch war das Haus immer voll: von Wissenschaftlern, Durchreisenden und Sammlern aus ganz Europa, von Herren mit ausgeprägten Liebhabereien, von alten Beaus, von Cousins und Gourmets und den Söhnen der Relikte der Französischen Revolution, und Quacksalbern war in Landen immer ein freundlicher Empfang gewiß. In diesem Haushalt blieb mein Vater, bis er siebzehn Jahre alt war.

Dann erging an ihn die Aufforderung, einen badischen Prinzen gleichen Alters auf eine Bildungsreise zu begleiten. Die Suite bestand im übrigen aus dem Hofmeister des Prinzen, einem Herrn von L., einem Erzieher, einem Reisemarschall und einem Kammerdiener, und sie blieben mehrere Jahre fort. Sie gingen nach Frankreich, wo sie sich an der Académie des Beaux Arts einschrieben und Julius Stunden im Möbelentwerfen nahm, und er begann seine lebenslängliche Belagerung des Hôtel des Ventes und begegnete den Frauen, die ihm unter den *grandes cocottes* des Zweiten Kaiserreichs gefielen. Sie reisten nach Spanien, nach Portugal und von dort auf dem Seeweg nach Italien. Auf Julius' Drängen fuhren sie nach Spanisch-Marokko und auf Herrn von L.'s nach Griechenland. Sie nahmen den Rückweg über Wien, weilten in der Hofburg, und die jungen Männer konnten einen Blick auf die Kaiserin Elisabeth werfen. Sie taten, was man so tat, und besuchten die Leute, die man besuchen mußte. Sie zeichneten, besichtigten die Sehenswürdigkeiten, gingen auf Bälle. Sie jagten in der Guadarrama, waren in dem einen Jahr zur Karwoche in Sevilla und im nächsten zum Karneval in Venedig; sie statteten den maßgeblichen Höfen ihren Besuch ab, ließen sich unter den Mauern der Alhambra von einer Zigeunerin die Zukunft weissagen und machten ihre Aufwartung in Rom; doch haben wohl Julius' Interessen und sein Wille die Reisegesellschaft beherrscht, denn sie verbrachten ihre beste Zeit damit, Häuser anzusehen und in

Antiquitätenläden zu stöbern. Julius hatte Frankreich immer geliebt, aber Spanien überwältigte ihn. In Italien wußte er bereits, was er sehen wollte, und fand weniger; in Griechenland wurde das Reisen beschwerlicher – er war zwar bezaubert von dem Ritual mediterranen Lebens, wie es ihm unter Ziegenhirten begegnete, wurde aber von anderem kaum berührt. Er kehrte nach Landen als junger Mann zurück, mit einem Lemuren, mehreren Kisten voller *bric-à-bracs* und einer klaren Vorstellung von seinem weiteren Leben.

Es war nach 1870; der Deutsch-Französische Krieg hatte stattgefunden, während Julius in Spanien war; Baden war nun ein Teil von Deutschland, und er fand alles recht verändert vor.

Die Feldens hätten, wie viele andere in jenen Teilen Deutschlands, lieber ihr altes Leben weitergeführt. Ihnen hatte nicht einmal die Idee einer süddeutschen Föderation behagt, und hätte es nicht bedeutet, die Monarchie aufgeben zu müssen, hätten sie nichts dagegen gehabt, zu Frankreich geschlagen zu werden. Die vollendete Tatsache einer Vereinigung aller deutschen Staaten mit und – schlimmer noch – unter Führung von Preußen, im Kielwasser einer französischen Niederlage in einem mutwillig vom Zaun gebrochenen Krieg, war für sie ein äußerst unangenehmer Schock. Es werde zu nichts Gutem führen, sagte der alte Baron, und seine Pächter sagten das gleiche; die Politik sei ein Geschäft von Intriganten, wofür Bismarck das beste Beispiel sei. Sie beschlossen, sich von dem neugeschaffenen Reich zu distanzieren – für sie selbst bedeutete es keinen Unterschied zu früher. Und dann waren über Nacht die unwahrscheinlichsten Leute in Uniform. Die Bodenpreise fielen, und alles übrige wurde teuer. Jeder, und wenn er auch nur den *ruhigsten* Posten erstrebte, sollte nun seine Befähigung nachweisen. Baron Felden glaubte sich schon am Rande des Ruins; Nachbarn kamen und lagen ihm mit Ratschlägen in den Ohren, seinen vier Söhnen Karrieren zu verschaffen. Er selbst war jetzt siebzig Jahre alt, und er hatte, ohne daß er sich dessen je bewußt geworden wäre, sein Leben lang getan, was ihm gefiel; jetzt sagten ihm die Leute, man müsse mit dem Strom schwimmen. Niemals zuvor waren in Landen solche Gedanken geäußert worden; vor seiner Reise hatte Julius im Sinne gehabt, nebenher die Kunsttischlerei zu erlernen, und sein Bruder Johannes hatte sich der Tierzucht widmen wollen. Der alte Herr verlor die Nerven, und Johannes wurde mit seinen fünfzehn Jahren in eine Kadettenanstalt geschafft, um Offizier zu werden. Julius, der zu alt für diese Laufbahn war, wurde nach Bonn zu einem Repetitor in Logis gegeben, der ihn durch die Examina für den diplomatischen Dienst lotsen sollte. Der Lemure starb.

*

Der alte Baron hatte keine kluge Wahl getroffen. Auf jeden Fall kam sie zu spät. Johannes wurde, einigermaßen überraschend, schließlich Hauptmann; mein Vater brachte es nie weiter als bis zum dritten Sekretär und quittierte den Dienst, sobald es sich machen ließ. Doch vorher verlor Johannes den Verstand und wurde in der Folge zur Zentralfigur einer *cause célèbre*; Julius erging es zwar in vieler Hinsicht besser, aber die Veränderungen, die er über sich ergehen lassen mußte, machten ihn mißtrauisch gegen das Leben, und um sich anzupassen, mußte er sich so zurechtbiegen, daß fortan auch sein Verhältnis zur Wirklichkeit gestört war. Überall sah er Mächte, die er nur umgehen, nicht begreifen wollte, und die menschliche Existenz war für ihn von einer Folge willkürlicher Schicksalsschläge bestimmt. Es gelang ihm lange Zeit, diesen gefürchteten Mächten auszuweichen, aber er glaubte sie immer auf seinen Fersen, und sein großes Talent anmutiger Lebenskunst war unterzogen von jener Schicht des Pessimismus, der Schwermut und Vorsicht, die ihm dann das Leben so gefahrvoll erscheinen ließ und den anderen das Leben mit ihm so eigenartig. Man könne nie wissen, pflegte er zu sagen, was einen erwarten mochte, wenn man von einer Reise zurückkam. Es war ungemein ansteckend. Und wenn ich neben ihm saß, oben auf dem Bock des Wagens, und wir in unsere Einfahrt einbogen, dann zog sich auch mein Herz zusammen, und meine Hand fuhr in einer schützenden Gebärde verstohlen an die Stirn, und wir, mein Vater und ich, saßen bebend, stumm da, und jeder versuchte, die Vision des niedergebrannten Hauses zu bannen.

Der berüchtigte Zuchtgeist in den preußischen Kadettenanstalten war wohlberechnete Absicht. In ihnen wurden Jungen – gewöhnlich die Söhne von Militärs, manchmal nicht älter als neun – sieben oder acht Jahre lang planvoll in einer Atmosphäre von Hunger, Brutalität und geistiger Unfreiheit herandressiert. Hier wurde ihnen in bitterkalten Morgenstunden mit Handfeuerwaffen, mit Moltke, der Heeresdienstordnung, Julius Caesar und den Feldzügen Friedrichs des Großen Härte eingedrillt. Viele starben. An der Ruhr oder der Schwindsucht in den Krankenstuben – wegen Geringerem wurde kein Junge dorthin geschickt, keiner ging freiwillig ein zweites Mal hin – oder an nie gemeldeten, nie erwähnten Verletzungen, erlitten in den Schlafsälen, wenn die Lichter gelöscht waren. Die Überlebenden wurden mit achtzehn als Karriereoffiziere und seelische Krüppel entlassen. Das Korps Benzheim am Rhein bestand noch nicht lange, war erst seit kurzem preußisch, aber eine wakkere, etwas hilflose Kopie der Originale. Johannes geriet außer sich.

Er hätte nicht schlechter vorbereitet sein können. Er, der in seinem weiträumigen Zuhause stets ein sonniges Schlafzimmer für sich und seine drei großen Hunde gehabt hatte, der immer frisches Essen bekommen hatte, das die eigene Landwirtschaft lieferte, der stets mit zarter Höflichkeit angeredet worden war und gelernt hatte, jedermann auf die gleiche Weise zu begegnen, der seine Tage auf den Feldern und die Abende an einem blankpolierten Tisch verbracht hatte, Johannes, der nicht einmal in eine Schule gegangen, sondern ganz unbewußt zu einem Wesen herangewachsen war, das zugleich ein schönes Tier, ein junger Herr und ein glückliches Kind war, wurde in einen Schlafsaal zu vierzig atmenden menschlichen Wesen gesperrt, von Korporalen und Präfekten angeschnauzt, mußte Korridore entlangmarschieren und bekam in einem Blechnapf eine Wasserbrühe vorgesetzt. An seinem ersten Abend weinte er beim Essen. Als das Geklapper im Eßsaal, die Kommandos, die Gasbeleuchtung, die Dünste von dünner Suppe und wäßrigem Gemüse auf ihn hereinbrachen, stürzten ihm die Tränen aus den Augen. Landen war noch immer von einem Rousseauschen

Hauch umgeben, und die alten Herren, die in seines Vaters Haus zu Gast waren, weinten freimütig. Johannes wußte nicht, daß ein neues Jahrhundert angebrochen war. Er wußte nicht, konnte nicht wissen, was in Benzheim Tränen bedeuteten. Einen Augenblick lang sah man ihn fassungslos an – so ungescheut zu zeigen, was man niemals offenbaren durfte, konnte nur ungeheuerliche, unvorstellbare Vermessenheit sein. Dann blickten sie ihn voller Haß an. Der Hauptmann mit dem lahmen Bein, der die Aufsicht führte, hinkte vorbei, die Augen abgewandt. Das Wort »später« ging beinahe hörbar jedem durch den Sinn. Der Tischälteste, ein siebzehnjähriger Kadett, beugte sich vor und starrte Johannes hart und kalt an. Die anderen taten das gleiche. In den Gesichtern von zwei oder drei der kleineren Jungen begann es zu zucken, einer wieherte auf. Sofort wurden sie wieder still. Johannes, versunken in sein Heimweh, hob das tränenüberströmte Kindergesicht, ohne etwas zu sehen. Dann wurden sie abgelenkt: Es war Donnerstagabend, und Donnerstagabend gab es Fleischklöße. Das war nicht der einzige Fleischtag – am Mittwoch Irish Stew zu Mittag, am Sonntag als Hauptmahlzeit Rindfleisch mit Soße, und alles wurde mit Heißhunger verschlungen –, aber die Fleischklöße am Donnerstag waren *die* Sache, das einzige Gute in der ganzen Woche.

Die Geschichte von Johannes' erstem Abend in Benzheim gehört zu meinen Kindheitserlebnissen. Ich erfuhr sie zu einer Zeit, da die Wendung, die die Dinge genommen hatten, meinen Vater zu meinem einzigen Kameraden und mich zu dem einzigen Gefährten seiner späten Jahre hatte werden lassen. Ich war sieben, dann acht, dann neun. Tagsüber spielte ich für mich allein, am Abend erzählte mein Vater in einem hohen Zimmer eine freundlichere Fassung seiner Lebensgeschichte, und ich verbarg mein besseres Wissen. So war die Erinnerung an den Jungen, der zum Mann herangewachsen und gestorben war, noch ehe ich auf die Welt kam, und an die Schule, die ich niemals gesehen habe, ein Teil der geheimen Wirklichkeit meiner eigenen Vergangenheit.

Sie nannten die Fleischklöße Klopse. Ein Bursche ging herum und schöpfte auf jeden der dicken, weißen Teller zwei graue Kügelchen. Die Kadetten nahmen die Gabeln nicht zur Hand. Sie versuchten, nicht auf das Essen zu schauen, sie versuchten einander nicht anzublicken; sie wußten nicht, wo sie hinsehen sollten. Sie wußten nicht, was sie mit ihren Händen tun sollten. Dann ging der Präfekt, Stubenältester war sein wenig einnehmender Titel, wie ein Feuerwerkskörper los. Es hörte sich ungefähr an wie »Klop/sää RRAUF!« und war ein Kommando. Dreiundzwanzig weiße Porzellanteller flogen in die Höhe, gingen von Hand zu Hand, wirbelten durch die Luft, neigten sich am Kopfende des Tisches alle im gleichen Winkel, flogen weiter – es war ein blendendes, mit der Exaktheit einer Artistennummer ausgeführtes Manöver. Johannes richtete sich auf, freundlich lächelnd und fasziniert.

Der Stubenälteste kommandierte »RrrrhALT!« und die Teller wurden vorsichtig abgesetzt. Wieder stand vor jedem Jungen ein Teller, doch ungefähr zehn davon waren leer; und vor dem Stubenältesten befand sich jetzt ein ansehnlicher Berg von Klopsen. Er schaufelte sie in sich hinein, so schnell es ging, jedesmal einen Klops. Die Jungen behielten ihre starre Haltung bei. Dann legte er die Gabel nieder und stieß wieder das Kommando aus. Die Teller machten die Runde; abermals wurden sechs geleert. Als sie wieder auf der Tischplatte landeten, fiel sogleich Johannes' voller Teller unter den anderen auf.

»Du dort, gib deinen Teller her!« sagte der Stubenälteste. »Und nächste Woche weißt du, wie's geht. Heute abend kannst du ihn selbst zu mir herbringen.«

Johannes rührte sich nicht von der Stelle.

»Hast du verstanden?« sagte der Stubenälteste. Er sprach nicht, er schrie.

»Ja«, sagte Johannes.

»Bring deinen Teller her!«

»Nein«, sagte Johannes.

Der Himmel stürzte nicht ein.

»Ich will es ja gar nicht essen«, sagte Johannes. Dann genierte er sich, daß er über das Essen in einem fremden Haus unhöflich gesprochen hatte, und er sagte: »Ich habe nämlich keinen Hunger.« Und er fing wieder an zu weinen. Johannes sprach ein erbärmliches Deutsch, voll falscher Beugungen und französischer Brocken, und er hatte die summende, undeutliche Aussprache der badischen Bauern.

Die Kadetten unterdrückten ein Lachen.

Johannes wandte sich einem zwölfjährigen Jungen zu. »Nimm meine«, sagte er, »nimm sie!«

Der Junge zuckte zurück, aber er wußte, daß es schon zu spät war. Er hatte nur einen Blick auf den Teller des tollkühnen Neulings geworfen; damit war auch sein Schicksal besiegelt.

»Ich warte«, sagte der Stubenälteste.

»Sie haben schon genug«, sagte Johannes. »Es ist widerlich, das Essen von anderen aufzuessen, die doch sicher selber Hunger haben.«

Ein betretenes Raunen ging um den Tisch.

»Steh auf, wenn du mit mir sprichst«, sagte der Stubenälteste.

»Pourquoi donc?« sagte Johannes.

»AUFSTEHEN!«

»Das ist doch zu albern«, sagte Johannes.

Die Kadetten erstarrten – der aufsichtführende Hauptmann stand neben Johannes' Stuhl. »Stehen Sie auf«, sagte er.

Johannes stand auf.

»Name?«

»Wir kennen uns bereits, *Monsieur l'Officier*. Sie waren so freundlich, mich heute nachmittag nach oben zu führen.«

Der Hauptmann war der Physiklehrer. Die Lehrer in Benzheim waren Offiziere, und zwar von einer heiklen Sorte: Männer, die wegen ihrer körperlichen Verfassung für den Felddienst untauglich waren und denen es aus Mangel an Talenten oder Beziehungen nicht gelungen war, Stabsoffiziere zu werden. »Name?« sagte der Hauptmann.

»Johannes von Felden.«

»Kadett von Felden«, sagte der Hauptmann, auf seinen Stock gestützt. »Ich muß Sie darauf hinweisen: *erstens* ist Ihr Stubenältester Ihr unmittelbarer Vorgesetzter, und *zweitens* ist der Zivilistenhumor, den Sie hier an den Tag legen, in Benzheim fehl am Platz und wird nicht geduldet.«

»Muß ich alles tun, was er mir sagt?«

»Sie haben gehört, was ich gesagt habe. In Zukunft sprechen Sie mich mit Herr Hauptmann an!«

»Ja, Herr Hauptmann.«

»Wir haben genug von Ihrem ewigen Ja und Nein, Kadett von Felden. Es heißt: ›Zu Befehl, Herr Hauptmann.‹ Das wäre alles. Kadetten, Sie können weiteressen.«

Johannes nahm seinen Teller und trug ihn zum Tischende. Mit einer knappen Verbeugung stellte er ihn vor dem Stubenältesten nieder. »Monsieur, vous me dégoutez«, sagte er und ging auf seinen Platz zurück.

Der Stubenälteste übernahm wieder das Kommando; die Teller gingen nochmals reihum – vier unberührte Portionen blieben übrig. Während er kaute, zog er die Uhr, legte sie auf den Tisch, dann kommandierte er: »Faaaß/t ZUU!« und die vier Jungen, vor denen zufällig volle Teller gelandet waren, aßen. Es blieben noch vierzig Sekunden bis zum Schlußgebet, sie waren längst mit ihrem Brot und dem Becher Kakao fertig, und die elenden Klopse waren eiskalt.

In dieser Nacht fielen sie im Schlafsaal über ihn her. Sie hatten es nicht leicht, denn Johannes war sehr kräftig. Gewiß hätten ihn überall sonst seine Stärke, seine Unschuld und seine Schönheit – »ah, il était beau«, hatte mein Vater einmal gesagt – gerettet. Er kämpfte wie ein umstelltes Tier, er sprang sie an, warf sich auf sie, biß um sich; er kratzte und bäumte sich auf; doch keiner warf ihm vor, wie ein Mädchen zu kämpfen, und was ihnen am meisten zu schaffen machte, war der Lärm, den er verursachte. Er knurrte und überhäufte sie mit französischen Schmähungen: »Cà, alors çà-çà c'est trop fort!« Er heulte im Dunkel aus voller Lunge, heulte laut wie ein Tier im Wald vor Zorn und Schmerz. Und sie wußten, daß bei solchen Unternehmungen Ruhe erstes Gebot war. Doch zuletzt waren es doch zu viele für ihn. Er schenkte ihnen nichts, aber sie richteten ihn übel zu; und als sie dann doch etwas früher von ihm abließen, als sie vorgehabt hatten, war Johannes in einer jammervollen

Verfassung. Er warf sich mit dem Aufschrei: »Vous n'êtes qu'une bande de mal-élevés!« auf seine Pritsche, zitternd vor Wut. Und er war so außer sich, so zerschlagen und fassungslos, daß er, völlig erledigt, auf der Stelle einschlief, und das war wohl das erste Mal, daß in Benzheim ein Neuling die erste Nacht ins Bett ging ohne einen Gedanken an daheim.

Am nächsten Morgen ging er.

Er wurde von einer ungeheuer lauten Glocke aufgeweckt. Er war so zusammengeschlagen worden, daß er sich kaum rühren konnte, und es war sehr kalt. Er folgte den anderen – wusch sich vor einer Reihe von Zinnschüsseln, zog sich an, wie es vorgeschrieben war, schloß sich den anderen an, die zum Frühappell hinunterstoben. Er stand mit ihnen auf dem Hof im Märzwind stramm. Als sie sich formierten, um zum Unterricht zu marschieren, ging er weg. Ein paar Offiziere wurden aufmerksam, Johannes ging weiter. Ein Wachtposten rief ihm eine Frage zu, Johannes ging an ihm vorbei – über den Platz, an der Wache vorüber, durch das Tor, den Hügel hinunter, in die Stadt...

Er kam nicht weit. Er wurde ein paar Stunden später in einem Gasthaus aufgestöbert, als er eben die Leute zu bewegen suchte, ihm etwas Essen zu geben und das Geld für ein Telegramm nach Hause vorzustrecken, und er wurde ziemlich eindrucksvoll arretiert. Das Städtchen war natürlich für die Kadetten gesperrt, obwohl gemeinhin eine Stunde Ausgang gewährt wurde, wenn Verwandte zu Besuch kamen. Es war einer jener altertümlichen deutschen Marktflecken, voller Untertanengeist, Winkel- und Fachwerkarchitektur, und die Bewohner ließen sich vom Geld der hungrigen Kadetten ganz wohl sein, doch mit dem Herzen waren sie auf seiten der Obrigkeit und der Regimentsmusik, und die Straßen waren voller Kuchenläden, Wurstmetzgereien und Spitzel. Johannes' Absichten wurden nicht völlig durchschaut. Die Anklage lautete auf unerlaubte Entfernung von der Truppe, und da er ein Neuer und vermutlich ein Halbidiot war, ließ man es dabei bewenden. Er wurde beim Appell gemaßregelt, bekam Stockhiebe und achtundvierzig Stunden Arrest. Als sie ihn wieder herausließen, sprang er den Leutnant an und biß ihn durch die Uniform. Er wurde mit Handschellen gefesselt, wieder verurteilt und eingesperrt. Danach war er fügsamer. Da er die Rechtschreibung nicht beherrschte und überhaupt kaum schreiben konnte, steckten sie ihn in die unterste Klasse, und er verhielt sich sehr still. Die kleinen Jungen brachten es nie fertig, alle Vorschriften einzuhalten, immerfort knöpften sie etwas verkehrt herum oder blieben nach dem Wecken noch zehn Sekunden im Bett oder ließen die Seife fallen, weil ihre Hände klamm waren, und sie wurden immerzu für irgendeinen Verstoß bestraft; unter ihnen fiel Johannes nicht so sehr auf. Jedoch war Vorsicht nicht seine starke Seite: er hatte noch viel zu lernen. Er ließ sich – aus Gerechtigkeitssinn, und nicht, weil er langsam war – in eine Auseinandersetzung über die Benzheimer Sitte ein, Tag für Tag und bei jedem Anlaß jeweils den Jungen zu bestrafen, der der letzte war. Wenn auch wenig vorgebildet, so konnte Johannes doch vernünftig denken, und er hatte sich überlegt, daß es immer einen letzten geben *mußte*, wenn mehrere durch eine Tür gingen, und davon ließ er sich nicht abbringen. Und als die halbe Stunde kam, in der sie, alle zwei Wochen einmal, heimschreiben durften, bedeckte er in vollkommener Vertrauensseligkeit eine ganze Heftseite mit seiner ungelenken Kritzelschrift. Man kann sich denken, was folgte. Später wurde der Brief zu einem Akt gelegt, und so blieb das armselige Stück Papier erhalten:

Ce Dimanche 28 Mars 187 . .

Cher Papa,

Je suis fort malheureux. Tout le monde ici fou. Mes camerades sont des méchant. Quand je suis parti ils mon prit et j'ai fait de la prison. IL FAUT ENVOYER ME CHERCHER TOUS DE SUITE je vous embrasse Embrassez pour moi Jules, Ursus et Ulysse, Zoro et le Petit Gabriel

votre bien *malheureux*
Fils Jean

Nach alledem saß er sehr in der Patsche. Er war schlecht angeschrieben und wurde überwacht. Und so brauchte er mehrere Wochen, bis er wieder weglaufen konnte.

Julius erging es unterdessen bei seinem Repetitor nicht allzu schlecht. Die Arbeit überraschte und langweilte ihn – »in meinem Alter!« – und es war eine ziemliche Menge. Im Gegensatz zu seinem Bruder hatte er eine wohlausgebildete, schöne Handschrift; doch wie die von Johannes war sie unleserlich, und Julius hatte, genau wie Johannes, niemals gelernt, orthographisch richtig zu schreiben. Es verdroß ihn, daß ihm eingeschärft wurde, sein Deutsch müsse korrekter werden, und er wies darauf hin, daß er doch vermutlich en poste ins Ausland geschickt werde und daß es daher viel vernünftiger sei, *Sprachen* zu lernen. Doch manches andere versöhnte ihn wieder. Bonn lag nicht am Ende der Welt und hatte ausgezeichnete Eisenbahnverbindungen. Jede Woche verbrachte er ein, zwei Tage in Holland oder in Belgien, er sah sich in Brügge und Gent um, speiste in Amsterdam Austern, plünderte Antiquitätengeschäfte und spazierte durch die abendlichen Straßen von Brüssel und an den Kais von Antwerpen und Delft. Er sah sich um, er nahm auf, er lernte. Damals konnte man noch Entdeckungen machen, und er schulte seinen Blick und eignete sich eine gewiegte Art an, mit den Händlern umzugehen. In Lüttich schacherte er drei Wochen lang um einen Tisch. *»Quel dommage«*, rief der Händler, *»qu'un homme si élégant puisse être aussi radin.«*

Ich erfuhr nicht viel über den Repetitor und seine Familie, aber ich hatte den Eindruck, daß es recht umgängliche Leute waren. Julius brachte sie mit seinem Charme dazu, daß sie ihre Möbel weggaben und ihn seine Neuerwerbungen in ihrem Speisezimmer aufstellen ließen; und sie scheinen sich auch mit seinem zahmen Raben – ohne Käfig –, der französischen Bulldogge und der Katze abgefunden zu haben, die dazu ausersehen waren, Jules nach Bonn zu begleiten, weil sie vermutlich am wenigsten gegen das Stadtleben und das Bonner Klima einzuwenden hatten. Und er überredete sie, sich Gänse zuzulegen. So *kluge* Tiere, pflegte er bei jeder Gelegenheit zu sagen, und so dankbar. Er war entsetzt über das Essen im Hause des Repetitors und bat um die Erlaubnis, das Dienstmädchen auf den Markt begleiten zu dürfen. Und so schritt er denn hin, sechs Fuß und ein Zoll groß, angetan mit Stiefeln, Handschuhen und Hut, wie ein Apoll, kaufte Fisch, explizierte, wie man Gemüse auswählt. Gleichwohl erschien weiterhin grauer, in Mehlsoße schwimmender Braten auf dem Tisch, die Kartoffeln wurden ohne Schale gekocht, die haricots verts *geschnippelt* ... Julius kaufte einen Spirituskocher; stellte fest, daß er kochen konnte, übernahm das Regiment in der Küche. Der alte Baron schickte allwöchentlich von Landen einen Mann mit Wildbret, Geräuchertem, richtigem Brot, Butter, Birnen; und er gab schriftlich Ratschläge. »Immer auf das Material achten ... Überlege Dir jeden Griff vorher ... Mach Dich zunächst mit den kulinarischen Grundgesetzen vertraut, damit Du Dich *frei* entfalten kannst ...« Mein Großvater hatte dezidierte Ansichten; in seiner Jugend hatte er die großen Chefs Cuisiniers des Kaiserreichs und der bourbonischen Restauration gekannt und mit ihnen in Briefwechsel gestanden, und er hat eine schmale Broschüre mit dem Titel *Quelques Remarques sur la Théorie du Braisage des Mets* verfaßt, die er Carême widmete und die als leichtfaßliches Handbuch noch immer brauchbar ist.

Natürlich kam Julius mit dem Geld nicht aus. Logis und Ausbildung wurden vierteljährlich für ihn bezahlt; er hatte von seinem Vater einen Kreditbrief bekommen, der einem jungen Mann ein standesgemäßes Leben gestattete, und es wurde als selbstverständlich angenommen, daß außerdem einige Rechnungen hinzukommen würden. Er hielt sich ein Pferd, das von Landen gebracht worden war, und einen leichten, zweirädrigen Wagen, beide von einem Jungen betreut, der auch aus Landen stammte und gleichfalls im Hause des Repetitors Unterkunft fand. Jeden Morgen kam ein Friseur, der Julius rasierte und ihm die Haare bürstete; ein Schneider am Ort bügelte seine Anzüge, und seine Wäsche besorgten die Frauen im Haus. Um seine Stiefel kümmerte er sich selbst. Julius warf das Geld nicht hinaus, aber seine täglichen Bedürfnisse waren nicht billig, und es blieb ihm sicherlich nicht genug Geld, um den Grundstock zu einer Sammlung zu legen. Wenn er sich auch mit Preisen auskannte, von Finanzen verstand er nichts: Verschiedene Leute erklärten sich bereit, ihm unter die Arme zu greifen, und er geriet recht unbesonnen in Schulden. Er suchte in Bonn keine Gesellschaft. Wenn er nicht reiste, verbrachte er die Abende bei Piquet und Bézique mit seinem Lehrer, dem er diese Spiele beigebracht hatte. Der Repetitor hatte sich vorgestellt, daß sie diese Zeit dem Studium widmen könnten.

»Nach dem Essen?« sagte Julius.

Da dem Repetitor das Gewissen schlug, schrieb er nach Landen. Der alte Baron, der ihn *Monsieur le Précepteur* titulierte, sandte ein Dutzend Flaschen Madeira und ein paar Zeilen des Inhalts, daß sein Sohn kein Enzyklopädist, sondern ein *homme du monde* sei; Bücher am Abend seien eine ungesunde Übertreibung, Zeit spiele keine Rolle und der Unterricht sei mit Maß und Ziel zu betreiben. Nach dieser Auslassung, wie sie dem Repetitor wohl in seiner ganzen Laufbahn noch nicht vorgekommen war, scheint er sich längere Zeit der Gänsezucht, *haute cuisine*, Stilmöbeln und Glücksspielen ergeben zu haben, während die übrigen Mitglieder seines Hauses der Sorge um Julius' Garderobe oblagen. Wie sich dies mit seinem Ruf an der Bonner Universität vertrug, wie er mit seinen späteren Schülern, falls er überhaupt noch welche fand, verfuhr, ist mir nicht bekannt. Mein Vater hätte solche Fragen nicht verstanden.

Julius hatte seine Form bald gefunden. Sein Betätigungsfeld und Interessenbereich waren bereits in Bonn festgelegt. Er selbst betrachtete diesen Lebensabschnitt als seine Studienzeit, und er mußte sich zwar noch mit dem künstlerischen Schaffen von fünf Jahrhunderten vertraut machen, das Gelände abstekken, auf dem sein Geschmack sich entfalten konnte, mehr Dinge in mehr Ländern mit mehr Mitteln erwerben, seine Talente schulen – aber Geschmack und Talente blieben die gleichen. Damit war seine Eigenart umrissen und das immer wieder neu abgewandelte Grundmuster der kommenden Jahre fixiert: die Sorgfalt, die er jeden Tag neu auf seine Person und ihren Rahmen verwandte; die Existenz, die er sich mit Hilfe des Geldes errichtete; das Unbehagen am Geld; die Vorkehrungen gegen den Einbruch der Außenwelt; das Kunststück, in Deutschland zu leben wie in einem Vakuum; das Ausweichen vor sich selbst und dem Leben mittels einer Liebhaberei; der Mangel an Neugier gegenüber der menschlichen Welt und das für einen so jungen Mann erstaunliche Desinteresse an menschlicher Gesellschaft schlechthin. Frauen bildeten eine Ausnahme – er war empfänglich für ihre Reize und glaubte sich zeitweilig engagiert. Aber diese Beziehungen waren keine Fenster, sondern nur Türen zu einem anderen schön geschmückten Raum. Er liebte und kannte nur eine Kategorie, die Kultivierten, die Eleganten, die Angenehmen. Er schätzte Lebhaftigkeit; Hohlheit war nicht unbedingt erforderlich; ja, er hatte nichts übrig für das, was er *l'esprit lourd* nannte, aber natürlich gab es Grenzen, und geistige Beweglichkeit wurde nur akzeptiert, wenn sie durch gleichbleibend gute Manieren und freundliches Wesen ausgeglichen war. Seine Rue-de-Rivoli-Maßstäbe waren jedenfalls anspruchsvoll, und er ging niemals von ihnen ab, selbst nicht in der Ehe. Zu jener Zeit, als Frauen mit dreißig für alt galten, waren Formvollendung und Jugendreiz miteinander vereinbar, und Julius erntete bei einer Anzahl verheirateter Schönheiten von neunundzwanzig Jahren alle Erfolge, die er sich nur wünschen konnte.

Johannes' Flucht aus Benzheim muß ein Heldenstück gewesen sein. Als die Lichter gelöscht waren, brach er aus dem Schlafsaal aus, umging die Wachen, überkletterte eine Mauer. Als er frei war, begann er zu laufen, und er lief die ganze Nacht hindurch. Bei Morgengrauen verkroch er sich. Er wußte nicht viel von Geographie, aber er war überzeugt, den Weg nach Hause zu kennen, und er wußte auch, daß er ihn nicht einschlagen durfte. Er wußte mit einem Mal sehr viel. Er wußte, daß sie hinter ihm her sein würden, und er wußte, wo sie nach ihm suchen würden. Er war fest entschlossen, daß sie ihn nicht finden sollten, und darauf konzentrierte er alle seine Energie. Den ganzen ersten Tag über versteckte er sich in einem Gehölz; nach Einbruch der Dunkelheit wagte er sich hinaus und wandte sich nach Norden. Das war, soviel er wußte, die entgegengesetzte Richtung von Landen, und er behielt sie sieben Nächte lang bei. Er hatte kein Geld. Er brachte einen Landstreicher dazu, ihm seine Kleider zu geben; sodann grub er mit den Händen, seinem Messer und Steinen ein Loch für die Uniform. Danach vermied er Straßen und Menschen; er ließ sich nie sehen. In der Nacht rannte er durch Felder und Weingärten; tagsüber kroch er von Versteck zu Versteck, wo es ihm möglich war, meistens aber lag er still. Es war eine belebte Gegend, und den ganzen Tag waren Leute bei der Arbeit. Johannes wußte, daß er nur ganz leicht schlafen durfte oder überhaupt nicht, und er lernte bald, wie ein Hase zu schlafen. Hunde und Kühe kamen und schnupperten an ihm herum, wenn er in einer Hecke lag, aber er konnte mit Tieren umgehen, und sie trollten sich stets ruhig davon. Er tat alles mit Überlegung, und alles, was er tat, war richtig. Er hatte seine Uhr und sein Messer mitgenommen und dazu das Daguerreotyp von Zoro, seinem schwarzen Hund – er hatte nichts in Benzheim zurückgelassen, was ihm teuer war –, aber er vergrub alles zusammen mit seiner Uniform. Johannes war ein sehr argloser Junge gewesen, jetzt lebte er wie ein Tier, das gewöhnt ist, seine Spuren zu verwischen. Einmal erlebte er einen furchtbaren Schrecken: In der Frühe erblickte er einen Fluß und eine vielgiebelige Stadt, und er glaubte, es sei der Rhein. Das war am fünften Tag, und da er natürlich seinen »Lederstrumpf« gelesen hatte, wußte er genau, daß Verirrte oft im Kreis gehen. Vielleicht war es Benzheim, vielleicht auch nicht; er fand es nie heraus. Aber eine panische Angst ergriff ihn, und er mußte damit fertig werden, allein, ohne einen Halt, still im Grase liegend; und dieser Tag erschöpfte sein Herz.

Es war Mitte April, als Johannes Benzheim verlassen hatte; die Tage waren oft grau und naß und die Nächte noch ziemlich kalt. Es herrschte immer Bodenfrost. Die Stiefel des Landstreichers hatte er nicht brauchen können, und seine eigenen waren, unnötig vielleicht, vergraben; so lief er erst in Strümpfen und später barfuß. Er hielt sich mit Wasser am Leben. Manchmal stahl er sich ein bißchen Nahrung. Eier von Bauernhennen, Runkel- und Zuckerrüben aus einer Scheune, Milch aus einem

Ziegeneuter. Er versuchte Hafer zu kauen. Auf den Feldern und in den Obstgärten gab es noch nichts Eßbares, und er brach niemals in eine Vorratskammer ein. Er hatte in Landen im Lexikon gelesen, daß ein Mensch siebenundzwanzig Tage lang ohne Nahrung leben könne, vorausgesetzt, er nehme reichlich Wasser zu sich, und er hatte sich über diese eindrucksvolle Tatsache mit seinen Brüdern unterhalten. Das Lexikon gab an, daß der Betreffende nicht eigentlich Hunger verspüren würde, und Johannes, dem es genauso erging, bewunderte diese exakte Voraussage und wurde in seiner Zuversicht bestärkt. Gleichwohl wurde er zusehends schwächer. Er war sich nicht darüber im klaren, daß das Lexikon dabei nicht an einen Menschen gedacht hatte, der in der Nacht fünfundzwanzig Meilen auf schlechten Straßen zurücklegt.

Er hatte recht gehabt. Sie waren hinter ihm her, und zwar mit dem ganzen Aufgebot obrigkeitlicher Macht. Wie nahe er daran war, aufgegriffen zu werden, wußte vielleicht nur sein Instinkt. Die Kölner Polizei zog einen Sperrkreis von zwanzig Meilen Radius um Benzheim; die Landpolizei von Rheinhessen, Württemberg und Baden wurde alarmiert; sein Signalement zirkulierte; Gendarmen patrouillierten auf den Straßen. Es waren ihrer viele; sie benützten die Mittel, die ihnen zu Gebote standen; und sie konnten auf die Mithilfe übereifriger Bürger bei einer Menschenjagd zählen. Gegen diesen Apparat hatte Johannes nur seine einsame Disziplin zu setzen. Zweierlei wirkte sich zu seinen Gunsten aus. Die Kadettenkorps waren nicht beliebt; es ging die Rede von Übergriffen. In jenem Winter war ein Kadett ums Leben gekommen, der in Lichterfelde aus einem Fenster in den oberen Stockwerken gestürzt war, wo seine Kameraden ihn gezwungen hatten, in einer Frostnacht in strammer Haltung auf der Brüstung zu stehen. Es war zu erwarten, daß die Sozialdemokraten, die Liberalen, der noch nicht sehr wohlgesonnene Süden des Landes bei Gelegenheit peinliche Fragen stellen würden. Somit war es ratsam, einen Ausbruch nicht an die große Glocke zu hängen, vor allem aber nichts davon in die Presse sickern zu lassen; deshalb konnte die

Mithilfe der Übereifrigen nur auf einem Umweg gewonnen werden.

Die Benzheimer Behörden nahmen auch ein Risiko in Kauf: im Vertrauen darauf, daß der Junge nie bis nach Hause gelangen würde, benachrichtigten sie seine Angehörigen nicht.

Der zweite Umstand war die Einstellung in der Armee, sich nach Präzedenzfällen zu richten – sie richtete sich nach seinem letzten Ausbruch. Berichte darüber, was J. v. Felden wahrscheinlich tun werde, wurden an Polizeioffiziere versandt. Die Instruktionen lauteten dahin, nach einem kecken und vorlauten Jungen zu fahnden, der sich in Hotels aufspielen und alles mögliche verlangen würde und der eine schwere badische Grenzmundart, vermischt mit Französisch, spreche. Trotz allem war dies für die beschränkten Dorfpolizisten keine völlig einleuchtende Personalbeschreibung, und so mancher diensteifrige Wachtmeister ging mit seinen eigenen Ideen auf dem Lande herum und forderte die Bauernfrauen auf, ein Augenmerk auf alles Verdächtige zu haben; und so hätte es in der Tat um Johannes geschehen sein können, wenn er versucht hätte, irgendwo zu einer Wurst zu kommen.

Der Landstreicher wurde nie gefunden, oder er hielt den Mund.

In der achten Nacht schlug Johannes die Richtung nach Osten ein. Er zählte die Tage, und zwar, indem er in einen Stock Kerben biß. In dieser Gegend wurde Milchwirtschaft betrieben, das Vieh blieb nachts schon im Freien, und er konnte sich nun mehr Milch verschaffen. Nach vier weiteren Tagen wandte er sich schließlich nach Südwesten und riskierte es, schnurstracks nach Hause zu laufen.

Er erreichte Landen an einem Sonntagnachmittag im Mai. Der alte Baron, Julius, der in dieser Woche zu Besuch war, und Gustavus waren ausgefahren. Sie sahen eine schmutzige, verfilzte Gestalt, die sich vor ihnen vom Boden aufrichtete. Sie erkannten ihn nicht, auch nicht der Spaniel, der sie begleitete.

Und dann warf sich dieses zerlumpte Gerippe aufheulend in den Tilbury.

»Prenez garde au vernis«, rief der alte Baron. Und dann wußten sie, es war Johannes.

Aber sie konnten es nicht glauben.

Johannes umarmte sie, und sie waren starr.

»Mon Dieu, mon fils«, sagte der alte Baron, »qu'est-ce que cela peut bien dire?«

Sie hatten tatsächlich Tokaier-Essenz in Landen, und sie holten sie für Johannes aus dem Keller. Der Korken trug einen Stempel aus dem 18. Jahrhundert, und ein Löffel voll davon scheint all die Wirkung gehabt zu haben, die diesem Wunderelixier zugeschrieben wird. Und als Johannes ein Bad genommen hatte und in frisches Leinen gebettet worden war, einen Pfirsich aus dem Gewächshaus gegessen und einen zweiten Schluck von dem belebenden Wein getrunken hatte, wurde der alte Baron ungehalten und zugleich zärtlich. Er gluckste und prustete bei Johannes' Erzählung – Pas possible ... Est-ce conceivable? Pensez donc! Quel endroit sauvage –, und Johannes erzählte freimütig. Damals sprach er noch. Abgesehen von seiner entsetzlichen körperlichen Verfassung, schien er unverändert; er war er selbst. Er stammelte, er klagte, er sprach von Benzheim mit schlichter Empörung. Doch Tag für Tag spielte er Julius bestimmte Szenen vor. Julius und Johannes waren seit Jahren einander am nächsten gestanden, denn Gustavus war ein Langweiler und Gabriel noch ein kleines Kind. Vielleicht war keiner von ihnen imstande, alles zu erfassen; vieles muß das Begriffsvermögen von Johannes' Vater, der allmählich alt wurde, und die Teilnahmefähigkeit von Gustavus, der sich zu einem Pedanten entwickelte, überfordert haben. Der alte Baron war außer sich, daß Johannes seine Uhr – wie er es nannte – »weggeworfen« hatte; »vergraben« lehnte er als einen pathetischen Ausdruck ab.

»Eine so *gute* Uhr«, sagte er jedesmal, wenn er daran erinnert wurde. »Dein eigener Großvater hat sie gemacht; so zu übertreiben.«

Aber Gabriel, der damals zwölf war, hatte in der Nacht Albträume von Benzheim; und auf Julius, der sich selbst bedroht fühlte, machte manches von dem, was Johannes widerfahren war, einen unauslöschlichen Eindruck für das ganze Leben. Es war schlimm genug, um ihrer aller Empörung hervorzurufen. Der alte Baron wurde sehr zornig auf Benzheim – er sagte, es sei eine große Sünde und Schande, Johannes müsse jeden Tag kräftige Brühe bekommen, und damit war die Episode abgeschlossen. Julius blieb vorerst in Landen, und Johannes erholte sich rasch.

2.

Dann begannen auf einmal verschiedenartige Kräfte in Aktion zu treten. Sie waren nicht direkt an Johannes interessiert; er zählte nicht und spielte doch zugleich in ihren Berechnungen eine Rolle, und sie erdrückten ihn. Gustavus hatte diesen ganzen Frühling versucht, seine Verlobung zustande zu bringen, und eine Woche nach Johannes' Rückkehr hatte er endlich Erfolg.

»Was ist jetzt schon wieder?« fragte der alte Baron. »Quelle folie encore?«

Gustavus sagte, er habe die Ehre, akzeptiert worden zu sein.

»Von diesem jungen Mädchen?«

»So ist es, Papa.«

»Du hast sie *gefragt?*«

»Doch, ja, Papa. Als ich die Einwilligung ihres Vaters hatte.«

»Was für eine Unbesonnenheit. Nun, meine wirst du nicht bekommen. In *deinem* Alter. Du bist viel zu jung. Wie alt bist du?«

»Dreiundzwanzig im August.«

»Na bitte! Wo hat man das schon gehört, daß ein Mann mit dreiundzwanzig heiratet. Die besten Jahre seines Lebens. Ich habe es nicht getan. Dein Großvater ebenfalls nicht. Auch dein Onkel Xavier nicht. Jules a sa maîtresse près de Namur. Une femme très bien. Und ich war fünfzig, als ich eure Mutter zum erstenmal zu Gesicht bekam.«

»Du hast mit achtundvierzig geheiratet, Papa.«

»Ganz recht. Fast fünfzig. *Siehst* du?«

Es stimmte. Die Feldens waren den Frauen nicht abhold, aber vorsichtig. Sie lebten gerne für sich, und sie hinterließen gern Nachkommen, und sie erreichten nur selten ein hohes Alter. So heirateten sie spät und starben früh. Es kamen kaum mehr als zwei Generationen auf ein Jahrhundert, und kein kleiner Felden hatte jemals seinen Großvater gekannt. Gustavus hätte vielleicht darauf hinweisen können, wie fragwürdig es sei, Söhnen noch von der Schwelle der Senilität Lehren erteilen zu wollen; aber er sagte nur: »Damals war es anders, Papa, und ich liebe Clara.«

»Bien sûr. Tout le monde connait ce sentiment. Pourtant ce n'est point une femme aimable. Et lorsqu'elle aura trente ans, elle sera fort laide. Et puis c'est une dévote ...«

»Sie ist eine Heilige!«

»Eh bien! Cela te fera une jolie épouse. Wenn du jemanden brauchst, der dich siebenmal in der Woche zur Messe schleppt, engagiere dir einen Kaplan. Ich sehe keinen Grund, warum du von zu Hause weggehen solltest, jetzt, da ich alt und mit meinen Experimenten und meiner Korrespondenz beschäftigt bin und man nicht von mir erwarten kann, daß ich mir über die Ernte und meine Schlingel von Pächtern den Kopf zerbreche und jeden Heuwagen zähle. Ihr scheint alle nicht zu merken, wenn es euch gut geht. Sieh Jean an.«

»Aber, Papa, ich habe nicht vor, von zu Hause wegzugehen. Wir werden alle hier wohnen. Clara denkt daran, vielleicht eine Schule zu eröffnen –«

»Ah pas de bonnes oeuvres – surtout pas de bonnes oeuvres!«

»Clara meint, das Dorf braucht –«

»Du willst sie *herbringen*?« Der alte Baron zügelte sich. »Ganz unmöglich. Das Haus ist zu klein. Und was sollte sie mit sich anfangen? Sie kann nicht den ganzen Abend bei uns sitzen. Sie würde wohl gar den Salon deiner Mutter wieder aufmachen, und sie wäre sehr langweilig. Nein, nein, nein, das alles geht einfach nicht ... Und glaube mir, es führt zu nichts Gutem, wenn man solche Leute heiratet. Mais oui, c'est un beau nom.

Mais le tien l'est aussi. Et si aujourd'hui il a un peu moins d'éclat, c'est que depuis les siècles nous avons bien mangé et vécu heureux! Le vieux Bernin a toujours eu quelque chat à fouetter. Pire qu'un cardinal. C'est presqu'un ambitieux.«

»Aber Clara ist ein Engel.«

»Kein Zweifel.«

Der alte Baron brabbelte noch tagelang deswegen. Er beklagte sich bei Julius, nörgelte bei seinem Verwalter, schrieb eine Flut von Briefen. Gustavus schmollte. Er war enttäuscht, wie sein Vater die Neuigkeit aufgenommen hatte, was ihn aber wirklich beunruhigte, war die Haltung der Bernins, nämlich Zurückhaltung. Es gab wenig, was sie ernstlich an dieser Verlobung auszusetzen haben konnten, und es gab nichts, was sie daran entzücken konnte. Sie brachte langgehegte Pläne durcheinander und bot als Entschädigung dafür einen jungen Mann ohne gesicherte Karriere oder nennenswertes Vermögen und die Verbindung mit einem der fortschrittfeindlichsten Elemente im Großherzogtum. Der Vater der Braut, Graf Bernin Sigmundshofen, war ein äußerst fähiger, äußerst aktiver Mann, führender Kopf einer mächtigen katholischen Clique, Oberhaupt einer der großen süddeutschen Familien und eine Figur des öffentlichen Lebens. Er war Präsident des Landtags und Jahre hindurch Gesandter des Großherzogs Friedrich beim Heiligen Stuhl gewesen, doch sein Wirkungsfeld reichte weit über den engen Rahmen Badens hinaus. Er gehörte zu jenen Männern, von denen gesagt wird, daß sie in jeder Kanzlei einen Freund haben, und er hatte bestimmt in so mancher einen Verwandten; nicht nur Baron Felden zieh ihn des Ehrgeizes. Heute scheint es, als wäre er noch etwas anderes gewesen: ein uneigennütziger Mensch mit einer Mission. Er mischte sich aus Prinzip in alles ein, besaß eine immense Kenntnis von Beweggründen und Affären und, zu Johannes' Unglück, beträchtlichen Charme.

Das Wirken des Grafen war der Kirche gewidmet, oder vielmehr der Einheit und Größe eines katholischen Europa; die Kirche betrachtete er als Instrument zur Erreichung dieses Ziels. Ihm galt die Reformation als die Wurzel des gegenwärtigen Übels, und er fand sich mit der Spaltung der Christenheit ebensowenig ab wie mein Großvater mit dem Deutschen Reich. Aber während mein Großvater von morgens bis abends vor aller Welt darüber Klage führte, war der Graf ein Mann, der sich viel auf seinen Weitblick zugute hielt; und wenn er, was sehr wohl möglich ist, ein Fanatiker war, so besaß er doch auch Urbanität, und er war ein Mann der praktischen Politik. Auch er beklagte das Entstehen des neuen Deutschland, aber er hatte es kommen sehen, und er nahm sich vor, es fortan von innen her zu bekämpfen. Es war wohl nicht gerade der richtige Augenblick, von einer *Pax Catholica* zu träumen. Einmal gab es keine katholische Großmacht. Frankreich war antiklerikal und ein besiegtes Land, Spanien neutral, Italien noch nicht geeinigt, Österreich lag im Streit mit Slawen und Sultanen und war im Begriff auseinanderzubrechen. Und überdies wurden die Bündnisse jener Jahrzehnte – mit Rußland, mit England, mit der Türkei, mit Japan – nicht auf der Grundlage konfessioneller Gemeinsamkeit geschlossen, sondern zum Zweck kolonialer Expansion, der Lösung territorialer Probleme und der gegenseitigen Duldung von Aggressionen: also um Furcht zu zerstreuen oder einzuflößen. Graf Bernin war sich dessen wohl bewußt und vertrat den Standpunkt, daß angesichts dieser gegebenen Umstände und angesichts der Unfähigkeit der Wittelsbacher, der Senilität des Hauses Habsburg und des preußischen Elans der Weg für den politisch amorphen Süden Deutschlands und seinen dahinschlummernden Adel vorgezeichnet sei; er müsse wieder zum Leben erwachen, seine Rolle spielen, die katholische Aufgabe und in Deutschland die Führung übernehmen, Brücke nach Frankreich, eine Verbindung mit Rom und eines Tages vielleicht der Eckstein der apostolischen Hegemonie über Europa werden. So ging Graf Bernin denn von Landsitz zu Landsitz, von Ausschußsitzung zu Ausschußsitzung, machte Andeutungen, gab Ratschläge und Erläuterungen, sprach von Vorteilen und Beförderungen und von der Gefahr, den Anschluß zu versäumen, setzte lässigen Prälaten zu, schmeichelte trägen Beamten und lethargischen Gutsbesitzern mit Visionen ihrer eigenen Wichtigkeit, drängte

Freunde und Kollegen, Ämter anzunehmen, sich um Ämter zu bemühen, ihre Söhne dafür vorzubereiten. Zuerst müsse man die Preußen mit ihren eigenen Waffen schlagen, war sein Argument. Sie bemühten sich im Augenblick um den Süden – sehr schön, man mußte ihnen die Rosinen aus dem Kuchen klauben. Laßt uns tüchtig werden; laßt uns die Schwäche der Preußen für alles Militärische ausnützen: Bayern, Württemberg und Baden hatten einige ausgezeichnete Regimenter, mit prächtigen Uniformen und stolzer Tradition – unsere Söhne müssen die Zierde der Garde werden.

Graf Bernin war ein reicher Mann. Clara war seine einzige Tochter. Sie war damals Mitte Zwanzig und ließ Anzeichen eines integren Charakters und mehr als bloß Anzeichen großer Willensstärke erkennen. Sie war sehr fromm, und in ihr verband sich unerschütterliche und schlichte katholische Rechtgläubigkeit mit einer Rechtschaffenheit der Lebensführung, die geradezu protestantisch anmutete. Sie war lang und dünn und wirkte größer als Gustavus, obwohl sie es nicht war, und ihre Züge waren gut und würden in einem Alter, das ihr mehr entsprach, noch besser werden. Mit ihrer Kleidung suchte und erregte sie kein Aufsehen. Sie hatte schöne Hände und für den Geschmack ihrer Zeit vielleicht nicht genug Haar.

Ihre Mutter war tot; ihr Bruder war päpstlicher Kammerherr. Ihr Vater hatte ihr schon früh eingeprägt, daß es ihre Pflicht sei, den Weinberg dort zu bestellen, wo es am nötigsten war, kurzum, daß im gegenwärtigen Jahrhundert ihr Platz in der Welt sei. Als die Jahre vergingen und Clara keine Anstalten machte, diese mühevolle Berufung auf sich zu nehmen, wurde Graf Bernin deutlicher. Er begann von dem jungen Mann – jung für die Karriere, die er schon hinter sich hatte – zu sprechen, der bereits Staatssekretär für Auswärtige Angelegenheiten war, und für den Fall, daß seine Tochter ihre Aversion gegen eine Heirat mit einem Lutheraner nicht überwinden könne, erwähnte er auch den katholischen Witwer, dem soeben die funkelnagelneue Stellung des Gouverneurs von Elsaß-Lothringen übertragen worden war. Darauf sprach Clara von Gustavus – . . .

Gustavus, mit seinen dreiundzwanzig Jahren, war sicherlich in Clara verliebt. Vielleicht stand es ihm nicht schlecht. Wie jeder andere wird auch er die große Sehnsucht der Jugend gekannt haben. Bis dahin hatte er die leichte Ader der Feldens im Umgang mit Frauen gehabt, und nun entdeckte er mit einem Mal etwas anderes. Er glaubte, daß er die Tugend selbst besiegte und damit auch für sich errang. Das ist immer eine angenehme Aussicht. Selbst der Schlimmste von uns würde sich gern ändern, würde sich zumindest gern vorstellen – und davon reden –, daß er ein besserer Mensch werde; die Aufmerksamkeit derer, die uns reformieren wollen, schmeichelt uns doch sehr, und nie wird der Pfad nach oben so leichtfüßig beschritten wie in der Zeit der Liebe. Clara von Bernin, die Unbeugsame, die, wenn ihr Vater sie auf einen Ball schickte, nicht tanzen wollte, sondern, fast hörbar, für die Anwesenden betete, die mit Männern ihres Alters nicht sprach und selten von ihnen angesprochen wurde, sie beugte sich Gustavus' Werben. Ihre ernste Art gab ihm Sicherheit; sie sprach mit fast amüsierter Nachsicht von dem, was sie seine heidnische Erziehung nannte; der alte Baron sei ein guter Mensch, sagte sie, zumindest in seinem Herzen – es gebe viele Wege, Gottes Wohlgefallen zu erringen. Doch für Gustavus gab es noch Schöneres; sie sprach von seiner unsterblichen Seele, die seit dem kleinen Katechismus niemand mehr erwähnt hatte. Sie sprach von dem, was sie gemeinsam tun könnten: für Landen, für das Seelenheil, für die Armen. Aufgabe. Erhöhung. Unendlichkeit. Es war erhebend, es war berauschend; es war neu. Und es lag auch auf der Hand, daß es zu all dem kam, weil Clara von Bernin Sigmundshofen ihn als Mann unwiderstehlich fand.

Und dann war da noch etwas anderes. Gustavus wollte frei werden. Gustavus hatte nie richtig nach Landen gehört: er hatte sich oft um die Meinung der Nachbarn Sorgen gemacht, und nun begann er seine Familie in einem neuen Licht zu sehen. Er strebte nicht unbedingt nach der Kraft und der Herrlichkeit, aber er wollte auch nicht *vivre heureux* wie sein Vater, sondern ein wohlanständiges Leben führen. Er hatte die Seele eines modernen Bourgeois, und man hätte eine passende Stellung für ihn in einer Bank finden sollen. So war es eine Art poetische Gerechtigkeit, daß sein Ausbruch aus dem Nonkonformismus ihn ausgerechnet in das Feuer von Claras Rigorismus und in die hohe Politik des Grafen Bernin führte. Im Augenblick war er in den Spiegel verliebt, den Clara ihm entgegenhielt; das scheinbar aussichtslose Unterfangen, sie zu erobern, hatte ihn ein wenig gereizt, er fühlte sich über seine Brüder erhaben, und natürlich liebte er Claras *beau nom.*

Und Clara? Wer kannte sie schon? Wie dachte sie darüber? Wie dachte sie über sich selbst? Ihre Zeitgenossen waren überrascht, als sie nicht den Schleier nahm; ich lernte sie erst kennen, als sie schon alt war, und als fast Siebzigjährige, in strengem Schwarz, aufrecht wie ein Pfahl, mit klaren Augen und einem zugleich friedlichen und verbrauchten Gesicht erschien sie noch immer so weltabgewandt wie keine andere Frau. Sie muß Gustavus geliebt haben. Es ist schwer vorstellbar. Für mich, für die sie die einzige Gestalt meiner Kindheit war, die niemals ihre Meinung änderte, die nicht an sich selber dachte, die sich immer treu blieb, die in allem aus Gründen handelte, die völlig verschieden von denen aller anderen waren, und bei der man stets darauf rechnen konnte, daß sie handelte, die immer richtete, niemals nachgab, niemals sich den Launen, der Unbeherrschtheit, dem Eigennutz oder den Umständen beugte, ist es unglaublich, daß dieser Turm, dieser gefürchtete und bespöttelte Fels, dem nicht einmal meine Mutter ein Lächeln entlocken konnte, einmal von dem trügerischsten aller menschlichen Gefühle beseelt gewesen sein soll. Daß sie ihm nachgegeben haben soll, ist nicht vorstellbar. Und doch war es so.

Was Clara auch bewogen haben mag, es erwies sich als mächtig genug, Graf Bernin zu bewegen. Gegen ihren leichtfertigen Plan führte er Prinzipien und Beeinflussung ins Feld – den kindlichen Gehorsam, die Pflichten der Gottesstreiter, die Kasteiung des Willens; und Priester. Priester kamen zu Besuch, Priester wohnten im Haus; Priester im Konklave in der Bibliothek, Priester, die nach dem Tee zufällig noch etwas blieben, Priester im Beichtstuhl. Aber da tat sich ein Hindernis vor Graf Bernin auf, denn Claras Beichtvater war, was man hätte wissen können, ein moderner Jansenist. Und dieser gute Mann, Pater Martin, stand dem Plan des Grafen, seine Tochter mit einem ketzerischen Kabinettsminister zu verheiraten, mit dem gleichen Abscheu gegenüber wie Clara selbst. Die Kampagne dauerte den ganzen Winter über und tief in den Frühling hinein an, und während der ganzen Zeit bewegte man sich immer auf dem dünnen Eis von Claras möglicher Berufung. Clara blieb fest; die Verbindung, erklärte sie, sei untadelig. Und dagegen konnte er natürlich nichts sagen. Denn untadelig waren die Feldens nach den Maßstäben ihrer gemeinsamen Welt. Sie waren eine der ältesten Familien in Baden, und ihre Ahnentafel zumindest wies sie als Katholiken reinsten Wassers aus. Der alte Baron war ein Liebling des Hofes. Die Leute mochten ihre Art, und ohne es zu wissen, waren sie sehr beliebt. Ja, sie waren genau das, was der Graf immer zu vertreten schien. Landen war ziemlich mit Hypotheken belastet, aber damals waren nur wenige Leute in Baden, die Bernins freilich ausgenommen, wirklich reich. Das Aussehen der jungen Feldens galt als romantisch, und über die Zuneigung zwischen Clara und Gustavus wurde bereits mit Rührung gesprochen. Der alte Baron mochte als exzentrisch und altmodisch erscheinen, aber sosehr Graf Bernin seinen mangelnden Gemeinsinn beklagte oder durch die aufrechte, eigensinnige, zurückgezogene Art irritiert war, mit welcher der alte Herr sein Leben weiterführte, so sah er doch ein, daß dies alles kaum als ein Grund gelten könnte, die Verbindung seiner Tochter mit einem der vier wohlgeratenen Söhne eines Landedelmannes, eines weniger begüterten Standesgenossen und Nachbarn zu verhindern. Wenn es etwas gab, das Bernin zuwider war, dann dieses, seine Karten auf den Tisch zu legen.

Währenddessen kam der Gouverneur von Elsaß-Lothringen sehr gut ohne Claras Einflüsterungen aus; mit jedem Tag schwand der Glaube des Grafen, daß er seine Tochter jemals dafür gewinnen könne, sich gefügig für seine Pläne einspannen zu lassen; schließlich wurde er müde und gab im Mai einstweilig seine Zustimmung zu Claras Verlöbnis mit Gustavus.

Sie machten Besuch in Landen. Während die jungen Leute

über die Felder gingen, saß Graf Bernin bei dem alten Baron in der Bibliothek. Altersmäßig unterschieden sie sich um kaum zehn Jahre, aber Baron Felden gab gern vor, er sei achtzig. Sie waren liebenswürdig zueinander. Der alte Baron konnte nie den Reizen seiner eigenen Gastfreundschaft widerstehen; er mochte stundenlang noch so sehr gegen drohenden Besuch wettern, aber wenn die Gäste dann da waren, überschüttete er sie mit altem Oloroso und Havannas. Bernin gelang es, sich ebenso harmlos wie der Hausherr zu geben. Sie unterhielten sich. Über den Vogelzug und die schlechten Zeiten, über eine Nachbarin, die alte Gräfin Frassen, die gerade von den neuen Wichtigtuern verurteilt und ins Landesgefängnis geschleppt worden war, weil sie gepantschten Wein verkauft hatte.

»Diese Übergriffe«, sagte der alte Baron.

»Ein unglücklicher Einzelfall«, sagte Graf Bernin.

»Ja, ja«, sagte der alte Baron, »Wein pantschen – ein großer Fehler.«

Er zeigte seinem Gast eine Flasche, in der Gabriel ein Boot aufgetakelt hatte, und fragte ihn, was er von dem Verfahren des Monsieur Pasteur halte. Er sah mit Erleichterung, daß Bernins Begeisterung für die Verlobung nicht größer war als seine eigene. Der Graf sah das auch, und noch manches obendrein.

Während dieses Besuches wurde mein Großvater plötzlich weggerufen, um nach einer Kuh zu sehen. Er war zufällig der beste Tierarzt drei Bezirke weit im Umkreis, und seine Pächter bestanden darauf, daß er bei jeder Geburt anwesend sei.

Julius erschien, schmuck, in bester Haltung, und erbot sich, den Gast herumzuführen.

Die Leute waren gelangweilt und überrascht, wenn Graf Bernin zu ihnen über ökonomische Fragen sprach. Er sah große soziale Unruhe voraus. Der Norden stehe, so teilte er ihnen mit, infolge der wachsenden Industrialisierung und der niedrigen Landarbeiterlöhne vor unüberwindlichen Problemen, und darum müsse im vorwiegend landwirtschaftlichen Süden eine *ostentativ* zufriedene Landbevölkerung herangezogen werden. Die Idee war bei den Grundbesitzern unter des Grafen Freunden nicht beliebt. Als er über den Besitz seines Nachbarn schlenderte, fühlte er sich vor allem durch die Tatsache irritiert, daß der alte Baron es irgendwie fertigbrachte, eines der bestgeführten Güter in Baden zu haben, selbst wenn es nicht viel Gewinn abwarf, und daß seine Pächter besser gestellt und besser versorgt schienen als irgendwo sonst in Deutschland. Er versuchte, davon Julius etwas nahezubringen.

»Mein Vater will, daß sie gut essen«, sagte Julius. »Er sagt ihnen, sie wären verrückt, wenn sie ihr Kalbfleisch und Gemüse verkauften und selbst nur von Klößen und Bratkartoffeln leben müßten.«

Der Graf beleuchtete andere Seiten des Problems.

Julius hörte höflich zu und verbarg ziemlich geschickt sein Unverständnis und völliges Desinteresse.

Graf Bernins Geist begann zu arbeiten. »Zwanzig, sagten Sie, sind Sie?«

Er holte Julius über seine Absichten und Pläne aus. Graf Bernin verstand derlei sehr gut.

Aber auch Julius war nicht schlecht. Er antwortete mit der größten Liebenswürdigkeit, doch ohne etwas zu sagen.

Graf Bernin entging auch das nicht. »Und Sie sind zu viert?« sagte er. »Vier Söhne!«

Die Abende waren noch kühl. Julius bemerkte, sie würden im Rauchsalon ein Feuer vorfinden.

Es war genau in diesem Augenblick, daß die Benzheimer Behörden durch das Kriegsministerium die Nachricht von Johannes' Verschwinden seinem Vater überbringen ließen. Der Junge war seit fünf Wochen abgängig und mußte entweder umgekommen oder nach Übersee entwischt sein. Sie waren in keiner beneidenswerten Lage und hatten sich zu rückhaltloser Offenheit entschlossen. Das Kriegsministerium saß voller Preußen alten Schlages, die anderen und auch sich selbst die unglaublichsten Dinge zumuteten; sie konnten den Mund halten, aber wie ihr alter Kaiser Wilhelm waren sie für Lügen nicht zu haben. Sie entschlossen sich, Baron Felden zu erklären, er sei aus Gründen des öffentlichen Interesses nicht benachrichtigt worden, ihren Fehler einzugestehen und ihn zu ersuchen, den Fall nicht als Vater, sondern als deutscher Patriot und Angehöriger der herrschenden Klasse zu betrachten. Dieser Appell erreichte den alten Baron nie, denn es war Graf Bernin, der mit Julius von dem Rundgang über den Gutshof eben zurückkehrte und Major von Grautkopf, Helm und weiße Handschuhe in der Hand, in der Halle wartend fand.

»Mein Herr – ich habe den Auftrag, Ihnen eine sehr ernste Nachricht zu überbringen«, sagte der Major.

»Mein Herr?« sagte Graf Bernin.

Das Kalb war tot, die Kuh hofften sie durchzubringen. Der alte Baron hatte den Grafen völlig vergessen. Bei seiner Rückkehr ins Haus fand er ihn und einen Mann in Uniform vor, der in der Halle schrie.

Der Major kam sofort auf ihn zu.

»Ich höre, der Junge ist hier!«

»Was?« fragte der alte Baron. »Was?«

»Man hat uns nicht davon in Kenntnis gesetzt.«

»Dieses Versäumnis scheint gegenseitig gewesen zu sein«, sagte Graf Bernin.

»Der Junge muß Befehl erhalten, sich sofort fertigzumachen.« »Was soll das heißen?« sagte der Baron. »Jules, tu as l'air décoiffé.«

Julius sah tatsächlich fünf Jahre jünger aus. »Papa, sie wollen Jean nach Benzheim zurückholen.«

»*Was?*« fragte der Baron.

»Bitte, darf ich erklären«, sagte Graf Bernin. Er hatte zum erstenmal von der Affäre gehört, aber in der vergangenen halben Stunde war ihm etliches mehr zu Ohren gekommen, als gut war. »Dieser Herr –«

»Von Grautkopf«, sagte der Major.

»Major von Grautkopf ist eigens von Berlin hierhergekommen.«

»Mit der Bahn?« sagte der Baron. »Sehr unbequeme Reise. Nicht, daß ich je dort gewesen wäre.«

»Ich glaube nicht –« sagte der Major.

»Eigens von Berlin hierher«, sagte Graf Bernin, »in der Annahme –«

»Um mitzuteilen, daß Jean tot sei«, sagte Julius.

Graf Bernin hatte tatsächlich den Major so weit mit seinem Bericht kommen lassen. Der Major war wütend.

»Un fou«, sagte der Baron.

»Er fühlt sich natürlich –« sagte Graf Bernin.

»Wo ist der Junge?« fragte der Major.

»Ich glaube, Sie verstehen die Situation nicht ganz«, sagte Graf Bernin. Auch der Graf hatte sich in einer nicht gerade leichten Lage befunden.

Langsamer als sein Nachbar, begriff der alte Baron erst jetzt. Er wandte sich gegen den Major. »Monsieur l'Officier – das ist ein starkes Stück. Wie können Sie es wagen hierherzukommen? Wie können Sie es wagen, mir einen Vorwurf zu machen, daß ich Ihnen nicht über meinen Sohn geschrieben habe? Ich habe meinen Sohn von Ihrer Anstalt dreiviertel verhungert zurückbekommen, ungewaschen –«

»Aber Baron –«

»Und Sie haben noch die Unverfrorenheit, nach ihm zu fragen. Ich hoffe, Sie werden *alle* Ihre Zöglinge verlieren.«

»Baron!«

»Es führt zu nichts –« sagte Graf Bernin.

»Ich wäre Ihnen verbunden, Monsieur«, sagte der alte Baron, »wenn Sie mein Haus verließen.«

Der Major schlug die Hacken zusammen, der alte Baron verbeugte sich; der Major schlug vor Graf Bernin die Hacken zusammen, Graf Bernin verbeugte sich ebenfalls und hätte um ein Haar mit der Achsel gezuckt. Julius wartete mit dem Helm an der Türe.

»Na also«, sagte der alte Baron und setzte sich. »Na also!«

Graf Bernin sagte nichts.

Plötzlich sagte der alte Baron: »Wo ist Jean? Jean hätte das eigentlich hören sollen. Jules, va chercher Jean. Sie bleiben doch zum Abendessen, Bernin, nicht wahr? Sie – und die junge Dame.«

»Danke sehr. Ich würde tatsächlich gerne Ihren Sohn Johannes kennenlernen. Der Junge muß ungewöhnlich viel Schneid besitzen.«

»C'est un brave cœur«, sagte sein Vater.

Aber Johannes war nicht zu finden.

Das ganze Essen hindurch nörgelte der alte Mann. Wo war Jean? Warum war Jean nicht da? So mal-élevé, so unnatürlich. Dann, als es Zeit war, die Pferde der Bernins zu holen, wurde gemeldet, Johannes habe sich im Stall versteckt.

»Wie merkwürdig«, sagte der alte Baron. »Gustavus, geh und hol ihn!«

Gustavus unterhielt sich eben mit Clara; aber Gustavus ging.

Er kam allein zurück.

»Wo ist dein Bruder?«

»Er will nicht hereinkommen.«

»Er will nicht hereinkommen?«

»Ach, er ist verrückt«, sagte Gustavus und kehrte zum Sofa zurück.

Julius war auch hinausgegangen. »Papa, er hat Angst.«

»Unsinn!«

»Ach, wirklich?« sagte Graf Bernin.

Der alte Baron ging hinaus, um sich selbst zu überzeugen, die andern folgten ihm. Johannes wurde in einem Stall entdeckt, die Arme um einen kleinen Bullen geschlungen. Er zitterte am ganzen Leib, und seine schwarzen Locken waren naß von Schweiß.

»Jean –«, sagte sein Vater. »Jean!«

Julius, Graf Bernin, Clara und Gustavus, Gabriel und zwei Stallburschen standen im Halbkreis. Johannes blickte mit weitgeöffneten Augen zwischen ihnen hindurch.

»Nimm dich zusammen, Jean. Il y a du monde, voyons.«

»Jean, bitte, sag doch etwas«, sagte Gabriel.

Aber Johannes zitterte nur.

»Sprich mit uns«, sagte der alte Baron.

Clara trat auf ihn zu. »Armer kleiner Junge«, sagte sie und wollte ihn berühren.

Johannes fuhr zurück und fletschte die Zähne nach ihr.

»Oh, benimm dich, du kleiner Narr«, sagte Gustavus und packte ihn am Kragen.

Johannes wirbelte herum und biß ihn in die Hand.

»Jean –« sagte sein Vater.

»Jean!« sagte Julius.

»Jean, bitte –« sagte Gabriel und brach in Tränen aus. Der Bulle stand unbeweglich und leckte sich die Schnauze.

»Meine Liebe, ich bin untröstlich über diese beschämende Szene«, sagte Gustavus.

»Deine *Hand*, Liebster«, sagte Clara.

Julius hatte Zoro geholt. Der schwarze Hund kam hereingesprungen – sah seinen Herrn an – sah den Bullen an – sah seinen Herrn an – und winselte.

»Ach, du Dummer«, sagte Johannes und taumelte aus der Box, er warf sich auf den Hund und brach in lautes Schluchzen aus.

»Ich glaube, der Wagen wartet«, sagte Graf Bernin.

3.

Sie hatten in diesem Sommer wenig Ruhe in Landen.

Zuerst traf aus Benzheim ein knappes Schreiben ein:

KOMMANDANTUR
Kadettenanstalt Corps Benzheim
Benzheim am Rhein b/Köln
Königreich Preußen

Sein. Hochwohlgeboren
Baron Felden zu Landeney
Schloß Landen
Großherzogtum Baden

Den 23. 5. 187..

Sehr geehrter Herr Baron!

Durch Rapport des Majors von Grautkopf erfahren wir soeben, daß der am sechzehnten ultimo vom Corps Benzheim entsprungene Zögling Kadett von Felden sich im elterlichen

Hause befindet u. ersuchen wir Sie hiermit besagten Zögling unverzüglich in das Corps Benzheim einzuliefern.

Gehorsamst
gez. von Köppen Oberst u. Kommandant

»Quel exécrable langage«, sagte der alte Baron und warf Julius das Blatt hin.

»Sie schreiben, sie hätten von diesem Major erfahren, daß Jean zu Hause sei, und wir sollten ihn sofort zurückschicken.«

»Zweifellos«, sagte der alte Baron, »zweifellos. Diese Leute scheinen weder Vernunft noch Manieren zu haben.«

Benzheim erhielt keine Antwort, aber der Brief wurde in Johannes' Anwesenheit besprochen; und Johannes, dessen Verhalten wieder normal geworden war, bekam eine Art Anfall. Beim erstenmal war der alte Baron erschüttert gewesen – und hinterher zornig; diesmal war er nur zornig. So übertrieben, solcher Mangel an Tenue, hatten denn *alle* den Verstand verloren?

Dann kam ein Telegramm. Telegramme waren auf Landen eine Seltenheit. Der Baron hatte einen alten Freund in Neuchâtel, einen Ornithologen, der allmählich in die Jahre kam.

»Voilà! on m'appelle au lit de mort de mon pauvre ami. Tout le monde s'en va ...« Er brach das Siegel mit zitternder Hand, und als er die Unterschrift *Kommandantur Benzheim* sah, fühlte er sich genasführt und beschuldigte Johannes, daß er ihm den Seelenfrieden störe. Johannes aber war nicht da, um es zu hören; beim Auftauchen des Boten hatte er die Flucht ergriffen und war in den Wald gelaufen. Andererseits war Clara jetzt ständig auf Landen. Der alte Baron fing an, sich gegen seine Kinder zu stellen. Merkwürdige Schuldscheine, offenkundig von Julius unterzeichnet, begannen ins Haus zu flattern; Julius wurde bedeutet, es sei höchste Zeit, daß er sich wieder zu seinen Büchern verfüge, und er fuhr eilends nach Bonn zurück.

Auch Johannes' verlorene Uhr zehrte an der Ruhe des alten Mannes, und er kam auf einen glänzenden Einfall. Eine Annonce. »Wir werden es in die Zeitung setzen!«

»Was soll man denn da schreiben?« fragte Gabriel.

»Jules?« Aber Julius war natürlich nicht da. »Ach, man sagt ihnen einfach, worum es sich handelt, und sie setzen es dann hinein.«

Also nahm Gustavus einen leichten Wagen, fuhr nach Breisach hinein, wo der »Mannheimer Anzeiger« und der »Badische Landwirt« eine Zweigstelle hatten, und erklärte die Sache.

Zur gleichen Zeit beriet sich Benzheim noch einmal mit dem preußischen Kriegsministerium. Das Ministerium nahm sich abermals Major von Grautkopfs Rapport vor, und Generalleutnant von Schimmelpfennig schrieb persönlich an seinen alten Bekannten Graf Bernin.

»Lieber Bernin ...«

Es war ein weitschweifiger Brief. Zuerst war die Rede von der angenehmen Zeit, die man während der Verhandlungen über den Vertrag von Gastein verbracht hatte. Wie gut der Absender sich an das, wenn er so sagen dürfe, *brillante* Verhandlungsgeschick, an den *unfehlbaren* Takt erinnere, den Bernin bei seinen Mittlerdiensten bewiesen habe. Die Schleswig-Holsteinische Frage! Es scheine, als wäre es erst gestern gewesen. An die acht Jahre seien es jetzt wohl? *Tempus fugit.* Nun – jetzt seien die Deutschen geeint. Gewisse Schwierigkeiten noch auszuräumen; der Süden scheine nicht immer zu *verstehen* ... Gerade jetzt mache ein Sohn einer dortigen Familie ein bißchen Scherereien. Der Bengel scheine sich aus einem der neuen Kadettenkorps auf französisch empfohlen zu haben. Der Vater müsse ein Nachbar Bernins sein – ein ungeschliffener Diamant, wie man höre.

Auf Graf Bernins Unterstützung war nicht immer ohne weiteres zu rechnen. Unter einem Schwall höflicher Floskeln antwortete er mit der heiklen Frage: Was kümmere das Kriegsministerium das Verbleiben eines kleinen Jungen auf einer Militärschule?

Der General ließ jetzt die Schleswig-Holsteinische Frage fallen. Die Benzheimer Behörde, schrieb er, sei über die Auswirkungen eines – erfolgreichen – Ausbruchs auf die Moral der Anstalt besorgt; die Flucht des Jungen sei seinen Mitschülern bekannt geworden, die zum Teil ebenfalls Neulinge seien und süddeutschen Familien entstammten. Wenn man dem Jungen gestattete fortzubleiben, so könne sich dies als schädlich für das ganze Gefüge ihres pädagogischen Systems erweisen.

Graf Bernin schrieb zurück, er verstehe, worum es ihnen gehe; aber was solle er in dieser Sache tun?

Der nächste Brief des Generals war ganz ohne Umschweife. Die Kadettenkorps hätten mit einigen Zöglingseltern Schwierigkeiten; Benzheim erachte es als wesentlich, daß der Junge noch vor Beginn der Sommerferien zurückgebracht werde. Rechtlich könne ohne Einwilligung des Vaters nichts unternommen werden. Druckmittel schienen in diesem Fall nicht am Platz – vielleicht aber das Angebot eines Ordens? Seine Majestät sei ziemlich sparsam mit Kreuzen für Zivilpersonen. Man könnte vielleicht an den König von Bayern herantreten – oder würde der alte Felden wahrscheinlich doch auf einer kaiserlichen Auszeichnung bestehen? Ob Bernin einen Rat geben könne.

Graf Bernin erwiderte wahrheitsgemäß, daß sein direkter Einfluß auf seinen Nachbarn gleich Null sei. Er erwähnte nicht, was er zu diesem Zeitpunkt hätte tun sollen, daß die Feldens demnächst mehr als Nachbarn für ihn sein würden. Er riet dem General, sich um keinen Orden zu bemühen, und fügte aus freien Stücken hinzu, daß Major von Grautkopf ein Fehler gewesen sei.

Der General griff den Punkt auf. Ja, schrieb er, ja, Major von Grautkopf... Er wisse Bernins Offenheit zu schätzen, aber *was* für einen Mann würde denn er vorschlagen?

Graf Bernin sandte eine Beschreibung.

Hauptmann Montclair, ehemaliger Bayerischer Militärattaché in Paris, war fast ein Dandy. Seine Kleidung war exquisit. Der alte Baron, dem Freunde oft Leute ins Haus schickten, hatte ein schlechtes Gewissen; er glaubte einen Brief vergessen zu haben. »Sie interessieren sich doch für Barometer?« fragte er.

»Ja, sehr«, sagte sein Besuch.

Als der alte Baron ihn somit placiert hatte, zeigte er ihm seine Sammlung. »Dieses ist von Abbé Nollet entworfen worden; es hat eine interessante Anordnung des Rades. Dies hier hat Lavoisier persönlich gehört, dem Ärmsten! Und jetzt mit der Spirale, was für ein Fortschritt gegenüber dem Heber ... Wie ist Ihre Meinung dazu, Monsieur?«

»Die runden sind nicht so hübsch.«

»Wie recht Sie haben«, sagte der alte Baron. »Anscheinend versteht niemand mehr ein Gehäuse zu machen. Trotzdem, *ohne* die Spirale? Wie würden Sie Ihre Schnur anbringen? Vielleicht würden Sie dem Siphon den Vorzug geben? Sicher sind Sie der gleichen Meinung wie unser Freund Mercier bezüglich der Wechselwirkung von Luftfeuchtigkeit und Schwerkraft? Erlauben Sie mir, ein Diagramm aufzuzeichnen. Sie brauchen nur an die Pendeluhr zu denken –«

Hauptmann Montclair stürzte sich auf diesen Strohhalm. »Weil wir gerade von Uhren sprechen, ich bewundere Ihre schon eine ganze Weile, Baron.«

»Was?« sagte der alte Baron. »Ach, die hier. Das ist keine Pendeluhr.«

»Nein, nein, natürlich nicht, aber sie ist wirklich schön.«

»Es ist eine *sehr gute Uhr*«, sagte der Baron. »Mein Vater hat sie gemacht. Es waren eigentlich zwei. Mein Sohn, der Lausbub, hat die andere verloren. Hat sie weggeworfen; so unüberlegt. Er hat geglaubt, die Preußen seien hinter ihm her.«

»Ihr Sohn, Baron?« sagte Hauptmann Montclair.

»Und so war es auch. Mein Sohn führt sich wie ein Verrückter auf, sieht ihm gar nicht ähnlich. Und der Älteste geht hin und verlobt sich mit der Tochter dieses alten Wichtigtuers drüben auf Sigmundshofen, alles so überflüssig.«

»Der Junge scheint ein bißchen durchgedreht.«

»Der arme Gustavus? O nein, nein.«

»Ich meine Ihren jüngeren Sohn, den, der weggelaufen ist, wie Sie sagten. Ist seine Haltung nicht recht unvernünftig?«

»So übertrieben«, sagte der alte Baron.

»Wissen Sie, Baron, diese Korps sind längst nicht so schlimm, wie Ihr Sohn sie zu schildern scheint.«

»Oh, das würde ich nicht sagen; Sie haben Jean nicht gesehen – empörender Zustand, in dem er hier ankam.«

»Ich würde sehr gern mit Ihnen über Ihren Sohn Jean sprechen, Baron«, sagte der Hauptmann.

»Nein, nein«, sagte der Baron, »wir wollen uns über die neuen Konstruktionen des Professors unterhalten. Sie müssen sie mir aufzeichnen. Ich sehe schon, Ihr Besuch wird mich aufmuntern. Heute morgen ist ein anständiger Rheinlachs gekommen – wir werden einen Montrachet dazu trinken, 58er. Durchaus kein schlechter Jahrgang.«

»Bedaure«, sagte der Hauptmann und erklärte, daß er kaum die Zeit haben werde.

»Was, Sie bleiben nicht? Im Gasthof in Breisach wohnen Sie? Wir müssen sofort nach Ihren Sachen schicken, mein alter Freund Mercier würde es mir nie vergeben ...«

Wieder machte der Hauptmann Ausflüchte; er müsse sich sogleich auf den Weg machen.

»Ach, wie *kurz*«, sagte der alte Baron. »Der Professor braucht Sie wohl sehr.«

Hauptmann Montclair ging anschließend nach Sigmundshofen. Graf Bernin war von seinem Besuch leicht geniert. Wie der alte Baron versuchte auch er, die Begegnung im gesellschaftlichen Rahmen zu halten. Er war weniger erfolgreich.

»Immerhin – man hat mir nicht die Tür gewiesen«, sagte Hauptmann Montclair.

»Wirklich?«

»Wir haben uns sogar großartig verstanden, der Baron und ich.«

»Felden ist ein sehr charmanter Mann.«

»Großartig verstanden, aber eigentlich ohne Resultat.«

Das sehe dem guten Montclair ähnlich, sagte Graf Bernin später zu Clara. »Er versteht sich immer großartig mit aller Welt, aber seine Missionen scheint er nie zu erfüllen.« Die Kaiserin Eugenie habe sich völlig entzückt von ihm gezeigt, bis er plötzlich abberufen worden sei.

»Und ich konnte die Einladung, in Landen zu bleiben, nicht annehmen«, sagte der Hauptmann.

»Nein, nicht gut.«

»Oh, so war es nicht«, sagte der Hauptmann und erklärte den Grund. »Sehr dumm von mir.«

Aber Graf Bernin lächelte nicht. »Wissen Sie, wenn ich Sie wäre, würde ich meine Sachen packen und nach Berlin zurückfahren«, sagte er.

Hauptmann Montclair kehrte jedoch in den Gasthof nach Breisach zurück. Zwei Herren im Straßenanzug erwarteten ihn in der Gaststube.

»Herr Hauptmann – wir hätten gerne eine Stellungnahme zu dem ›entsprungenen Kadetten‹ von Ihnen.«

Gustavus ritt zur gewohnten Stunde zu Clara hinüber. Er war sehr ärgerlich. »Gabriel erzählt eine Schauergeschichte von einem zweiten Mann aus Benzheim. Das ganze Haus steht Kopf.«

»Ich glaube, das sollte Papa hören«, sagte Clara.

»Und glaubt Ihr Vater, daß dieser Mann aus Benzheim kommt?« fragte der Graf.

»Er glaubt kein Wort davon. Aber Gabriel läßt sich nicht davon abbringen, daß im Gasthof in Breisach ein Mann abgestiegen ist, der Jean abholen soll. Die Wirtsleute haben unserem Pferdeburschen erzählt, daß er einen großen silbernen Helm mit Federbusch und einem eigenen Futteral auf seinem Bett habe liegenlassen, und er habe einen weißen Uniformrock, und sie hätten seinen Säbel gesehen. Gabriel sagt, es sei derselbe Mann, der heute morgen als Zivilist verkleidet ins Haus gekommen ist.«

»Ich verstehe«, sagte Graf Bernin.

»Glauben Sie, es ist etwas daran wahr?«

»Könnte es nicht dieser Hauptmann gewesen sein, der *dich* heute besucht hat, Papa?« sagte Clara. »Er hatte auch keine Uniform an.«

Graf Bernin setzte sich hin und schrieb abermals an Generalleutnant von Schimmelpfennig. Der Inhalt seines Briefes war: Mein lieber Schimmelpfennig, Ihrem Hauptmann Montclair ist es gelungen, diese Sache zu einer Farce zu machen; nichts ist damit zu gewinnen, daß Sie sich und Ihre Emissäre hier zum

Gespött der Leute machen, und ich glaube, Sie sollten es aufgeben. Warum veranlassen Sie diese Benzheimer nicht, ihren Kadetten zu sagen, der Junge sei krank oder in ein anderes Korps oder ein Militärgefängnis gesteckt worden? So viel Phantasie wird man doch sicherlich aufbringen? Überdies glaube ich, der Junge *ist* krank. Ein bißchen Elastizität ist, wenn ich Sie erinnern darf, eine nützliche Eigenschaft. Immer Ihr ergebener Diener, Conrad Bernin.

Am Morgen dieses Tages erschien in zwei badischen Tageszeitungen ein Bericht über Johannes' Flucht aus Benzheim. Als journalistische Produkte hielten sich diese blumigen Artikel mehr an den altmodischen Stil.

> Unsere Leserschaft wird mit Anteilnahme von der tapferen Flucht aus den Mauern einer gewissen Militärakademie erfahren, die der unerschrockene Sprößling einer der hervorragendsten Persönlichkeiten Südbadens unternommen hat, der Sohn des Baron F. und L.

Aber sowie diese Schilderungen einmal publik geworden waren, wurde eine richtige Geschichte daraus, und manche der Einzelheiten – die Gabriel mit aufgerissenen Augen wiedergab – waren haarsträubend. Sie erregten ein Aufsehen, das über den Abonnentenkreis des »Badischen Landwirts« und des »Mannheimer Anzeigers« weit hinausging, und am darauffolgenden Morgen standen die Tatsachen, in sachlicherer Darstellung, in den »Karlsruher Nachrichten« und im »Süddeutschen Courier«. In Deutschland war damals die Pressefreiheit noch neu und stets gefährdet. Grundsätzlich konnte alles gedruckt werden, solange es weder unwahr noch tendenziös dargestellt wurde, noch gegen die öffentliche Ordnung, Moral oder die Interessen des Staates verstieß. Natürlich war die Auslegung dieser Begriffe sehr dehnbar, und Nachrichten und Zeitungen wurden oft unter einem nichtigen Vorwand unterdrückt. Die liberale »Frankfurter Zeitung« bereitete einen Leitartikel vor und entsandte einen Mitarbeiter nach Baden, um sich zu vergewissern; Bebels Blatt, »Die Neue Zeit«, entschloß sich zu dem gleichen Schritt; das republikanische »Hamburger Fremdenblatt« telegraphierte seinem Münchener Korrespondenten; die vorsichtigere »Kölner Warte« fragte in Berlin an, ob schon ein Dementi vorliege. Der Redakteur einer antizaristischen Zeitschrift, die in der Schweiz erschien, traf persönlich aus Basel ein. Diese Herren versammelten sich alsbald in dem Breisacher Gasthof. Hauptmann Montclair aß auf seinem Zimmer zu Abend.

Auf Landen verschaffte Gabriel sich einen Federkiel und kritzelte SOS, SOFORT KOMMEN! auf ein Stück Papier. Der allwöchentliche Korb, der nach Bonn ging, war fertig gepackt; er versiegelte die Nachricht mit Wachs und steckte sie zu dem Lamm-Halsstück, den Enten und grünen Erbsen in den Korb.

Am nächsten Tag präsentierten sich in aller Frühe der Adjutant des Generals von Schimmelpfennig und sogar ein Sekretär aus Bismarcks Reichskanzlei, begleitet von Hauptmann Montclair, noch steif von der Reise und mit feierlicher Wichtigkeit, an den Toren des Grafen Bernin.

Der Graf war noch im Schlafrock. »Meine Herren, was kann ich für Sie tun?«

Es war einfach. Für den Grafen, der so zu denken gewohnt war, war es sonnenklar. Für uns, in unserer heutigen Sicht als Erben dieser und noch ganz anderer Ungeheuerlichkeiten im Namen des Staatswohls, erscheint es sinnlos, schändlich und verworren. Die Handlungen, die die Zukunft formen, führen nur selten zu den gesetzten Zielen; der Weg des Eigeninteresses nimmt sich nur im Augenblick als eine schnurgerade Linie aus, und die Geschichte der Einzelnen, der Gruppen und der Staaten ist die Summe daraus. An jenem Maimorgen vor achtzig Jahren erfuhr Graf Bernin, daß er die Gelegenheit habe, der Deutschen Reichsregierung einen bleibenden Dienst zu erweisen.

Nahezu jedermann glaubte damals an die innere Notwendigkeit eines geeinten Deutschland. Das Kaiserreich war, einer jener Prokrustes-Phrasen zufolge, mit denen wir der Natur des Universums einen entmenschlichten und allzumenschlichen Stempel aufzwingen und uns selbst den Blick verstellen, eine zwangsläufige historische Entwicklung. Und doch war jedermann, bis hinauf zu Bismarck, mit der Gestalt des neuen Reiches unzufrieden. Die Liberalen hatten für die Vereinigung in der Hoffnung gearbeitet, die Macht der Fürsten zu beschneiden; die preußischen Nationalisten in der Absicht, eine Hegemonie über Österreich zu errichten; die Verfechter des Freihandels, um die mittelalterlichen Währungszustände abzuschaffen, die Demokraten, um das Wahlrecht auszudehnen, die Arbeiterführer, um die arbeitende Klasse zu einen, die Sozialisten, um dem Gewerkschaftsgedanken mehr Raum zu schaffen, und das Heer, um dem Heer mehr Raum zu schaffen. Die ersten Früchte waren die Reichsverfassung von Versailles, neue Zölle, die Sozialistengesetze, Elsaß-Lothringen, Bismarck und die dauernde Feindseligkeit Frankreichs. Bismarck mußte eine Koalitionsregierung bilden.

Ein öffentliches Bekanntwerden der Behandlung, die Johannes beim Korps Benzheim erfahren hatte, mußte im Reichstag unfehlbar zu einer Anfrage von Mitgliedern des Hauses führen, die durch ihre politische Position dazu verpflichtet waren, solche Fragen zu stellen. Das war an sich nicht weiter schlimm. Die Regierung oder vielmehr der gemäßigt konservative Flügel der Regierungsmehrheit war gewillt, sich zu stellen und einen Sturm durchzustehen, der vermutlich gelinde verlaufen würde. Die Ironie des Schicksals wollte es, daß die Angelegenheit nicht denjenigen peinlich war, die für die Kadettenschulen verantwortlich waren, sondern den Antimilitaristen, die sie befehdeten. Liberale Reichstagsmitglieder, wenn auch zeitweilig mit der Regierung verbündet, konnten sich nicht vor der Öffentlichkeit mit einer erzkonservativen Politik in einer solchen Angelegenheit identifizieren, ohne die Unterstützung ihrer Wählerschaft aufs Spiel zu setzen. Falls es zu einer Debatte kam, war somit eine Spaltung der Regierungsmehrheit nicht zu vermeiden. Die Regierung würde zu Fall kommen. Keine Kombination konnte ohne Bismarck eine neue Regierung zu bilden hoffen. Bismarck wiederum würde es schwer haben, eine neue Koalition zu bilden. Im Reichstag durfte die Frage nach dem »entsprungenen Kadetten« nicht gestellt werden.

»Ja ...« sagte Graf Bernin. »Ja ... «

»*Wenn* wir es aus den Frankfurter und Berliner Zeitungen heraushalten können.«

»Im gleichen Augenblick, da der Junge von seinem Vater zurückgeschickt wird, ist die ganze Sache geplatzt.«

»Sehr wahrscheinlich«, sagte Graf Bernin.

»Dann können wir diese Schmierblätter dazu zwingen, ein Diminuendo zu bringen. Wir könnten sie wegen Verzerrung der Wahrheit drankriegen. Sie werden sagen müssen, es war nur ein Dummejungenstreich, und der Junge ist ganz friedlich nach Benzheim zurückgebracht worden. Niemand wird danach wagen, das Eisen noch einmal anzufassen.«

»Vermutlich nicht«, sagte Graf Bernin.

»Man wüßte gern, wie sie überhaupt von der Sache Wind bekommen haben.«

»Der Kaplan in Benzheim soll ein unzuverlässiger Mann sein.«

»Möglich«, sagte Graf Bernin mit einem frostigen Lächeln.

»Meine Herren – die Zeit drängt.« »Es geht um Stunden.«

»Wir müssen eine Weisung an die Presse geben können.«

»Am besten wäre es, wenn wir vom alten Felden selbst etwas hätten. Besteht da irgendeine Hoffnung, Bernin?« »Keine.«

»Auch nicht, wenn wir ihm alle Tatsachen unterbreiten?«

»Besonders, wenn Sie ihm alle Tatsachen unterbreiten.«

»Eine merkwürdige Einstellung. Sind Sie sich dessen schon jetzt sicher?«

»Graf Bernin dürfte in der Lage sein, das zu beurteilen, wenn man an die zukünftige Verbindung zwischen . . .«

»Meine Herren!«

»Nun gut, lassen wir das mit der Erklärung an die Presse. Konzentrieren wir uns auf den Jungen.«

»Was sollen wir dem alten Felden sagen?«

Graf Bernin sagte: »Ihre Regierung sieht sich einer ganzen Menge strittiger Probleme gegenüber.«

»Uns aufgezwungen, Graf. Uns aufgezwungen. Falls Sie das Veto gegen die Besetzung kirchlicher Amtsstellen meinen sollten – Der Kanzler war ebenso betroffen über das Unfehlbarkeitsdogma – eine äußerst unbedachte Verkündigung! – wie, lassen Sie uns offen sprechen, viele Angehörige Ihrer Kirche selbst. Da wäre die Ernennung des neuen Bischofs von Bamberg ...«

»Ja?« sagte Graf Bernin.

»In diesem Fall war uns das Veto, wie Sie zugeben werden, aufgezwungen, *ex principio*, durch die Haltung des Kandidaten. Allerdings sehen solche Maßnahmen manchmal anders aus, als sie in Wirklichkeit sind. Wir sind nicht unelastisch ... Im Falle einer De-facto-Investitur – Ihnen das zuzusichern bin ich fast in der Lage – würden die Kreise, die den Bischof unterstützen, auf wenig ernsten Widerstand stoßen.«

»Das war bislang nicht mein Eindruck«, sagte Graf Bernin.

»Nun, kommen Sie, Graf, Sie müssen uns doch ein bißchen Dankbarkeit zugute halten.«

»Was sollen wir dem alten Felden sagen?«

Graf Bernin erhob sich. »Wir müssen eine Möglichkeit finden«, sagte er.

»*Ich* zeige mich dort lieber nicht mehr«, sagte Hauptmann Montclair.

»Oh, ich würde doch einen solchen persönlichen Vorteil nicht in den Wind schlagen, Hauptmann«, sagte Graf Bernin.

»Können Sie sich irgend etwas denken, was der alte Knabe vielleicht gerne haben möchte, Bernin?«

»Seinen Frieden.«

»Nicht viel für uns drin.«

»Im Gegenteil«, sagte der Graf. »Im Gegenteil.«

»Ist das nicht grotesk? Ein einziger verzogener Bengel gefährdet die Reichsregierung ...«

Ehe Graf Bernin nach Landen hinüberfuhr, sprach er mit Clara. Gustavus war bei ihr.

»Sie können es ruhig mit anhören, Gustavus«, sagte der Graf. »Eure Verlobung hat mich in eine untragbare Lage gebracht. Und ich möchte folgendes sagen: Clara, wenn Felden sich nicht einverstanden erklärt, den Jungen zurückzuschicken, werde ich meine Einwilligung zu eurer Heirat nicht geben. Ich werde euer Verlöbnis als niemals stattgefunden betrachten. Ich vertraue darauf, daß du ohne meine Zustimmung Gustavus nicht heiraten wirst, solange ich lebe. Und wie ich deinen Bruder kenne, der die gleichen Ziele hat wie ich, wirst du es auch nicht tun, solange er am Leben ist. Es tut mir sehr leid. Aber ich werde mich nicht kompromittieren lassen.«

Kurz danach begleiteten die Herren aus Berlin Graf Bernin, der inzwischen seine Toilette beendet hatte, an die Kutsche.

»Ich kann Ihnen nichts versprechen«, sagte er. Aber als er und Hauptmann Montclair in Landen eintrafen, hatte Johannes schon fast das Spiel verloren.

Der alte Baron begrüßte sie auf den Stufen. »Ich bin entzückt, Sie zu sehen, cher Monsieur. Also haben Sie es doch möglich gemacht, noch einmal zu kommen?« Er nahm Hauptmann Montclair am Arm. »Kommen Sie herein, kommen Sie herein! Ich wollte gerade ein Glas Wein trinken. Das heißt, wenn wir überhaupt etwas zum Sitzen finden; ich habe einen schrecklichen Morgen hinter mir. Das Haus ist voll von den *merkwürdigsten* Leuten. Aber das ist wirklich eine Freude. Sie werden sehen, ich habe meine Mechanikkenntnisse eigens für Sie aufgefrischt. Nicht, daß ich einen Augenblick Ruhe gehabt hätte. Heutzutage scheint kein Mensch mehr ein Gefühl dafür zu haben, wann es Zeit ist zu gehen.«

»Was wollen die Leute?« fragte Graf Bernin.

»Ach, mein lieber Bernin, ich wünschte, Sie würden es herausbringen. Ich glaube, sie wissen es selbst nicht. Ich bin sicher, es sind *Hochstapler*. Meine Kinder sagen, sie kämen allesamt aus Benzheim, das ist Jeans Schule. Nun, vielleicht stimmt es. *Sie sehen ganz danach aus.* Jean hätte sie nicht hierherkommen lassen sollen. Er steckt irgendwo und hat hysterische Anfälle, so unangenehm anzusehen, so unnütz. Jean entgleitet mir völlig. Wissen Sie, daß Jean und Gabriel es sich nicht ausreden lassen, daß auch *Sie* von dort kommen? Warten Sie, bis Sie diese Leute gesehen haben! Sie sind alle in die Küche gegangen. Wenn sie zum erstenmal in mein Haus kommen, könnten sie wenigstens *fragen.*« »Haben die Leute überhaupt mit Ihnen gesprochen?« fragte Graf Bernin.

»O ja. Stundenlang. Ein Morgen, sage ich Ihnen! Irgend etwas über Jeans Uhr. Natürlich haben sie sie nicht gefunden. Einer von ihnen hat mich gebeten, zu einer Veröffentlichung beizutragen. Vielleicht gebe ich ihm wirklich meine Abhandlung über Phosphate ... Und dann ist ein Herr hier – eigentlich ganz zivil –, der aus St. Petersburg sein will. *Er* hat sogar sein Gepäck mitgebracht. Als ich ihn fragte, und wie geht es meiner alten Freundin, der Gräfin Trubkin, hat er mir erzählt, er habe in Zarskoje mit ihr getanzt und sie sei eine traumhafte Erscheinung. Der arme Mann muß nicht bei Trost sein. Marie Fedorowna, die bereits seit fünfzehn Jahren an der Gicht darniederliegt ... Und sie *wollten* alle mit mir über Benzheim sprechen. Na, ich hab ihnen gesagt, was ich *davon* halte.«

»Übrigens, Hauptmann Montclair hat in gewisser Beziehung mit Benzheim zu tun«, sagte Graf Bernin.

»Ach ja? Haben Sie wirklich? Das ist aber ein ganz ungewöhnlicher Zufall! Wie man sich doch täuschen kann ... Es muß reizend für die Jungen sein, daß Sie dort sind.«

»Der Hauptmann ist nicht *direkt* in Benzheim.«

»Natürlich nicht. Er hätte nicht die Zeit dafür. Ich nehme an, Sie führen dort gelegentlich Ihre interessanten Experimente vor. Ich wünschte, mein Freund Mercier hätte mir davon geschrieben. Ich scheine einen falschen Eindruck von dieser Schule bekommen zu haben. Jean ist ein Esel. Er hätte mich fast ins Grab gebracht mit seinen Geschichten ... Sich das Haus von diesen schrecklichen Leuten einrennen zu lassen. Man sieht ja, *die* können nichts mit Benzheim zu tun haben.«

»Es sind Radikale, die Anstalten wie Benzheim in Verruf bringen wollen.«

»Aha«, sagte der alte Baron; »Nihilisten. Und die arme Marie Fedorowna geht mit ihnen tanzen, und dabei kann sie natürlich überhaupt nicht tanzen. Was für ein absonderliches Leben sie jetzt führen muß. Und Jean läßt sie noch alle hierherkommen und mißversteht alles. Ich weiß nicht, was ich mit dem Jungen tun soll, que le diable l'emporte.«

»Darüber wollen wir eben mit Ihnen sprechen«, sagte Graf Bernin. »Können wir in die Bibliothek gehen?«

Das Mittagessen auf Sigmundshofen, eine Stunde später, war kaum ein Mittagessen zu nennen. Die Herren aus Berlin hatten ihre Aktenkoffer offen neben sich auf dem Tisch liegen und kritzelten eifrig.

»Bernin war wundervoll«, sagte Hauptmann Montclair. »Sie hätten ihn sehen sollen.«

Clara machte dem Butler ein Zeichen, die Koteletts nicht noch einmal zu reichen.

Hauptmann Montclair goß sich vom Mosel ein. »Diese Zeitungsmenschen waren recht nützlich, nicht wahr? Na, kein Unglück ist so groß ...«

Der junge Adjutant schob seine Papiere zur Seite. »Das wär's. Wenn Sie wirklich so freundlich sein wollten, Graf?«

»Gewiß. Einer meiner Leute wird sich ihrer annehmen. Das Pferd steht bereit.«

»Danke sehr.«

»Bernin – darf ich Sie zu Ihrem nicht unbeträchtlichen diplomatischen Sieg beglückwünschen?« sagte Hauptmann Montclair.

»Ich lasse dem Bahnhofsvorsteher von Singen Bescheid geben, den Expreß Basel-Köln aufzuhalten«, sagte Graf Bernin.

»Danke sehr.«

»Der Mann ist zuverlässig?«

»Vollkommen.«

Hauptmann Montclair zog die Uhr. »Die Herren werden sich jetzt diesem ausgezeichneten Kognak widmen, und ich mache mich besser auf den Weg. Ich darf meinen *Zögling* nicht warten lassen ...«

»Clara, würdest du bitte läuten«, sagte Graf Bernin. Niemand sah auf, als Montclair das Speisezimmer verließ.

»Glauben Sie, er wird Scherereien haben?«

»Nein«, sagte Graf Bernin. »Er ist ein Narr, aber er ist zäh.«

»Es gefällt mir nicht.« »Mir auch nicht.«

»Mir auch nicht«, sagte Graf Bernin.

»Es kommt mir – ja, so ist es wohl – nicht recht vor.«

»Es war wohl nicht anders –«

»Nein, leider nicht.«

»Ich fürchte, Sie haben recht. Nun ja ... Und Sie raten uns zu dem Nachtzug ab Karlsruhe?«

»Ja, entschieden.«

»Wir haben Ihnen eine Menge Ungelegenheiten bereitet, Graf.«

»Keineswegs.«

Aber als in dieser Nacht der Expreß in Singen angehalten wurde, waren keine Passagiere da, und auch die Herren reisten nicht nach Berlin zurück, denn als Johannes von seinem Schicksal erfahren hatte, hatte er von mehreren Schachteln Schwefelhölzer die Köpfe geschluckt.

4.

Auf Landen lösten jetzt Ärzte die Reporter ab. Der alte Baron hatte Ärzte nie ausstehen können. Er glaubte, daß sie Unglück brächten. Er haßte jegliche Krankheit, soweit sie nicht Tiere betraf oder mit einem Glas Wein oder einem Beefsteak kuriert werden konnte, und in der Familie galt sie ihm geradezu als ein böswillig heraufbeschworenes Übel. Und er hatte Angst vor dem Tod. Daß auf Landen mit dem Tod gespielt wurde, erschien ihm als Beweis, daß der letzte Rest von gesunder Vernunft dahinschwand. Er schloß sich in die Bibliothek ein, hin und her gerissen zwischen Zorn und Schrecken, und ließ nur Graf Bernin und Montclair zu sich, weil er überzeugt war, daß das Chaos über ihn hereingebrochen sei.

»Schlimmer als die Große Revolution«, sagte er.

»Schlimmer.«

Gustavus wurde vorgelassen, weil er Nachrichten brachte.

Johannes hatte Krampfanfälle gehabt und war sehr elend gewesen. Es hatte sich in einer Scheune abgespielt, aber die Hunde waren unruhig geworden und hatten Gabriel alarmieren könnnen. Man flößte Johannes Seifenwasser ein und ließ ihm danach den Magen auspumpen, und er war nach dieser entnervenden Prozedur verschreckt, wund und matt. Nun hatte er noch ziemliche Schmerzen, wenn er auch außer Gefahr war, und lag wie ein Knäuel zusammengerollt, zitternd und umgeben von Wärmflaschen, in seinem Bett, Claras Liebeswerken ausgeliefert. Zoro lag flach ausgestreckt und regungslos auf dem Boden und stieß von Zeit zu Zeit ein tiefes Stöhnen aus. Clara versuchte mit Johannes von seiner schweren Sünde zu sprechen. Eine Uhr tickte laut im Zimmer.

Johannes lag mit dem Gesicht zur Wand.

Draußen irrte Gabriel weinend durch das Haus.

»Du darfst niemals verzweifeln«, sagte Clara. »Wenn du die Verzweiflung in dich einläßt, wirst du allein sein. Dann hast du Gott ausgeschlossen. Bringe dein Leid Gott dar, und Er wird bei dir sein. Es gibt keinen Grund zu verzweifeln. Du mußt dein Leid annehmen, mußt es in deinem Herzen wollen, in jedem Augenblick, als Seinen Willen. Wenn du das kannst, wirst du nicht mehr allein sein, wirst du dich niemals fürchten ... Ich werde für dich beten. Beten, daß du Gottes Willen verstehen mögest. Daß du getröstet wirst und nicht mehr allein bist ...«

Aber auf Johannes' Seele lastete der Jammer wie ein schwerer Fels, sie war von dunklen Wogen des Nichtverstehens überflutet und vermochte nichts aufzunehmen. Und als Julius, der vom Bahnhof herbeigeeilt kam und Gabriel an seinem Mantel hängen hatte, ins Zimmer trat, fand er die Vorhänge aufgezogen, Clara auf den Knien und Johannes noch immer mit dem Gesicht zur Wand.

Clara erhob sich nicht, und Johannes wandte sich nicht um, aber Zoro sprang voller Begeisterung an ihm hoch.

»Leg dich, Zoro. Braver Zoro. Leg dich.«

Als Johannes die Stimme seines Bruders hörte, löste er sich aus seiner Erstarrung.

»Jean, mon pauvre Jean«, sagte Julius und wollte ihn umarmen. »Was ist denn um Gottes willen ...?« Und nun drehte Johannes endlich den Kopf.

»Küchenzündhölzer, solche, die so komisch riechen, weißt

du, hat er gegessen«, sagte Gabriel. »Mit einem Messer hat er alle Köpfe abgeschnitten und sie in eine Schüssel mit Apfelsaft getan, weil Papa ihn nach Benzheim zurückschicken will. Er hat es im *Le Petit Jules Verne Pratique* gelesen. Zoro und Ursus sind gekommen und haben mich geholt. Sie haben ihm das Leben gerettet. Er hat einen Gummischlauch – so dick! – in den Hals gesteckt bekommen. O bitte, bitte, Jules, sprich doch mit Papa!«

»Jean, du Idiot, was soll das alles?«

»Papa sagt, ich muß wieder nach Benzheim. Papa will, daß ich nach Benzheim zurückgehe.«

»Was für ein Unsinn, Jeannot. Doch nicht Papa.«

»Papa sagt, ich muß wieder nach Benzheim.«

»O Jean, sprich doch einmal normal! Papa weiß, wie es dort war. Er wird bestimmt nicht wollen, daß du wieder zurückgehst.«

»Papa will, daß ich nach Benzheim zurückgehe.«

»Ich fürchte, es ist wahr«, sagte Clara.

Die Stimmung des alten Barons heiterte sich etwas auf, als er Julius sah.

»Du wirst doch nicht diese Jacke anbehalten?« sagte er.

Aber als Julius über Johannes sprechen wollte, wurde er aus dem Zimmer gewiesen; und als er hartnäckig blieb, wurde ihm befohlen, nach Bonn zurückzufahren. Julius blieb standhaft. Sein Vater wandte sich mit solcher Heftigkeit gegen ihn, daß er fluchtartig das Zimmer verließ, nicht so sehr aus Furcht, sondern vor Verblüffung.

Er suchte Clara auf. »Was ist denn hier los?«

»Wir haben alle einen sehr schweren Fehler gemacht«, sagte sie. »Ich glaube, wir sollten nicht zulassen, daß dein Bruder zurückgeschickt wird. Die Belastung hat seinen Willen gebrochen. Er ist zu jung; es wäre mehr, als ihm zu tragen aufgegeben war. Wenn wir ihn gehen lassen, wird er vielleicht nie mehr einen Ausweg aus seiner Auflehnung finden, und wir verdammen ihn damit.«

»Um Gottes willen, Clara?«

»Ja, um *Gottes* willen, Julius!«

»Ich kann mit Papa nicht vernünftig sprechen. Was ist nur über ihn gekommen? Ich glaube nicht, daß er überhaupt versteht.«

»*Ich* verstehe«, sagte Clara.

»Was können wir denn tun?«

»Ich werde mit Pater Martin sprechen. Nein, nicht mit Pater Martin. Er versteht sich nicht mit meinem Vater. Wir müssen nach Pater Hauser schicken. *Wenn* wir ihn überhaupt finden.«

»Ist er denn nicht im Seminar?«

»Das ist geschlossen worden, als sie ausgewiesen wurden.«

»Sind sie ausgewiesen worden?«

»O Jules. Wir müssen es in Schaffhausen versuchen. Ich werde dir ein paar Zeilen mitgeben. Du mußt sofort hin und ihn morgen früh mitbringen, wenn es dir gelingt.«

»Warum Pater Hauser? *Mein* Vater hat nichts für Priester übrig.«

»Tu, was ich dir sage.«

»Du wirst doch nicht heute abend noch einmal die Pferde herausholen, Jules?« sagte Gustavus.

»Sie haben wohl einen ziemlich schweren Tag hinter sich.«

»Nicht alle«, sagte Clara. »Dein Pferd ist ganz frisch, Gustavus.«

»Dann werde ich ihn nehmen«, sagte Julius, »wenn du erlaubst, und dazu die neue Stute. Wie ich höre, ist sie auch noch nicht draußen gewesen.«

»Ich sehe wirklich keinen –«

»Ja, natürlich, Jules«, sagte Clara, »du nimmst Gustavus' Pferd.«

»Clara, bist du nicht bei Trost?« sagte Gustavus.

»Tiere sind erschaffen worden, den Menschen zu dienen.«

»Wirklich, Clara. Denkst du gar nicht an das, was dein Vater zu uns gesagt hat?«

»Wie könnte ich es vergessen? Aber Liebster – mein Liebster, wir dürfen nicht nur an uns denken.«

»Natürlich nicht«, sagte Gustavus, »natürlich nicht. Aber für dich ist das alles so leicht ...«

»Leicht?«

»Nein, nein, ich meine – ich wollte nicht sagen –«

»Gib mir deine Hand, Gustavus! O Gustavus. Du – ich – wir haben dies eine. Nichts kann uns das nehmen. Wir werden einander immer vertrauen, Gustavus!«

»Bitte, Clara, weine nicht«, sagte Gustavus.

Pater Hauser S. J. saß eine Weile bei Johannes. Er streichelte den Hund; er rauchte; er sprach ein bißchen, meistens zu sich selbst.

Als er ging, blickte Johannes auf und sagte: »Will Papa wirklich, daß ich nach Benzheim zurückgehe?«

Draußen vor dem Schlafzimmer sagte Pater Hauser zu Julius: »Ich kann mich noch sehr gut an ihn erinnern. Er hat sich nicht sehr verändert. Sie auch nicht. Ich erinnere mich an euch alle. Ihr wart zwar nicht lange genug bei uns – ihr seid nur ganz kurz geblieben, sechs Wochen, glaube ich –, um von Newton geheilt zu werden. Wie seltsam jetzt, ich hätte gedacht, Newton würde eurem Vater liegen; aber man weiß ja nie. Es ist soviel schwerer für Menschen, die ihren eigenen Weg gehen; man darf sich nicht wundern, wenn sie zuweilen ein wenig inkonsequent sind. Ihr Bruder da drinnen – er wird wahrscheinlich nie ein besonders guter Katholik sein, aber er ist ein guter Mensch, er ist eins mit der Kreatur, wie wir sagen. Sie haben auch etwas davon, aber Sie sind nicht, könnte man sagen, völlig durchtränkt; Sie sind vielmehr ... Wenn Sie nicht achtgeben, werden Sie nur noch verschlossener. Aber natürlich wissen Sie nicht, wie Sie achtgeben müßten. Sie werden nie sehr viel von sich selbst wissen. Dennoch, vergessen wir nicht, es ist schon viel, wenn man lieben kann, ohne Erwiderung zu erwarten. Als Sie zu uns geschickt wurden, haben Sie ihre Eule mitgebracht.«

»Sie ist im Winter vor drei Jahren gestorben.«

»Haben Sie keine neue?«

»Ich habe jetzt einen Raben. Jacques. Er ist zugeflogen.«

»Es wird immer so sein, Julius.«

»Sie haben Eulen gern, Pater?«

»Nicht eigentlich. Nein, nicht eigentlich.«

»Es ist nicht wahr, wenn die Leute sagen, sie übertragen Läuse.«

»Ich wußte nicht, daß man das sagt. Sehen Sie? Und ich bin froh, daß Sie mich geholt haben. Es war ein weiter Weg. Er dort drinnen, Jean«, und nun gebrauchte Pater Hauser das Wort, das der alte Baron vor nicht allzu langer Zeit gebraucht hatte, »*c'est un brave cœur*. Und er ist sehr krank.«

»Die Vergiftung?«

»Nein. Nicht die Vergiftung. Und jetzt werde ich mit Ihrem Vater sprechen.«

Gustavus lief höflich voraus die Treppe hinunter. Er war als erster in der Bibliothek. »Papa, ein Jesuit ist da, der mit dir über Jean sprechen will.«

»Preußen, Nihilisten, Jesuiten –« sagte der alte Baron.

»Mein Vater bedauert sehr – er kann Sie nicht empfangen, Pater«, sagte Gustavus.

»Wollen Sie meinen Vater sprechen?« sagte Clara.

»Oh«, sagte Pater Hauser.

»Ich muß zuerst mit Ihnen sprechen.«

»Nein, Clara. Tun Sie das nicht, mein Kind. Ich werde ihm meine eigenen Fragen stellen.«

»Pater Hauser!« sagte Graf Bernin.

»Conrad Bernin«, sagte Pater Hauser.

»Fühlen Sie sich hier sicher?«

»Ganz sicher.«

»Ich freue mich. Nein, sie würden Sie nicht festnehmen wollen; das würde ihnen gar nicht ins Konzept passen. Trotzdem, seien Sie lieber vorsichtig. Es gibt immer einen übereifrigen Gendarmen.«

»Sie haben sich also alles schon gut überlegt, Conrad? Immer noch dabei. Geht es denn jemals gut aus? Aber eigentlich müßte, wie es den Anschein hat, ein übereifriger Gendarm doch in *Ihr* Konzept passen.«

»*Hauser*. Wie können Sie so etwas sagen?«

»Oh, ich weiß, es wäre Ihnen nicht recht, mich im Gefängnis zu sehen. Ich habe nicht gesagt, daß Sie ihn holen würden. Ich bin eine Ihrer Inkonsequenzen, Conrad. Aber geben Sie zu, ich wäre von Nutzen?«

»Es würde einen sehr heilsamen Aufruhr geben«, sagte Graf Bernin.

»Anklagen ... Gegenbeschuldigungen ... öffentliche Lügen ... juristische Halbwahrheiten –«

»Ein Mann von Ihrem Ansehen und Charakter.«

»Niemals dafür bekannt gewesen, daß er sich in die Politik eingemischt hätte.«

»Es könnte eine Wende im Kulturkampf bedeuten.«

»Es würde ihn vielleicht verlängern.«

»Es würde *vielleicht* zu einer Revision des Jesuitengesetzes führen.«

»Und zu einem glatten Handel.«

»Sie würden zurückkommen!«

»Wir würden zurückkommen.«

»Worauf wollen Sie hinaus, Hauser?«

»Auf das, was Sie nicht sehen wollen, Conrad.«

»*Wollen* Sie denn nicht zurückkommen?«

»Ich? Sehr gerne. Ich vertrage das belgische Klima nicht. Ich habe eine Schwäche für einen bestimmten Blick von unserem Ostflügel aus; ich schaue gern zu den Vogesen hinüber. Immerhin bin ich, wie Sie sehen, sehr viel hier. Trotzdem ... ich könnte, zum Beispiel, meine alten Freunde auf Sigmundshofen besuchen, ohne dieses geborgte Tweedjackett tragen zu müssen.«

»Und Ihre Beichtkinder? Ihre Zöglinge?«

»Unsere Beichtkinder sind, obwohl viel ausgezeichnete Priester zur Verfügung stehen, dazu übergegangen, uns ihre Gewissensprobleme brieflich vorzutragen. Das hat freilich unsere Arbeit sehr vermehrt. Und wir bekommen auch mehr Kinder von deutschen Eltern geschickt als früher.«

»Aber die Ausweisung *war* doch ein Unrecht?«

»Unrecht kann nur durch die freie Zustimmung aller Beteiligten wiedergutgemacht werden. Die Schöpfung ist kein Schachbrett.«

»Sie wollen doch nicht Quietist werden, Hauser?«

»Kein Quietist. Aber ich bescheide mich, bis der Tag kommt, Conrad.«

»Das ist nicht immer die Einstellung Ihres Ordens gewesen.«

»Auch die Angehörigen meines Ordens können irren.«

»Und ihre Produkte?«

»*Und* ihre Produkte, Conrad.«

»Und *Sie*?«

»Und ich.«

»Sie irren vielleicht hier.«

»Manche Dinge sind unserem Wissen zugänglich.«

»Wie?«

Pater Hauser antwortete nicht.

»Wie?«

»Das«, sagte Pater Hauser, »ist eine seltsame Frage für einen Mann des Glaubens.«

Graf Bernin hob den Kopf. »Es gibt bestimmte Ziele«, sagte er, »bestimmte Ziele . . .«

Pater Hauser legte seine Pfeife beiseite. »*Conrad von Bernin*«, sprach er, *»was führen Sie im Schilde?«*

Graf Bernin sprach; Pater Hauser hörte zu. Dann sprach Pater Hauser, und Graf Bernin hörte zu. Jedem Wort, das er zu sagen hatte. Es war nicht wenig.

»Und doch kann ich Ihnen nicht zustimmen«, sagte er am Ende. »Ich *kann nicht.*«

Bald danach sagte Graf Bernin: »Es ist zu vieles im Spiel.«

Und dann wieder: »Ich kann nichts dafür, daß der alte Felden jetzt den Kopf verliert.«

»Außerdem ist es zu spät.«

»Sie sind schließlich nicht mein geistlicher Ratgeber.«

»Ich habe nicht damit angefangen. Es hat mir nie gefallen.«

»*Sie* wissen wie kein anderer, daß ich nicht für mich baue. Nicht für meine Zeit . . .«

»Ach, diese Leute! Sie sind immer noch im Hause. Sie sind nichts. Automaten. Seelenlose. Mit ihrer Nation und Pflicht gegenüber dem Staat. Sie sind Blinde, die geführt werden müssen.«

»Ja, benützt, wenn Sie wollen. Gelegentlich *benützt.*«

»Stolz? *Mein* Stolz?«

»Aber ich *kann* die Zukunft sehen. Die Gegenwart interessiert mich nicht.«

»Niemals ist etwas erreicht worden ohne einen gewissen Preis . . .«

»Nein, nein – es *gibt* so etwas wie übergeordnete Fragen.«

»Nein. Ich habe wohl nie an das Glück eines Menschen geglaubt.«

»Dann mein Dienst? Mein *Leben* –?«

Und später wieder sagte er: »Kann es dort denn wirklich so schlimm sein?«

Bald darauf sagte Pater Hauser: »Nun, gute Nacht, Conrad. Es ist spät geworden. Ich werde morgen wieder bei Ihnen sein.«
»Wo wollen Sie schlafen, Hauser?«
»Ach, ich werde schon etwas finden.«

»Seien Sie kein Narr! Wenn Sie bleiben wollen, dann am besten hier.«

»Danke, Conrad. Da Sie es vorschlagen, nehme ich gern an.«

Am nächsten Tag sagte Graf Bernin: »Und der Bischof von Bamberg?«

»Kramer ist ein guter Mann, ein sehr guter Mann, aber ich bezweifle, daß Gott eine einzige Seele Schaden nehmen läßt, weil Bismarck nicht will, daß der Erzdekan Kramer Bischof von Bamberg wird.«

»Er scheint der einzige zu sein, der mit Seiner Heiligkeit und dem Kardinal von Berlin auskommt. Jetzt erzählen Sie das aber diesen Regierungsfritzen nicht.«

»Sie würden mich nicht anhören«, sagte Pater Hauser; »sie bekreuzigen sich beinahe, wenn sie mich sehen.«

Später an diesem Tag sagte Graf Bernin: »Vielleicht habe ich auch mit Clara nicht ganz das Richtige getan. Merkwürdiges Mädchen. Ständig auf Landen in der letzten Zeit, und der junge Mann treibt sich *hier* herum. Ich glaubte sie zu kennen. Sie machen alles mit einem Mal sehr kompliziert, Hauser.«

Pater Hauser blieb vier Tage. Als er sah, daß er nichts weiter ausrichten konnte, ging er.

Graf Bernin brachte ihn selbst über die Schweizer Grenze. Die beiden Männer umarmten einander. »Leben Sie wohl, Conrad. Beten Sie für mich.«

»Leben Sie wohl, Pater. Werde ich Sie wiedersehen?«

»Clara wird wissen, wo ich zu finden bin. Grüßen Sie sie herzlich.«

Graf Bernin kehrte zurück und trat den Männern gegenüber, die in Sigmundshofen unruhig auf den Fortgang der Dinge warteten.

*

Es war in Landen bekannt geworden, daß Hauptmann Montclair Johannes fortbringen sollte, sobald er kräftig genug für die Reise sei. Hauptmann Montclair wohnte jetzt mit Sack und Pack im Hause. Der alte Baron, dem alles daran lag, daß es bald ein Ende nehme, hatte ihm freie Hand gelassen. Jeden Morgen erzwang sich Julius Zutritt und versuchte mit seinem Vater zu sprechen. Der alte Baron tat, was er noch nie getan hatte: Er preßte die Hand ans Herz und drohte mit versagender Stimme, daß ihn im nächsten Augenblick der Schlag treffen werde. Jeden Tag floh Julius aus dem Zimmer.

Gabriel sagte zu Julius: »Jean und ich wollten zusammen weglaufen. Nach Amerika. Es ist ganz leicht. Erst versteckt man sich auf einem Schiff, dann wollen wir uns für Geld verdingen und auf den Prärien Büffelherden bewachen. Das würde Jean gefallen. Aber er will nicht mitkommen. Er hört nicht auf mich. Er sagt nur, Papa will, daß er nach Benzheim zurückgeht. Ich habe Papa nicht mehr lieb. Und du? Müssen wir Papa jetzt noch liebhaben? Ich kann auf dem Schiff Kartoffeln schälen und das Deck schrubben, dann müßte sich Jean nicht die ganze Zeit verstecken, und der Kapitän würde ihm eine Hängematte geben und auch etwas zu essen. Schiffszwieback bekommt man und Schweinefleisch aus dem Pökelfaß. Das nennt man: seine Überfahrt abverdienen. Aber er will nicht mitkommen, und ich kann ihn nicht allein mitnehmen, ich bin zu jung. Er würde sich fürchten, wenn er nur mit mir allein ginge. Also mußt du auch mitkommen. Ich hab schon alles überlegt. Du bist erwachsen, und du hast Geld, wir könnten mit der Eisenbahn fahren, und es wäre überhaupt nicht so, als ob wir wegliefen. Jean müßte nicht zu Fuß marschieren wie das letzte Mal und ohne etwas zu essen, und niemand könnte dich aufhalten. Wenn wir in Amerika sind, werden wir Papa schreiben, und er wird uns verzeihen.«

»Du bist ein *Kind*, Gabriel«, sagte Julius.

Am Abend sagte Gabriel: »Vielleicht war das mit Amerika wirklich dumm. Es ist zu weit, und wir wissen nicht, wo die Schiffe sind. Aber du kennst dich besser aus. Du weißt sicher, wohin wir ihn bringen könnten. Und wenn du meinst, ich bin zuviel, dann komme ich nicht mit. Das mußt du am besten wissen. Vielleicht kannst du ihn zu deinem Lehrer nach Bonn bringen, oder du könntest ihn im Haus dieser Dame in Namur verstecken, wo du dich immer aufhältst, wie Papa sagt. Namur ist nicht in Deutschland, nicht wahr? Ich glaube, wenn Jean irgendwo wäre, wo er wüßte, daß niemand aus Benzheim hinkommen könnte, dann würde er wieder gesund. Ach, Jules, bring ihn fort, bitte! Wann? Heute nacht?«

»Ich habe kein Geld. Wirklich, Gabriel, ich hab keines.«

»Aber du bist doch erwachsen. Papa gibt dir Geld.«

»Ich habe alles ausgegeben.«

»Könntest du dir nicht welches leihen?«

»Das habe ich ja auch schon getan.«

»Dann müssen wir es eben stehlen. Aber, Julius, du bringst Jean fort? *Tust* du es?«

»Gabriel – wie kann ich denn?«

»Clara? Jules muß mit Jean weglaufen, nicht wahr?«

»Nein, Gabriel, nein. Ich glaube nicht. Es wäre ungehorsam gegen deinen Vater und würde große Aufregung und Sorge verursachen. Es wäre ein schlechter, aufrührerischer Ausweg.«

Aber Clara ging mit sich zu Rate, und in derselben Nacht klopfte sie an Julius' Tür.

Julius war im Nachthemd. Er hatte auf dem Toilettentisch vier Kerzen angezündet und bürstete sich das Haar.

Er hatte ein Stück Genueser Samt vor sich, das er vergangene Woche gekauft hatte und gerade betrachtete, und versuchte es noch rasch in der Schublade verschwinden zu lassen, aber es war zu spät. Clara blieb in der Mitte des Zimmers stehen und sah nichts.

Julius ordnete seine Bürsten.

»Ich weiß, Pater Hauser tut etwas«, sagte Clara. »Ich weiß. Aber ich bin trotzdem nicht ruhig. Mein Vater ist ein schwieriger Mensch, und der deine ist so überaus merkwürdig. Und ich muß dir sagen, ich glaube nicht – vielleicht ist es unchristlich von mir –, daß Hauptmann Montclair sehr viel Gewissen hat.«

»Er scheint ein Gentleman zu sein«, sagte Julius.

Clara seufzte. »All das ist nicht gut für deinen Bruder«, sagte sie. »Ich glaube, du solltest ihn doch wegbringen. Gabriel hat ganz recht. Bringe ihn einfach nach Belgien. Sagtest du nicht, daß du dort Freunde auf dem Lande hast?«

»Nein, nein, nein«, sagte Julius. »Das ist ganz ausgeschlossen.«

»Dann mußt du folgendes tun: Du mußt ihn nach Saint-Ignatius in St. Rond bringen. Sie werden gut zu ihm sein, und Pater Hauser wird sich um alles Nötige kümmern. Und du mußt bei ihm bleiben; in seinem jetzigen Zustand braucht er dich oder Gabriel. Ich habe das Geld. Ich habe es mitgebracht.«

»Clara, das kann ich nicht.«

»Was kannst du nicht, Jules?«

»Nun das Geld.«

»Jules, manchmal kann ich dich überhaupt nicht verstehen.«

»Alle werden melodramatisch wie Gabriel«, sagte Julius. »Du sprichst wie dein Vater.«

»Wirklich, Clara, ich muß sagen – du kommst hierher, mitten in der Nacht, und forderst mich auf, Jean aus seinem Vaterhaus zu entführen. Hast du denn nicht an meinen Vater gedacht? Hast du nicht an die Dienstboten gedacht?«

»Möge Gott dir gnädig sein, Julius«, sagte Clara. Aber ehe sie das Zimmer verließ, legte sie einen Hundertmarkschein und zwei Rollen Gold auf den Genueser Samt. Julius steckte den Schein in einen Umschlag und adressierte ihn an Comtesse Clara. Er sah nichts, in das er die Goldstücke einpacken konnte, so schob er sie unter ein paar Shawls, damit sie ihm aus den Augen waren.

Die beiden Herren aus Berlin waren nicht begeistert. Graf Bernin konnte ihre Gedanken lesen. Es kam ihn sehr schwer an.

Und doch konnte sein Kompromißvorschlag vielleicht sogar noch in diesem Stadium allen Beteiligten gerecht werden. Er bestand aus zwei Teilen: Johannes sollte nur auf kurze Zeit nach Benzheim zurückgeschickt werden und, sobald der Zweck seiner Rückkehr erfüllt sein würde, etwa in ein, zwei Monaten, endgültig aus dem Korps entlassen werden. Die Benzheimer

Behörde solle garantieren, daß sie angesichts des Gesundheitszustandes des Jungen bereit sei, von jeglicher Bestrafung für sein Entweichen Abstand zu nehmen. Wenn diese Zusicherung nicht gegeben werden könne, würde der Junge überhaupt nicht zurückgeschickt werden.

Die Abgesandten verbeugten sich. »Wir tun alle unsere Pflicht, wie wir sie sehen«, sagten sie und verbeugten sich nochmals. Sie erboten sich jedoch, ihre Rückreise in Benzheim zu unterbrechen und bei dem Kommandanten Straffreiheit für Johannes zu erwirken.

Als sie gegangen waren, wartete Graf Bernin. Er brachte es nicht fertig, mit Clara oder jemandem anders über seine Entscheidung zu sprechen; genau wie er es früher schon nicht fertiggebracht hatte, zur rechten Zeit über ihre Verlobung zu sprechen.

Die Antwort traf am Sonnabend der gleichen Woche ein. Sie war unumwunden. Der Kommandant, der die politischen Verwicklungen mit Ungeduld beobachtete und nur um die Aufrechterhaltung der Disziplin in seinem Korps besorgt war, hatte erklärt, er sehe keine Möglichkeit, für den Kadetten von Felden eine Ausnahme zu machen. Der Nachricht war ein Postskript angefügt, des Inhalts, daß es im Augenblick nicht möglich sei, den Kommandanten zu erreichen. Graf Bernin hatte gerade Herren des Freiburger Kirchengerichts zu Gast und alle Hände voll zu tun; er erkundigte sich, ob Gustavus zur Hand sei, und erfuhr, daß er im Obstgarten zeichnete.

»Wissen Sie, wann Ihr Bruder abfahren soll?«

»Man hat uns nichts gesagt. Darum kümmert sich Montclair. Papa will es nicht wissen. Es kann jetzt jederzeit soweit sein.«

»Ich kann hier nicht weg«, sagte Graf Bernin. »Sie müssen sofort Ihrem Vater diese Nachricht bringen. Es ist dringend. Überaus dringend. Sehen Sie zu, daß er sie liest. Sagen Sie ihm, daß ich am Abend hinüberkommen werde.« Graf Bernin schwankte, ob es nicht sicherer wäre, Gustavus mehr zu sagen; er zögerte; dann ließ er es dabei und ging ins Haus zurück.

Die Kutsche fuhr nicht am vorderen Eingang vor. Hauptmann Montclair und zwei Ordonnanzen trugen Johannes zu den Stallungen. Gabriel schrie laut nach Julius. Julius hämmerte gegen seines Vaters Tür. Sie war versperrt, und kein Laut drang heraus. Julius rannte wieder hinaus und sah, wie Johannes mit herabbaumelnden Füßen in den Mietwagen gehoben wurde. Johannes rührte sich nicht und leistete auch keinen Widerstand, aber die Hunde hatten sich zusammengerottet, und Gabriel hieb mit den Fäusten auf Hauptmann Montclair ein. Ein junger Stallbursche versuchte, Ursus auf die Männer zu hetzen, doch die Landener Hunde waren alle nicht auf den Mann dressiert und jaulten und kläfften nur.

»Jean –« rief Julius.

Johannes wandte den Kopf und sah ihn an.

Dann hieb einer mit der Peitsche auf die Pferde ein, sie zogen an, und die Kutsche rollte mit großer Geschwindigkeit zur Einfahrt hinaus. Es war alles so schnell gegangen, daß erst jetzt die Dienstboten und Gutsarbeiter herbeigelaufen kamen. Gabriel rannte laut heulend neben dem Wagen her, und alle Hunde rasten, wütend kläffend und Staub aufwirbelnd, hinterdrein. Julius stand betäubt da. Und so fand ihn Clara, die ins Dorf gegangen und auf halbem Weg ahnungsvoll umgekehrt war, eine Minute später, wie er kalkweiß mitten auf dem Fahrweg stand.

»Hinterher! Sofort, sofort – nimm ein Pferd, das schnellste Pferd – *mach schnell!*«

»Was nützt das?« sagte Julius.

»Sie dürfen den Zug nicht aufhalten – den Expreß – in Singen – wenn du noch vor ihnen hinkommst. Laß den Stationsvorsteher den Zug nicht aufhalten –«

»Wie kann ich ihn denn hindern?«

»Befiehl ihm, daß er es nicht tut – verbiete es ihm – du bist der Sohn des Hauses. Hol ihn aus dem Zug, oder steig selbst mit ein, tu irgendwas, irgendwas, nur steh nicht herum, warte nicht, jede Minute ist kostbar – Jules, hörst du mich? Bist du ein Mann? Ach, warum gibt es denn hier keinen Sattel für mich –«

»Baron Jules«, sagte der Verwalter neben ihm, »ich habe Ihr Pferd kommen lassen. Es ist hier.«

Noch zögerte Julius, aber als er im Sattel saß, war er verwandelt. Er sah seinen Weg klar vor sich, und die Angst machte ihn rasend – er mußte hin, diesen Männern seinen Bruder entreißen, und er legte alles, was er an Kraft, Geschick und Gefühl besaß, in diesen Ritt, und auf dem ganzen Weg rief er laut Jeans Namen. Als er ankam, waren sie fort.

»Baron Julius«, sagte der Stationsvorsteher. »Ich bin froh, daß Sie da sind. War also alles in Ordnung? Wenn wir den Zug anhalten, wissen Sie, haben wir gern einen Auftrag von der Familie; und wir hatten nichts von Ihrem Herrn Vater. Und der junge Herr hat so ganz seltsam ausgesehen, ich wußte nicht, was ich denken sollte. Aber es war ja ein Offizier dabei ... Nun, ich bin froh, daß Sie gekommen sind, jetzt hat alles seine Richtigkeit. *Baron Julius*, es ist doch nichts Unrechtes geschehen? Baron Julius? O Gott, Baron Julius ...«

»Mein armer Gustavus«, sagte Clara an diesem Abend. »Ich weiß, ich weiß. Aber du konntest nichts daran ändern, wir wissen alle, wie dein Vater ist. Du hättest ihn nicht dazu bewegen können, diesen Zettel zu lesen. Er glaubt jetzt, er hat ihn nicht einmal gesehen. Bitte, Gustavus, schau nicht so drein – du darfst nicht glauben, du seist schuldig. Es wäre unrecht.«

Gabriel war neben Johannes und der Kutsche hergerannt, solange sein Atem reichte. Dann blieb er zurück, dann stürzte er. Als sein Herz zu hämmern aufhörte, fühlte er sich noch immer so elend, als müßte es ihm vor Jammer zerspringen. Er blieb auf den Feldern, wankte umher, sah nicht, wo er ging, fühlte nicht Gras noch Stein noch Hecken. Als es dunkel geworden war, ging er heim und stahl sich ins Haus. Er hörte die Stimmen seines Vaters, Claras und Gustavus, und ging weiter, über eine Hintertreppe hinauf in Julius' Zimmer. Julius war nicht da. Gabriel steckte eine Kerze an und wartete. Julius kam nicht. Nach Mitternacht schlief er im Stuhl ein. Als er ungefähr eine Stunde später aufwachte, war er immer noch allein und fror sehr. Er ging eine Weile ruhelos auf und ab, dann suchte er unter Julius'

Sachen, ob er etwas davon anziehen könnte. Als er Claras Goldstücke sah, nahm er sie und verließ das Haus.

Er wanderte in Richtung Singen. Er wußte einen Güterzug, der bei Tagesanbruch nach Norden fuhr, und er kannte eine Stelle unterhalb der Kreuzung, wo der Zug in die Kurve ging und langsamer fuhr und wo sie oft gestanden hatten, um die Waggons anderer Züge zu zählen, und er glaubte zu wissen, wie man auf einen fahrenden Zug aufspringt. Als der Zug herankam, schien er Gabriel viel schneller zu fahren, als er erwartet hatte, das Donnern der Räder und der Luftdruck nahmen ihm den Mut, und er getraute sich zuerst nicht, nahe genug hinzugehen, um aufzuspringen. Aber es war ein langer Zug, und er hatte Zeit, sich richtig aufzustellen, und als er wieder eine offene Tür kommen sah und ein gutes Gestänge, machte er einen Satz und griff danach. Sei es, daß er nicht fest genug zugriff, sei es, weil er müde und verstört und zuinnerst aufgewühlt war, aber ehe noch seine Füße einen Halt gefunden hatten, wurde er weggestoßen und auf einen Schlackenhaufen geschleudert. Er schlug mit dem Kopf auf einen Stein und war sofort tot.

*

Um die notwendigen Maßnahmen, die sich nach diesen Geschehnissen ergaben, kümmerte sich Graf Bernin. Julius lag krank in Bonn und war nicht in der Lage heimzukommen. Mit ihres Vaters Erlaubnis fuhr Clara zusammen mit einem Arzt nach Benzheim, um Johannes zu holen. Sie fanden ihn auf der Krankenstube, und die Verwaltung war betreten und beunruhigt. Eine Rückkehr nach Landen schien nicht ratsam, und auf Pater Hausers Empfehlung wurde Johannes in die Schweiz zu einem Arzt gebracht, in dessen Haus auf dem Lande er mehrere Jahre blieb und unter Tieren und zusammen mit den kleinen Kindern des Arztes lebte. Sie waren gut zu ihm. Seine Angehörigen sahen von Besuchen ab, nachdem ein Versuch von Julius katastrophal ausgegangen war. Julius ging lange Zeit nicht mehr nach Landen zurück, und er kehrte niemals wieder, um dort zu leben. Clara und Gustavus wurden ein halbes Jahr nach

Gabriels Tod in der Kapelle von Sigmundshofen getraut und zogen zu dem alten Baron. Der neue Bischof von Bamberg hatte sich erboten, die Trauung vorzunehmen. Graf Bernin lehnte ab.

Dritter Teil

DER GEFANGENE

I.

Im Jahre 1891 waren Manet und Seurat bereits tot; Pissarro, Monet und Renoir waren auf der Höhe ihrer Schaffenskraft; Cézanne hatte eine weitere Welt erschlossen. Sonntagnachmittag auf der Grande Jatte und le Déjeuner dans le Bois, la Musique aux Tuileries, les Dames dans un Jardin, die ockergelben Bauernhöfe und die lohbraunen Hügel von Aix, all das gab es, auf Leinwand, aufgehängt, wurde betrachtet – für jedermann zu sehen, der lernen wollte zu sehen. Und ebenso die schimmernden Bäume, die sonnengesprenkelten Wege, die flockigen Felder, das Licht, die tanzende Luft, das Wasser – aber sah man sie? Spazierte man auf ihnen, lebte man in ihnen? Kamen die Damen des Morgens in den Garten, eine silberne Teekanne in der Hand? Schritten einem Gouvernanten aus Fleisch und Blut entgegen, bis an die Taille in Ähren und Mohnblumen, einen blühenden Strauß im Arm? Tauchten junge Männer die Hand in den Teich, und saßen die jungen Mädchen lachend auf der Schaukel? Legten die Herren wirklich den Zylinderhut ins Gras?

Denn die Zeit der Impressionisten war auch die Zeit der Wohlanständigkeit und der Schwülstigkeit, des Mahagonis und der Küche im Souterrain, der überladenen Interieurs und der Stuckvillen; eine Zeit der alten, reichen, maliziösen Frauen und der gewandten Bankiers; eine Zeit, da die öffentlichen Vergnügungsstätten weiträumig, mit Pilastern geschmückt und vulgär waren und jedermann, sofern er nicht ein Sportsmann, arm oder auch sehr jung war, sich dreimal am Tag auf einen steiflehnigen Stuhl setzte, um in geschlossenen Räumen endlos lange zu speisen.

Mein Vater erzählte wenig aus dieser mittleren Periode seines Lebens. Aber andere haben ihn damals gekannt und in späteren Jahren davon erzählt; und ich weiß, daß in den neunziger Jahren Jules Felden an der Riviera ein Maultiergespann lenkte …

Melanie Merz, zart, sanft, hübsch, eben zwanzig geworden und exquisit gekleidet, saß mit ihrer Seide und ihren Nadeln am Fenster. Sie stickte im einfachsten Kreuzstich ein grobes Blumenmuster auf ein quadratisches Tuch, und ihr schmales, trauriges Gesicht war der Einfahrt und den Topfpalmen vor dem Haus zugewandt.

»Was möchtest du heute morgen tun, meine Liebe?« fragte ihre Schwägerin.

Melanie hob sanfte, große braune Augen auf und antwortete: was Sarah für gut halte, danke.

»Meine liebe Melanie, du fühlst dich wirklich glücklich hier? Es macht dir Freude?«

Melanie sagte, sie sei glücklich.

»Deine Mutter und dein Vater fehlen dir nicht? Du fühlst dich nicht fremd oder sonstwie, weil du von zu Hause weg bist?«

»Es ist hier ganz ähnlich wie daheim«, sagte Melanie.

»So?«

Edu Merz trat ins Zimmer – Edu, noch nicht fünfundvierzig, noch nicht bankrott, sein Verhältnis zu Sarah noch fast frei von Unbehagen; Edu, frisch gestiefelt und gespornt, mit einem Hauch von Eau de Lubin, einen Feldstecher in der Hand, ohne drückende Schulden, an einem schönen Februarmorgen im Süden Frankreichs. »Guten Morgen, Sarah; guten Morgen, Melanie. Herrlicher Tag, nicht wahr? Kommt mit, euch das Tennis anzusehen, und anschließend gehen wir auf einen kleinen Imbiß ins ›Anglais‹.«

Melanie schaute zu ihrem Bruder auf, sanft, erwartungsvoll, als hielte er ihr eine Nuß hin, oder war es nur ein zusammengeknülltes Papier? »Danke schön, Edu«, sagte sie, »ich würde sehr gern mitkommen.«

Sarah sagte, Melanie sei bei Lady De Moses zum Frühstück eingeladen; und sie glaube, Edu ebenfalls.

Auch gut, sagte Edu; der Küchenchef des »Anglais« werde wohl auch für dieses Frühstück sorgen; die Gute habe immer eine Menge Gäste; er werde also Melanie mitnehmen – und Sarah den Panhard zurückschicken.

Der Panhard, sagte Sarah, habe am Tage zuvor zwischen

dem »Sporting« und »Les Ambassadeurs« drei Reifenpannen gehabt, und sie nehme lieber die Kutsche.

»Ich hole meinen Hut«, sagte Melanie und stand auf, elegant, exotisch und zerbrechlich; »es dauert keine Minute, Edu«, und rauschte hinaus.

Tolles Kleid, sagte ihr Bruder. Ob Sarah es ausgesucht habe? Er hätte nicht gedacht, daß Sarah überhaupt je auf so etwas käme; er wollte damit sagen, sie könne er sich nicht in diesen breiten Streifen vorstellen ...

Sie seien für Melanie richtig, sagte Sarah. Genau richtig. Sei es denn nicht ein bißchen, sagte Edu, ein bißchen sehr, er wisse nicht recht, er möchte sagen – Melanie sei doch ein junges Mädchen und so?

Theaterhaft?

Ja, vielleicht das.

Genau richtig, sagte Sarah. Dieser Einschlag von Commedia dell'Arte. Und das Kind weiß, wie es sich anziehen muß, dieses Mädchen kann alles tragen. Gott weiß, woher sie es hat. Sarah sah Edu an.

Ja, sagte er. Für ein Mädchen, das nie weiter von Berlin weg gewesen sei als in Bad Kissingen ...

»Sie hat mir eben gesagt, daß sie es an der Riviera ähnlich finde wie in der Voßstraße.«

»Was für ein Blödsinn«, sagte Edu.

»Edu, ich glaube, ich werde mir heute Lady De Moses schenken«, sagte Sarah. »Es ist ein so schöner Tag. Sie haben es ohnehin auf dich abgesehen. Ich werde mit Melanie eine kleine Landpartie machen, die Luft wird ihr bestimmt guttun. Wir könnten zu Jules hinauffahren.« Melanie war mit ihrem Sonnenschirm zurückgekommen und knöpfte sich die Handschuhe zu. »Hättest du Lust, meine Liebe?«

»Zu dem jungen Mann mit den Maultieren?«

»Nicht mehr ganz so jung. Er muß in meinem Alter sein. Mindestens.«

»Ach, tatsächlich?« sagte Melanie.

Es war wirklich ein schöner Tag. Still, blau, sehr still und die Wärme lag den Damen sanft wie ein Segen um die Schultern. Eine Biene verirrte sich in den Wagen. Im Vallée du Loup blühten schon die Mandeln zwischen den Pfirsichbäumen, den jungen, schlanken Pfirsichbäumen, Reihen um Reihen, rosa und weiß, auf allen Hängen.

»Seine Villa liegt nicht am Meer?« fragte Melanie.

»Es ist keine Villa«, antwortete Sarah.

Es stand in einem Olivenhain, am Ende eines erbärmlichen Stücks Straße, und es war eine Priorei, oder was davon übriggeblieben war – ein niedriger Trakt, runde Bogen, die Reste eines Kreuzgangs.

Julius kam in einem rohseidenen Jackett und einem spanischen Strohhut heraus, um sie zu begrüßen.

Sie blieben draußen.

Über die Balustrade und an bauchigen Ölkrügen herab baumelten lange Mähnen von Blätter- und Blütenranken, reines Rot und zartes Weiß, duftend nach Rosen, nach Gewürzen. Unten rahmten zwei Zypressen das Bild ein. Julius schüttelte eine Hängematte für Melanie zurecht. »Hier sind Sie im Schatten«, sagte er. »Nicht zu sehr. Gerade recht. Die Hängematte gehört Tzara. Mit diesem Kissen werden Sie es leidlich bequem haben.« Er trat zurück. »Das ist aber ein wundervolles Kleid. So *chic.*«

Melanie lächelte.

Auch er sah wundervoll aus. Wie ein Mann und ein Herr und eine Lilie auf dem Felde – gepflegt und natürlich, exquisit und männlich, mit feinem Profil und scharfgeschnittener Nase, hochgewachsen, angenehm in den Proportionen, breitschultrig und dabei elastisch.

»Jules«, sagte Sarah. »Ich brauche Ihren Rat wegen dieses Chippendale-Stücks. Die Leute haben wieder geschrieben. Ich weiß nicht, ihr Preis kommt mir nicht richtig vor. Ich habe die Skizzen dabei, die sie mir geschickt haben.«

»Ich habe auch etwas für Sie zum Ansehen«, sagte Julius.

»Was für wunderschöne Blumen«, sagte Melanie. »Wie heißen sie?«

»Ach, das sind die mit den efeuartigen Blättern. Ich bekomme die Ableger von Italien herüber. Cascante nennt man sie.«

»Cascante?« sagte Melanie.

»Geranien«, sagte Sarah.

»Geranien?« sagte Melanie.

»Wir sind auf der Flucht vor Lady De Moses«, sagte Sarah. »Jules, bekommen wir bei Ihnen etwas zu essen?«

»*Mich* lädt sie jetzt nicht mehr ein. Es hat drei Saisons gedauert. Ich bin heute morgen nach Nizza gefahren; ganz früh. Sie hätten sehen sollen, wie die Fische hereingekommen sind – eine Pracht. Und dabei war kein Mensch da; überhaupt kein bekanntes Gesicht außer dem Küchenmädchen des Fürsten Lichnowsky. Ein paar uninteressante Leute von den Hotels, niemand vom ›Beaulieu‹, nicht ein einziger Küchenchef aus den Villen, kein Mensch vom Personal der ›Königin von England‹, – obwohl man doch dort ganz ordentlich ißt –, überhaupt niemand auf dem Fischmarkt am ersten ruhigen Morgen nach all diesem Wind. Kein Wunder – Also, bei *uns* wird es Seeigel geben; sie werden gerade aufgemacht. Und einen Loup. Gegrillt.«

»Seeigel«, sagte Sarah. »Mein Koch weigert sich, es mit ihnen aufzunehmen. Er tut so, als gäbe es sie nicht.«

»Sie *kosten* drei Sous das Dutzend. Er sollte einen Lederhandschuh anziehen. An der linken Hand. Mademoiselle – möchten Sie sie sehen?«

»Das werde ich ihm nie beibringen können«, sagte Sarah.

»Ja, bitte«, sagte Melanie.

Julius brachte ihr einen Fisch mit rauher, dunkler Haut, zwei Fuß lang, und hielt ihn hoch, damit sie ihn ansehen konnte. »Sehen Sie, das ist ein *loup-de-mer*, ein Seebarsch, oder etwas Ähnliches. Der beste Fisch in diesen Gewässern. Sehen Sie, wie fest er ist, wie frisch; heute früh in der Dämmerung gefangen, sehen Sie die Kiemen, fassen Sie ihn an ...«

Der Fisch war kompakt und geschmeidig und ganz mit tiefblauem Indigo und mattem Kastanienbraun gezeichnet. In ihrem ganzen Leben war es Melanie noch nicht widerfahren, daß ihr ein junger Mann in der Sonne einen ganzen Fisch hochhielt.

Sie blinzelte ihn an, streckte zwei Fingerspitzen aus und berührte den Fisch an der Seite. Er war trocken.

»Und hier.« Er nahm dem Jungen den Korb ab. Melanie sah hinein.

»Sie bewegen sich ja ...«

»Natürlich«, sagte Julius. »Sie leben noch. Sie wären nicht gut, wenn sie nicht mehr lebten. Lassen Sie mich einen auf Ihre Hand legen. Nein – strecken Sie die Hand flach aus; die Stacheln tun Ihnen nicht weh, wenn Sie die Hand flach halten.«

»Oh –« sagte Melanie, »ein schwarzer Igel.«

»Nein, nein, nein«, sagte Julius. »Niemand würde einen Igel essen, reizende Tiere. Obwohl ich glaube, Zigeuner tun es doch. Sehr grausam.«

»Wieso?« fragte Sarah.

»Einen Igel essen?«

»Warum Seeigel und einen Igel nicht?«

»Ein großer Unterschied. Seeigel kommen aus dem Meer.«

»Sie haben uns eben gesagt, sie seien lebendig«, sagte Sarah. »Aber vermutlich stumpft das Wasser die natürlichen Empfindungen ab. Ich kann nicht all Ihren feinen Unterscheidungen folgen, Jules; wohlgemerkt, ich teile Ihre franziskanische Empfindsamkeit nicht, aber sind Lämmer nicht ebenso reizend wie Igel? Und ich habe Sie Lamm essen sehen. Natürlich würden Sie es Kotelett oder Rücken nennen. Sie haben eine interessante Einstellung.«

»Ach ja. ›*Les tristes lois de la cruelle Nature* ...‹«

»Wir könnten nicht nur von Gemüse leben«, sagte Melanie.

»Sehr richtig«, sagte Julius.

»Es freut mich, daß diese Biologiestunde bei dir Früchte zu tragen scheint, Melanie«, sagte Sarah.

Melanie zog sich weiter in ihre Hängematte zurück.

»Ich muß uns etwas Weißwein holen«, sagte Julius. »Kellertemperatur. Meinen Sie nicht?«

Das Essen wurde auf blankem, rötlichem Marmor in einer Maulbeerlaube serviert.

Ein Butterwecken lag auf einem Blatt, das Brot auf einem

Brett; daneben standen ein Teller mit Zitronenscheiben, hölzerne Mühlen für schwarzen Pfeffer und grauen Pfeffer und das Salz; das Porzellan war 18. Jahrhundert, Moustier, und der Wein stand, nicht umgefüllt, in einer Reihe dicker, grüner Flaschen ohne Etiketten auf dem Tisch. Julius entkorkte die Flaschen selbst, goß ein, hielt die Gläser hoch und reichte sie seinen Besucherinnen. Durch die Olivenbäume konnten sie drunten das Tal sehen, den gerade terrassierten Hügel und den anderen Hang, wieder weich überbuscht von fedrigen Mimosen, jetzt im vollen Licht der Sonne.

»Wie gut«, sagte Sarah.

»Wenn es so ist, dann ist es eben so«, sagte Julius. »Nach sechs Tagen Mistral.«

»Der Süden ...«

»Ich könnte nirgendwo anders leben«, sagte Julius.

»Ich bin noch nie hier gewesen«, sagte Melanie.

Die Seeigel kamen, aufgetürmt wie ein großes heraldisches Emblem in Schwarz und Violett, aufgeschichtet auf ihren glänzenden Stacheln, wie das Detail einer Quattrocento-Landschaft, das im Hintergrund, neben Disteln und Einsiedelei, auf einem Hügel undeutlich zu erkennen ist, und in jeder der klaffenden Schalen zeigte sich nun das zarte Muster eines Seesterns. »Mit einem Löffel«, sagte Julius. »So.«

Ein wenig später zündete er ein Streichholz an und hielt es an das nächste Gericht. Die Flammen, von Rosmarin und Fenchel gespeist, prasselten wohlduftend und nahezu unsichtbar in der gleißenden Luft.

»Wie Plumpudding!«

»Von dem viel zuviel Wesens gemacht wird«, sagte Julius. Mit blitzender Silberklinge legte er das nußweiße Fischfleisch in der geschwärzten, borkenähnlichen Kruste bloß.

Melanie suchte nach der Saucière. Kartoffeln schien es nicht zu geben.

Julius goß ihr ein paar Tropfen klares Öl über den Fisch.

»Perfekt, Jules«, sagte Sarah.

Julius schwenkte eine kleine Glocke. »Achte bitte darauf, daß Robert und Tzara ein bißchen sauber sind, ehe sie kommen.«

»Sie sind noch nicht zurück, Monsieur le Baron. Sie sind heute morgen zum Plan de Grasse gegangen. Sie haben ein Picknick mitgenommen.«

»Gott sei Dank«, sagte Sarah.

»Sie sollten zum Nachtisch zurück sein«, sagte Julius und schaute gleich auf zwei Uhren.

»Ich werde sie herschicken, sobald sie zurück sind, Herr Baron.«

»Wo ist Léon?«

»Léon ist in der Küche, Herr Baron. Er zerschlägt Teller. Er ist wütend, weil Robert ihn nicht mitnehmen wollte.«

»Sag ihm, er soll sofort aufhören. Robert ist eifersüchtig, weil Léon Tzara anbetet und Tzara sich geschmeichelt fühlt.«

»Sie scheinen ja alle ein gräßliches Naturell zu haben«, sagte Sarah.

»Léon schlägt ziemlich viel kaputt. Sind Sie schon in Monte Carlo gewesen, Mademoiselle?«

»Edu hat Melanie in den Spielsaal mitgenommen.«

»Glück gehabt?«

»Ich habe zwei Louisdor verloren«, sagte Melanie.

»Wobei?«

»Beim Spiel.«

»Ihre *mise*? Worauf haben Sie gesetzt?«

»Oh, auf irgendeine Zahl.«

»Sehr schwer, eine auszusuchen«, sagte Julius. »Ich habe ein System. Mein Vater hat es uns beigebracht.«

»Es ist unfehlbar«, sagte Sarah.

»Wieso wissen Sie das?« fragte Julius. »Natürlich, das Maximum ist gegen einen. Möchten Sie, daß ich es Ihnen erkläre, Mademoiselle? Sehen Sie, Sie beginnen beim ersten Dutzend, Sie dürfen gar nichts *à cheval* verschwenden, auch nicht an die geraden Zahlen, aber Sie müssen an Zero denken –«

»Ja«, sagte Melanie.

»Natürlich schwächt das Ihren Gesamteinsatz; dann, wenn Sie das fünfte Mal nacheinander verloren haben, verdreifachen Sie Ihre *mise* und wechseln zum zweiten Dutzend über.«

»Das klingt sehr interessant«, sagte Melanie. »Mein Bruder hat auch ein System, aber Ihres ist interessanter.«

»Jules, ich möchte nach Le Thoronet«, sagte Sarah.

»Unbedingt.« .

»Wie kommt man hin?«

»Sie waren noch nicht dort? Nie in Le Thoronet gewesen? Das Großartigste, was es in dieser Gegend an Romanik gibt? Es ist wirklich ganz großartig. Ihre Schwagerin sollte es unbedingt sehen. Was haben Sie eigentlich schon gesehen? Eze? Etwas sehr restauriert. Haute Cagne? Cimiez? St.-Maximin? Die Inseln?«

Melanie sah Sarah an. Sarah schwieg.

»Wir haben die *Bataille des Fleurs* gesehen. Und wir sind beim Rennen gewesen und haben eine Fahrt auf der Grande Corniche gemacht. Und wir haben in Grasse gesehen, wie das Parfum gemacht wird.«

»Sehr schlechtes Parfum, muß ich leider sagen«, sagte Julius. »Sie müssen nach Les Tourettes fahren und nach Biot und Vallauris; und wenn Ihr Kopf es verträgt, könnten Sie auch zu dem Kloster auf dem Gourdon hinaufsteigen, zwar ist das meiste von ihren Sachen nachgemachtes Zeug – Sarah, wissen Sie, ich glaube, sie verkaufen Altarbilder. Nein, nicht diese Birne. Lassen Sie mich eine für Sie aussuchen.«

Sie kamen herein, frisch gebürstet, in gestrickte Wolljacken gesteckt. Tzara ging sofort zu Julius, befühlte seine Taschen und begann ihm irgend etwas zu erklären. Robert stand mit einer Miene selbstbewußter Nachsicht daneben.

»Setz dich, Robert«, sagte Julius.

Robert machte Sarah eine kleine ironische Verbeugung und setzte sich auf einen Stuhl.

Sarah sah ihn nicht gerade begeistert an.

»Nehmt euch von dem Obst«, sagte Julius.

Tzara, die sich an ihn geschmiegt hatte, nahm eine frische Feige, betrachtete sie, zeigte sie ihm und begann sie dann selbstzufrieden zu kauen. Robert zog die Schale zu sich heran, suchte sich einen Calville-Apfel aus, legte ihn wieder zurück und nahm jede einzelne Frucht in die Hand, wobei er unverwandt Sarah anschaute. Léon erschien mit gerunzelter Stirn, winzig neben den anderen, und stand unentschlossen herum. Dann sah er Melanie.

Er stieß einen kleinen Schrei aus; schon war er auf ihrem Schoß und umschlang sie in jäher Begeisterung mit den Armen. Melanie zuckte kaum merklich zurück.

Tzara öffnete die Faust – eine zerquetschte Dattelpflaume fiel auf die Marmorplatte. Robert schmatzte.

»Ihr schmutzigen Affen«, sagte Sarah.

Léon, der sich leicht gegen Melanies Brust lehnte und an die gestreifte Seide kuschelte, faßte Melanie mit seiner kleinen Hand an die Wange.

»Er liebt Sie«, sagte Julius. »Und dabei ist er so schwierig.«

»Das liebe Äffchen«, sagte Melanie.

»Watteau!« sagte Sarah. »Sehen Sie doch, Jules, sehen Sie – der reinste Watteau, aus seiner heitersten, köstlichsten Periode.«

2.

»Was möchtest du heute morgen tun?« fragte Sarah.

»Julius Felden nimmt mich nach Monte Carlo ins Aquarium mit.«

»Ich glaube, das kommt leider nicht in Frage, meine Liebe. Du kannst nicht erwarten, daß ich alle diese anstrengenden Exkursionen mitmache; und ich habe wirklich nicht die Zeit.«

»Das macht gar nichts«, sagte Melanie; »er hat gesagt, er werde Léon und eine andere Dame mitbringen.«

»Was du nicht sagst«, sagte Sarah.

»Wir sind zum Frühstück bei Kitty Wolfe«, sagte Edu, »und sie hat vor allem dich eingeladen.«

»Das ist ganz unmöglich«, sagte Melanie.

»Du kannst nicht die gute alte Kitty im Stich lassen – sie wird wieder einmal genau sechsunddreißig.«

»Es tut mir leid, Edu. Ich habe es Baron Felden versprochen. Sarah?«

»Ja, Melanie?«

»Jules Felden sagt, er will mir Léon schenken. Ist das nicht nett von ihm?«

»Deine Mutter wird außer sich sein vor Freude.«

Melanie schwieg.

»Jules Felden ist ein sehr charmanter und gebildeter Mann«, sagte Sarah. »Und, wie du doch wohl weißt, ungefähr zwanzig Jahre älter als du.«

Melanie strich ihre Röcke glatt. »Ich muß mich fertig machen«, sagte sie. »Es wird Zeit. Es ist nicht gut für Maultiere, wenn sie erhitzt sind und stehen müssen.«

»Verrückt«, sagte Sarah.

»Na, ich weiß nicht«, sagte Edu.

»Völlig verrückt.«

»Natürlich ist da der Unterschied der Religion.«

»Ach, das meinst du«, sagte Sarah. »Höchste Zeit, daß sich jemand von uns taufen läßt.«

»Nicht, solange meine Mutter noch lebt«, sagte Edu.

»Was kann ein Mann wie Jules mit einem Mädchen wie Melanie gemeinsam haben?«

»Er scheint ziemlich hinter ihr her zu sein.«

»Auf eine Woche; einen Monat. Wenn sie sich etwas anderes erwartet, wird es ein unangenehmes Erwachen geben.«

»Ich finde, wir sollten erst einmal seine weiteren Absichten erkunden.«

»Du bist nicht bei Trost, Edu.«

»Nun, ich dachte, *du* könntest das vielleicht übernehmen. Felden ist schließlich dein Busenfreund.«

»Ich habe gute Lust und schicke die kleine Närrin in die Voßstraße heim. Ich bin doch ihren Eltern gegenüber verantwortlich.«

»Natürlich – Felden kann kaum viel Geld haben.«

»Tatsächlich? Das hätte ich nicht gedacht.«

»Nun, er lebt doch sehr einfach.«

»Eigentlich nicht«, sagte Sarah.

»Er hat etwas Grundbesitz in Bayern oder anderswo geerbt.«

»Ja, man vergißt ganz, daß er Deutscher ist.«

»Nicht, daß es nicht für alle reichen würde«, sagte Edu. »Wenn man allerdings einen Mann mit Titel heiratet, macht es doch einen komischen Eindruck, nicht wahr, wenn er arm ist – wenn du weißt, was ich meine.«

»Es ist alles sehr unpassend«, sagte Sarah.

»Er müßte Madame de la Turbie loswerden. Sarah – sag nur nicht, daß du noch nie von Madame de la Turbie gehört hast.«

»Ja, ja. Jeder hat schon von Madame de la Turbie gehört.«

»Man sagt, Felden lebe überhaupt ihretwegen hier.«

»Unsinn. Wie sieht sie eigentlich aus? Ich habe sie natürlich herumkutschieren sehen, aber bei all diesen Schleiern kann man nichts Bestimmtes sagen.«

»Sie war einmal ganz famos. Jetzt wird sie langsam älter.«

»Wie alt mag sie sein?«

»Sie muß vierzig sein. Oder kurz davor. Obwohl es kaum zu glauben ist.«

»So alt wie ich«, sagte Sarah.

»Das ist ganz etwas anderes«, sagte Edu.

»Bei mir sind wohl andere Dinge wichtiger?« sagte Sarah.

»Wie du *sprichst*! Also, wer soll sich Felden vornehmen? Melanie ist immerhin die eigene Schwester, verdammt noch mal . . .«

»Edu! Ich verbitte mir das wirklich.«

»Warum fährst du mich so an? Was ist denn los? Glaubst du denn nicht, daß es angenehm wäre, einen Menschen wie Felden in der Familie zu haben?«

»Angenehm, einen Menschen wie Felden in der Familie zu haben . . .« sagte Sarah.

Der Mistral kam wieder auf und fegte tagelang das Rhonetal hinunter, über die niedrigen, tief zur Erde gebeugten, geduldigen Bäume, bis zum Meer und wirbelte am verlassenen Strand Staub und Papierfetzen auf. In den Hotels lief die Dampfheizung auf vollen Touren, und in den Villen klapperten die Fenster und rauchten die Kaminfeuer. Im Hügelland kamen die

Frauen, die zur *corvée des fleurs* gingen, bald nach Einbruch der Dämmerung zurück, ihre steifen Hände umklammerten die Narzissenbündel. Bei Julius durften Léon und die Schimpansen nicht aus dem Haus. Melanie, die sich, wie man annahm, noch von einer Bronchitis erholte, begann wieder zu husten. Der Arzt war sich mit Sarah einig, daß sie das Bett hüten müsse.

Julius schickte Früchte und Blumen aus seinem Garten, dazu seine Karte mit höflichen Erkundigungen nach ihrem Befinden. Er kam nicht selbst, und soweit Sarah feststellen konnte, schrieb er sicherlich auch nicht.

Melanie hatte immer ein französisches Lehrbuch in ihrem Bett.

Als eine Woche so vergangen war, stand Sarah plötzlich in Melanies Zimmer und sagte, den Blick fest auf das Mädchen gerichtet: »Dieses Wetter reicht einem jetzt, ich habe beschlossen, mir den März hier zu schenken. Ein solcher Frühling ist bestimmt auch für dich nicht gut. Sobald du aufstehen kannst, werden wir die Villa schließen und nach Hause fahren.«

Melanies schmales Gesicht zog sich zusammen.

Sarah, der Schwäche ebenso verhaßt war wie Stärke, ließ sich hinreißen, anstacheln von dem Gefühl ihrer Überlegenheit und sprach weiter – und fast körperlich empfand sie diesen langen, stillen Augenblick; sie hörte die lässig dahingesagten Worte fallen und sich dehnen. »Ich denke, ich werde schon mit dem Pakken beginnen. Laß mich nachdenken – welchen Tag haben wir heute?« Melanie regte sich nicht; nur die großen affenartigen Augen, von tiefem Braun, gingen zwischen der Wand und Sarah hin und her. Sarah sagte: »Was kann es dir schon ausmachen? Jules könnte ja nach Berlin kommen.«

Melanie sprach nicht sogleich. »Er mag Berlin nicht«, sagte sie.

»Du könntest ja versuchen, noch zu bleiben. Ich bin überzeugt, Lady De Moses oder jemand anders würde dich mit offenen Armen aufnehmen.«

Melanie fröstelte unter ihrer Daunendecke; aber Sarah konnte sich, von Ekel geschüttelt, kaum zur Türe schleppen.

Von dort, wo sie wohnten, gab es keine Spazierwege. Wieder legte Sarah ihren broschierten Anatole France aus der Hand, erhob sich, ging ans Fenster, versuchte erneut zu lesen. Sie war eine Frau, die über sich Bescheid wissen mußte in allem, was sie tat. Sie hatte wenige Menschen gern, hatte niemals längere Zeit zugleich lieben und gern haben können; sie konnte es sich nicht leisten, sich nicht selbst gern zu haben. Würde und Gewissen waren ihr Panzer und ihre Zuflucht. Sie hatte Haltung, sie war gebildet, sie besaß Urteilsvermögen, und sie war zu groß; die Männer behandelten sie nach ihrer äußeren Erscheinung, und nie, nicht ein einziges Mal, hatte jemand so zu ihr gesprochen wie Julius zu Tzara, seinem Schimpansen. Es gab auch niemanden, von dem solches uneingeschränkt zu akzeptieren gewesen wäre: Sie suchte Gradlinigkeit, Erfolg, Charakter, gutes Aussehen, Witz und Geist, und all dies hatte sie noch nie in einem Menschen vereint gefunden. Ohne gutes Aussehen war bei ihr nichts auszurichten, gutes Aussehen und eine kultivierte Fassade; Geist, damit hatte sie sich längst abgefunden, begegnete ihr nur bei denjenigen ihrer Bekannten, die salopp und eigennützig oder salopp und gleichgültig waren; und in dieser Zeit ihres Lebens war sie ganz allein.

Abermals legte Sarah das Buch aus der Hand und begann sich über alles Rechenschaft abzulegen und sah, daß es nichts war und unabänderlich, und sah, daß sie es wegschieben mußte, wenn es sie nicht zerstören sollte. Es hatte keinen Namen, keine Zukunft, da war nicht zu helfen, aber sich selbst konnte sie helfen. Wo man nicht mitfühlen kann, kann man wenigstens Gerechtigkeit üben; und Sarah erkannte ihren Weg. Sie ging sogleich zu Edu und bewog ihn, der Wirkung ihrer Gegenwart im Krankenzimmer eingedenk, mit Melanie zu sprechen. Das Barometer steige wieder, es sei eine unsinnige Idee gewesen, das Mädchen solle sich keine Gedanken machen, selbstverständlich würden sie noch bleiben; sie solle sich über gar nichts Gedanken machen.

»Diesen Laden hier zumachen?« sagte Edu. »Aber das ist überhaupt die beste Idee. Du mußt zugeben, es ist widerlich ... Ja, reisen wir ab. Ich bestehe darauf.«

»Nein, durchaus nicht«, sagte Sarah. »Sag Melanie, wir bleiben mindestens noch über Ostern.« Und sie kehrte zu *Thaïs* zurück, zum erstenmal seit Wochen befreit von dieser zermürbenden Spannung, empfand sogar etwas von der bewußten Freude und Gelöstheit eines Rekonvaleszenten.

»Völlig hoffnungslos«, sagte Julius.

»Hoffnungslos?« sagte Sarah.

»Sehen Sie es nicht selbst? Ein junges Mädchen. Merzens Schwester. *Avec les jeunes filles cela ne peut finir qu'avec le mariage.*«

»Nun, ja«, sagte Sarah.

»Das dachte ich mir.«

»Der Schritt ist nicht ganz ungewöhnlich.«

»Zu früh«, sagte Julius.

»Sie ist zwar jung. Aber sie wird nie sehr viel älter sein; wissen Sie, in gewisser Weise, glaube ich, kennt sie Sie doch sehr gut, Jules. Jedenfalls so gut, daß Sie ein angenehmes Leben mit ihr führen können, meine ich.«

»Ich meine, *ich* bin zu jung.«

»Was wollen Sie tun?«

»Was kann ich tun?« sagte Julius.

Zwei Tage danach sagte er: »Sarah, ich habe mich entschlossen. Ich gehe nach Paris.«

»Haben Sie denn nicht an sie gedacht?«

»Ich denke die ganze Zeit an sie.«

Am Gründonnerstag führte Edu seine Frau, Melanie und Julius zum Diner und Tanz ins Hôtel de Paris nach Monte Carlo. Er hatte eigentlich eine Gesellschaft von acht Personen arrangieren wollen, aber Sarah hatte sich dagegen ausgesprochen. Als sie an ihren Tisch geführt wurden, erblickte der Maître-d'hôtel Julius und sagte: »Ich werde Gaston sagen, daß Sie hier sind, Herr Baron.« Edu war noch nie so gut bedient worden, und er freute sich. Später entschuldigte sich Julius, daß er nicht am Tanz teilnehmen könne; er sei in Trauer, erklärte er, wegen seines Schwiegervaters.

»Schwiegervater?«

»Schwiegervater meines Bruders, genau gesagt. Conrad Bernin.«

»Der Unterstaatssekretär?«

»Dessen Vater. Der alte Graf Bernin. Er ist vor einem halben Jahr gestorben.«

»Ah, ich erinnere mich. Edu, das ist der Bernin, der den bayerischen Trottel auf den spanischen Thron setzen wollte. Er muß ein interessanter Mann gewesen sein, Jules.«

»O nein, er war gar nicht interessant.«

Edu stand auf, um mit seiner Schwester zu tanzen; das Publikum im Saal wurde aufmerksam und blickte auf ihr Kleid.

»*Dommage*«, sagte Julius. »Völlig unmöglich. Allein schon die Ausgaben. Sie sehen, ich kann mir keine Frau leisten.«

»Melanie ist nicht arm«, sagte Sarah.

»Vermutlich nicht. Aber ich.«

»Sind Sie sich dessen so sicher? All diese Sachen, die Sie immerfort kaufen ... Nicht, daß ich nicht überzeugt wäre, daß meine ›Schinken‹, wie Sie und Edu sie nennen, sich nicht als die besseren Investitionen erweisen. Trotzdem –«

»Investitionen?«

»Und Sie sagen, Sie seien arm!«

»Ich werde es sein. Recht bald.«

»Jules? Sie geben doch nicht mehr aus, als Ihr Einkommen beträgt?«

»Ich weiß nicht. Ich gebe Geld aus.«

»Geld kommt irgendwoher«, sagte Sarah.

»Es liegt auf einer Bank«, sagte Julius.

»Wie ist es da hingekommen?« fragte Sarah.

»Der alte Bernin hat das mit dem Konto arrangiert. Ich habe es geerbt. Als mein armer Vater starb, anno 82. Nicht das Geld, unser Gut. Mein älterer Bruder hat es bewirtschaftet, zusammen mit Clara. Clara ist meine Schwägerin. Ich glaube, sie hat es nicht sehr gut verwaltet. Dann wurde mein Bruder Sekretär ihres Vaters, und sie sind weggezogen. Sie haben keine Kinder. Deswegen ist es verkauft worden. Der alte Bernin hat eigentlich alles erledigt.«

»Haben Sie jemals gearbeitet, Jules?«

»O ja«, sagte Julius. »Ich habe ein ziemlich schweres Leben gehabt. Fast zehn Jahre lang.«

»Zehn Jahre lang – was? Wie wenig wir doch von Ihnen wissen!«

»Ich habe in einer Botschaft gearbeitet«, sagte Julius.

Edu und Melanie kehrten vom Tanzparkett zurück. Die Herren tranken noch etwas Kognak. Julius unterhielt sich mit dem Oberkellner über die Phylloxera. Es war eines seiner Lieblingsthemen.

»Phylloxera?« sagte Melanie.

»Eine Katastrophe«, sagte Julius. »Die amerikanische Reblaus.«

»Möchtest du nochmal, Melanie? Flotte Kapelle.«

»Wie du willst, Edu.«

Sarah sagte: »Jules, was werden Sie *tun*, wenn Ihr Geld zu Ende geht?«

»Ich habe keine Ahnung.«

»Sie sollten sich darüber Gedanken machen. Beunruhigt es Sie denn nicht?«

»Das ganze Leben ist sehr beunruhigend.«

»Wir wüßten gern, was Sie von dem halten, Herr Baron«, sagte der Oberkellner.

Julius probierte. »*In Ordnung*, Ricardo«, sagte er. »Ich habe seit langem nichts Ähnliches getrunken. Ich muß mir meinen sogar aus England kommen lassen.«

»Berry Bros. gehen auch schon zur Neige, habe ich gehört.«

»Sie könnten wohl nicht ein paar Flaschen entbehren?«

»Ich habe bereits daran gedacht, Herr Baron. Guilleaume hat ein halbes Dutzend reserviert; ich werde dafür sorgen, daß sie Ihnen zugeschickt werden, Herr Baron.«

»Das muß aber bitter für Ihre anderen Gäste sein«, sagte Sarah.

»Madame – die meisten unserer Gäste trinken schon einige Zeit spanischen Kognak mit Hennessy-Etiketten. Es ist immer ein Vergnügen, Monsieur le Baron zu bedienen; Monsieur le Baron *merkt* doch, was er ißt und trinkt.«

»Jules«, sagte Sarah. »Melanie ist tatsächlich ein sehr reiches Mädchen. Wußten Sie das nicht? Das heißt, ihr Vater ist reich.«

»Ihr Vater?«

»Ja, Jules, ja. Ihr *Vater*. Sie hat Vater und Mutter. Wie wir alle.«

»Oh«, sagte Julius. »Ich bin überzeugt, es sind sehr angenehme Leute.«

2.

»*Von*?« sagte Großpapa Merz. »*Von*? Hat sich wohl taufen lassen, was, wie der Mann unserer armen Flora?«

»Natürlich hat er sich nicht taufen lassen«, sagte Sarah. »Sie geben einem kein *Von*, wenn man sich nicht taufen läßt. Habe selbst dreimal abgelehnt. Einmal dem alten Kaiser, zweimal Willem.«

»Das Freiherrentum, um das es sich handelt, wurde von Ottomark dem Bären verliehen«, sagte Gottlieb.

»Wieso wissen *Sie* das?« fragte Edu.

»Ich habe mir die Freiheit genommen, den Gotha zu Rate zu ziehen, als ich das letzte Mal Gelegenheit hatte, in Ihrem Hause zu sein«, antwortete Gottlieb.

»Wir sind immer Juden gewesen«, sagte Großmama.

Sie saßen beim zweiten Frühstück. Das zweite Frühstück wurde jeden Vormittag nach elf auf einer langen Tafel in der Mitte des Herrenzimmers serviert, eines düsteren, reich möblierten Raumes mit schweren Vorhängen an den Fenstern, der zwischen zwei Vorzimmern lag. Das Essen war vor allem für die Herren bestimmt. Sie speisten kaltes Wild mit Johannisbeergelee, eingelegtes Fleisch, Zunge und Geflügel, dazu Pumpernikkel, Toast und Roggenbrot, und sie tranken Portwein. Großmama saß mit am Tisch. Sie hatte sich ein frischgelegtes Ei poschieren lassen und knabberte an einem Brötchen, das mit Spickgans, fein gewiegter geräucherter Gänsebrust auf Butter, belegt war. Großpapa ließ sich jeden Tag ein heißes Pousin-

Hühnchen servieren, gebacken in einem kleinen Tiegel mit Deckel; und Vetter Markwald, der ein Magenleiden hatte, aß Grütze, gedämpftes Bries und eine bestimmte Sorte Zwieback. Sarah hatte Gottlieb kein Gedeck für sich auflegen lassen; Edu nahm ein Glas Sherry.

»Du sagst, er ist nicht getauft, Sarah?« sagte Großpapa.

»Er wurde bei seiner Geburt getauft«, sagte Edu.

»Wie die Kinder der Rosenheims. Eine üble neue Sitte.«

»Was tut er denn?« fragte Friedrich. Friedrich aß sehr viel, auf eine gründliche, umständliche, teilnahmslose Art, er war völlig an das gewöhnt, was er verzehrte.

»Er ist ein Herr, der in Frankreich lebt und Möbel sammelt«, sagte Edu.

»Ein Kunsthändler«, sagte Friedrich.

»Keineswegs«, sagte Edu.

»Er war früher im diplomatischen Dienst«, sagte Sarah. Vetter Markwald hatte etwas auf seinem Teller präpariert. »Er hat sich früh zurückgezogen«, sagte er.

»Er will nicht etwa einen Posten von mir?« fragte Großpapa.

»Nein, nein«, sagte Sarah.

»Felden?« sagte Friedrich. »Felden? Es wird doch nicht dieser Grünschnabel sein, der im Kultusministerium die schmutzigen Dinge für den alten Bernin gedreht hat?«

»Politik?« sagte Edu. »Nein, das glaube ich kaum. Jedenfalls hat er immer in Spanien gelebt, soviel ich weiß, und in Frankreich.«

»Kluger Mann«, sagte Emil.

»Iß nicht so viel pâté de foie gras, Emil«, sagte Großpapa.

»Keiner denkt an seine Galle«, sagte Vetter Markwald.

»Die pâté de foie gras ist heute sehr gut«, sagte Großmama.

»*Soviel du weißt*, Edu?« sagte Friedrich. »Du scheinst nicht viel zu wissen.«

»Das Kind ist zu jung«, sagte Emil.

»Wir hätten alle gern etwas mehr über ihn erfahren«, sagte Vetter Markwald.

»Er ist ein sehr nett aussehender junger Mann«, sagte Großmama. »Melanie hat ein Bild von ihm.«

»Ein sehr gut aussehendes *Paar*, gnädige Frau«, sagte Gottlieb.

»Sie müssen alle hier wohnen«, sagte Großmama; »nicht meilenweit entfernt auf dem Land wie Edu und Sarah.«

Friedrich sah gewöhnlich bei Jeanne vorbei, wenn er nach seiner vormittäglichen Arbeitsstunde im Gericht zum Mittagessen nach Hause ging. Jeanne führte damals noch ihren Hutsalon in der Nollendorfstraße. Er hatte ein Schaufenster und hieß zurückhaltend *Modes & Chapeaux*.

Als Friedrich eintrat, schickte Jeanne ihr Mädchen zum Essen und zog eigenhändig die Jalousie herab.

»Arme Melanie«, sagte sie.

»Es muß schnelle Arbeit gewesen sein.«

»Wie, sagtest du, war sein Name?«

Friedrich sagte ihn ihr.

»*Jules* Felden?«

»Ja, ich glaube.«

»Doch nicht Le Beau Jules? So nannte man ihn in Paris. Eine Freundin von mir kannte ihn sehr gut. Hast du vielleicht schon von ihr gehört? Nelly de la Turbie.«

»Sarah hat wirklich die ungewöhnlichsten Freunde«, sagte Friedrich.

»Er hat geschrieben, ich möchte ihm ein Zimmer bestellen«, sagte Edu. »Er schreibt, sie müssen gut geheizt sein. Gut geheizt unterstrichen. Im Mai. Wofür hält er dieses Land? Für Sibirien?«

»Edu – ich habe ein ungutes Gefühl.«

»Er bringt doch nicht etwa diese Frau mit?«

»Schlimmer«, sagte Sarah.

Die Reise – erster Klasse, Schlafwagen – war lang und strapaziös gewesen. Zuerst waren sie ganz wild über den Zug und alles, was darin war, gewesen; dann war es ihnen langweilig geworden, dann wurden sie verdrießlich, dann wütend, dann wieder verdrießlich. In jedem Stadium hatten sie irgend etwas in ihrem Abteil kaputtgemacht. Der Junge, der gewöhnlich auf sie aufpaßte, hatte sich ein Bier holen wollen und war in Straßburg zurückgeblieben.

Edu, der auf dem Perron wartete, fand Julius untadelig angezogen, aber erschöpft. Julius war kaum zum Schlafen gekommen, und er hatte ziemlich oft sehr große Trinkgelder geben müssen. Und es sah auch jetzt nicht so aus, als könnte er den Bahnhof ungehindert verlassen. Der Träger sammelte das Gepäck ein – ein halbes Dutzend lederner Reisekoffer, ein paar Babystühle und ein Netz mit schmierigem Spielzeug –, setzte sich hin und wartete. Er pfiff ein Lied.

Der Zugschaffner überantwortete Julius einer Menge von Amtspersonen, die sich ständig vergrößerte. Robert wollte ihnen die Hände schütteln. Er wurde ignoriert. »Kann ich nicht jetzt bezahlen?« sagte Julius. »Ich bin durchaus dazu bereit.«

»Die Formulare müssen ausgefüllt werden.«

»Verstehen Sie bitte, ich habe Angst, sie könnten sich erkälten. Sie sind dieses Klima nicht gewöhnt.«

Er wurde weitergedrängt. Er trug Léon und führte Robert an der Hand. Tzara hatte sich bei Edu eingehakt. Edu kam sich wie ein Narr vor.

»Knöpft euch die Mäntel zu«, sagte Julius. »Sie haben ihre Shawls verloren. – Genau gesagt«, sagte er zu Edu auf französisch, »sie haben sie in Dresden aus dem Fenster geworfen, weil der Mann mit dem Karren ihnen seine Orangen nicht geben wollte.«

»Das Reichsbahnhofsvorstandsamt – bitte sehr, mein Herr.«

»Hier hinein?« fragte Julius.

Sie mußten stehen bleiben.

In dem Raum stand eine Reihe Tische; dahinter saßen Beamte. Sie schrieben alle.

»Mein Herr«, sagte Julius, »darf ich Sie bitten, uns liebenswürdigerweise sofort dranzunehmen. Wir haben nämlich eine sehr lange Reise hinter uns.«

Der ranghöchste Beamte nahm seinen Kneifer ab, blickte Julius an, setzte den Kneifer wieder auf und begann erneut zu schreiben.

»Wirklich«, sagte Julius.

Edu warf ihm einen flehenden Blick zu. »Entschuldigen Sie vielmals, Herr Bahnhofsvorstand«, sagte er.

»Also, wenn ihr jetzt nur noch ein bißchen brav seid, werdet ihr bald in euren eignen hübschen Betten liegen und ein Glas köstlicher heißer Milch bekommen«, sagte Julius.

Léon winselte.

»Name?« sagte jemand ganz plötzlich hinter einem Schreibtisch.

»Ihren Namen«, sagte Edu.

»Geboren?«

»Geburtsort?«

»Name des Vaters?«

»Beruf?«

»Mutter?«

Sie machten eine Bestandsaufnahme der angerichteten Schäden.

a) 2 Gaslampenkugeln, Eigentum der Kaiserlich-Königlichen Deutschen Eisenbahnverwaltung: zertrümmert;

b) 6 Glaszylinder, Typ 4B, Eigentum der obigen Verwaltung: zertrümmert;

c) 1 Waschschüssel aus Porzellan, mit Deckel, Eigentum der Mitteleuropäischen Schlafwagen-Gesellschaft: zertrümmert;

d) 1 Wasserflasche mit 2 Zahngläsern, Eigentum der Compagnie Internationale des Wagons Restaurants: zertrümmert;

e) 1 emailliertes Schild mit der Aufschrift VERBOTEN, Eigentum der Preußischen Staatseisenbahn: beschädigt.

Viele Federhalter schrieben emsig. Es wurde fleißig mit Stempeln hantiert.

»Sie werden zu gegebener Zeit von uns hören«, sagte der

Vorstand. »Sie dürfen Berlin nicht verlassen oder Ihren Wohnsitz verändern ohne vorhergehende Benachrichtigung der Polizei. Und Sie müssen hier unterschreiben – und hier. Und hier. Jetzt die Durchschläge. Dann können Sie gehen.« Er sah auf und erblickte über seine Brillengläser hinweg das, was Edu schon mit wachsender Fassungslosigkeit angesehen hatte. Robert hatte sich hinter einem Schreibtisch niedergelassen. Er hatte sich einen Kneifer auf die Nase praktiziert und einen Stoß Akten aufgestapelt; er hatte einen Federhalter hinter dem Ohr stecken, ergriff einen Tintenstift und begleitete ein imaginäres Verhör mit einem sauberen Stakkato von Gummistempeln. Für eine Improvisation war es eine ganz passable Leistung.

»O Robert«, sagte Julius, »du darfst doch nicht mit anderer Leute Sachen spielen. Wie oft hab ich dir das schon gesagt.«

Der Vorstand hatte sich erhoben. Auch alle anderen Beamten standen auf.

»Er ist nur ein armer Affe«, sagte Julius. »Er hat es nur getan, weil er müde ist.«

Sie erhielten die Erlaubnis, Friedrich herbeizuholen. Sie schickten nach ihm per Boten und Rohrpost. Friedrich erschien zusammen mit einem Anwalt. Der Anwalt versuchte Julius die Art der Beschuldigung zu erläutern. Friedrich und Julius wurden einander vorgestellt. Julius hielt ihn für Melanies Onkel und blieb dabei. Seine Mutter und *Schwester*, sagte Friedrich, hätten ihn zum Kaffee um vier Uhr erwartet. Friedrich zog die Uhr; Julius und Edu taten das gleiche. Er müsse etwas Kognak mit Milch für Léon haben, sagte Julius; die Flasche sei beim Gepäck. Der Rechtsanwalt setzte durch, daß man sich mit einer Kaution zufriedengab.

Sie fuhren in die Straße mit den reichen Stuckfassaden, wo Edu eine Zimmerflucht bestellt hatte. Eine gute Gegend, sagte er. Der Hausmeister versuchte sie am Betreten des Hauses zu hindern; auf der Treppe begann eine Frau schrill zu zetern. Edus Pferde waren schon lange zuvor nach Hause geschickt worden. Sie zogen sich zu der Droschke zurück.

»Palast-Hotel«, sagte Edu.

Sie wurden nicht eingelassen.

»Fürstenhof«, sagte Edu.

Der Fürstenhof war besetzt.

»Versuchen Sie es beim Esplanade«, sagte Edu.

Sie fuhren durch den Tiergarten. Es war Mai und noch hell. Julius gefielen die Bäume nicht. »Neun Jahre«, sagte er. »Ich bin seit neun Jahren nicht in Deutschland gewesen.«

Im Hotel Esplanade war man höflich. »Bedaure sehr, meine Herren, bedaure ...« Aber sie wollten sie nicht aufnehmen.

»Sie sind genauso sauber wie wir«, sagte Julius. »Sauberer sogar. Sie können zwar kein Bad nehmen, aber sie putzen sich die ganze Zeit, und ich bürste sie mit einem Spezialpuder. Es macht ihr Fell so frisch. Sie schlafen nie bei geschlossenen Fenstern, und sie mögen kein gekochtes Essen.«

Edu wußte ein diskretes Fremdenheim Unter den Zelten an der Spree. Im Zwielicht rasselten sie die Siegesallee hinunter. Julius blickte mit Widerwillen auf die Statuen. »Was sollen diese großen Gipsfiguren?« fragte er. »Ist irgendein Fest?«

Die preußischen Könige, sagte Edu; und es sei Marmor. Das Fremdenheim nahm sie nicht. Sie fuhren die Linden hinauf zum Bristol; sie fuhren zum Bellevue, zum Europa, zum Großbritannien und zum Hotel de Russie. Sie fuhren zum Deutschen Hof.

Tzara schlief an Julius' Schulter. Robert rekelte sich, Léon weinte.

Sie fuhren in die Mohrenstraße und versuchten es bei einer Reihe obskurer Unterkünfte.

»Affen?« sagte die Matrone. »Jotte doch, det verjrault mir ja die Kundschaft.«

Schließlich war es dunkel, aber es brannten viele helle Straßenlampen. »Wir werden wieder heimfahren müssen«, sagte Julius.

»Sie glauben doch wohl nicht, daß man Sie noch einmal in einen Zug läßt?« fragte Edu.

Sie versuchten es beim Potsdamer Bahnhofshotel und beim Anhalter Bahnhofshotel; sie versuchten es beim Gasthaus zum

Schwarzen Adler und beim Gasthaus zum Bösen Hirschen. Sie wurden bei den Blaukreuz-Temperenzlern abgewiesen und beim Verein Christlicher Junger Männer.

Der Droschkenkutscher steckte den Kopf herein. »Sie sollten es im Kaiserhof versuchen«, sagte er, »da gehen nämlich die ausländischen Kaiser und Sultane hin. Hatten den Schah von Persien letztes Jahr da. Sie sind an Harems und Schwarze gewöhnt.«

»Vielleicht hat er recht«, sagte Edu.

Der rote Läufer war für die Königinwitwe von Sachsen ausgerollt. Der Chef de Reception erwiderte Roberts Verbeugung. Sie wurden im Gepäckaufzug nach oben gebracht.

Julius läutete nach dem Zimmerkellner. »Ich muß mich jetzt verabschieden«, sagte Edu. »Heute ist es für Sie zu spät, Papa noch zu besuchen. Sie unterhalten sich besser am Morgen mit ihm.«

»Unterhalten?« sagte Julius. »Worüber?«

Melanie trug ein Kleid, an dem ihre Familie herummäkelte, und wartete den ganzen Abend auf ihn.

Am Morgen ging Edu ins Hotel, um Julius abzuholen. Der Junge war noch nicht nachgekommen. Julius erklärte Edu, daß er nicht ausgehen könne.

»Das Personal hier scheint nicht sehr freundlich zu sein.«

Edu fragte, was er seinen Eltern sagen solle.

Julius sagte: »Sehen Sie, es ist nur Roberts wegen. Robert hat ein schwieriges Naturell. Er ist sich selbst der schlimmste Feind.«

Der Junge blieb mehrere Tage verschollen. Edu und Friedrich telegraphierten nach ihm herum. Großpapa wurde überredet, im Kaiserhof einen Besuch zu machen. Julius hatte sich soeben auf allerhand Umwegen einen Anthrazitofen beschafft, nachdem sich die Leitung des Hotels geweigert hatte, die Zentralheizung noch einmal in Gang zu setzen. Julius selbst litt, aber Großpapa Merz fand es so warm wie in seinem eigenen Haus. Auch die Schimpansen, die sich zum erstenmal wohl fühlten, waren freundlicher Stimmung. Robert goß Madeira ein, und Tzara zeigte Interesse für den alten Herrn. Er schenkte ihr ein Goldstück und ging tief beeindruckt nach Hause.

»Wie die Oper«, schilderte er seinen Besuch beim Lunch. »Wie die Oper in der guten alten Zeit.«

»Hast du keine Botschaft für mich?« fragte Melanie.

Schließlich tauchte der Junge auf.

Julius traf in der Voßstraße ein, stieg die teppichbelegte Treppe hinauf, ging durch die Vorzimmer: Gottlieb schob noch eine Tür auf,

»Frau Geheimrat – unser Bräutigam!«

Und Julius fand im Berliner Salon Melanie, die neben dem Stuhl ihrer Mutter stand. Die Wände waren schokoladenbraun, mit eingepreßtem Muster, die Polstermöbel magentarot, in den Kandelabern brannte noch das morgendliche Gaslicht. Melanie errötete, lächelte und trat mit vollendeter Grazie auf ihn zu. Sie hob ihre Augen zu ihm auf; Julius erwiderte die Begrüßung, aber er sah nur das Haus.

Vetter Markwald gesellte sich zu ihnen, ebenso Emil. Kurz danach kam Großpapa mit Friedrich herein. Jeder schüttelte Julius die Hand und suchte sich dann einen bestimmten Stuhl.

Großmama blieb bequem in ihrem Sessel sitzen. »Sieht älter aus als auf dem Bild«, sagte sie.

Er wurde genötigt, zum Essen zu bleiben. Er bemerkte, daß man von ihm erwartete, er werde sich danach mit Großpapa zusammensetzen; erwartete, er werde mit der alten Dame Kuchen essen; erwartete, er werde mit den Familienmitgliedern plaudern, wenn sie von ihrem Nachmittagsschläfchen zurückkämen; erwartete, er werde zum Abendessen wiederkommen.

»Und womit beschäftigen Sie sich den ganzen Tag da unten in Südfrankreich?« fragte Markwald.

»Ich war neun Wochen dort«, sagte Melanie.

»Spielt er Grabuge?« fragte ihre Mutter.

»Er kennt jedes Kartenspiel.«

»Ich glaube, mein Großvater hat es gespielt«, sagte Julius.

»Kaum ein Spiel für einen Mann«, sagte Markwald.

Gottlieb und ein Diener brachten die Schachtel herein; Melanie und Gottlieb machten sich daran, eine unwahrscheinliche Menge schwarzer Karten zu mischen. Grabuge wird von zwei Personen mit einhundertachtundzwanzig Kartenspielen gespielt, und zwar lauter Pik-Karten. Es ist eine Art gigantische Patience zu zweit, ein ungemein ausgetüfteltes, dabei primitives Spiel; und es nimmt einen vollen Nachmittag in Anspruch.

»Mir gegenüber«, sagte Großmama. Julius setzte sich hin; aber es stellte sich heraus, daß er das Spiel nicht kannte. »Ich werde es Ihnen beibringen«, sagte Großmama, es erwies sich aber fast sogleich, daß sie dieser Aufgabe nicht gewachsen war, und sie überließ sie Gottlieb.

»Was gibt's Neues, Friedrich?« fragte sein Vater.

»Friedrich geht jeden Tag in die Stadt«, sagte Großmama. Während ihr Partner noch lernte, nützte Großmama die Gelegenheit und gewann mehrmals hintereinander; sie machte gute Fortschritte.

»Staatsanleihen sind gefallen, Papa.«

»Das ist immer so.«

»Warum beklagen sich die Leute ewig über Staatsanleihen?« fragte Emil. »Und dabei haben sie doch offenbar welche. Besteht denn ein Gesetz, daß man sie haben muß?«

»Es ist ein Grundsatz, daß man zur Sicherheit ein Drittel seines Kapitals in dieser Art von Wertpapieren anlegt«, sagte Friedrich.

»Ist Baron Felden auch dieser Meinung?« rief Markwald durchs Zimmer. »Halten Sie viel von Staatsanleihen, Baron?«

»Es hört sich großartig an«, sagte Julius.

»Wenigstens einer spricht gut von Staatsanleihen«, sagte Onkel Emil.

»Einer, der keine zu haben scheint«, sagte sein Vetter.

»Julius hat eine so hübsche Statue gekauft«, sagte Melanie.

»Ich habe sie in einer Kirche gefunden.«

»Kirche?« sagten Großmama und Markwald.

»Was habe ich euch gesagt!« sagte Großpapa.

»Sie war in sehr schlechtem Zustand«, sagte Julius.

»Die Franzosen treiben es zu bunt in Marokko«, sagte Friedrich.

»Marokko?« fragte Großmama.

»Leder, gnädige Frau.«

»Ach so . . .«

»Weiße Häuser«, sagte Julius. »Ganz weiß. Diese arabischen Häuser in Fez. Wirklich schön.« Julius hatte sich schließlich vom Grabugespielen emanzipiert, und nun saß Melanie neben ihm.

»Wie geht es Léon?«

»Gar nicht gut. Ich muß deinen Onkel fragen, wann diese gerichtliche Sache wohl geklärt wird.«

»Der Fall wird von dem Dritten Kammergericht verhandelt«, sagte Friedrich. »Allerdings nicht mehr in dieser Sitzungsperiode.«

»Melanies Verlobter hat einen Polizisten beleidigt«, sagte Großmama.

»Es war nicht seine Schuld«, sagte Melanie.

»Und Sie fahren im Frühjahr immer nach Paris, Baron?« fragte Emil und pfiff ganz leise ein Stück aus der »Schönen Helena«.

Großpapa nahm die Melodie lauter auf. Er erkannte Offenbach immer.

»Sitzungsperiode?« sagte Julius.

»Die kleinen Sitzungen, über Bagatellsachen. Nicht vor dem Ende der Gerichtsferien im Sommer. Die Gerichte tagen nicht im August, und sie sind mit Prozessen ziemlich eingedeckt.«

»Ich habe früher sehr nette Soupers gegeben im Maxim's und im Café de la Paix. Fragen Sie nur die Oberkellner«, sagte Emil. »Aber das ist lange her.«

»Als er noch jung war«, sagte Großmama.

»Und reich«, sagte Friedrich.

»Ich habe es nie bereut.«

»Du hattest auch keinen Grund dazu«, sagte Vetter Markwald, dem ein anderer Lebenslauf ein ähnliches Schicksal eingetragen hatte.

»Emil ist hier zu Hause«, sagte Großmama.

»Dafür haben dein Bruder und dein Vetter selbst gesorgt«, sagte ihr Mann.

»Ich werde Spargel zu Abend essen«, sagte Großmama, »Floras Max hat heute den ersten geschickt. Es reicht für einen.« Floras Mann, ein vor kurzem geadelter Bankier, hatte sich auch einen Landsitz zugelegt. Seine Jagd und seine Gewächshäuser versorgten die Tafeln seiner Verwandten.

»Muß ich in Berlin bleiben?« fragte Julius.

»Wenn Sie nicht tausend Taler Kaution verlieren wollen, ja«, sagte Friedrich.

»War es denn so viel?«

»Diese Summe haben wir mit ihrer Bank vereinbart.«

»Sie meinen, ich muß bleiben? Hier bleiben?«

»Glücklicherweise gibt es noch andere Anlässe«, sagte Gottlieb.

»Sie haben schon wieder vergessen, daß Sie dran sind, junger Mann«, sagte Großmama.

»Verzeihung.«

»Ich frage mich, wo die Dreien sind«, sagte Großmama und schaute unter ihre umgedrehten Karten.

»Ach so, man kann seinen Stoß ansehen?« sagte Julius.

»Für gewöhnlich nicht«, sagte Melanie.

Melanie war es, die schließlich die Initiative ergriff und dabei Gottliebs Unterstützung fand.

»Mama – ich glaube, Jules möchte eigentlich mit dem Spielen aufhören.«

»Darf ich eine kleine Ruhepause empfehlen, bevor man sich zum Essen umzieht?«

»Melanie, zeige Baron Felden den Wintergarten«, sagte Emil.

»Ich möchte zu Ende spielen«, sagte Großmama.

»Unsere eigenen kleinen Vergnügungen dürfen nicht im Wege stehen«, sagte Gottlieb.

Sie stand auf. Er folgte ihr aus dem Zimmer. Sein Schritt war leicht. Seine Jacke saß vorzüglich, seine Haltung verriet nichts.

Blumen im Haus verursachten Großmama Merz Kopfschmerzen, aber der Wintergarten wurde laufend von einem Blumengeschäft versorgt. Sie standen in großer Angst zwischen den Farngewächsen und Azaleen. Er sah die Bedrohung seiner Existenz, sah eine Wolke heranziehen, die sein privates, sein sorgfältig gehütetes Leben verschlingen würde, und dieses Haus, diese Stadt, diese Menschen waren zugleich die Symbole, die Werkzeuge und die Realität dieser Bedrohung. Er fühlte sich eingeholt, von der unverständlichen Verkettung der Ereignisse wieder einmal an die Schwelle einer Veränderung gezwungen; er fühlte, er werde kämpfen müssen oder untergehen, fühlte sich bereits durch seine Depressionen und bösen Ahnungen erdrückt. Er stand mit unbewegtem Gesicht da und bemühte sich angestrengt, den Druck auf Brust und Kehle zu ertragen; damals schon litt er – oder glaubte er zu leiden – an Bronchialasthma, und er hielt sich ganz still, redete sich zu, versuchte mit gespielter Ruhe die Last zu verteilen. Melanie ging vor ihm her: es war kein Schreiten, sondern sie eilte mit kleinen Schritten vom Blumenkasten zur Fensterbank; ihre Füße waren zart, ihr Kleid raschelte ein wenig, sie raffte geschickt ihre Röcke. Er war sich ihrer Gegenwart überhaupt nicht bewußt.

Ihre Angst war groß und einfach. Sie hätte am liebsten laut aufgeschrien: ER LIEBT MICH NICHT MEHR, und wußte doch schon so klar, als wenn sie es gelernt hätte, daß sie es nicht durfte. Sie spürte, daß etwas fehlte, und wußte doch nicht was; daß etwas verkehrt war, und wußte nicht warum; wußte, daß sie kämpfen würde, und wußte nicht gegen was und wie. Sie war zwanzig; sie hatte nie eine Frage gestellt, nahm als selbstverständlich hin, was ihr gesagt wurde, daß ihr Elternhaus das beste aller möglichen Elternhäuser sei und ihr Leben das beste aller möglichen Leben, und wenn sie oftmals gleichgültig und ein wenig traurig gewesen war, dann eben, weil das beste aller Leben so sein mußte. Ihre Mutter hatte in jedem Augenblick ihres langen Lebens immer die eine oder andere Kleinigkeit gewollt, während Melanie alles hatte, was sie wollte, und nichts allzusehr gewollt hatte. Doch jetzt spürte sie, daß ihr etwas fehlte, daß ihr alles fehlte. Sie wußte nichts von der Relativität der Liebe, und vielleicht war das, was sie beseelte, auch nicht relativ; ihr zukünftiges Leben, so kurz es war, erwies, daß dies die einzige Sehnsucht ihres Körpers, ihres Willens und ihres fügsamen Herzens gewesen war. Dieses sanfte Geschöpf entdeckte nun die Notwendigkeit des Muts und fand den Mut – sie wehrte den unmittelbaren Ansturm ihrer großen Angst ab und wandte sich Julius mit einem wohlerzogenen Lächeln zu, das keine Spur von Vertraulichkeit und keine von Kummer zeigte.

»J'ai tant regretté d'apprendre que vous avez fait un si mauvais voyage«, sagte sie in reizendem, etwas holprigem Französisch – sie hatte ein gutes Gehör und hatte den Tonfall ihrer französischen Gouvernante behalten; in Südfrankreich hatte Jules ihre Aussprache gelobt; seit ihrer Rückkehr hatte sie hart an sich gearbeitet –, doch die Anstrengung dieser zarten Geste war ungeheuer, und hinter ihrem Rücken öffneten und schlossen sich ihre Finger über dem Taschentuch.

Er bemerkte nicht, daß sie die Sprache gewechselt hatte, da ihm das ganz natürlich war. Er sagte: »Eh bien, ce n'était surtout pas commode pour ces pauvres bêtes.«

Nun fiel ihm erst ein, daß sie nicht da waren.

Er setzte ihr auseinander, wie schwer es sei, in einem Hotel das richtige Futter für sie zu bekommen, sprach von ihrer Unruhe, von der Notwendigkeit, sie auszuführen ...

Melanie senkte den Kopf und hörte zu. Sie hörte immer zu, ihren Onkeln, ihrem Vater, ihren Brüdern ...

Julius sprach zu sich selbst. »Der Tiergarten am Morgen – die Leute starren einen an, und wir müssen auf diesen häßlichen Wegen bleiben. Sie pflücken sich so gern selbst ihre Pfirsiche ... Der Mann sagte, sie dürfen nicht auf den Rasen, so eine Ungerechtigkeit. Sie haben doch schließlich keine Stiefel an.«

»Hier darf niemand das Gras betreten«, sagte sie.

»Oh«, sagte er, »so ist das. Und warum?«

Melanie wußte es nicht.

Sie ließen das Thema fallen.

»Edu und Onkel Emil reden Papa zu, daß ich die Reitstunden bekomme.«

»Ah ja«, sagte er, »reiten ... Reitet man hier viel?« Er hatte vergessen, daß er sie doch selbst zum Reitunterricht gedrängt hatte, so wie er vergessen hatte, wie seltsam es ihm erschienen war, daß er sie dazu erst auffordern mußte.

Sie hätte am liebsten die Hand ausgestreckt und gesagt: Mein Lieber, was ist dir? Sprich, mein Lieber!

Er sagte: »Das Wetter war nicht gut«

»Im Süden?«

»Hier.«

»Wir waren diese Woche gar nicht draußen«, sagte sie. Sie konnte nicht auf den Gedanken kommen, daß ein so wundervoller Mensch unglücklich sein konnte, aber sie sah, daß er wohl sein Haus entbehrte, seine Umgebung, die Sonne ... Und als sie das erkannte, erkannte sie noch mehr – sie war gewohnt, ihre Eltern zu lieben und zu achten, und es kam ihr nicht in den Sinn, sie jetzt zu kritisieren, sie war vielmehr bereit – wenn es von Nutzen wäre –, Mutter und Vater den Wölfen in den Rachen zu werfen.

»Es war kalt heute morgen.«

»Ich mag die Kälte nicht«, sagte sie.

»Natürlich nicht.«

»Es wird nicht immer so bleiben«, sagte Melanie und richtete den Blick auf ihn. Er sah sie nicht, so etwas war möglich. *Es gefällt ihm hier nicht. Hier ist er nicht er selbst.* Das traf sie schwer. Etwas anderes mischte sich in ihre Gefühle, und zum erstenmal weitete sich ihr Herz vor Zärtlichkeit. *Sorge dich nicht. Es wird bald anders sein.* Sie hatte jetzt weniger Angst. *Ich werde schon einen Weg finden. Es wird anders sein, wenn wir ein Haus für uns allein haben. Ein Haus, wo du es wünschst.* Aber sie schrak davor zurück, Worte auszusprechen, die seine Zukunft in ihre eigene einschließen würden. Sie suchte angestrengt nach anderem Gesprächsstoff, und ihre Gedanken, die einen Halt gefunden hatten, beschäftigten sich schon mit praktischen Überlegungen. Doch sie durften nicht in Schweigen verharren. »Meine Schwester Flora hat jetzt ein Fahrrad«, sagte sie, aber sie setzte nicht hinzu: seitdem sie verheiratet ist.

Mit ihrem neuen Heroismus stand sie die Situation einigermaßen durch; aber als bald danach Sarah hereinkam, Sarah, von Kopf bis Fuß sie selbst, in einem eleganten grauen Kostüm, drei Reiherfedern auf einem riesigen Hut wippend, wandte sich Julius ihr mit unendlicher Erleichterung zu.

4.

Julius lieh sich Feder und Tinte vom Zimmerkellner und schrieb an seine Schwägerin. Er teilte ihr mit, daß er mit der preußischen Justiz in Konflikt geraten sei und sich nicht von der Stelle rühren könne, und fragte, ob sie ihren Bruder, Conrad Bernin, der sich in solchen Dingen auskenne, bitten würde, etwas zu unternehmen.

Clara und Gustavus waren mit Graf Bernin, der zwischen zwei Ämtern schwankte, auf Sigmundshofen und damit beschäftigt, die Angelegenheiten des verstorbenen alten Grafen zu ordnen. Seit jener Woche, da Baron Feldens Todesstunde gekommen – später, als er selbst erwartet hatte – und er von seinen weinenden Pächtern zu Grabe getragen worden war, hatten sie Julius nicht mehr gesehen. Er war aus Madrid gekommen und hatte noch mit Gustavus und den drei Bernins auf dem herbstlichen Friedhof gestanden. Julius war im Innersten aufgewühlt und machte später Clara gegenüber eine Bemerkung über die Unverläßlichkeit des Lebens. Gustavus war kein Vorwurf zu machen, und er verhielt sich auch demgemäß. Clara ließ landauf und landab für die ewige Ruhe des Barons Messen lesen; Graf Bernin sorgte dafür, daß Julius aus seinem Besitz ein ständiges Einkommen bezog. Das lag nun neun Jahre zurück, Julius war nach Spanien, jedoch nicht auf seinen Posten zurückgekehrt, und die Bernins erfuhren aus dem Auswärtigen Amt lediglich, daß er einen unklaren Brief gesandt habe, in dem er seinen Entschluß kundtat, daß er den Dienst quittieren werde.

»Die preußische Justiz? Was meint er wohl?« sagte Graf Bernin.

»Wir müssen es herausbekommen, Conrad«, sagte seine Schwester.

»Natürlich«, sagte Graf Bernin.

Graf Bernin war seinem Vater in fast allen Dingen nachgeraten. (Sogar Haltung, Stimme und Profil waren gleich, und sie hatten auch die gleichen Haare.) Das ging so weit, daß in späteren Jahren sehr junge und sehr alte Leute und die Öffentlichkeit, die diese lange Karriere mitverfolgt hatte, der Meinung waren, es habe sich immer um denselben Bernin gehandelt. Doch bestand ein Unterschied, und sei es nur der, daß der jüngere Bernin im Jahre 1850 und eben nicht 1810 geboren war. Er hatte von der Wiege auf die Luft des allgemeinen Wahlrechts geatmet. Er war eine Spur trockener, eine Spur weniger souverän, eine Spur vorsichtiger, als sein Vater gewesen war – alles war einen Ton milder gestimmt; und obwohl er im Lauf der Jahre gleichfalls in fast allem, was vor sich ging, seine Hände hatte, betrachtete er sich nie als einen Taschenspieler. Er war Clara sehr ergeben und hatte sie gern um sich (er heiratete niemals), und bisweilen nahm er sogar ihren Rat an. Clara blickte zu ihrem Bruder auf, der um zwei Jahre jünger war, und was ihn betraf, so war sie ganz frei von jenem Anflug von Mißtrauen, der in der Jugend ihrem Gewissen so zugesetzt hatte.

Graf Bernin ermangelte auch eines der nützlichsten Talente seines Vaters – er machte sich zwar für niemanden zum Narren, aber er besaß nicht des alten Grafen untrüglichen Blick für den menschlichen Charakter und dessen Motive. Und dies hatte wiederum der alte Graf nicht erkannt. Deshalb sah Bernin seinen Schwager so, wie er weitgehend war: ziemlich fade, peinlich genau, eitel; kein schlechter Kerl, durchaus fähig, sich für etwas einzusetzen – Claras Mann, recht unbedeutend, recht anständig, mäßig brauchbar. Der alte Bernin hatte den ganzen Menschen Gustavus gesehen, aber er hatte versäumt, dieses Bild seinem Sohn mitzugeben. Sein ganzes Leben hindurch hatte der Graf dafür zahlen müssen, daß er es immer wieder versäumte, einen wichtigen Umstand rechtzeitig zur Sprache zu bringen. In diesem Fall hatte er nur deswegen nicht gesprochen, weil er nicht wußte, daß es nötig war; er sah Conrad, wie er sich selber sah, und der Gedanke kam ihm gar nicht, daß etwas, was für ihn auf der Hand lag, nicht auch für seinen Sohn auf der Hand lag.

»Wieso Berlin?« fragte Bernin.

»Ich weiß nicht«, sagte Clara, für die eine Stadt fast wie die andere war.

»Du hast ihn dort nicht gesehen – damals, als Papa versuchte, ihm die Wege zu ebnen. *Wie* er sich aufführte – er konnte nicht verstehen, warum er überhaupt kommen mußte. Es bedrückte ihn; er hatte von Bonn direkt nach London reisen wollen. Ich kann mir nicht vorstellen, was sie in der Wilhelmstraße von ihm gedacht haben mögen.«

»Er hat niemals wirklich diese Examina abgelegt«, sagte Gustavus.

»Ach, Examina«, sagte Graf Bernin.

»London war ein glänzender Anfang für einen so jungen Menschen, durchaus nicht selbstverständlich. Ich glaube, er hatte es ausschließlich eurem Vater zu verdanken, Clara.«

»Der arme Jules, ich weiß noch gut, wie enttäuscht er war. Er war so sicher gewesen, es würde Spanien sein.«

Es hatte einst zu den Plänen des Grafen Bernin gehört, Präzedenzfälle zu schaffen, indem man – als einen dünnen Keil – katholische junge Leute, die von ihrem Glauben kein Aufhebens machten, auf diplomatische Posten in Ländern lancierte, wo man dem Katholizismus mit einem gewissen Unbehagen gegenüberstand; und Julius hatte denn auch am Hof der Königin Viktoria keinen Skandal ausgelöst, und zwar allein deswegen, weil er nie auf den Gedanken gekommen wäre, seine Zugehörigkeit zur Römischen Kirche überhaupt zu erwähnen.

»Schließlich hat es ihm sogar gefallen«, sagte Graf Bernin. »Jedenfalls sollte man es meinen, denn er fand enormen Anklang. Die Engländer haben ihn vergöttert.«

»Er sagte, die Häuser und die Pferde gefielen ihm«, sagte Clara; »es sei alles ganz ähnlich wie in Landen, sagte er.«

»Er wußte immer so gut Bescheid, woher das Silber und alles mögliche stammte, und er sprach nie über Politik.«

»Graf Helmholtz hat mir erzählt, sie hätten Jules nie dazu bringen können, etwas zu arbeiten«, sagte Gustavus.

»Nun, das wurde ja auch nicht von ihm erwartet.«

»Er soll auch so herrlich diskret gewesen sein.«

Graf Bernin seufzte. »Das war sein großes Talent. Leider Gottes völlig verschwendet.«

»Aber du wirst ihm doch helfen?« fragte Clara.

»Meine Liebe: wie kann man sich mit der preußischen Justiz einlassen? *Que diable allait-il chercher dans cette galère?*«

»Ich nehme an, man kann nicht gut fragen«, sagte Gustavus.

»Warum nicht?« sagte Clara. »Ich werde fragen. Wenn du es wirklich wissen willst, Conrad?«

»Ja, tu es«, sagte Graf Bernin.

Auf die unumwundene Frage antwortete Julius mit einem einzigen Satz: Er sei in Berlin, weil er habe heiraten sollen.

»Wie schön, ach, wie schön für Jules«, sagte Clara.

»Und wen?« sagte Gustavus.

»In Berlin?« sagte Graf Bernin.

»Wollen wir nur hoffen, daß sie einen soliden Glauben hat. Alles andere wäre für beide ein Unglück.«

»Nun, die Leute haben derlei meistens *in partibus*.«

Ehe Clara wieder an Julius schrieb, zog sie sich in die Kapelle zurück und dankte dem Himmel.

»Wir sollten etwas tun, um sie dem armen Jules abzunehmen«, sagte Sarah und knöpfte ihre langen Handschuhe zu. »Ich gehe zu dieser Auktion. Heute nachmittag sind Kaminroste und Zinnsachen dran. Gotisch. Nun – Jules wollte vorbeikommen, wenn er es einrichten kann. Ich will sie auch nicht im Haus haben, aber vielleicht können wir etwas arrangieren?«

»Warum schickst du die Mädchen nicht mit Miss Mills weg, sie können in eine Konditorei gehen oder in den Zoo oder sonstwohin«, sagte Edu.

»Habe ich bereits getan, aber ohne Erfolg. Die anderen Kinder waren alle nicht im richtigen Alter.«

»Ich will dir was sagen: Ich werde Papa dazu bringen, daß er sie auf eine Spazierfahrt mitnimmt. Fräulein von

Tschernin kann nichts dagegen haben; schließlich wird sie bezahlt.«

»Miss Mills hat etwas dagegen. Sie hat es mir gesagt.«

Großpapa Merz und Fräulein von Tschernin holten Robert und Tzara im Landauer ab. Zu viert fuhren sie die Lenéestraße und die Viktoriastraße und das Lützowufer entlang; sie hatten eine Tüte Nüsse gekauft, und Großpapa sah ihnen bald den Trick ab, mit den Schalen auf die Hüte der Passanten zu zielen. Gisela von Tschernin hatte in ihrem schuldenbelasteten Vaterhaus an der Weichsel ein Pony gehabt und einmal einen jungen Wolf aufgezogen, jetzt wohnte sie in einer verblichenen *chambre de jeune fille* im zweiten Stock bei einem Onkel, einem Beamten, und ihr erstarrtes Herz regte sich wieder vor Glück. Sie kauften Trauben und Gefrorenes und ein Paar Matrosenmützen und eine Zelluloidfahne, und Robert ließ sich von ihr die Ohren kraulen. Später wartete Fräulein von Tschernin im Wagen, während der alte Herr die beiden in seinen Klub einführte.

»Es gibt niemanden dieses Namens«, sagte Gustavus.

»Es hat früher Merzweiler-Schleicheggs gegeben, aber seit dem Reichstag von Regensburg sind sie ohne Nachkommen. Und es gibt die ungarischen März, März-Glinsky, aber sie sind mediatisiert und natürlich seit langem geisteskrank.«

»Es *gibt*«, sagte Graf Bernin, »Arthur Merz, Merz & Merz, G.m.b.H., Phosphate. Ein ansehnliches Vermögen, liegt ziemlich brach.«

»Israeliten«, sagte Gustavus und senkte unwillkürlich die Stimme. »Ein päpstlicher Titel vermutlich.«

»Konvertiten«, sagte Clara. »O Conrad!«

»*Kein* Titel. *Nicht* konvertiert. Ich glaube nicht, daß sie getauft sind.«

Es trat Stille ein.

»Fromme Juden«, sagte Clara. »Man tut gut, sich an den Ursprung unserer Religion zu erinnern.«

Gustavus hatte das Gesicht bedeckt. »Neunzehn Generationen urkundlich belegter Alliancen – –«

»Kannst du herausbringen, ob es überhaupt schon beschlossene Sache ist?« fragte Graf Bernin.

»Jules schreibt nichts davon.«

»Ritter der Immerwährenden Anbetung ... Ritter des heiligen Johannes ... Ritter von der ewigen Lampe ...«

»Papa war nie völlig gegen Mischehen, wie du dich vielleicht erinnerst«, sagte Graf Bernin.

»Soll es ein Verlobungsdiner werden?«

»Selbstverständlich nicht«, sagte Sarah. »Nur eine ganz einfache Abendgesellschaft. Elegant ... Nicht zuviel zu essen ... Jules wird mein Tischherr sein, und wir werden Professor Boden an meine andere Seite placieren.«

»Den Museumsonkel?«

»Ja«, sagte Sarah.

»Sollte Prinz Eitel-Heinz nicht dabeisein?«

»Nein«, sagte Sarah. »Vor allem keine königlichen Hoheiten, ich bitte dich. Madame Mopurgo links von Jules –«

»Madame Mopurgo?«

»Ja.«

»Und was machen wir mit Melanie?«

»Melanie bekommt den französischen Marineattaché als Tischherrn.«

»Wird ihr das recht sein?«

»Ja, wenn sie weiß, was für sie gut ist. Claude Billy ist sehr dekorativ, und er hat es stets verstanden, in Persien und ähnlichen Gegenden zu leben. Sie hat ein neues Kleid von Worth. Schwefelgelb. Wir dachten nicht, daß die Zeit reichen würde, aber Jeanne hat Wunder getan.«

»Hast du *Jeanne* etwa besucht?« fragte Edu.

»Jeden Tag«, sagte Sarah.

Graf Bernin schrieb an Julius' Anwalt und an Friedrich; setzte sich mit ein paar Leuten in Verbindung; darauf schrieb er noch einmal an den Anwalt. All dies nahm Zeit in Anspruch. Es scheine keine große Sache zu sein, führte er aus; *falls* sie es bei öffentlicher Ruhestörung bewenden ließen, dann gut; es bestehe aber immer noch die Möglichkeit, daß sie es als Beleidigung der Staatsgewalt, *lèse-fonctionaire*, behandeln würden, eine Anklage, die es zu vermeiden gelte. Sie schienen *empfindlich* in dieser Angelegenheit zu sein; es wäre von Nutzen, wenn man eine Erklärung abgeben könne, dahingehend, daß das *primum mobile*, wie man es nennen könne – Schimpansen, nicht wahr? – eliminiert sei. Ob es klug von Baron Felden sei, im teuersten Hotel der Stadt ganz ungescheut mit ihnen zu wohnen? Es sei auch davon die Rede, daß sie öffentlich in Gesellschaft des zukünftigen Schwiegervaters des Inkriminierten zu sehen seien; die Behörden schienen etwas mißtrauisch gegen den Baron eingestellt zu sein – vielleicht mache er nicht ganz den richtigen Eindruck ...?

»Ich möchte das Derby in England nicht versäumen«, sagte Edu.

»Es gibt keinen Grund, warum *du* nicht fahren solltest.«

»Ich muß sagen, Sarah, ich wüßte gerne, was jeder im Schilde führt.«

»Wie meinst du das?«

»Nun ja, die Leute sind irgendwie neugierig. Ich weiß nicht, was ich ihnen sagen soll. Weißt du – ich glaube nicht, daß er bei Papa überhaupt schon richtig angefragt hat.«

»Dein Vater scheint den Eindruck zu haben, daß er es getan hat.«

»Er weiß, daß er *mich* in Südfrankreich gefragt hat.«

»Hat Jules das getan?«

»Durch dich, dachte ich.«

Clara stand im Türrahmen des kahlen Raums, der immer wirkte, als würde darin nächstens eine Aufsichtsratssitzung stattfinden. »Conrad, wir müssen wissen, wer Jules' zukünftige Frau unterweist. Jules schreibt nichts darüber. Ob er unsere Briefe überhaupt liest?«

Graf Bernin ging eben mit Gustavus die Abrechnungen der Gutsverwaltung durch. Er sah nicht auf. »Wahrscheinlich doch einer von den Patres aus der Fasanenstraße«, antwortete er.

Clara seufzte. »Ich sähe es viel lieber, wenn es jemand wie Pater Martin wäre. Meinst du, wir sollten Pater Martin hinaufschicken?«

»Liebe Clara – der arme Kerl ist ein sehr alter Mann.«

»Er hat sich nie seiner Pflicht entzogen.«

»Nun komm, Clara«, sagte Gustavus, »die Fasanenstraße ist vollkommen in Ordnung.«

»Endlich ist die Geldfrage zur Sprache gekommen.«

»Mit wem hast du gesprochen?« fragte Jeanne.

»Mit Friedrich. Den alten Leuten. Markwald, Emil. Mit jedem. Mit Gottlieb in allen Einzelheiten. Denk daran, daß du Gottlieb nicht kennst. Das reicht, um *jede* Ehe zustande zu bringen.«

»Ich kann es nicht so nennen.«

»Und Friedrich war der Schlimmste.«

»Wie traurig, daß Jules sich nicht davon abbringen lassen will, Friedrich sei sechzig; Friedrich ist so eitel wie Edu.«

»Das kann ich kaum glauben«, sagte Sarah.

»Es waren zwei Millionen, die sie Flora gegeben haben, nicht wahr?«

»Ja; aber Max ist immerhin selbst sehr wohlhabend. Ich habe nie soviel für Jules erwartet.«

»Ach, geht es danach? Mitgift für einen *reichen* Mann und Mitgift für einen *armen*?«

»Das ist nicht unnatürlich«, sagte Sarah.

»Wieviel hast du Edu in die Ehe eingebracht?« fragte Jeanne.

»Fünf.«

»Die sind aber ziemlich rasch zusammengeschmolzen, nicht?«

»Allerdings. Nun also, Emil und Edu dachten, sie würden niemals mehr als vier- oder fünfhunderttausend geben, aber ich wußte, daß die alten Leute eine Million im Kopf hatten, und ich habe recht behalten. Sie haben von Anfang an von ›der Million‹ gesprochen.«

»Dann ist es eine Million! Sarah, das freut mich für Le Beau Jules.«

»Aber die Sache hat einen Haken«, sagte Sarah. »Sie wissen nicht, wie sie es anlegen sollen.«

»Investieren?«

»Es ist üblich, die Mitgift in das Geschäft des Schwiegersohns zu stecken.«

»Oh.«

»Sie sind durchaus bereit, ihm eines einzurichten.«

»Ja, es ist bei ihnen so Brauch«, sagte Jeanne.

»Meine Liebe!«

Die beiden Frauen lachten.

»Sie haben von Max' Bank gesprochen. Melanie hat es erfahren. Man kann sich denken wie. In diesem Haus braucht sich das Personal ja nicht einmal zu den Schlüssellöchern zu bücken ... Sie ist absolut dagegen. Edu übrigens auch.«

»Und du auch«, sagte Jeanne.

»In diesem Fall. Für gewöhnlich sehe ich es lieber, wenn ein Mann arbeitet. Wie meine Brüder.«

»Es hat seine Vorteile«, sagte Jeanne.

»Friedrichs Idee war, die Mitgift auf Jules zu überschreiben, so daß er und Melanie von den Zinsen leben können. Die Schwierigkeit dabei ist, daß eine Million zu zwei oder drei Prozent Verzinsung – die Art von Anlage, die sie sich vorstellen – ihnen eine Summe zwischen zwanzig- und dreißigtausend Mark im Jahr einbrächte. Das reicht nicht, Jeanne. Soviel brauchen sie allein für die Garderobe.«

»Hast du ihnen das klargemacht?«

»Es hätte keinen Sinn, sehr ins Detail zu gehen. Emil hat die Wahrheit schon die ganze Zeit gesehen, und Markwald hat sie herausgeschnüffelt. Die alten Leute sind irgendwie verwirrt. Ich bin wirklich der Meinung, wenn nicht alle so durcheinander wären, würde es keine Hochzeit geben.«

»Wir beide bleiben aber bei der Sache.«

»Jeanne – *warum* bist du dafür?«

»Ich weiß nicht, bin ich dafür? Der Instinkt der älteren Frau für das Ehestiften. Die Sympathie der Emigrantin für ihr Vaterland und für einen Menschen, der damit verbunden ist. Das Gefühl der Frau für eine andere Frau. Das Gefühl der Frau für einen gutaussehenden Mann in Schwierigkeiten. *Meine* Gefühle gegenüber Friedrichs Eltern.«

»Ich hätte es verhindern können«, sagte Sarah. »Ich könnte es noch immer verhindern. Einfach, indem ich nichts tue.«

»Keine Frau kann mit guten Gründen eine andere daran hindern, ihren Mann zu bekommen.«

Sarah sagte: »Sie kann ihr auch aus dem falschen Grund helfen.«

»Natürlich wird er einen miserablen Ehemann für sie abgeben. Es gibt Schlimmeres. Was bringt dich darauf, daß das Mädchen jemals etwas Besseres finden wird? Oder die Chance dazu haben wird?«

»Sie könnte sich in ihre Tradition fügen.«

»Was das Geld angeht – Sarah, *du* könntest sie dazu bringen, daß sie es ihm im ganzen geben, du weißt, daß du es könntest.«

»Ich bin mir durchaus nicht sicher, daß ich es will. Eine Million ist eine große Menge Geld. Ich sähe es recht ungern, wenn sie nicht anständig versorgt würden, aber Kapital ist Kapital.«

»Ja«, sagte Jeanne, »ich bin auch dazu erzogen worden, Sparsamkeit zu achten.«

»Was ich für sie erreichen möchte, ist eine laufende Zuwendung, eine große jährliche Rente. Ich habe fünfundsiebzigtausend vorgeschlagen, und vermutlich werden sie ihnen sechzigtausend pro Jahr aussetzen. Ich bin überzeugt, das ist die beste Lösung für sie – ausreichend und sicher. Edu und ich werden ihnen den Gegenwert eines Hauses als Hochzeitsgeschenk geben.«

»Mehr als ausreichend. Aber trotzdem, Sarah – mir gefällt das Wort ›Zuwendung‹ nicht.«

»Nur so lange, bis die alten Leute sterben. Melanies Erbanteil – selbst wenn sie ihn im Rahmen der Familienstiftung erbt, was natürlich der Fall sein wird – wird ausreichen, daß sie und Julius äußerst angenehm von den Zinsen leben können.«

»Ich sehe, du hast alles genau durchdacht«, sagte Jeanne.

»Ja«, sagte Sarah, »das habe ich.«

Schließlich zog Großmama ihre Schlüsse.

»Will Melanie etwa mit Affen unter einem Dach leben?«

Fräulein von Tschernin, die unterdessen auch Julius zu Gesicht bekommen hatte, bestätigte, daß dies zu den glänzenden Aussichten ihrer Tochter gehöre.

»Wir werden es nicht erlauben«, sagte Großmama.

»Herr Geheimrat mag sie auch gern.«

»Affen bei einem Junggesellen, meinetwegen«, sagte Großpapa.

»Ich habe ihn gefragt, ob er diese Scheusale für den Rest seines Lebens um sich haben will«, sagte Markwald, »und wißt ihr, was er mir zur Antwort gegeben hat? Sehr wahrscheinlich nicht, leider, obwohl sie länger lebten als Hunde.«

»Hunde auch?« fragte Großmama.

»Floras Max hat einen mitgebracht«, sagte Friedrich.

»Nicht ins Haus«, sagte Großmama, »hat mir Flora gesagt.«

»Was soll man mit unerwünschten Affen tun?« fragte Emil.

Großmama dachte über das Problem nach. »Er muß sie weggeben«, sagte sie. »Hat er keine armen Verwandten?«

Wieder ging Clara in ein anderes Zimmer. Sie setzte sich selten. »Ich habe das Gefühl, ich muß selbst fahren. Das weiß ich bestimmt.«

»Du bist keineswegs in guter Verfassung«, sagte ihr Bruder. »Außerdem darfst du unseren Altar für Fronleichnam nicht vergessen.«

»Das ist doch nicht so wichtig. Ich meine immer, der Schmuck ist viel zu üppig. Er lenkt die Aufmerksamkeit ab. Und Gustavus kann sich ebensogut darum kümmern.«

»Ich bin nicht deiner Meinung«, sagte Graf Bernin. »Die Kinder Mariens erwarten, daß *du* ihnen hilfst; und es *ist* wichtig – die Herrin von Sigmundshofen hat immer den Altar geschmückt; Hunderte von Menschen werden in der Prozession mitziehen und ihn anschauen.«

»Und der Bischof von Bamberg kommt«, sagte Gustavus.

»Ich sehe es anders«, sagte Clara.

Das erste Zeichen, daß Julius endlich Claras Briefe gelesen hatte, kam von Friedrich. Julius mußte sich einmal in der Woche auf der Polizeiwache melden, und am ersten Montag im Juni begleitete ihn Friedrich dorthin. Hinterher kam er, sehr verärgert, bei Jeanne vorbei und fand dort Sarah.

»Ich glaube wirklich, euer kostbarer Felden hält uns alle zum besten. Wißt ihr, was er heute zu mir gesagt hat, in seinem süddeutschen Tonfall? ›Ihre Nichte ist doch Katholikin?‹«

»Ist nicht möglich. Was hast du ihm geantwortet?«

»Ich habe gesagt, wir seien keine Christen, wenn er das meine. Und er hat gesagt, ja, nein, natürlich, aber ob ich damit sagen wolle, daß sie *tatsächlich* nicht Mitglied der katholischen Kirche sei?«

»Lieber Friedrich«, sagte Sarah. »Ich kann mir nicht vorstellen, daß ihm das etwas ausmacht.«

»Ausmacht?« sagte Friedrich. »*Mir macht es etwas aus*. Ich verstehe, warum diese Leute von der Eisenbahn ihn impertinent gefunden haben.«

»Das kommt daher, weil er gewöhnt ist, daß alle Leute katholisch sind«, sagte Jeanne. »In seiner Heimat ist es so. Mein Vater war Anhänger der *Libre Pensée*, und ich bin ein Rückfall, wie man es nennen könnte, aber wir sind alle Katholiken.«

»Er dachte, *ich* sei Christ«, sagte Friedrich.

Sarah besuchte Friedrich an diesem Nachmittag, und sie führten ein Gespräch, das sie veranlaßte, in der Voßstraße zum Abendessen zu erscheinen.

»Es dürfte sich empfehlen, erst *nachher* über gewisse Dinge zu sprechen, gnädige Frau«, sagte Gottfried im Vestibül zu ihr.

Sarah ignorierte ihn, jedoch nicht seine Warnung. Edu war nach London abgereist; Julius hatte sich berechtigt gefühlt, sich für diesen Abend zu entschuldigen; sie aß in fast völligem Schweigen Hühnercremesuppe, Krebs in Aspik, Vol-au-vent, Kalbszunge und Rosinen in Madeira, Taube mit Chartreuse und Artischockenmousseline, und erst nach dem Nesselrode-Pudding und nachdem Melanie nach oben geschickt worden war, rückte sie damit heraus, daß Jules Felden es augenscheinlich für notwendig halte, daß seine Frau seine Religion teile.

»Er will, daß sie sich taufen läßt.«

»Der junge Mann mit den Affen will, daß unsere Tochter getauft wird.«

»Wer, glaubt er denn, sind wir?«

»Selbst Max hat etwas Derartiges niemals vorgeschlagen!«

»Ich habe euch gesagt, er ist ein verkappter Goi.«

»Das arme Kind.« »*Bitte*, Emil ...« sagte Sarah.

»Na und?« sagte er, »das ist doch von allen kaltschnäuzigen, unwürdigen Zumutungen ...«

Sarah hatte beschlossen, den Sturm abflauen zu lassen, und war nach Hause gegangen. Am nächsten Vormittag sprach sie Julius wieder, danach Friedrich, danach den alten Herrn. Sie zog Markwald zur Seite. Die Merz waren froh, ihrem Herzen Luft machen zu können, weigerten sich jedoch, die Sache zu *besprechen*, und während der folgenden Woche gab keiner einen Fußbreit nach.

»Es ist, als ob man gegen Federbetten kämpfte«, sagte Sarah zu Jeanne. »Und man sieht, wie sehr man sich irren kann. Die alte Dame und Jules. Ich hätte niemals von diesen beiden Schwierigkeiten erwartet; doch sie sind die Schlimmsten. Jules findet es *merkwürdig*, daß Melanie nicht getauft ist, es beunruhigt ihn. Sagt einfach, er könne nicht jemanden heiraten, der nicht katholisch sei – so etwas tue man nicht, niemand tue es. Immer wieder von vorn. Bleibt einfach dabei. Er hätte schließlich schon früher darauf kommen können. *Ich* wasche jetzt wirklich meine Hände in Unschuld. Ich kann den Standpunkt der Merz verstehen. Begreifst du denn Jules?«

»Doch, sehr gut«, sagte Jeanne.

»Als ob er sich jemals auch nur im geringsten als *pratiquant* gezeigt hätte.«

»Das tun die Merz ja auch nicht. Friedrich geht nirgendshin – ausgenommen zu Beerdigungen –, und in der Voßstraße wird nicht einmal der Schein gewahrt, als hielten sie den Sabbat oder äßen keinen Hummer oder Schinken ...«

»Es ist sonderbar«, sagte Sarah, »dieses theologische Tauziehen zwischen nicht-praktizierenden Mitgliedern zweier Religionen.«

Edu kehrte aus Epsom zurück und bekam einige harte Worte zu hören. Jules aß nicht mehr in der Voßstraße; Sarah sprach von Plänen für den Sommer. Eines Abends hüllte sich Melanie in einen dichten Schleier und schlüpfte mit Hedwig, ihrer Zofe, aus dem Haus. Sie betraten die Matthäuskirche durch eine Seitentür. Hedwig war ein bekanntes Gesicht in der Gemeinde; Melanie trug eine kleine Börse mit Goldstücken bei sich; Pastor Völler war ein betagter Mann. So kam es, daß sie schon nach kurzer Unterredung in die leere Kirche geführt wurde, wo ihr Wasser auf die Stirn gesprengt wurde und sie die Worte sprach, die Gottlieb sie gelehrt hatte, sich ins Kirchenregister eintrug und in die Reformierte Evangelische Kirche von Deutschland aufgenommen wurde.

Sie kehrte spät und sehr erregt in die Voßstraße zurück, auf ihren Wangen brannten zwei rote Kreise.

Die Familie war in Sorge, aber bereits im Speisezimmer versammelt.

»Es ist geschehen«, verkündete sie. »Ich gehöre Jules.«

»Der Schuft«, sagte Markwald.

»Was?« fragte Großmama.

»Nichts kann uns jetzt mehr trennen.«

»Sind sie durchgebrannt?« fragte Großmama.

»Schlimmer«, sagten Markwald und ihr Mann.

»Schlimmer!« sagte Emil.

»Unser Goldkind ist getauft worden«, sagte Gottlieb.

Noch am selben Abend fanden Edu und Friedrich sich im Kaiserhof ein und forderten die sofortige Hochzeit. Julius war noch auf und saß stirnrunzelnd über den Hotelrechnungen. Edu war die Sache peinlich, und er redete hastig; Friedrich war erzürnt.

Er sprach von Entehrung.

Julius fand sein Verhalten äußerst preußisch, aber er stimmte zu, und die beiden zogen ab.

Es wurde ein Tag Ende Juli vereinbart. Die alten Merz wollten nicht zulassen, daß ihre Tochter als Christin und obendrein ohne Nadelgeld dastünde, und erklärten sich bereit, ihr eine jährliche Rente von fünfzigtausend Mark auszusetzen.

Clara hatte ihre Schlüssel aussortiert, und mit Gustavus' Hilfe – sie war nie sehr geschickt in solchen Dingen – hatte sie das Silbergeschirr und die gestickte Tischwäsche herausgenommen und wiederum eingeschlossen. Dann machte sie sich auf den Weg nach Berlin. Sie lehnte es ab, den Expreß für sich anhalten zu lassen, und nahm statt dessen die Lokalbahn nach Karlsruhe, wo sie beim Umsteigen einen erheblichen Wirrwarr anrichtete. Sie hatte Julius eine Nachricht geschickt, und Graf Bernin hatte der bayerischen Gesandtschaft telegraphiert. (Der badische Gesandte war Junggeselle und außerdem recht unbedeutend.) Julius ließ im Hotel Bristol eine Suite für sie reservieren; in der Gesandtschaft wurde ein Raum hergerichtet, und man schickte den Wagen zum Bahnhof. Julius fand sich zur gleichen Zeit ein, um sie vom Frühzug abzuholen. Clara kam mit einem späteren. Sie hatte die ganze Nacht, kerzengerade sitzend, in einem Abteil zweiter Klasse zugebracht; nun ging sie zum Ausgang und sah weder links noch rechts, trug ihre Tasche selbst und nahm die Pferdebahn zu den Grauen Damen in der Stettiner Straße. Sie kam dort noch rechtzeitig an, um dem Ende der Messe beizuwohnen, wechselte die Wäsche, legte aber dasselbe Kleid wieder an, führte ein kurzes, freundliches Gespräch mit der Mutter Oberin und der Schwester Pförtnerin und machte sich abermals auf den Weg. Sie nahm wieder die Pferdebahn und fuhr geradewegs in die Voßstraße.

Sie ließ Melanie ihre Karte überreichen; Gottlieb meldete sie ohne Kommentar an. Clara trat schnell ein, neigte den Kopf vor der alten Dame im Sessel, übersah die Herren und streckte die Hände aus. »Mein Kind – ich mußte Sie sehen!«

Melanie war auf der Hut. Alle Frauen waren ihre Feinde. Doch sie blieb bei ihrer reizenden Art.

»Sagen Sie mir: Sie haben doch Unterricht?«

»Sie wird am 29. heiraten«, sagte Großmama.

»Eine ganz stille Hochzeit«, sagte Markwald.

»Und Ihre Aufnahme ...?«

»Ist alles schon geschehen«, sagte Melanie.

»Liebstes Kind!« Clara trat mit strahlendem Gesicht wieder einen Schritt vor. »So rasch! O Sie wundervolles Mädchen. Diese Gnade. Und ich, ich habe gezweifelt an Ihrer Bereitschaft ... Wollen Sie mir vergeben? Was das für Ihren Lehrer bedeuten muß!«

»Pastor Völler –«

»Nicht Pastor, Liebes, Pfarrer. Wir nennen unsere Priester Pfarrer.«

»Pfarrer Völler«, sagte Melanie.

»Kenne ich ihn?«

Melanie reichte ihr die Urkunde, die sie in der Tasche ihres Kleides trug.

Clara, die schon ein wenig weitsichtig war, hielt das Blatt auf Armeslänge von sich. Sie schaute es an, runzelte die Stirn, veränderte den Abstand wieder, schaute und bewegte die Lippen ... Dann gab sie einen schwachen zischenden Laut von sich und schwankte. Gottlieb war rechtzeitig mit einem Stuhl zur Hand.

Großmama bot ihr Riechsalz an. Clara rührte sich wieder. »Eine Protestantin«, stöhnte sie und glitt zu aller Verblüffung vom Stuhl auf den Boden. »Auf die Knie, mein Kind! Möge er uns gnädig sein!«

Großmama gab Gottlieb einen Wink. »Bringen Sie der armen Dame ein Ei in Portwein!«

Doch Clara, die seit dem vorhergehenden Tag nichts zu sich genommen hatte, wies die Stärkung von sich. Sie erhob sich und sprach mit fester Stimme: »Es ist Sein Wille, daß Sie durch diese gräßliche Prüfung gehen müssen. Vielleicht bin ich gesandt, um Sie herauszuführen. Wir dürfen nicht zulassen, daß die Häresie in Ihnen Wurzeln schlägt, wir müssen augenblicklich nach einem Priester schicken. Dies ist ein Notfall, und ich glaube, Sie werden aufgenommen werden. Die Unterweisung kann später kommen.«

Diesmal kam der Aufschrei aus dem Lehnstuhl. »Sie wollen sie zweimal taufen!« rief Großmama und sank in die Kissen zurück.

Gottlieb wandte sich um und präsentierte den Eierpunsch auf dem Tablett. Großmama nahm ihn.

Die Jesuiten von der Fasanenstraße sahen die Sache nicht mit Claras Augen, und Melanie wurde nicht mehr am selben Tag in die Kirche aufgenommen, auch nicht am folgenden. Die Merz sammelten sich wieder; Graf Bernin und Gustavus wurden nach Berlin zitiert; Edu stellte fest, daß seine Familie das Gespött von halb Berlin war – doch in dem allgemeinen Aufruhr, der folgte, gelang es Claras Zielstrebigkeit, alle Interessen für ihren Plan zu nützen. Melanie bekam Konvertitenunterricht und wurde so bald Katholikin, daß die Hochzeit nur kurz verschoben werden mußte; die Merz nützten die zweite Schändung, um das Verschwinden der Schimpansen einzuhandeln. Graf Bernin, der Sarahs Einstellung zum Geld teilte, konnte den Druck noch verstärken. In Hamburg gab es einen Mann namens Hagenbeck, der in einem neuartigen Zoo ohne Käfige wahre Wunder vollbrachte. Julius lernte Herrn Hagenbeck kennen und fand Gefallen an ihm. Die beiden führten einige nützliche Gespräche miteinander; Julius stiftete (zur Hälfte beteiligte Großpapa sich daran) einen Heizapparat mit Lampen, wie er bereits in Kopenhagen im Affenhaus verwendet wurde, und konnte gerade noch davon abgehalten werden, als Gegengeschenk einen Seehund anzunehmen. Auf diesen Einfall war Edu gekommen; Sarah lieh ihren elektrischen Brougham, und Julius legte damit im Schneckentempo den Weg in die Hansestadt zurück, wo er Robert und Tzara Lebewohl sagte.

Graf Bernin verfaßte eine Erklärung an die Justizbehörden, und die Anklage gegen Julius wurde niedergeschlagen. Sarah und Clara erledigten gemeinsam die Einladungen, und Clara erzählte ihr in schlichten Worten von Johannes. »Es gibt noch einen dritten Bruder. Wußten Sie das nicht? Er war lange Zeit krank, weil ein Fehler gemacht worden war. Es ist später besser geworden, aber der Arzt meinte, er werde nie wie andere Menschen werden. Der Arzt wollte ihn bei sich behalten, aber mein Vater war dafür, daß er in die Welt zurückkehrt und möglichst das Leben führt, das er sonst geführt hätte. Er konnte nicht bei uns leben, weil er seinen Brüdern nicht begegnen darf. Es gehört zu seiner Krankheit. Jules hat ihn im ersten Jahr besucht, es war ganz entsetzlich. Gustavus hat es nie versucht. Sie sehen, es standen ihm nicht viele Möglichkeiten offen; der Arzt sagte, er solle beschäftigt werden, und mein Vater dachte ans Militär. Papa kannte ein paar Leute, und unsere alte Großherzogin war der Familie sehr gewogen, und so brauchte er nichts weiter zu tun. Also haben sie ihn als Offizier bei den Leibdragonern untergebracht. Natürlich trägt er keine Uniform, und er hat auch keinerlei Ausbildung gehabt. Aber er steht auf der Regimentsliste; und er bekommt seinen Sold wie jeder andere. Nicht, daß er ihn brauchte – sein Anteil aus dem Nachlaß seines Vaters wurde für ihn zur Seite gelegt, und *mein* Vater hat ihm ein ziemlich großes Legat hinterlassen, er scheint nichts auszugeben, der arme Junge – aber offenbar kann man beim Militär nichts halb machen.«

Sie nahm einen neuen Karton mit Umschlägen. »Man hat ihm ein Heeresgestüt zugeteilt, und er hat großen Erfolg mit der Pferdezucht. Er sitzt die ganze Nacht neben den Tieren, wenn sie krank sind. Sie sagen, er hat noch nie ein Fohlen verloren. Natürlich sind dort Sergeanten und andere Leute, die ihm beistehen. Das Gestüt liegt auf der anderen Seite des Schwarzwalds, er ist dort unten mit ihnen ganz allein; und natürlich hat er ein Haus für sich. Ihre Hoheit ist gestorben, wie Sie wissen, aber die großherzogliche Familie ist sehr freundlich. Der Oberst ist ein Freund von uns; er läßt ihn in Frieden. Er muß sich nicht zum Rapport melden oder grüßen, braucht niemanden aufzusuchen und nicht in der Offiziersmesse zu essen. Und jedermann ist sehr davon angetan, wie er mit den Pferden umgeht. Er ist jetzt Hauptmann. Papa meinte, es sei nicht klug. Aber Conrad sagt, es erregt weniger Aufsehen, wenn alles seinen gewohnten Gang geht; die Beförderung war fällig, da er über fünfunddreißig war. Er spricht nicht; obwohl sie sagen, daß er es manchmal doch tut. Er sieht gut aus, eigentlich ganz gesund und munter. Er will kein Fleisch essen. Es ist alles sehr traurig. Er kann nicht zur Messe gehen, weil er es nicht erträgt, mit anderen Menschen zusammen in einem geschlossenen Raum zu sein, aber ich bin überzeugt, daß Gott ihn liebt. Ich denke, wir schicken ihm eine Einladung – sein Bursche wird sie lesen und wissen, daß man an ihn denkt, und sie beiseite legen.«

Clara steckte eine Karte in einen Umschlag und adressierte ihn in ihrer raschen, flüchtigen Schrift. »Es ist doch seltsam«, sagte sie und blickte auf, »wir dachten alle, Jean würde so groß wie Gustavus und Jules werden, und, denken Sie, er ist ganz klein geblieben. Untersetzt; mehr wie ein Gutsarbeiter. Glauben Sie wirklich, wir sollten alle diese Umschläge *siegeln*? Das halte ich für eine unnötige Ausgabe.« Sie hielt ein Kuvert in der Hand, das noch offen war. »Vielleicht werden Jules und Melanie einen Sohn haben«, sagte sie.

»Glauben Sie, das wäre gut?« fragte Sarah.

Der Scheck von ihr und Edu war hoch. Die anderen Geschenke trafen ein. Erschütterndes Porzellan von den Merzschen Vettern, das Landensche Tafelsilber, das Gustavus abgetreten hatte, das Kästchen voll Juwelen aus dem Besitz der Mutter von Jules und Gustavus, die Clara nun unbedingt mit Melanie teilen wollte. Melanie fand die Fassungen hübsch, gerade altmodisch genug, daß man sie wieder tragen konnte; die übrigen Familienmitglieder waren sich darüber einig, daß die Steine nicht viel wert seien. Clara schenkte auch eine dünne Medaille, die von Leo XIII. gesegnet worden war; und Jeanne – die nicht gebeten wurde und also Melanie nicht kennenlernte – sandte einen Fächer und einen Perlmuttrosenkranz, der einst dem Urbild der Heldin aus »Adolphe« gehört haben sollte. Fächer wie Rosenkranz waren von erlesenem Geschmack. Julius, den man an den Brauch erinnert hatte, schenkte Melanie seines Vaters Ring, einen Topas, so groß, rein und klar, daß der alte Baron sich viele Jahre nicht dazu hatte verstehen können, die schimmernde Oberfläche durch eine banale Gravierung zu entstellen, und als er dann schließlich auf einen chinesischen Vogel gestoßen war und ihn selbst aufgezeichnet hatte, stellte sich, vielleicht zu seiner Erleichterung, heraus, daß die Kunsthandwerker, die solche Steinschneidearbeiten ausführen konnten, ausgestorben waren. Nach dem Tod des alten Barons hatte Gustavus den ungeschnittenen Stein Julius zugeteilt, der ihn, da er für einen Mann seiner Zeit viel zu dekorativ war, stets in der Tasche trug. Edu ließ ihn zu Friedländer bringen, wo das Feldensche Wappen sachverständig eingraviert wurde.

Großmama trennte sich von einigen Diamanten. Die Aussteuer der Mädchen – Batist, Leinen, Spitzen – hatte seit Jahren bereit gelegen, bis auf die Monogramme; diese wurden, zusammen mit der siebenzackigen Freiherrnkrone, bei Braun in der Stickabteilung im Eiltempo angebracht. Melanie lehnte von sich aus das nahegelegene Bad ab, das als Ziel der Hochzeitsreise ausgewählt worden war; in den Süden, erklärte sie, wollten sie fahren. Julius hatte ihr Spanien genannt; jeder Ort im Ausland war so schlecht wie der andere; wieder gaben ihre Eltern nach. Gustavus ließ vernehmen, er wolle lieber sterben als mit den Merz im Berliner Dom stehen; dem und noch anderen Absonderlichkeiten bei der Zeremonie schob Graf Bernin einen Riegel vor, indem er mit einem Dekan aus seinem Bekanntenkreis vereinbarte, den Traugottesdienst in der Voßstraße abzuhalten, ein Entgegenkommen, das die Religion der Merz gemeinhin nicht gewährte und die alten Leute beinahe damit versöhnte, daß eine solche Trauung überhaupt stattfand. Sie sagten nun, sie wollten dem Paar fünfundvierzigtausend Mark im Jahr geben, und Großmama überließ in einer Anwandlung von *attendrissement* ihrer Tochter für die Zeit ihrer Abwesenheit die eigene Zofe.

Auf diese Weise also wurden Julius Maria von Felden und Melanie Ida Merz an einem trüben Tag im Juli Mann und Frau.

Julius hatte seinen Schwiegereltern ein Paar persischer Porzellankatzen, 17. Jahrhundert, zum Geschenk gemacht. Es waren große, hellgelbe, aufrechtsitzende Tiere, türkis gefleckt und mit schimmernden Juwelenaugen, und sie wurden im ersten Vorzimmer der Voßstraße auf Piedestalen einander gegenüber aufgestellt, wo sie viele Jahre hindurch leuchteten, bizarr, schön und fremdartig. Sie waren sehr selten und galten als überaus wertvoll. Sarah, die kein Geschenk bekommen und sie von Anfang an mit Verlangen betrachtet hatte, ging an ihnen vorüber, als sie nach dem jungen Paar das Haus verließ, und fühlte sich irgendwie hinters Licht geführt und war ganz verstimmt.

5.

Julius und Melanie blieben in Spanien. Sie besprachen keinerlei Pläne; die Zukunft wurde nicht angeschnitten. Julius nahm wieder ein weißgekalktes Haus, ließ Garten und Patio, wie sie waren, und füllte die kühlen, leeren, gewölbten Räume mit Dingen an – düsteren, reich ornamentierten Möbeln, großen Wandspiegeln und extravaganten Statuen, die aus Granada mühevoll mit dem Fuhrwerk über die gleißenden Straßen herbeigeschafft wurden: geschnitztes zinnoberrotes Faltenwerk und vergoldetes Geschnörkel, mit weißem Staub bedeckt, schwankte über weitgespreizten Ochsenhörnern; harfenförmige Packkisten aus Sevilla und Packkisten, auf denen ZERBRECHLICH stand, groß wie Findlingsblöcke, schaukelten die Magnolienallee herauf, von Packeseln geschleppt, die auf unsichtbaren Füßen wie ein Ameisenzug daherkamen. Hinter den herabgelassenen Jalousien stand Melanie und schaute zu.

»O Jules, was ist das? Wo kommt es her?«

»Werden sie es nicht fallen lassen?«

»Können wir es gleich auspacken? Wohin willst du es stellen?«

Julius war beim Auspacken gern allein.

Er stellte männliches Personal an, sorgte für Obst und Geflügel; brachte einen Drogisten in Ronda dazu, allwöchentlich einen Klumpen Butter für Melanies Zofe zu sammeln, deren Beschwerden alle mit dem Öl zusammenhingen. Diese Butter, ein ziemlich weiches Stück von unbestimmter Farbe, schwamm in einem großen, versiegelten Behälter; sie wurde eines Tages ganz in der Frühe von ihrem Schöpfer, seinem jungen Gehilfen und einer Menschenmenge wie ein Tabernakel in der Prozession die Einfahrt hereingetragen. Melanie schien bereit, sich dem Nichtstun zu ergeben. Auch von ihrer Zofe, die die niederen Bediensteten für eine Dame hielten und die höheren für die alte Amme ihrer Herrin, wurde nicht erwartet, daß sie arbeitete. Aber Marie ignorierte dieses Vorurteil, das ihr zutiefst zuwider war, und beschäftigte sich, die Lippen zusammengepreßt, gegürtet und gestärkt, mit hunderterlei verschiedenen Dingen. Julius empfand sie als einen Teil seiner neuen Bürde. Er fragte sich, ob es keinen Weg gäbe, sie loszuwerden, und war nicht unerfreut, als sein Diener andeutete, es gäbe wohl eine Möglichkeit, doch bestrebte er sich – in Gedanken bei hilfreichen Bravos – ihr möglichst die Nahrung zu verschaffen, die sie vertrug. Endlich erreichte sie auch die langsame Post, und es trafen wieder Kataloge, Händlermitteilungen und Fachzeitschriften ein, desgleichen Stiefel aus Paris, Sherry aus dem Süden, Hemden aus Madrid. Seine Affen fehlten ihm sehr, aber er sah ein, daß sie in ihrer neuen, geräumigeren Umgebung glücklich und beschäftigt waren. Er hatte jetzt ein neues Seidenäffchen, ein paar zahme Fasanenhähne und dazu eine Schar kranker Tiere. Der Gärtner hatte eine Angoraziege mit zwei weißen Jungen, der Laufbursche einen Schweinestall voller Esel. Für alle diese Tiere wurde nicht richtig gesorgt. Julius ging umher, bestach die Bauern, stritt sich mit den Eseltreibern. Er kaufte eingesperrte Kaninchen frei, tränkte Rinder, vertrieb die Fliegen von den Köpfen der Pferde, behandelte vom Geschirr wundgescheuerte Stellen – die Tiere seien der einzige herzzerreißende Anblick in diesem Land, sagte er zu Melanie, und er sagte es ihr oft. Melanie hörte ihm zu, weil sie es gern hatte, wenn man mit ihr sprach; sie hatte gelernt, bestimmte Tiere mit Freude anzusehen, sie streichelte oft die Goldfasanen am Springbrunnen, und sie fand auch, daß dies alles schrecklich sei, aber was ihr wirklich Schrecken einjagte, das waren die Bettler. Sie war viel allein.

Julius kam und ging. Er verbrachte die Nacht in Sevilla, ein, zwei Tage in Algeciras, blieb auf irgendeinem Gut zu Gast, hatte in Cadiz etwas zu erledigen, und er blickte überrascht auf, wenn sie ihn fragte, wohin er fahre und wann er wohl zurückkommen werde. Es war der Blick, der am frühen Morgen in seine Augen kam, wenn sie einander – beide sorgfältig gekleidet – im gittrigen Halbschatten der *sala* trafen, und sie vergaß nie zu fragen, wie er geschlafen habe.

Er war nicht unfreundlich.

Melanie, empfindlich für jedes Zeichen, das sie an ihm bemerkte, empfindlich wie der Wilde gegenüber dem Wetter, besaß nicht die Gabe, ihm zu helfen. Sie war bereit, sich formen zu lassen, mit der leisesten Handbewegung. Er brachte ihr ein paar Kniffe in Dingen des Geschmacks bei. Es war recht angenehm, sie um sich zu haben; wie angenehm, wußte er freilich nicht, da er keine Vergleichsmöglichkeiten hatte; und sie war sehr hübsch; und wenn er bisweilen von Granada nach Hause kam und in der Dämmerung hereintrat, bemerkte er es wieder. Wenn er nach der kurzen Begrüßung, nach seinem Bad, nach dem ersten Glas *manzanilla,* blaß, leicht und mit etwas Eis, das er allein einnahm, in jener Stunde, da die Hitze des Tages noch von der Erde und den Wänden strahlt und das Vorgefühl der Kühle sich schon durch Adern und Haut breitet – wenn er dann wieder hinunterkam, dann fand er sie in der offenen Loggia in Musselin und Bändern, mit bloßen Schultern, aufgestecktem Haar, die kleinen, spitzen, beschuhten Füße auf der Chaiselongue unter dem Kleid hervorlugend, und er trat ein wie jemand, der im zweiten Akt seine Loge betritt, ehe der neue Sopran mit seiner Arie beginnt.

Zuweilen erschien Marie auf der Terrasse, wo sie zu Mittag gegessen hatten, trat aus den Büschen in den Garten. »Fräulein Melanie, Frau Baronin, wollte ich sagen, ich bringe Ihnen einen Shawl.« Und Jules erhob sich, zog seine Uhr hervor und bemerkte, daß es vielleicht noch nicht zu spät für den »Zirkel« sei ...

Melanie ging nie aus. Vielleicht wurde der Ablauf ihres gemeinsamen Lebens wirklich durch die Lage bestimmt, die Julius für ihr Domizil ausgewählt hatte. Der Süden Spaniens war in den neunziger Jahren des 19. Jahrhunderts kein Land für Frauen und schon gar nicht ein Land für reisende Damen. Julius nahm sie nirgendwohin mit. Waren es nicht die Fliegen, so war es der Staub, die Hitze ... Man könne nirgends hinfahren, es sei unpassend (ein Wort, das er in der letzten Zeit gern verwendete), sie würde bestimmt keine Freude daran haben ...

Und es war heiß. Julius trug mittags einen seidenen Schleier, der ihm hinten vom Hut hing, er hatte ein bestimmtes System für die Fenster; er verglich die Thermometer; er sagte, man könne wegen der Hitze keinen Hund halten. Sie war es zufrieden. Es war ganz anders als die Wintersonne an der Riviera, die sie so geliebt hatte, aber es bekam ihr: Sie war nicht glücklich, aber sie fühlte sich gesund. Sie hatte die Spazierfahrten nicht vergessen, die hübschen Kleider, die Neugierde der Menschen – dies war ihre Vorstellung vom Leben im Süden; doch hier erschloß sich eine andere Schicht in ihr dem bleichenden Glast, der knochentrockenen, knisternden Wüstenluft, weitete sich in der immer wiederkehrenden Ruhe der Siesta, den langsam verrinnenden, trägen, gleichförmigen Stunden in dem dämmrigen und weitläufigen Haus. An den Abenden aber fühlte sie sich rastlos.

Julius schien keine Bekannten zu haben, wenigstens sagte er es, obwohl er fortwährend Leute traf, die in Villen wohnten, oder auch einen Menschen, den er von früher kannte – vor Ewigkeiten, meine Liebe ... Madrid sehr wahrscheinlich ... ja, ja, en poste; und er wurde zur Jagd, zum Essen oder zum Bleiben aufgefordert. Melanie war darin nie eingeschlossen. Wenn seine Gastgeber überhaupt wußten, daß eine Frau in seinem Haus lebte, so nahmen sie seine Diskretion für das, was sie auf den ersten Blick zu bedeuten schien, und vermuteten, daß sie nicht richtig verheiratet seien, eine Ansicht, die sogar unter ihrer eigenen Dienerschaft diskutiert wurde. Melanie quittierte die gelegentlichen Einladungen mit Gelassenheit, sie war es gewohnt, weil ihre Mutter niemals ausging, aber sie hätte gerne wenigstens durch Julius' Erzählungen daran teilgehabt.

»Jules – Pedro sagt, er erinnert sich noch, wie du früher hier warst.«

»Pedro?«

»Er hat dich immer reiten sehen.«

»Das ging ihn nichts an.«

»Er hat gesagt, du hast sehr prächtig ausgesehen, und das Pferd war grau.«

»Du unterhältst dich doch nicht mit dem Personal?«

»Nein – ja – nicht eigentlich.«

»Es ist äußerst unklug.«

»Ja, Jules.«

»Du kennst dieses Land nicht.«

»Nein, Jules.«

»So etwas kann man hier nicht tun.« In den vergangenen Wochen hatte sich Julius etwas angewöhnt, was er früher nie gezeigt hatte: Reizbarkeit; und er konnte nicht aufhören.

»Es war nur, weil Pedro ein bißchen Französisch spricht«, sagte Melanie.

Etwas ganz anderes machte sie ratlos. Sie lebte die Tage dahin, verwirrt von einem Gefühl des Gewohnten, aber in diesem Gefühl war etwas, was sie sich nicht erklären konnte. Ihr Leben hatte sich in einer Atmosphäre der Selbstsucht und materiellen Geborgenheit abgespielt. Ihre Angehörigen konnte man nicht als zärtlich, großherzig oder heiter bezeichnen – sie waren oft verdrießlich und klagten immer –, aber sie hatten die nörglerische Zufriedenheit von Menschen, die fest auf ihrem Platz stehen, und hatten einander gern um sich. Melanie war umhegt worden; und bei einem Leben im Treibhaus spielt die Aufmerksamkeit der Betreuer eine wichtige Rolle. Was für sie selbstverständlich war, war für sie selbstverständlich, und dies gab ihnen Festigkeit; so hatte ihre Tochter keinen Zugang zu Julius' grillenhaft-düsterem Wesen. Nun lag sie in ihrem Zimmer, in Andalusien, steif auf dem Sofa ausgestreckt, und als Marie behutsam eintrat, um ihr die Augen zu baden, formte sich in ihren Gedanken schließlich die ungewohnte Frage: Warum?

Auch der September war noch richtiger Sommer, wenngleich die Nacht früh einbrach. Eines Abends kam Julius in das Wohnzimmer und fand Melanie auf dem Balkon; sie stand gegen das Licht.

Irgendwo drunten zwischen den dunklen Bäumen stieg von

der Erde jäh ein Klagen, eine splitternde Klangspirale und doch menschliche Stimme empor.

»Jules – hör doch …!«

»Die Fenster«, sagte Julius.

Sie hörte ihn nicht.

»Moskitos«, sagte Julius. »Die Fenster offen, gerade in der gefährlichsten Stunde. Wie oft hab ich es ihnen schon gesagt.«

Drunten zerriß die Stimme die Nacht, die Luft, die Sehnen …

Sie rief ihm. »Komm heraus! Sag mir – diese Musik …?«

»Zigeuner.« Julius, der mit Lully, Couperin und ein wenig Haydn aufgewachsen war und das moderne Klavier als *laut* empfand – obgleich er die Orgel recht gern hatte –, trat vor und schloß die Fenster.

»Nein«, rief Melanie. »Nein.«

»Die Fremden finden es immer schön«, sagte er.

»Jules …«

»Meine Liebe?«

»Man könnte tanzen.«

»Das tun sie auch«, sagte er. »Sehr malerisch. So gutaussehende Menschen. Aber jetzt *mußt* du hereinkommen.«

»Jules.«

»Ja?«

»Jules?«

»Das ist ganz unklug«, sagte er. »Malaria. Du wirst sie im ganzen Haus haben. Niemand scheint hier vernünftig zu sein. Nun, ich muß jetzt gehen.«

»Gehen?«

»Du *wirst* dich darum kümmern, daß alles geschlossen ist, ehe du nach oben gehst?«

»Jules, geh nicht.«

»Ich muß«, sagte Julius.

»Geh nicht …«

»Leider …«

»Jules, bitte, geh nicht …«

»Meine Liebe.« Er nahm Hut und Handschuhe.

»Jules!« Sie drehte sich plötzlich um und stand vor ihm, die Augen fest auf sein Gesicht gerichtet.

Er wandte sich ab. Sie berührte seine Jacke.

Er machte sich los.

»Jules!«

Jäh blieb er stehen und sah sie konsterniert an. Er sagte: »Meine Liebe – soll ich deinem Mädchen klingeln?«

Sie fiel ihn flammend vor Zorn an. Ihre rechte Hand, zur Klaue verkrampft, holte aus.

Julius stand still. Dann zog er ein Taschentuch heraus, drückte es an die Wange, wandte sich wieder um und verließ das Haus. Er hielt noch immer den Hut in der Hand.

Melanie blieb zurück, in Tränen des Zorns aufgelöst, denen aber recht bald Schrecken und Reue folgten. Sie blieb auf, bis Julius nach Hause kam, aber als sie seine Schritte hörte, hatte sie ihre Gefühle wieder so weit in der Gewalt, daß sie sich ihm nicht in die Arme warf. Ja, sie zeigte sich überhaupt nicht und brachte am nächsten Mittag ihre Entschuldigungen in wohltemperierter Fassung vor, die er mit steifer Liebenswürdigkeit akzeptierte. Julius war in aufgewühlter Stimmung gewesen und hatte einen unglücklichen Abend verbracht, aber er hegte keinen Groll gegen Melanie; es galt als natürlich, daß sich Frauen von unverständlichen Anfällen hinreißen ließen – sie begann ihn nachgerade ein wenig an Tzara und an eine der Stuten seines Vaters zu erinnern.

Nichts dergleichen ereignete sich je wieder zwischen ihnen. Julius verbrachte einen angenehmen Herbst und Winter in einem Haus, das er liebte, ständig auf der Suche nach Neuerwerbungen.

Als Melanie schwanger war, war sie sich zuerst nicht sicher, dann verschwieg sie es ihm. Auch erwähnte sie nichts davon in den Briefen, die sie heimsandte, um die Familie zu vertrösten. Schließlich sprach ihre Zofe mit Julius und schrieb zur gleichen Zeit an Frau Edu. Als Julius es glauben mußte, sah er darin einen neuen Schachzug des Schicksals.

»Voilà«, sagte er, »tout s'écroule. Ich habe es gewußt.«

»Du hast es gewußt?«

»Die Götter ...«

Er eilte nach Granada, um einen Arzt zu holen, stürzte wieder aus der Praxis hinaus, als er sah, wie schmutzig sie war, wurde an den englischen Arzt verwiesen, fand einen Greis, zittrig und kopflos, verlor die Nerven und kehrte allein zurück. Ein Brief aus der Voßstraße kreuzte sich mit seinem, man drängte auf Rückkehr.

Melanie sah keinen Grund, nicht zu bleiben, wo sie waren.

Er sagte ihr, das sei Wahnsinn; Visionen verschmutzter Ställe stiegen vor ihm auf.

»Du würdest mitkommen?«

»Natürlich. Ich werde dich nach Berlin zu deiner Mutter bringen.«

»Nein«, sagte Melanie. »Nein ... Wenn wir schon nicht hier bleiben können, so könnten wir doch nach Frankreich fahren. In dein Haus.«

Julius sagte, es sei zu klein. Außerdem sei es zum Verkauf ausgeschrieben. Die Riviera sei völlig ungeeignet, sagte er; was sie brauchten, sei *un endroit serieux*.

»Paris?« sagte Melanie.

Nein, nicht Paris, sagte Julius. Aufs Land. Ein Haus, wo man seine Sachen unterbringen könne.

Die Idee schlug Wurzeln. Unter den Briefen seiner Makler war die Photographie eines Hauses in der Sologne. Es hatte eine Backsteinfront, 16. Jahrhundert, aber nicht im Chambordstil, den Julius nicht mochte, und einen Wassergraben, und es war zu vermieten. Julius mietete es telegraphisch.

Die Merz mischten sich nicht ein. Flora, die älteste Tochter, war den ganzen Winter hindurch bei schlechter Gesundheit gewesen, die Ärzte verlangten, daß sie ins Ausland ginge, und die alten Leute waren sehr in Sorge.

Julius und Melanie hatten eine schlimme Fahrt nach Madrid, von dort nach San Sebastian wurde es dann besser. Julius war bewundernswert darum bemüht, Kissen und Mineralwasser zu besorgen, obwohl er selbst in tausend Ängsten schwebte. In Bordeaux stieß das französische Mädchen zu ihnen, das er engagiert hatte; Marie wurde mit beiderseitiger Zustimmung auf einen Dampfer gesetzt, der nach Deutschland abging. Julius wurde wieder lebhafter und führte Melanie zum Essen in eines der – wie er sagte – zwei besten Restaurants der Welt. Das andere sei in Brüssel. Er sagte, daß er sie in der Wildsaison unbedingt noch einmal hinführen müsse. Melanie entgalt ihm seine Liebenswürdigkeit, indem sie nur dem Augenblick lebte.

Am nächsten Morgen fuhren sie weiter nach Tours, wo sie so lange blieben, um einen Spezialisten aufzusuchen, der Melanie versicherte, es sei alles in bester Ordnung, reisten dann weiter nach Beaugency, setzten über die Loire und nahmen von da ab die Kutsche bis Romarontin. Rudelweise wurden braune Kaninchen aufgescheucht, als sie vorüberfuhren. Die Sologne fließt, nach der Luftlinie gemessen, nur wenige Meilen östlich der großen Flußtäler der Touraine. Es kommt einem vor, als wären es Hunderte von Meilen. Keine Ähnlichkeit besteht mit der offenen, stillen, grüngewellten Landschaft der Gegend zwischen Indre und Cher. Es ist eine flache, ruhevolle Landschaft mit reglosen Gewässern und weichem, mit Fichtennadeln bedecktem Boden, eine verborgene, abgelegene Provinz mit seichten Weihern, dicht an dicht, und von Wald umgebenem Buschwerk, eine Wasserlandschaft ohne Blick in die Weite, ein Eldorado für eine Vielzahl kleinen, wilden, harmlosen Getiers. Die wenigen Bewohner ziehen Spargel und Eierkürbisse; auf mancher Lichtung stehen die schönen Mauern einer verfallenen *gentilhommière*, die sich in den trüben Flächen des umgebenden Wassergrabens spiegelt; und kaum etwas regt sich in diesen Wäldern außer Fröschen und Enten und Hasen.

»Hier?« sagte Melanie.

Und am Ende des Nachmittags erreichten sie über Veilleins, Mur-de-Sologne, le Lude, Chartraine, les Touches, la Dauphinerie; über la Ferté-Boisrenard und la Ferté-la Malzone, l'Etang des Vol à Voile und l'Etang du Grand Corbois; über Crouy, Cicogne, les Anges, Bréaux und Lanthénay endlich das Château de la Souve. Es war März, und sie wunderten sich über die Kälte. Die Fassade war ganz so, wie man es ihnen versprochen hatte; Gänse mit glattem Gefieder ruderten an den Seitenfronten entlang; auf der Einfahrt wuchs das Gras, und auf dem

Rasen standen die Disteln, das Haus hatte lange leergestanden, und im Innern war es feucht.

Julius nahm den Zustand seiner Frau sehr ernst, und sie führte ein umsorgtes und zurückgezogenes Leben. Er begann Änderungen an dem Haus vorzunehmen und war wieder viel fort. Ein langer, feuchter Frühling ging unvermittelt in die dampfende Hitze des Sommers über. In Spanien war es immerhin unter ihrem Fenster laut und ausgelassen zugegangen; hier herrschte völlige Stille, und der Ausblick war ihr durch einen Fichtenwald versperrt. Melanie wartete.

Es war ihnen ein wenig das Gefühl für die Zeit abhanden gekommen, und in einer Septembernacht wurde sie mit Hilfe eines ausgezeichneten Arztes aus Blois entbunden. Bis zuletzt war Melanie ihr Zustand kaum anzusehen gewesen; alles war schon glücklich vorüber, als Julius zurückkam, und sie erholte sich rasch und machte nicht viel Wesens über ihren Anteil an der ganzen Angelegenheit. Das Kind, das ihnen im Herzen Frankreichs geboren wurde, war ein Mädchen. Sie nannten es Henrietta nach seiner Großmutter, nicht nach der sprachkundigen Dame mit dem schönen Profil, an die die Merz nie dachten und von der Julius nie gehört hatte. Als Clara schrieb und ihren Anspruch als Patin anmeldete, wurde ihr Name zusammen mit dem von Melanie angefügt. Henrietta Clara Melanie war ein häßliches kleines Wesen mit Untergewicht, einem runzligen Gesicht und dürftigem schwarzem Haar; Julius hatte sich keine Gedanken gemacht und doch einen Jungen erwartet. Die Mutter betrachtete das Kind mit gelegentlicher Verblüffung und lahmer Zuneigung, Julius war von leidenschaftlichem Interesse ergriffen. War ein so hilfloses Geschöpf denn zu leben bestimmt ...? Er machte Krankenschwester und Hebamme nervös und hätte es für ganz natürlich gehalten, wenn sie ihn den Korb in sein Zimmer hätten stellen lassen. Melanie kehrte wieder zu der apathischeren Stimmung ihrer Mädchenzeit zurück.

Zu diesem Zeitpunkt hätte die Außenwelt in ihre Abgeschiedenheit einbrechen können – Verwandte, eine Taufe, Nachbarn –, über ein jungverheiratetes Paar her, das neu in dieser Gegend war (es gingen sogar Gerüchte, sie hätten La Souve erworben), und die Abgeschlossenheit ihres spanischen Aufenthalts und der vergangenen paar Monate wäre natürlich zu Ende gewesen.

Melanies Schwester Flora war nun wirklich sehr krank und in die Schweiz gebracht worden. Ihr Mann hatte geschrieben, das Schlimmste sei zu befürchten. Die alten Merz wollten dieser Möglichkeit nicht ins Auge blicken und sahen also keinen Grund, ihre Sorge zu unterdrücken. Sie waren in großer Sorge und sehr unglücklich.

»Langsam«, sagte Großpapa.

Sarah, die ihre Schwägerin im Sommer und dann noch einmal vor einigen Wochen besucht hatte, blickte auf.

»Ich wollte, ich könnte mit Arthur und Jetta fahren«, sagte Emil.

»Du könntest. Friedrich, *du* fährst mit deinen Eltern, nicht wahr?«

»Papa meint, es wäre zuviel für Mama.«

»Eine große Reise«, sagte Großmama.

»Sehe keinen Sinn darin«, sagte ihr Mann.

»Ich weiß nicht recht ...« sagte Edu.

»Papa«, sagte Sarah, »du weißt, Floras Zustand ist ernst.«

»Zu ernst für Besuche.«

»Max schreibt, es gebe nicht viel Hoffnung«, sagte Markwald.

»Nicht viel Hoffnung ...« sagte die alte Dame, und Tränen rollten ihr über die runzligen Wangen. »Nicht viel Hoffnung, solange es unserer armen Flora nicht besser geht.«

»Weißt du«, sagte Clara zu ihrem Bruder, »ich hatte die Koffer schon herausgeholt. Aber Gustavus will nichts davon hören. Nicht, daß *ich* nicht seiner Meinung wäre. Was können wir einem Kind dieses Alters schon nützen? Unsere Anwesenheit hat keinen Einfluß auf die Wirksamkeit des Sakraments. Ich denke mir immer, es spielt keine Rolle, wo ganz kleine Kinder sind oder wer bei ihnen ist ... Du erinnerst dich, wir wurden zu der Amme gegeben, bis wir so viel sprechen konnten, daß man uns die Gebete lehren konnte. Aber Gustavus ... Man hätte doch denken sollen, es liege ihm etwas daran.«

»An einem Mädchen?« sagte Graf Bernin.

»Trotzdem ...« sagte Clara. »Nach der Enttäuschung, die ich ihm bereitet habe. Er schien nicht sonderlich erfreut, noch *bevor* wir das wußten. Ich verstehe ihn nicht. Nein, Gustavus, ich verstehe dich absolut nicht.«

Gustavus blickte nicht auf, vor ihm lag ein Stapel Druckfahnen. Er war mit dem Badischen Heroldsamt in Korrespondenz getreten, und man gab ihm ziemlich viel Nebenarbeit.

»Ich hoffe zumindest, daß Jules erkennt ...« begann Graf Bernin, sprach jedoch nicht weiter.

»Nun, Gustavus, was hast du mit der Geburtsanzeige gemacht?« sagte Clara. »Wo ist sie? Ich will sie für Johannes aufheben; sicher denkt Jules nicht daran, ihm eine zu schicken. Schau, sie ist ganz verschmiert.«

»Aber um Himmels willen, wozu willst du denn das tun?« fragte ihr Bruder.

»Für seinen Burschen. Er hat es gern, wenn er Post bekommt. Ich könnte versuchen, ob es mit Brotkrumen weggeht.«

»Das gefällt mir nicht«, sagte Graf Bernin, als die Tür ins Schloß fiel. Gustavus grunzte.

»Du solltest es nicht zulassen«, sagte Graf Bernin.

»Geht mich nichts an«, sagte Gustavus.

»Ich hätte nichts dagegen gehabt, Jules und Melanie einmal kurz zu besuchen«, sagte Edu; »ich nehme an, das ist inzwischen alles vorüber?«

»Ich glaube nicht einmal, daß *ich* hätte hinfahren sollen.«

»Warum nicht? Klingt doch ganz lustig, so eine Spritztour zu ihnen hinunter und so.«

»Lustig?« sagte Sarah.

»Paris, meine ich. Ich hätte gar nichts dagegen, mit dem alten Jules einen Bummel durch Paris zu machen.«

»Sie leben nicht in Paris.«

»Ach was, Jules fährt doch öfter hin. Er ist Mitglied im Jokkey, wußtest du das? Ich dachte, da kommt kein Ausländer rein.«

In der Sologne kam der Herbst bald in diesem Jahr. Hatte Melanie zuerst die Stille nicht behagt, so konnte sie jetzt das Rauschen des Windes nicht ertragen. Sie hatte geglaubt, sie würden abreisen, wenn erst das Kind geboren war, aber Julius machte keine Anstalten. Wenn er zu Hause war, gab er sich jetzt ungezwungen, war freundlich zu ihr, aufmerksam, zuzeiten sogar gesprächig. Es hatte sich als notwendig erwiesen, im ganzen Haus ständig Feuer zu unterhalten, und manche der Öfen rauchten fortwährend. Dies regte ihn auf, sein Asthma meldete sich wieder und raubte ihm viel von seiner Zeit. Sie nahmen die Mahlzeiten im Speisezimmer ein, das viel zu groß war, und er dachte sich eine Methode aus, der Zugluft Herr zu werden, aber sie schien ständig die Richtung zu wechseln. Sie kleideten sich beide noch immer sehr sorgfältig. Eine geflochtene Kiste traf ein, auf der BITTE WASSER GEBEN stand und die an Henrietta Clara Melanie von Felden adressiert war. Darin lag eingezwängt, auf einem zerwühlten Strohlager und zwischen zerbrochenen Hundekuchen, ein junger Foxterrier. In dem Umschlag, der an der Kiste befestigt war, steckte eine Karte: *Für Henrietta von ihrem Onkel Johannes*, und ein Brief. Julius bekam einen Wutanfall. »Was soll das heißen?« schrie er. An den Schläfen schwollen ihm zwei dicke Adern; er stand bebend da. Melanie wußte wenig und fragte noch weniger. Sie blickte ihn an und sah, wie groß er war. »Der Brief«, sagte sie. »Du hast den Brief noch nicht gelesen.«

Er sah ihn nicht. »Was soll das heißen?« schrie er. Sie hatte ihn noch nie so erlebt. Er stürmte davon, kam zurück. Sie hielt noch immer den Brief in der Hand.

Er riß ihn an sich. Er starrte auf das linierte Papier. Melanie trat näher. »Von einem Soldaten«, sagte sie. Er las die Worte, die an ihn selbst gerichtet waren. Der Absender gestatte sich – in respektvollen, sentimentalen Wendungen –, diesen gesunden jungen Hund der jungen Dame im Namen des Herrn Hauptmann zu schicken ... er habe das Gefühl, daß der Herr Hauptmann dies gewünscht hätte ... wenn der Herr Hauptmann ... Julius zerknüllte das Papier, warf es weg.

»Der Hauptmann?« fragte Melanie.

Später sagte sie: »Du könntest ihn ja zurückschicken.«

»Zurückschicken!« sagte er zornig. »Einen *Hund?* In einer *Kiste?«*

Das Tier wurde im Stall untergebracht – Melanies erster Befehl an einen Diener, der nicht zum Hauspersonal gehörte. Julius ging fort. Als er wieder einige Tage zu Hause war, sagte er: »Man muß sich für dieses – dieses Geschenk bedanken.«

»Ja.«

»Du mußt es tun.«

»Ja. Aber wie?«

»In der dritten Person.«

»Ich werde es dir zeigen.«

»Nein, nein, nein«, sagte Julius.

Der Hund gewöhnte sich allmählich ein, und man nannte ihn »Henriettas Hund«. Keiner dachte daran, wegen Johannes' Burschen etwas zu tun. Den ganzen Oktober hindurch hustete Melanie, ihr Mädchen glaubte, daß sie Fieber habe. Im November legte sie sich mit Bronchitis ins Bett; Weihnachten war sie wieder auf den Beinen. Julius sagte ihr, sie müsse mehr essen. Der Winter war mild, aber feucht. Das Erdgeschoß wurde geräumt; Julius ließ sich das Essen in dem Zimmer servieren, wo er seine Kataloge hatte. Melanie bekam das Essen auf Tabletts. Wenn ihr Fenster geöffnet wurde, glitten die Wildgänse herbei und tauchten in anmutig schwingender Bewegung die Köpfe nach jedem Bissen, den sie ihnen hinauswarf. Im Januar erfuhren sie, daß Flora gestorben sei. Julius erfuhr es und konnte sich nicht dazu überwinden, es ihr zu sagen. Er schloß sich mit dem Telegramm ein; er dachte daran, Clara kommen zu lassen, den Curé, Nelly de la Turbie. Schließlich bat er Melanies Zofe, ihr die Nachricht zu überbringen. Die Zofe, die neue französische, scheint eine ganz ordentliche Person gewesen zu sein; sie war ihrer Herrin nicht sehr zugetan, aber sie gab sich ehrlich Mühe.

»Eh bien non, elle ne m'a pas semblée trop bouleversée«, berichtete sie.

Melanie weinte ein wenig an jenem und jedem folgenden Tag jener Woche um die arme Flora und erzählte kleine Episoden, an die sie sich aus ihrer beider Mädchenzeit erinnerte.

Julius fragte sie, ob sie nicht glaube, daß ihre Eltern sie jetzt vielleicht gerne bei sich haben würden. Melanie entgegnete, Flora sei während der vergangenen vier Jahre von daheim weggewesen und sie sei sicher, sie würden lieber so weiterleben wie bisher.

Zu ihrer Zofe sagte sie eines Abends: *»Je crains que ma sœur n'était pas trés heureuse avec son mari.«*

Dann trat die Bronchitis wieder auf, nur war es diesmal Rippenfellentzündung. Julius sagte, wie recht er mit dem Winter im Norden gehabt habe. Die Krankheit zog sich hin, und der Arzt, ein Mann aus der Gegend, war weder mit seiner Patientin noch mit der Umgebung sehr zufrieden. Julius fragte ihn, ob es ansteckend sei, er denke an das Kind. Der Arzt wurde ziemlich unangenehm und fügte hinzu, daß man in diesem Haus nicht lange auf Ansteckung zu warten brauche ... Julius hatte ihn zuvor kaum bemerkt, jetzt war er gegen den Mann eingenommen. Ein Bauer, sagte er. Als der Arzt sagte, Melanie sollte an einen anderen Ort gebracht werden, betrachtete Julius das als eine nicht ernst zu nehmende Einmischung. Sie erholte sich zwar in La Souve, verließ das Bett, war aber noch weit davon entfernt, sich wohl zu fühlen. Der Arzt stellte nun eine tuberkulöse Disposition fest und riet zu sofortiger Abreise in den Süden. Julius glaubte ihm sogleich, bekam Angst und teilte den Glauben an das empfohlene Heilmittel. Melanie mußte Lebertran nehmen, und im März konnten sie die Reise antreten. Sie waren zu siebt: Melanie, Julius und das Baby, die Kinderschwester, Melanies Zofe, eine Frau aus dem Dorf, die Melanie während der Rippenfellentzündung gepflegt hatte, und ein Küchenmädchen aus La Souve, die als Mädchen für alles fungierte. Julius war noch nie mit so vielen Frauen in einer Kutsche zusammengewesen und war völlig erledigt.

Das Haus im Süden war inzwischen verkauft, und sie quartierten sich im Hôtel des Anglais in Nizza ein. Nach ein paar Tagen sah es so aus, als ob die Reise Melanie nicht geschadet hätte, obgleich es zu ihrem größten Erstaunen durchaus nicht warm war. Am Ende der Woche bekam sie einen Hustenanfall, wie er für ihre Krankheit typisch ist, und brach zusammen. Dies ereignete sich in ihrem eigenen Salon, doch hatte es ein Kellner gesehen: Julius, der von einem kleinen Spaziergang vor dem Haus zurückkam, erfuhr durch den Direktor des Hotels in allen Einzelheiten, was sich abgespielt hatte. Zu jener Zeit wurde die Riviera viel von Schwindsüchtigen aufgesucht, und die Hotels und ihre Gäste waren von einer geradezu hysterischen Wachsamkeit; es konnte schwierig werden, eine einfache Erkältung in einer *pensione* zwischen San Remo und Cap Ferrat auszukurieren – *Il y a des malades!* und schon war ein Haus leer, noch vor dem Abendzug. Julius wurde mitgeteilt, seine Frau müsse das Haus binnen zwei Stunden verlassen, und zwar auf ihren eigenen Füßen.

Es gelang ihm, den Arzt aufzutreiben, den ihnen sein Kollege aus der Sologne empfohlen hatte und der bestätigte, daß Melanie unter allen Umständen in eine Klinik gebracht werden müsse. Mentone wurde vorgeschlagen. Nun war es noch kein Jahr her, daß Flora ausgerechnet nach Mentone geschickt worden war. Der Arzt sagte, es gebe auch in Grasse ein Krankenhaus. Sie entschieden sich für Grasse.

Melanie verließ am nächsten Tag in aller Frühe in einem Krankenwagen das Hotel. Das Sanatorium war durchaus angenehm, und sie wurde dort als einer der leichteren Fälle betrachtet. Bald konnte sie wieder aufstehen, zumindest für einen Teil des Tages. Julius hatte sich selbst und das Baby in einem Hotel in der Nähe einquartiert und verbrachte die Zeit, die ihnen zugestanden wurde, bei seiner Frau. An zwei oder drei Nachmittagen konnten sie eine kurze Wagenfahrt unternehmen. Sie können nicht sehr weit von seinem früheren Haus entfernt gewohnt haben. Das Wetter blieb schlecht. Melanies Zustand verschlimmerte sich; sie raffte sich wieder auf und wurde erneut bettlägerig; dann stand sie wieder auf: plötzlich ging es ihr viel besser. Sie war kräftiger, und Julius konnte sie zum Tee ausführen.

In der Nacht, als sie in Nizza das Hotel verlassen mußten, hatte er an Sarah einen freimütigen Brief geschrieben, in dem alles stand, was er wußte. Sarah und Edu instruierten ihn, einen Spezialisten beizuziehen, dessen Namen Edu ihm angab, die alten Merz vorläufig im dunkeln zu lassen und keine Ausgaben zu scheuen.

Im April klärte sich der Himmel auf. Sie hatten beinahe eine Hitzewelle, wenn auch windig; der Mistral wirbelte auf den Straßen den Staub auf. Ihre Temperatur stieg; eines Morgens bekam sie beim Ankleiden wieder einen Anfall wie damals in Nizza. Julius wurde mitgeteilt, daß sie galoppierende Schwindsucht habe und daß wenig Aussicht bestehe, sie aufzuhalten. Es war das erste Mal, daß er eine solche Nachricht erhielt. Edu telegraphierte, er solle alles Menschenmögliche tun. Das bedeutete nun die Schweiz. Die französischen Ärzte hatten Zweifel; Julius zögerte; Berlin drängte. Es wurde heiß. Schließlich wurden Vorkehrungen getroffen, Melanie in einem privaten Eisenbahnwagen nach Davos zu bringen. Die Merz sandten einen Kurier, der Henrietta und ihre Kinderschwester nach Berlin holte.

Die Reise in die Schweiz dauerte einen Tag und eine Nacht. Julius begleitete Melanie natürlich. Er tat, wie man so sagt, alles, was in seinen Kräften stand. Er saß bei ihr, und zuerst sprachen sie wenig und über nichts sehr lange. Er fragte sie, ob sie es bequem habe, und sie sprach bis zuletzt in kleinen, höflichen Sätzen mit ihm. Er konnte nichts Wesentliches für sie tun, und auf ihren Wunsch ließ er sich dazu bewegen, das Zimmer zu verlassen, wenn man versuchte, ihr Nahrung einzuflößen; so bemühte er sich, sie abzulenken, und vielleicht begann er ihr damals seine Geschichten über das alte Landen zu erzählen. Melanie ging es in Davos nicht besser, aber man blieb; sie lag nun immer im Bett, zumeist apathisch und bisweilen kaum bei Bewußtsein; später folgten Abschnitte, wo sie im Delirium lag und dabei zu Jules im Schulmädchen-Französisch über Südfrankreich plapperte. Im Juni starb sie.

Die Merz hatten eine Familiengruft in Berlin. Wieder reiste Julius in einem privaten Eisenbahnwagen. Ein Schlafwagenabteil war mit Blumen geschmückt und barg den Sarg; in einem zweiten nahm Julius seine Mahlzeiten ein, in einem dritten schlief er. Es muß eine einsame Fahrt gewesen sein. Am Bahnhof gab es in der Frühe eine Verzögerung, weil der Wagen auf ein Seitengleis rangiert wurde. Als Julius ausstieg, aufrecht, schwarz gekleidet, den hohen Hut in der Hand, und auf Edu und Friedrich zukam, wirkte er wie ein gebrochener Mann.

Der Sarg mußte durch ein Fenster herausgehoben werden. Sie folgten ihm zu der Kapelle einer Leichenhalle in einem Vorort. Danach sagte Edu: »Wir dachten, es ist besser, du bleibst bei uns – ich meine – du weißt – bis alles vorüber ist.«

»Wir denken, so wäre es am besten für unsere Eltern«, sagte Friedrich.

Julius neigte den Kopf.

»Dein Bruder und deine Schwägerin treffen morgen ein.«

»Ja«, sagte Julius.

Sarah erwartete ihn. »O Jules. Da bist du ja. Komm herein. Das arme Mädchen. Es ist so traurig. Lieber Jules.«

Er schwieg. »Friedrich kommt nach dem Frühstück wieder. Haben sie dir schon gesagt? – es findet übermorgen statt. Es gibt noch ein paar Dinge, die wir regeln müssen.«

»Ja«, sagte er.

»Es ist so – die alten Leute werden nicht mitgehen.«

Er verbeugte sich.

»Es wird eine ungeheure Menge –«

»Ja?«

Er stand in der Mitte ihres Salons. Sarah berührte seinen Arm. »Ich bringe dich nach oben«, sagte sie.

Julius sagte: »Henrietta ...?«

»Ach, das Baby«, sagte Sarah.

»Meine Tochter.«

Sarah warf ihm einen Blick zu. »Wie ich höre, kümmert man sich sehr um sie«, sagte sie.

»Ich muß sie sehen«, sagte Julius.

»Jules, Lieber; ich würde einen oder zwei Tage warten. Meine Schwiegereltern – ich weiß nicht, wie ich es sagen soll – sie glauben – jeder glaubt, es ist einfach zuviel für sie gewesen.«

»Ich werde sie holen lassen.«

»Ich glaube nicht, daß ihre Großeltern es gerne sähen, wenn sie das Haus verließe.«

»Ihre Großeltern –«

»Du wirst feststellen, daß sie sie sehr ins Herz geschlossen haben«, sagte Sarah.

Kurz darauf sagte Friedrich: »Hast du schon mit ihm über die Beerdigung gesprochen?«

»Ich konnte nicht«, sagte Sarah. »Außerdem, was hat es für einen Sinn? Baronin Felden wird morgen hier sein.«

»Besser, es wird alles jetzt geregelt«, sagte Friedrich. »Sie könnte kaum – in diesem Moment, meine ich.«

»Dieser Frau ist nichts unmöglich«, sagte Sarah. »Für sie scheint jeder Moment gleich zu sein. Nein. Wir können nicht noch einmal das gleiche durchmachen wie vor zwei Jahren. Ich werde es nicht zulassen. Ich werde es wegen eurer Eltern nicht zulassen; und ich werde es auch seinetwegen nicht zulassen.«

»Auf der Börse sagt man –«

»O *bitte*, Friedrich. Sag uns, was Jeanne denkt.«

»Ich habe sie nicht gefragt.«

»Aber was sagt sie?«

»Sie sagt, wenn sie – wenn sie diejenige wäre, die – sie würde auf einem katholischen Begräbnis bestehen, aber sie würde nichts dagegen haben, wenn ein Rabbiner am Grab stände, mir zuliebe; und sie glaubt, es ließe sich einrichten.«

»Das ist alles schön und gut für Jeanne«, sagte Edu.

»Ich weiß nicht, ob Conrad Bernin in Berlin ist«, sagte Sarah. »Ich weiß nicht, wo ich gelesen habe, er sei in der Wilhelmstraße. Ich denke, ich gehe hin und spreche mit ihm.«

Zwei Tage später, an einem Berliner Sommernachmittag, wurde Melanie zu Grabe getragen. Es wurden zwei Trauergottesdienste abgehalten, und ihrem Sarg folgten mehr Menschen, als sie je gekannt hatte. Daß Julius als der Hauptleidtragende erschien – er ging allein –, wurde viel beachtet.

Der Kaiser, der tun wollte, was er konnte, sandte eine Botschaft, in der Julius aufgefordert wurde, zu einem Lever im kommenden Monat zu erscheinen.

Der Voßstraße hatte man den genauen Tag verheimlicht, aber Gottlieb und einige der Dienstmädchen waren aus dem Haus geschlüpft, und ebenso Emil. Man hörte Emil schluchzen. Auch Jeanne folgte dem Trauerzug. Freunde hatten sie im geschlossenen Wagen mitgenommen. Sarah sagte später zu ihr: »Liebe Jeanne, *warum* hast du denn nichts gesagt?« Aber zu Edu sagte sie: »Jeanne hat soviel Zartgefühl.«

Als die alten Leute an diesem Abend zu Bett gegangen waren, mußte man Markwald über alles berichten. »Sie haben neben Flora einen Platz frei gelassen«, sagte er, »haben sie für den Baron auch einen bestimmt?«

»Der Arme. Ich meine eine Stelle gesehen zu haben, aber ich glaube nicht, daß sie gekennzeichnet war.«

»Über den Status des Barons ist noch nichts entschieden«, sagte Gottlieb.

Sarah war in dieser Woche keine umgängliche Gastgeberin. »Ich habe ihn aufgefordert, mit in den Klub zu gehen«, sagte Edu, »er scheint nicht mitkommen zu wollen. Verflixt nochmal, man bekommt fast das Gefühl, daß man auch zu Hause bleiben sollte und so weiter. Und er ist immer hier.«

»Edu –«

»Was?«

»Du kannst noch fragen?«

Edu und Sarah gaben ihre Karten bei den Feldens ab. Clara fragte Gustavus, wann er sie begleiten könne, um den Besuch zu erwidern.

»Müssen wir uns immer noch mit diesen Merz abgeben?« sagte Gustavus.

»Ich muß doch nicht ins Schloß gehen?« fragte Julius. »Es soll gräßlich sein. Außerdem werden wir nicht hier sein.«

»Du mußt«, sagten Edu und Sarah.

»Mein Vater mochte den Kaiser nicht; obwohl er ihn eigentlich nicht gekannt hat.«

»Es ist jetzt ein anderer.«

»Jules' Vater hätte ihn vielleicht nicht als eine Verbesserung empfunden.«

»Stimmt es, daß du den Roten Adler bekommen sollst?« fragte Edu.

»Hoffentlich nicht«, sagte Julius.

»Man kann ihn schwer ablehnen.«

»Wißt ihr, daß ich mir schon Gedanken darüber gemacht habe. Vielleicht könnte ihn mein Bruder Gustavus an meiner Statt bekommen, er hatte immer eine Schwäche für so etwas. Glaubt ihr, ich sollte den Vorschlag machen?«

»Kann man eine Auszeichnung übertragen?« fragte Edu.

»Warum sprichst du nicht mit Bernin?«

»Ja«, sagte Julius, »er hat vielleicht etwas darüber gehört.«

»Jules – was soll mit diesen Diamanten geschehen?«

»Ja?«

»Melanies Diamanten.«

Jules zuckte bei der Erwähnung des Namens kaum wahrnehmbar zusammen. »Ach, diese Broschen und das alles«, sagte er.

»Sie hätten sie vielleicht gern für ihre Enkelin. Bis jetzt hat niemand etwas gesagt, aber meinst du nicht, es wäre eine gute Idee, sie in einem Safe zu deponieren? Übrigens, wo sind sie eigentlich?«

»Das Mädchen müßte es wissen«, sagte Julius.

»Ich wollte dich wegen des Ringes fragen. Möchtest du ihn nicht gern behalten? Der Ring, den du ihr geschenkt hast? Der Topas.« »Der Ring meines Vaters. Ja, gern.«

»Jules, hast du je dieses Haus gekauft?«

»Welches Haus?«

»Dein Haus. Das in Frankreich.«

»O nein, es war überhaupt nicht das Richtige.«

»Dann könntest du jetzt eines kaufen? Du weißt, Edu und ich wollten doch, daß du ein Haus hast.«

»Ach, es war so gut, wie wenn wir es gekauft hätten, besonders das in Spanien – ich habe soviel daran geändert.«

»War es gepachtet?«

»Es war gemietet.«

»Auf welcher Basis?«

»Das haben alles die Diener gemacht. Pedro. Er ist wegen all dieser Stempel zum Notar gegangen.«

»Jules, darf ich fragen, ob du jetzt das Geld für ein Haus hast?«

»Das Geld für ein Haus? Oh, ich glaube nicht. Siehst du, darüber wollte ich mich schon mit dir unterhalten: da sind nämlich noch die vielen Schulden.«

»Schulden?« sagte Sarah und bemerkte sogleich, daß sie zu scharf sprach.

»Weißt du – Rechnungen für irgendwelche Sachen.«

Graf Bernin hielt Julius' Idee für vernünftig. Es sei die richtige Geste – dieselbe Familie, der ältere Bruder, schließlich habe sich Gustavus durchaus verdient gemacht –, und er leitete den Vorschlag der zuständigen Stelle zu. Seine Majestät war einverstanden. Der Mann, der an der Spitze der Ordensabteilung stand, war zufällig ein General; der alte Knabe schlug unter Felden nach und stellte fest, daß einer bei den Badischen Leibdragonern stand – ein bißchen jung, irgendeine geheime Mission sehr wahrscheinlich, wie man doch neuerdings mit Roten Adlern um sich warf –, und so wurde denn Johannes mit dem Roten Adlerorden Zweiter Klasse dekoriert. Gustavus wartete, glaubte sich vergessen; aber dieses Mal weigerte sich Graf Bernin, der sich sonst auf seine Umsicht in kleinen Dingen viel zugute tat, weiteres zu unternehmen.

Clara sagte, daß Sarah eine nette, einfache Frau und, wie sie glaube, Jules sehr zugetan sei, und fuhr allein mit dem Pferdeomnibus hinaus. Sarah war zu Hause.

Sie klingelte nach Tee, aber Clara sagte, wenn es nicht zuviel Umstände mache, hätte sie doch lieber eine kleine Tasse schwarzen Kaffees, nur eine kleine Tasse, sie fühle sich um diese Stunde immer ganz erledigt. »Sie glauben gar nicht, wieviel Armut es in dieser Stadt gibt.«

Die Fenster waren weit geöffnet und ließen den langen, norddeutschen Nachmittag ein. Lindenduft kam vom Garten herein. Sarah betrachtete ihren Pissarro – ein Schubkarren, ein blaues Kleid, schwerelos, im flaumigen Gras unter hellen Obstbäumen. »Haben Sie eine Vorstellung, was Jules unternehmen wird?« fragte sie.

Er werde wieder heiraten müssen, sagte Clara. Eine Frau seiner Konfession.

Sarah bemerkte, daß dieser ausgezeichnete Plan schwerlich schon in den nächsten Wochen ins Werk gesetzt werden könne.

»Nein, das nicht«, sagte Clara.

»Und was gedenkt er zu tun, bis diese Frau – seiner Konfession – in Erscheinung tritt?«

»Tun?«

Sarah lehnte sich zurück.

»Oh, ich verstehe«, sagte Clara. »Natürlich habe ich mich erboten, inzwischen das Kind, mein Patenkind, zu mir zu nehmen. Natürlich. Es ist nicht ganz einfach – bei meinem Alter. Ich bin neunundvierzig. Und meine Zeit gehört mir nicht. Aber wissen Sie, er will nichts davon hören! Er schien überrascht. Er sagt, er werde sich selbst darum kümmern. Er hängt schon sehr an dem Kind. Sein Vater war auch so.«

»Und wo soll dieses Familienidyll stattfinden?«

»Wo? Ach, in Frankreich, nehme ich an, oder in Spanien. Ja, Spanien sehr wahrscheinlich. Ich glaube fast, sie werden uns ziemlich bald verlassen.«

»Baronin«, sagte Sarah, »Ihr Schwager wird jetzt keineswegs mehr so wohlhabend sein.«

»Jules? Vermutlich nicht. Das Feldensche Vermögen war nie sehr groß. Sie sind keine Menschen, die am Geld hängen.«

»Die Menschen leben vom Geld.«

Hier machte Clara jene Mundbewegung, die so viel zu der Öde in Gustavus' Leben beigetragen hatte.

Sarah fing noch einmal an. »Ich glaube nicht, daß Sie die Lage ganz erkennen. Als Jules meine Schwägerin heiratete, wurde eine jährliche Summe festgesetzt, die sie von Melanies Eltern bekamen. Dies wurde in Form einer Rente für ihre Tochter arrangiert; für Jules ist damals keine gesonderte Regelung getroffen worden.«

»Ich fürchte, ich verstehe von solchen Dingen nichts«, sagte Clara. »Wenn Ihr Mann irgend etwas mit meinem Mann zu besprechen wünscht . . .«

Nun ergriff Ärger von Sarah Besitz. Sie erhob sich halb; ließ wieder davon ab. Selbst sitzend waren beide Frauen groß; beide hätten ebenso gern gestanden. »Ich sehe, es hat keinen Sinn«, sagte sie. »Was, denken Sie, sollen sie miteinander besprechen . . .?« Dann fand sie sich wieder. »Ich wollte nur helfen . . .«

Clara streckte ihre schönen Hände aus. Die heftige Bewegung dieses starren Körpers hatte etwas Übertriebenes.

»Verzeihen Sie – natürlich muß man sprechen. Nur verstehe ich nichts von geschäftlichen Vereinbarungen. Was wollten Sie mir bitte sagen?«

»Ich weiß es nicht«, sagte Sarah.

»Jules wird jetzt weniger Geld haben als zu der Zeit, da seine Frau noch lebte? Das ist nicht schwer zu sagen.«

»Ich habe nie daran gedacht, daß sie sterben könnte«, sagte Sarah.

»Wirklich nicht?«

Wieder überkam sie Ungeduld. »Bleiben wir bei der Sache«, sagte sie. Dann: »Weniger Geld? Vielleicht gar keines.«

»Er hat immerhin noch sein eigenes.«

»Das ist schon längst dahin.«

»Nein, nein. Wie denn?«

»Zunächst einmal war es ohnehin nicht sehr viel, und er hat zuviel verbraucht.«

»Er hat zuviel verbraucht«, sagte Clara. »Das kommt vor.«

»Ich glaube, Sie sind die frivolste Frau, der ich je begegnet bin«, sagte Sarah.

»Dann wird Jules also wirklich in Not sein?«

»*Sie* sagen es.« Sarah dachte an Frankfurt, an ihren Vater, wie er ihnen allen in seinem Studierzimmer genau auseinandergesetzt hatte, wie sie standen. Fragen – Antworten. Sie sah wieder auf ihren Pissarro. Ihr Vater hätte ihn *nicht* gekauft. Sie hatte Frankfurt nie gemocht.

»Gefällt Ihnen dieses Bild?« fragte sie.

Clara richtete ihre Lorgnette auf die Wand. »Was stellt es dar?« fragte sie.

»Einen Bauernhof in der Normandie, wenn Sie so wollen.«

»Ich sehe nicht ein, wozu so etwas gut ist«, sagte Clara. »Macht man es nicht noch schlimmer, wenn man etwas abbildet, was selbst schon Illusion ist?«

»Was?« sagte Sarah. »Sehen Sie es so? Alles? Illusion. Sie mögen recht haben; für mich jedenfalls wird dadurch ein Bauernhof überhaupt erst Wirklichkeit.«

Clara sah sich das Bild noch einmal an. »Aber nein! Ach, das kann ich nicht glauben – das ist doch ein harmloses Bild. Wir könnten ihn auffordern, bei uns in Sigmundshofen zu leben, nur soll das Haus geschlossen werden. Es ist so ungemein groß. Jetzt, da mein Bruder wieder ins Kabinett eintreten soll – er will nicht, daß ich darüber spreche, aber warum nicht? schließlich stimmt es –, werden wir alle nach Berlin übersiedeln. Doch warum könnten wir eigentlich nicht ein paar Räume für Jules und das Kind offen lassen. Der Hausmeister ist ja da. Der Gutshof ist verpachtet, obwohl wir offenbar noch Eier bekommen ... Mit Geld wäre allerdings kaum zu rechnen, fürchte ich. Meines wird schon so sehr beansprucht – Gustavus scheint auch nie welches zu haben; mein Bruder ist sehr großzügig gewesen, aber ich glaube wirklich nicht, daß ich ihn schon wieder angehen kann ... Aber trotzdem müßte Jules zurechtkommen. Wir haben den Katechismus und die Schule, die ich auf unserem Grund gebaut habe, das wird später praktisch sein. Wir würden jedes Jahr zu den Landtagswahlen hinunterkommen, vielleicht könnte Jules meinem Bruder zur Hand gehen ... In der Fastenzeit eröffnen wir das Haus für die Exerzitien der St.-Eustachius-Kongregation.«

»Hat Jules je bei Ihnen gelebt?« fragte Sarah. »Wir haben ihn dazu aufgefordert; soviel ich weiß, ist er nie gekommen.«

Am nächsten Tag nahm Sarah ihn in die Voßstraße mit. Beim Betreten des Hauses blieb sie plötzlich stehen. »Oh, schau sie dir an! Wie schön. Deine Katzen.«

Er schien verwirrt. Er warf den gelben Geschöpfen auf ihren Piedestalen einen Blick zu. »Ich hatte sie ganz vergessen«, sagte er.

»Sie machen mir jedesmal Freude. Ich muß wirklich dafür sorgen, daß sie mir vererbt werden.«

»Oh, das würde ich nicht tun«, sagte er.

»Ich hätte dich darauf aufmerksam machen sollen: Es wird erwartet, daß man nichts erwähnt, nichts von dem, was passiert ist. Ich finde das gräßlich. Aber sag nichts.«

»Natürlich«, sagte Julius.

Sie nahmen das Essen alle zusammen ein. Danach ging Julius ins Kinderzimmer hinauf.

Am Abend sagte Sarah zu ihm: »Du bist wirklich gern bei diesem Baby, nicht wahr?«

»Doch, *ja*.«

»Sie werden die Kleine nie fortlassen. Weil sie Angst haben.«

»Es ist mein Kind; ich könnte es mitnehmen.«

»Vielleicht könntest du es. Ich sehe große Schwierigkeiten voraus. Für sie ist Ausland gleich Krankheit ... Das Kind ist deutsche Staatsangehörige. Sie könnten alles mögliche tun. Vielleicht waren diese Gegenden nicht gesund ...«

»Was kann ich tun?« sagte Julius.

»Wie traurig du aussiehst«, sagte Sarah.

Er stand vor ihr und sah sie an. Sie stand auf. »Ich würde ein bißchen warten«, sagte sie und wandte sich zum Fenster. »Am Mittwoch reisen sie alle nach Bad Kreuznach ab; es ist die Zeit für ihre Kur. Warum fährst du nicht mit ihnen?« Sie zog an den Vorhängen. »Es ist kein schlechtes Bad ... Sie haben eine ganze Etage gemietet ... Sie könnten sich vielleicht sogar allmählich an dich gewöhnen.«

6.

Morgen und morgen und morgen ... Das Leben ist in dem treffenden, traurigen, trockenen französischen Sprichwort, das alles ins rechte Lot rückt, das Leben ist niemals so schlimm und auch nicht so gut, wie man glaubt. *La vie, voyez-vous, ça, n'est jamais si bon ni si mauvais qu'on croit.* Niemals so schlimm, niemals so gut ... Wann? Im Augenblick der Katastrophe, am Rande der Angst? Wenn die schlimme Nachricht kommt und die Falle zuschnappt oder wenn einen der Verlust trifft? Zur Zeit der Ebbe, der Eintönigkeit, in accidie? In den Augenblicken der Erneuerung? In der Verklärung der Liebe, im Arbeitsansturm, in der Gnade einer neuen Vision, im lange bewahrten Jetzt? Oder später, wenn die Türen sich schließen, eine nach der andern, und das Bedauern sich wie eine stählerne Spirale ins Herz windet? Niemals so schlimm, niemals so gut, doch ein dumpfer, erträglicher Halbschlaf mit ein paar Zugaben von diesem und jenem, immer wiederkehrend nach Heimsuchung und Beunruhigung, ein Hindämmern, zuweilen nicht unbehaglich, die Jahre dahin, eine stetige Fahrt ohne Umkehr – das Leben, die Lebenswege, die Summe des Lebens. Ist das tröstlich? Ist es die ganze Wahrheit? Muß es so sein?

Die Jahre, die dem Tod der Schwestern ihres Mannes folgten, können keine glücklichen Jahre für Sarah gewesen sein – Edus Spielleidenschaft, Edus wachsende Schulden, Edus unveränderliche Natur: der ganze, sich immer wiederholende Zyklus, der sie zu einem unerfreulichen Rückzug auf sich selbst zwang; sie wurde alt; die Zeit verging; alles, was sich ereignete oder nicht ereignete, prägte nach und nach ihre Persönlichkeit; und wie wir sie kennen, muß sie in ihrem eigenen engen Rahmen ohne Illusionen gelebt haben. Ihre Kinder wuchsen heran. Zu steifen, nüchternen, verschlossenen Mädchen, so ganz anders als die Mädchen ihrer eigenen Jugendzeit, merkwürdig gefühllos gegen ihre Eltern und ihre Zeit. Als sie klein gewesen waren, hatte sich Sarah auf die Zukunft gefreut, in der sie alt genug sein würden, daß sie sie lieben könnte; inzwischen hatte sie darauf geachtet, daß sie alles bekamen, was sie ihrer Ansicht nach bekommen sollten, ja sie hatte mit geradezu mütterlicher Sorge über sie gewacht und die Entwicklung ihres Aussehens beobachtet, wie man einen Geschäftsbericht prüft. Ein starkes Zusammengehörigkeitsgefühl verband sie mit anderen Frauen, und sie wollte, daß ihre Töchter von gerader Haltung und gesunden Zähnen bis zu Interessen alles haben sollten, damit sie auf das Leben vorbereitet wären; nun stellte sich heraus, daß sie die Mutter nicht lieben konnten. Was sie Edu angetan hatte, hatte sie weitgehend für sie getan; vielleicht verurteilten sie sie, ergriffen ihres Vaters Partei; sie konnte es nicht sagen. Was sprachen sie miteinander darüber? Unterhielten sie sich miteinander? Verstanden sie sich? Diese jungen Geschöpfe besaßen eine Härte und Sicherheit, die Sarah verwirrte und einschüchterte, und sie wußte nicht, daß man sagte, dies stamme von ihr. Sie gestand sich noch eine andere Enttäuschung ein – sie hatten sich geistig nicht interessant entwickelt. Aber ihr größter Kummer war, daß sie in beiden Ansätze ihrer eigenen Unerfülltheit sah.

Über all dies sprach sie zu niemandem. Wenige Menschen waren in ihrer Gegenwart unbeschwert; niemand lachte *mit* ihr über ihre Scherze. Für die zwei oder drei bedeutenden Männer, die in ihr Haus kamen, und für die Maler, die bei ihr zu Mittag aßen und deren Ateliers sie besuchte, war sie zu reich, zu müßiggängerisch, ihre Art immer zu kompromißlos, als daß sie in ihr etwas anderes als eine Gastgeberin oder Mäzenin gesehen hätten. Wie Midas brachte sie sie zum Glänzen, aber ihre intimsten Gespräche führte sie mit der Freundin ihres Schwagers und die anregendsten Unterhaltungen mit Anwälten.

Doch trotz all ihren Sorgen zog Sarah nie ihre Hand von Julius ab. Wenn sie beide in Berlin waren, begleitete er sie ständig. Jedesmal, wenn ihr, wie es bisweilen geschah, seine verblüffenden Idiosynkrasien zu Bewußtsein kamen, war sie wieder gereizt, und sie ließ ihn ihre Ungeduld spüren, wie einen an sich gutgezogenen und schönen Hund, der wieder einmal denselben alten Knochen in den Salon geschleppt hat. Doch in der Regel übte seine Gegenwart eine beruhigende Wirkung auf sie aus; sie liebte es, wenn er sie auf Auktionen begleitete, sie sah in ihm nun den angenehmen Menschen, den man in der Familie hat, und sie durfte gewiß sein, daß sie seine Existenz in eine voraus-bestimmbare und nicht unerträgliche Bahn gelenkt hatte. Er hatte seine Wohnung in Paris, wurde von den Kunsthändlern genauso wie sie selbst umschwärmt, mietete im Februar ein Haus, wo er eben wollte, in Marokko, in Korsika, in Spanien, und schien, soweit sie sehen konnte, mit einer Reihe annehmbarer Frauen zu verkehren. Hatten die alten Merz nicht weiterhin, jahraus, jahrein, Quartal um Quartal, Melanies Rente auf sein Konto eingezahlt, ohne ein Wort darüber zu verlieren? Hatten sie nicht ein- oder zweimal ein kleines Bündel Rechnungen beglichen? Er verbrachte weniger Zeit in Deutschland als sie selbst. Er war zu Weihnachten in der Voßstraße und folgte ihnen im Sommer *en villégiature*; im übrigen kam und ging er so oft und so selten, wie er sich für verpflichtet oder berechtigt hielt, beziehungsweise wenn er seine Tochter sehen wollte, dieses häßliche, verhätschelte, dumme kleine Mädchen, gehüllt in Muffs und Hermelin, dem er die gleiche übertriebene Ergebenheit entgegenzubringen schien, wie sie ihr schon Emil, Gottlieb, Marie, Großmama und Großpapa entgegenbrachten.

Zuzeiten sprach Julius mit Sarah ziemlich sehnsüchtig über eine neue Heirat. Er betrachtete sich noch immer als tragisch verwitwet, und das Eheleben galt ihm nun als ein Hafen der Sicherheit und Ruhe. Er hatte sich in den Kopf gesetzt, daß er nur eine neue Mutter vorzuweisen brauchte, um dann sein Kind mit ins Ausland nehmen und dort mit ihm für immer leben zu können; und eines Jahres kam ein solcher Plan tatsächlich zur Sprache. Er erzählte Sarah, daß er beschlossen habe, eine Französin seines Alters, mit Kind, zu heiraten. Madame Dupont sei ihr Name, oder so glaubte ihn Sarah wenigstens von ihm gehört zu haben; er gab zu verstehen, daß er sie schon einige Zeit kenne, und sagte, mit ihr werde er *komfortabel* leben können. Sarah nahm an, daß damit Geld gemeint sei.

Die alten Merz pochten auf den Umstand, der für sie günstig war: die Existenz des anderen Kindes. Julius sagte zu Sarah, er finde das äußerst merkwürdig, da Madame Dupont – war es

Dupont? –, für die das Leben nicht mehr ganz das bedeute, was es früher gewesen sei, sich eben darauf freue, ihrem eigenen Mädchen ein Heim zu schaffen.

Dies hatte Sarah mit ihrem Sinn für Hausbesitz verblüfft. »Sie erwartet sich doch nicht von dir ein Heim, Jules? Habe ich dich nicht sagen hören, sie habe ein *Hotel* in der Avenue du Bois? Und einen Besitz in Cannes?«

»Sieh«, sagte Julius, »es war bisher nicht *praktisch* für sie, das Kind bei sich zu haben.«

»Ach, Klostererziehung also«, sagte Sarah. »Clara Felden hat mir das einmal auseinandergesetzt.«

»*En nourrice* ...« sagte Julius.

»Diese Katholiken«, sagte Sarah und dachte nicht weiter darüber nach.

Der Aufruhr, der in der Voßstraße wegen der Stiefschwester entstand, bereitete Julius' Plan ein rasches Ende. Doch noch lange Zeit hing er ihm nach und war recht traurig, und er versicherte Sarah immer wieder, wie angenehm es für sie alle gewesen wäre. Großpapa, der Verständnis für eine entgangene gute Partie zeigte, erhöhte die Summe, die auf Julius' Konto einging.

»Weißt du was?« sagte Edu zu seiner Frau, »es ist jetzt wieder so viel wie vor Melanies zweiter Taufe, und dabei ist er jetzt allein.«

»Deine Worte«, sagte Sarah, »geben einem zu denken.«

Als Julius und Sarah fünfzig wurden, veranstaltete die Voßstraße eine gemeinsame Feier. Die Idee war angeblich von Gottlieb ausgegangen.

Ihre Geburtstage lagen nur wenige Monate auseinander. Sarah hatte geglaubt, Julius sei ein oder zwei Jahre älter als sie selbst, eine Ansicht, die nicht allgemein geteilt wurde; Julius hatte sich die Frage nach ihrem Alter überhaupt nicht gestellt, obwohl er ihr, wenn man ihn gefragt hätte, ohne weiteres ein Dezennium mehr gegeben hätte. Die Voßstraße aber hatte mitgezählt.

»Vielleicht waren die Eumeniden ähnlich wie die Merz«, sagte Sarah.

Julius sah sie mit Mißbehagen an. »Müssen wir?« sagte er, »müssen wir wirklich?«

»Uns zu diesem stolzen Alter bekennen? Wir müssen. Und wir haben es ja erreicht.«

»Ich nicht«, sagte Julius. »Erst im Juli.«

»Es steht in der Kreuzzeitung«, sagte Edu. »Meilensteine.«

Als sie die Treppe heraufkamen, grüßte sie von überallher groß und rund die Zahl 50. Mit Papiergirlanden geschmückt, umrahmt von ungewöhnlich leblos, glänzend und haltbar wirkenden Blättern, aus Zuckerguß, aus Marzipan, aus elektrischen Kerzen, aus kandierten Früchten; 5 und 0 in Zinnfolie ausgestanzt und mit Draht befestigt zwischen den Sprossen eines Neunzehnenders, den Max zwar nicht geschossen, aber von seinem schlesischen Gut geschickt hatte; diese Trophäe lehnte im Vorzimmer auf dem Teppich gegen einen Altar von Gaben, Aufmerksamkeiten für die Firma Merz von Geschäftsfreunden der Firma Merz – Geflügel im Federkleid, Hasen im Pelz, auf Schnüren aufgereihte Rebhühner, ein Dutzend Paar von diesem und ein Dutzend Paar von jenem, Krebse, die matt durch feuchten Seetang krabbelten, westfälischer Schinken, Räucheraale, lang wie Schlangen, große, glänzende Klumpen von Gänsefleisch, von den Knochen abgelöst und wieder in die Haut eingenäht, fünf Pfund schwere Büchsen Kaviar, die in silbernen Kühlbehältern schwammen, Terrinen mit Straßburger Gänseleberpastete, so groß wie Hutschachteln, Gewächshausspargel, säulendick, fünfzig Kibitzeier in einem Nest aus Bronzezweigen und, wie der Pelion auf dem Ossa, Lage über Lage, zuoberst gekrönt von den buschigen Häuptern zahlreicher Ananasfrüchte, Geschenkkorb auf Dose, Dose auf Kiste, Kiste auf seidengefütterter Kiste, Portwein und Havannazigarren, arabischer Mokka, Feigen aus Smyrna, Trauben in Watte, türkisches Konfekt, Marrons glacés, Sachertorte und Karlsbader Pflaumen. Die persönlichen Geschenke waren im Ballsaal ausgebreitet, und durch die Salons erstreckte sich bis ins Speisezimmer ein Büfett, auf dem die Substanzen der Antichambre in tafelfertigem Zustand, ja teilweise schon mehr als das, versammelt waren. Suprêmes und Fondants, Velours und Claires,

Masques und Glaces, en Bellevue, en Chartreuse, en Savarin, en Bouquetière, Surélevés und Richelieus, Figaros und Maintenons, Niagaras und Metternichs und Miroités – en Grenadin; en Favorite; en Chambertin; en Financière; en Chassé, en Croisé, en Frappé, en Triple-Eau, en Glissade, en Diadème; en Sainte-Alliance, en Belvedère, en Ballonné, en Demi-Deuil und Demidoff: Gramonts, Chimays, Souvaroffs, Albufera und Tivoli.

»Hier ist ein Stück Frankreich für Sie, Baron«, sagte ein Gast.

»Auf dem Umweg über Byzanz«, sagte Sarah.

»Wie bitte?«

Henrietta, als Hermes verkleidet, sagte zu Ehren der Geburtstagskinder ein Gedicht auf; Großpapa hielt eine Rede, die mit *nel mezzo del cammin* begann und in sicherem Hafen landete. Beide hatten es fast perfekt auswendig gelernt. Ihre Beiträge waren für sie vom Festdichter zusammengestellt worden, einem literarisch interessierten Herrn, ebenfalls bereits vorgerückten Alters, der in bestimmten Berliner Kreisen diese Aufgabe immer wahrgenommen hatte, so weit die Anwesenden zurückdenken konnten. Er machte keinen Beruf daraus, das heißt, er veröffentlichte nichts (obschon manche seiner *vers de circonstance* gelegentlich ihren Weg in die Gesellschaftsspalten fanden), aber er wurde, wie bei gewissen hochgestellten Auftraggebern üblich, an der Tür mittels eines Kuverts entlohnt, in dem sich sein Honorar befand und das aus der Hand des Hausherrn in die seinige gelangte. Zum Abschluß des Tages erschien noch ein anderes wohlbekanntes Gesicht, und Geschenke, Speisen und Büfett wurden umständlich mit Hilfe eines schwarzen Tuches abphotographiert.

Am Ende ebendieses Jahres schickte sich Sarah an, zum letztenmal die Schulden ihres Mannes zu begleichen. Im selben Winter wurde ihre jüngste Tochter dabei ertappt, wie sie in einem öffentlichen Lokal mit einem jungen Mann allein Tee trank, einem Trainer von einer nahegelegenen Trabrennbahn. Das Mädchen, noch nicht fünfzehn, war sich seines ungeheuerlichen Benehmens bewußt und beinahe erleichtert, als es mitten in den Ferien zurück ins Internat expediert wurde, aber Sarah, die den Menschen hatte sehen wollen – fast ein Herr, der, wie sich herausstellte, wegen Faulheit und Wettleidenschaft entlassen worden war –, hatte das Gefühl, ein Gespenst erblickt zu haben.

Als Sarah alle Vorbereitungen getroffen hatte, wartete sie in Ruhe auf das, was kommen mußte. Sie sah den automatischen Ablauf voraus; sah, daß ihr Vorgehen sie nicht beliebt machen würde, war überzeugt von seiner Gerechtigkeit und Notwendigkeit und ein bißchen beunruhigt wegen der Faszination, die überraschenderweise davon auf sie ausstrahlte. Monate, ein Jahr, ein weiteres Jahr vergingen in der Erwartung, daß dieser halb absichtlich heraufbeschworene Schlag erfolge, und während sie so darauf wartete, bewahrte sie nicht jederzeit ihre Ruhe. Ein- oder zweimal glaubte sie, er stehe unmittelbar bevor; aber als eines Vormittags im Mai Edu vom Klub nach Hause kam und jenen ungeheuren Schuldschein zurückgelassen hatte, als er durch die Tür kam, in ihr Zimmer, um es ihr zu sagen, erkannte sie, daß sie sicher gewesen war, es würde nicht mehr in diesem Sommer passieren. Die Versuchung kam über sie, alles doch noch ungeschehen zu machen – rasch das Scheckbuch zu zücken, die Summe auszuschreiben, Edu zu bedeuten, daß er gehen solle, ihn hinauseilen zu sehen –, und sie würde in ihrem hellen Zimmer sitzen, mit ihren Bildern und dem Tablett, auf dem der Tee stand, fast noch genauso warm wie zuvor ... Doch sie sagte: »Willst du bitte jetzt gehen, ich will mich anziehen; in einer halben Stunde bin ich bereit, mit dir zu sprechen.«

Alles, was dann folgte, spielte sich ziemlich genauso ab, wie sie es vorhergesehen hatte. Aber jene lange Probe ersparte ihr nicht eine einzige Aufregung der Aufführung, und die Schalheit, das Gefühl von *déjà-couru* milderte nicht das Entwürdigende der Stiche, mit denen ihr zugesetzt wurde. Ein oder zwei Dinge überraschten sie: die lange Dauer der Abwicklung – alles ging mit soviel Aufwand vor sich: Konferenzen, Gespräche, Schreibereien, das Warten, das Warten auf die Gerichtsverhandlungen; und es zog sich alles noch mehr in die Länge. Und dann verblüffte sie auch die Zählebigkeit der Hoffnung; sie hatte geglaubt, sich innerlich völlig von Edu gelöst zu haben, aber als er keine Spur von Haltung, Einsicht oder Besserung zeigte, befiel sie Niedergeschlagenheit.

Als alles vorüber war, reisten sie ins Ausland, was sie ebenfalls vorausgesehen hatte. Weiter aber hatte sie nicht gedacht, und sie wurde bald von der jähen und völligen Leere angeödet, die sie umgab. Ein Trübsal blasender Edu in der Villa war verletzend; als er fort war, suchte sie nach einer Methode, ihr Leben vernünftig zu gestalten, und beschloß, sich die dafür notwendigen Adstringenzien zu verschaffen. Zwei Umstände kamen ihr dabei zustatten: Sie hatte durch die kürzliche Auseinandersetzung Geschmack an finanziellen Manipulationen gefunden; man schrieb die ersten Jahre des 20. Jahrhunderts, und die Preise für Impressionisten begannen zu steigen. Sarah war noch immer eine sehr reiche Frau; alljährlich floß ihr ein Anteil an den Gewinnen der Kastell-Anilin zu; sie verfügte über ausgezeichnete Informationsquellen; sie vertraute auf ihr eigenes Geschick. Sie verließ Südfrankreich, ging nach Paris ohne Erwartungen und mit einem zweifachen Entschluß: diesen Winter an der Börse eine bestimmte Summe zu verdienen und einen Monet zu kaufen, eine große Gartenszene, um die sich bereits das Musée du Luxembourg bemühte.

*

Späte Liebe hat dies mit der ersten Liebe gemeinsam: sie kommt wieder unfreiwillig. Es ergab sich, daß Sarah wirklich eine große Summe an der französischen Börse verdiente, daß sie zwar den Monet nicht bekam, aber einen anderen kaufte und außerdem einen Seurat, doch diese Erfolge bedeuteten ihr kaum etwas; wenn es ihre Absicht gewesen wäre, sich zu beschäftigen, abzulenken und auszufüllen: beschäftigt, abgelenkt und ausgefüllt war sie in diesem Winter – hingerissen von neuen Entdeckungen, beflügelt von Fröhlichkeit, aufs neue, wider Willen und auf magische Weise ausgefüllt. Sie war auch noch etwas anderes, sie war glücklich.

»Kennst du jemanden, der einem zu einem Telephon verhelfen kann?«

»Telephon?«

»T e l e p h o n .«

»Ein höchst unangenehmes Instrument, wie ich höre«, sagte Julius.

»Ich sehe schon, du bist keine Hilfe.«

»Eine Freundin von mir hat eines. Irgend jemand hat es als Überraschung einbauen lassen. Man braucht es, um Austern zu bestellen, wenn es zu spät ist, einen *petit bleu* zu schicken. Aber der *petit bleu* ist schneller.«

»Ein sonderbarer Haushalt. Deine Freundin ist wohl kaum bereit, es aus der Wand zu reißen und mir zu überlassen? Wir müssen unsere verschlafene Botschaft dazu bringen, etwas zu unternehmen. Du mußt mit ihnen sprechen.«

»Ich?«

»Als Schwager des Staatssekretärs.«

»Ach, der gute Conrad. Daran denke ich nicht bei ihm.«

»Das ist aber die beste Art, wie man von ihm denken kann. Es heißt, normalerweise dauert es sechs Wochen. Ich brauche es jetzt.«

»Das Telephon?«

»*Ja*, Jules.«

»Wozu denn?«

»Zum Unterhalten. Damit man sich am Vormittag mit seinen Freunden unterhalten kann.«

»Sarah?« sagte Julius. »Du erwartest doch nicht von mir, daß ich mich über das Telephon mit dir unterhalte?«

»Nein«, sagte Sarah. »Nicht mit dir.«

Einige Tage darauf sagte sie: »Ich habe es. Neben meinem Bett. Es ist himmlisch. Nur nicht, wenn man unterbrochen wird. Ich weiß nicht, wie ich je ohne es auskommen konnte.«

»Diese Erfindung ...?«

»Unter anderem.«

»Ich bin gekommen, mich zu verabschieden«, sagte Julius.

»Wohin geht es denn?«
»Nach Berlin natürlich.«
»Warst du nicht eben erst dort?«
»Nicht seit Neujahr.«
»Ich habe dich kaum zu Gesicht bekommen.«
»Nein«, sagte Julius.
»Wann bist du wieder zurück?«
»Im Februar. Hoffe ich.«
»O ja«, sagte Sarah.
»Sieh, ich bin letztes Mal nicht hingefahren, als Henrietta eine Erkältung hatte. Und nun ist Edu auch gerade weg.«
»Edu hat es sehr gut auf Korfu«, sagte sie rasch.
»Ja«, sagte Julius.
»Vielleicht bitte ich dich, ein oder zwei Dinge für mich dort zu erledigen.«
»Fährst *du* denn nicht?«
»Du weißt doch, ich habe das Haus geschlossen, Jules.«
»Du könntest in der Voßstraße wohnen. Wie ich.«
»Ich habe nicht die Absicht wegzufahren«, sagte Sarah.

Die meisten Herren standen. Die Unterhaltung wollte nicht recht in Gang kommen. Sarahs Diners hatten immer einen gewissen Schwung, aber dieses lief nicht richtig an. Natürlich gab es keine Cocktails. Julius zog seine Uhr. »Sarah«, sagte er mit dem Vorrecht eines Vertrauten, »auf wen warten wir noch?«
»Auf jemanden, den du nicht kennst. Sie kommt oft zu spät.«
»Ein Fehler«, sagte Julius. Sarah lächelte abwesend.
Kurze Zeit danach kam der Diener herein und sprach mit ihr. »Durchaus nicht«, sagte sie, »es macht nicht das geringste aus.«
Ein Raunen ging durch die Reihen ihrer Gäste, zumeist Franzosen. Julius zog wieder seine Uhr.
»Wieviel Uhr ist es denn?« sagte Sarah.
Am Eingang war Unruhe entstanden, man hörte das Rauschen abgelegter Pelze, und herein trat in diesen überhellen Raum eine junge Frau in ihrer frühen Schönheit. Ihr Kleid hatte die Farbe dunkler Nachtviolen, ihr Gesicht war ein klares

Oval, verschleiert und leuchtend in einem Ausdruck unberührbarer Gelassenheit, und in ihrem Haar war Schnee.

»Caroline ...« sagte Sarah und erhob sich.

»Darling – entsetzlich.« Ihr Blick war, wie ihre Stimme, behend, warm, aber verhalten; ihr Blick schien nichts aufzunehmen. »Kannst du mir je verzeihen? Dieser endlose Brahms – du weißt, die Art von Musik, die nie zum Ende kommt. Und dann natürlich keine Droschken, draußen herrscht ein Schneesturm ...« Sie wandte sich der Gesellschaft mit ungezwungener, zerstreuter Lebhaftigkeit zu.

Man umringte sie, sie wurde rasch zum Mittelpunkt des allgemeinen Gezwitschers. »Und wie haben Sie den Debussy gefunden?« – »Würden Sie sagen, daß wir uns alle bald daran gewöhnt haben?« – »Ich muß gestehen, mir schmerzen die Ohren davon.« – »Ne préfériez-vous donc pas une vraie mélodie?« – »Cependant le Naturalisme ...« – »Une salle de concert n'est pourtant pas un bord de mer!« – »Peut-être Madame est Wagnérienne?« »Haben Sie das Ballett gesehen?« – »Welchen Abend sind Sie in der Oper?« – »Gehen Sie eislaufen?«

Das Diner wurde zweimal angesagt.

Julius trat rasch zu ihr. »Ich glaube, ich bin Ihr Tischherr«, sagte er. »Meine Tischordnung«, versuchte Sarah noch zu sagen, doch Julius hatte sie schon entführt.

Von ihrem Platz am Tafelende aus schaute Sarah während der Unterhaltung ihrer Nachbarn immer wieder dorthin, wo die beiden in einem geschlossenen Kreis saßen. Sie sah den Nacken und die Schultern schimmern wie Früchte und Marmor; das glänzende kastanienbraune Haar ein wenig feucht, doch noch immer fedrig-leicht über dem schmalen Saphirband; das ruhevolle, entzückte Gesicht. Julius plauderte ohne Unterlaß und aß nichts. Sie saß in Schweigen versunken, nur zuweilen sprudelte ein kleiner Redeschwall an die Oberfläche. Einmal pickte sie eine Trüffelschale von Julius' Teller und verspeiste sie.

»Diners«, sagte Julius zu ihr, »sind so unnötig. Große, meine ich. So viele Leute, die zusammen essen. Die Gesichter nach dem Essen – es ist so unvorteilhaft für die Frauen.«

»Ganz wie Lord Byron.«

»Der Dichter?« sagte Julius, unbekümmert wie jemand, der einfach drauflosrät. Sie lächelte ihm zu, das Lächeln war jetzt ganz an der Oberfläche. »Lord Byron, der Dichter.«

Als die Stimme hinter ihnen sagte: »Mouton 64«, sammelte sie sich zu einem Augenblick des Ernstes, wie jemand, der die Nationalhymne erklingen hört.

»Mögen Sie wirklich Bordeaux?« fragte Julius.

»Ich liebe Bordeaux.«

»Das ist ungewöhnlich.«

»Für mein benachteiligtes Geschlecht? Das kann man wohl sagen. Mein Vater hat es mir beigebracht. Er hat ihn sehr geschätzt, der Gute. Ich war nämlich das einzige Kind, und ich glaube, Papa hat es lieber gesehen, daß ich seinen Bordeaux trank, als daß sein Vetter ihn bekam.«

»Wieso sein Vetter?«

»Weil unser Besitz an ihn überging.«

»War er belastet?«

»Die Erbfolge war so.«

»Sie trinken also Bordeaux mit ihrem Vater. Das ist keine schlechte Art, Wein zu trinken.«

»Jetzt nicht mehr. Ich bin – bitte, verzeihen Sie das Andersen-Wort, man kann es kaum bei Tisch aussprechen; man kann es überhaupt kaum aussprechen, aber wie soll man sonst sagen? –, ich bin ein Waisenkind.«

»Sie haben keinen Vater und keine Mutter? und keine Brüder und Schwestern?«

»So klingt es ganz anders. Viel besser. Auch viel schlimmer. Es ist nicht üblich, in meinem Alter keine Eltern mehr zu haben; nein, ich fürchte, in meinem Alter *heißt* es Waisenkind.«

»Ein Waisenkind?« sagte Julius. »Das muß eigentlich ganz nett sein? Ist es so?«

»Nicht nett für die, die gestorben sind. In Indien, an einer dieser Geschichten, die so unglaublich schnell passieren, vor vier Jahren. Nein, sie haben dort nicht regiert; mein Zweig unserer Familie ist einigermaßen über dieses Stadium hinaus. Sie waren auf einer Reise.«

»Dann hat also der Vetter jetzt den Bordeaux?« sagte Julius.

»Der Vetter hat den Bordeaux.«

Kurz danach sagte sie: »Wissen Sie, daß Sie ganz so sind, wie Sarah Sie geschildert hat? Ich habe so viel von Ihnen gehört. Wir sprechen sehr oft über Sie.«

»Haben Sie? Tut sie das? Sie hat mir noch nie von *Ihnen* erzählt.«

»Nun, sie kennt mich ja erst so kurze Zeit.«

Später, als sie einen Augenblick ungestört waren, sagte sie zu Sarah: »Dein Jules ist wirklich ein Schatz. Und so komisch. Und natürlich unerhört dekorativ; ich freue mich so, daß du ihn endlich vorgezeigt hast. Er will mich zum Reiten mitnehmen. Francis reitet jetzt überhaupt nicht mehr. O Sarah ...«

»Meine Liebe.«

»Was ich noch sagen wollte, ich weiß nicht, wie du mir wegen heute abend verzeihen kannst. Es war unverzeihlich. Aber du weißt ja –«

»Meine Liebe – es war *kein* Brahms heute nachmittag, es war Schumann. Ich weiß es: weil ich dort war.«

»*Nein*? Das ist ja gottvoll.« Sie lächelte Sarah mit den Augen an. »Darling, dann kannst du ja sagen, daß du mich gesehen hast.«

»Bitte, bitte, meine Liebe, sei vorsichtig. Ich flehe dich an.«

»Vielleicht. Ein bißchen wenigstens. *Dir* zuliebe – und um den Göttern ein kleines Opfer zu bringen.«

»Und sollten die Leute denken, daß du dieses Kleid in der Droschke angezogen hast?«

Ihr Blick wandte sich wieder nach innen, wie um eine Erinnerung aufzuspüren.

»Mußt du überhaupt so viel davon sprechen, daß du allein in Droschken fährst?«

»*Nicht* allein.«

»Du machst mir Angst.«

»Ich bin glücklich.« Das Gesicht verzog sich; dann blickte sie Sarah voll in die Augen, ganz leicht berührte sie Sarahs Hand. »Sarah – ich bin so glücklich. Die Welt –«

»Das macht dich nicht unsichtbar. Auch nicht unverletzlich.«

»Aber doch«, sagte Caroline, »doch, doch.«

Julius zog Sarah fast mit Gewalt zur Seite. »Sarah, Sarah, Sarah, weißt du schon? Sie kennt Robert.«

»Wen?«

»In Hamburg. Sie hat dort auf einen Dampfer gewartet. Sein Name stand am Gitter. Sie hat ihm eine Mandarine gekauft, aber er wollte ihren Ring haben. Sieht ihm gar nicht ähnlich; er muß sie gern gehabt haben. Wer ist sie?«

»Eine Miss Trafford«, sagte Sarah abweisend.

»Miss?« sagte Julius.

»Ja, ja.«

»Ein großer Fehler. Es sei denn, sie träte wirklich in einem Zirkus auf. Sie macht keineswegs den Eindruck.«

»O Jules. Sie ist Engländerin.«

»Ah, eine echte Miss.«

»Ja.«

»Auch diesen Eindruck macht sie nicht. Hast du gesagt, sie sei nicht verheiratet?«

»Nicht verheiratet. Aber, mein guter Jules, nichts für dich. Nichts für dich.«

»Ich werde sie morgen fragen«, sagte Julius.

Vierter Teil

EIN FREIER WILLE

I.

»Warum?« sagte ich. »Warum, Mammi? Warum?«

»Ist das eine müßige Frage?« sagte meine Mutter und ließ eine Hand auf dem Buch liegen; »ist das klug? Weißt du nicht, daß ich sie vielleicht beantworten werde? Und das könnte dich langweilen. Ich langweile nicht gerne.«

Es heißt, wir erfinden unsere Erinnerungen nachträglich; wir ordnen sie häufig um. Haben wir dies *damals* gehört? *Erinnern* wir uns, jenes gesagt zu haben? oder erinnern wir uns, daß man uns gesagt hat, wir hätten es gesagt? Hat sich dies auf einmal abgespielt, oder ist diese klarumrissene Szene, dieser bernsteingleiche Augenblick eine Komprimierung, ein Palimpsest, eine stereographische Aufzeichnung vieler anderer Szenen, Augenblicke? Ich sehe die Linde vor mir, sehe meine Mutter im langen Kleid an ihrem Teetisch, allein, den Sonnenschirm neben ihr – oder ist es die Dame neben dem Gebüsch, mit dem Bänderhut, droben im ersten Stock, auf dem Gemälde? – Ich sehe das Grammophon mit dem Trichter, bereit, auf seines Herrn Befehl seine Stimme mit *Vesti la Giuba* zu erheben, und die hufeisenförmige Anlage des Parks jenseits der Rasenflächc; höre den Klang ihrer Stimme, trage in mir die Stimmung des Nachmittags, der immer lang, immer heiß war; rieche den Fliederduft ...

»Warum – alles?«

»Nun hast du mich unterbrochen. Bevor ich anfangen konnte. Und ich wollte doch sprechen. Was willst du denn hören? Einen Überblick über die Aristotelische Methode? das Kopernikanische System? Nicht die Genesis, nehme ich an; ich weiß, du unterhältst dich nur mit den Einheimischen über Theologie. Wissensdurst ist ganz recht – er vergeht so bald –, aber du mußt bei deinen Fragen sorgfältiger vorgehen, Küken. Nichts ist so fatal wie ein schönes weites Thema. Weißt du, wie bei dem Mann, mit dem man über den Fruchtwechsel sprechen will und der antwortet, Atlantis sei ein viel aufregenderes

Thema. Nun, es ist nicht so. Ich möchte, daß dein Geist – falls du je Geist haben solltest – konkret und wählerisch sei.«

»Ja, Mammi.«

»Du hast selbst schon diesen Wunsch? Du hast Gründe, auf seine Erfüllung zu hoffen? Oder sagst du es nur, um mir zuzustimmen.«

»Um zuzustimmen.«

»Ich langweile dich bestimmt schon. Geh spielen.«

Ich wollte nicht spielen. Ich hatte den ganzen Nachmittag gespielt, den Tennisball gegen die Remisenwand geschlagen. »Ich will bei dir bleiben.«

»*Genau* wie die jungen Männer, die man einmal gekannt hat. Das ist nur schmeichelhaft, wenn du dich auch selbst anstrengst, ein angenehmer Partner zu sein. Mädchen sind natürlich überhaupt nie sicher, ob sie willkommen sind, wenigstens hat man es so gehört. Ich will versuchen, es zu vergessen. Beunruhige ich dich?«

»Manchmal.«

»Jetzt nicht?«

»Jetzt nicht.«

»Erkläre es mir.«

»Es gefällt mir, wenn du so sprichst. Nicht zu *mir*.«

Meine Mutter wandte nun ihre Aufmerksamkeit mir zu. »Hm . . .« sagte sie.

»Ich höre dir gern zu.«

» Dein Papa hat das auch immer gesagt. Aber verstehst du, was ich sage?«

»Ich mag die Worte.«

»Das ist es, was man unter einem Zirkelschluß versteht, Küken; *petitio principii*. Sprechen, das sind Worte. *La poésie s'écrit avec des mots*.«

Ich quiekte.

»Nun schüttelst du dich vor Lachen. Vielleicht ist das der Anfang der Bildung.«

»Nicht, weil's komisch ist. Weil's hübsch ist.«

Meine Mutter sah mich lieb an.

»Sind das Erdbeeren?«

»Du müßtest schon klüger sein, selbst in deinem Alter«, sagte meine Mutter; »wie alt bist du? (nein, sag es nicht, Jahre sind das letzte, an das ich erinnert werden will). Verstehst du warum?«

»Weil wir wissen, daß es Erdbeeren sind?«

»Wie würdest du dir vorkommen, wenn du Freunde bei dir zum Tee hättest und sie würden nur sagen: ›Ist das ein Butterbrot? Ist das dein Becher? Ist das ein Stuhl?‹«

Ich dachte nach. »Ich glaube, das würde mir gefallen. Nanny sagt solche Sachen. Papa auch.«

»Wirklich?«

»Nicht als Fragen. Papa sagt: ›Diese Frucht ist gar nicht so übel. Das ist kein ungemütlicher Sessel.‹«

»Sprich weiter«, sagte meine Mutter.

Aber ich schweifte ab. »Nanny sagt, im Park lernt man Leute kennen, wenn man guten Tag sagt.«

»Im Park?« sagte meine Mutter schroff.

»Nicht in unserem. Wo Nanny zuletzt gearbeitet hat. Er ist voll von Kindern und anderen Nannys. Kennst du ihn?«

»O ja ... Auch voll von Erwachsenen.«

»Nannys sind doch auch eine Art von Erwachsenen. Ich hätte gern Kinder zum Tee bei mir, die solche Sachen sagen. Immerhin könnte man sie auf diese Weise kennenlernen, es ist doch schließlich Unterhaltung.«

»Wenn du vorhast, solch eine Gastgeberin zu werden, darf ich mich nicht einmischen. Ich hoffe nur, es wird mir eine Ausrede einfallen, daß ich nicht bei dir essen muß. Nun ja, wenn es so weit ist, werde ich höchstwahrscheinlich längst tot sein oder im Orient leben.«

»Nicht tot«, sagte ich.

»Liebling, was für eine konventionelle Reaktion. Sie kommt davon, weil man an seinen eigenen Tod denkt. Das ist der Grund, warum die Menschen sich so selten getrauen, ihn einander zu wünschen; ich bin überzeugt, sogar hier wünscht mir niemand im Ernst den Tod.« »Nein«, sagte ich.

»Wie?« sagte meine Mutter, »höre ich da einen leisen Zweifel durch? Ach, sag mir doch.«

Ich stand schweigend vor ihr, und ihr Blick wurde besorgt; ich wußte zu meiner Bestürzung, daß sie nun ebenfalls das Gefühl hatte, sich auf dünnem Eis zu bewegen.

Ich heuchelte Unbeschwertheit, aber um die Sache noch zu verschlimmern, fuhr meine Hand an die Stirne und berührte die Narbe über meiner Augenbraue. Noch heute tue ich das zuweilen; obwohl die Narbe kaum mehr als Narbe zu erkennen ist und nun kein Mensch mehr die Bedeutung dieser Gebärde kennt. Ich sah, daß sie es sah, und wurde purpurrot.

Ich bin mir gewiß, daß meine Mutter zeit ihres Lebens keinen Augenblick lang Verlegenheit gekannt hat; was sie damals bewegt hat, war wohl Bestürzung, Sorge ... Sie schuf Platz vor sich auf dem Tisch, dann blickte sie mich an. »Nun, Liebling«, sagte sie, »du weißt, was das war. Es war Mangel an Beherrschung. Du weißt, daß niemand deinen Tod wünschte, niemand uns umbringen wollte ... Ein paar Leute dachten, sie hätten Grund, sehr zornig auf uns zu sein, und sie verloren die Beherrschung – vielleicht hatten sie recht, vielleicht haben sie alles ein bißchen durcheinandergebracht, wir werden das jetzt nicht weiter untersuchen, eines Tages wirst du mehr davon hören, und dann kannst du selbst entscheiden. Ja, es ist natürlich zum Fürchten, wenn die Leute zornig sind, ob wir sie kennen oder nicht. Diese Leute hatten es nicht eigentlich auf dich abgesehen ... *Du* warst unbeherrscht, du hast ein Huhn gejagt –«

»Nie«, sagte ich. »Mit einem Stein auf einen *Vogel* werfen?«

»Es freut mich, das zu hören«, sagte meine Mutter mit dem jähen gereizten Unterton in der Stimme, den ich fürchtete. Es war die Stimme, die ich manchmal durch das Haus schallen hörte. »Sehr verdienstvoll. Nur ging es nicht darum. Ich habe das Huhn – den Vogel – benützt, damit du vom Wesen des Zornes erfährst und von den Dingen, die man im Zorn tut, und du weichst auf das Spezifische aus und sagst wie ein Papagei: ›*Ich* jage niemals Vögel.‹« Sie reckte sich, und sie schien die Bäume anzusprechen. »Es gibt keinen sichereren Weg, die Wirklichkeit von sich wegzuschieben, als diesen Kniff, dies Anklammern an eine kleine, unbestreitbare, unwesentliche, wahre Einzelheit, keinen sichereren Weg, sich vom Leben auszuschließen. Lüge, wenn du mußt, *lüge* – solange du nicht vergißt, daß du lügst; es ist ehrlicher und nicht so dumm wie dieses kleinliche Lavieren mit dem Allgemeinen und dem Besonderen.« Nun wandte sie sich voll gegen mich. »Und laß uns um Himmels willen diese unsinnige Episode nicht aufbauschen – es war keine Flucht nach Varennes. Mein Großvater, das heißt dein Urgroßvater, nahm es mit den Ludditen auf. Wenn du jemals richtig Unterricht bekommen solltest, wirst du darüber hören.« Dann, plötzlich wieder im alten Ton: »Oh, mein armer kleiner Papagei, Geflügel oder Vogel, du mußt noch viel lernen ... Und jetzt habe ich dich doch beunruhigt.«

Ich war – ich bin noch immer – für die Mühe dankbar, die aus ihren besorgten ersten Worten sprach; doch sie rührten nicht an den Kern des Unbehagens. Ich hätte sie gerne beruhigt, ihr gesagt, daß sie es falsch aufgefaßt habe, daß das, was sie um meinetwillen beunruhigte, mich nicht beunruhige, ich wisse, es sei nichts Besonderes gewesen – ein Ausflug, der Stein, der durch das Glasfenster in die geschlossene Kutsche geworfen worden war: eine Anekdote –, nichts im Vergleich zu dem, was die Indianer Tag für Tag auszustehen haben. Und ich hatte mich nicht gefürchtet. Aufgeregt war ich gewesen: erstaunt, was für eine Menge Blut ich verlieren konnte. Wie viele Stiche, Nanny? Ich dachte nie daran, oder doch nicht in der Weise, die meine Mutter wohl meinte; aber ihr das zu sagen, die Begriffe, die Art und Weise, der Freimut, das ganze Konzept, wie ich es ihr sagen sollte, das überstieg mein Vermögen wie eine ferne Zauberkraft. Ihr zu sagen, daß es nicht dies sei, sondern – ja, was? War es vielleicht die Art, wie man redete? Die Unterhaltungen, die abgebrochen wurden, die Blicke des Personals? Papa. Nannys übertrieben-unbeschwerte Art; ihre allgemeine Mißbilligung, ihr Mitleid? Die beinahe außersinnliche Wahrnehmung einer Unruhe in den Erwachsenen, der ganze Nebel nicht mitteilbaren Wissens, daß etwas nicht stimmte ...?

»Küken«, sagte meine Mutter, »komm und setz dich zu mir. Wir sprechen jetzt von etwas anderem. Du hattest etwas gefragt. Was war es? Du hattest mich nach *allem* gefragt.« (Man kannte sich bei *ihr* nie aus, die Dienstmädchen sagten: »Wochenlang bemerkt sie gar nichts, und dann heißt es auf einmal: ›Lina, das ist jetzt das fünfte Stück von diesem Service, das Sie diesen Monat zerbrochen haben, beabsichtigen Sie, unbedingt das Dutzend vollzumachen?‹«) »Was meinst du mit ›alles‹, Küken? Was wolltest du wissen?«

Alles. Den Garten, die Stallungen, das Haus, die Diener, die Tiere, die ich kannte, meine Eltern, das andere Haus, meine Spiele, das Pony; Fanny. Wenn Nanny sehr böse war, sagte sie: »*Wenn ich reden könnte*«, aber häufiger sagte sie, ich sei ein glückliches kleines Mädchen; und aus den Büchern, aus denen sie mir vorlas, wußte ich, daß es so war. Was mir gehörte und was mich umgab, war, wie es sein sollte; mein Tagesablauf stimmte sichtlich mit dem meiner Altersgenossen in der Literatur überein; meine Familie erfüllte alle Anforderungen. Jedoch mit Abweichungen ... Zunächst der Umstand, daß wir in Deutschland lebten, wie Nanny nie müde wurde mir unter die Nase zu reiben. Meine Mutter, so spürte ich, war nicht ganz die richtige Mama, wie sie in den Romanen vorkam (jung und schön war natürlich selbstverständlich), und sie war so oft weg. Papa fügte sich überhaupt nicht ein. Der große, traurige, blendende Mann, der niemals streng noch fröhlich war, einen aber in ernster, höflicher Sprache anredete und einem auf der ausgestreckten Hand ein Bonbon anbot; für mich gehörte er in eine andere Geschichte. *Er* war der unglückliche Prinz, der von dem Zauberer in einen Hasen oder einen Storch verwandelt worden war, nur daß der Zauber so wirkte, daß niemand sah, er sei ein Storch, und so konnte ihn auch die Person nicht finden, die ausziehen sollte, um ihn zu erlösen. Eltern waren vielleicht keine ernste Angelegenheit. Aber Henrietta war es. Sie war zu alt. Es war schon schlimm genug, keinen Bruder zu haben, der noch zur Schule ging – aber eine Schwester, die einzige Schwester, die praktisch ein Erwachsener war, schlimmer als ein Erwachsener! Sie spielte mit mir, als wäre ich eine Puppe, und sie versuchte mich herauszuputzen. *Mademoiselle, regardez comme le bleu va bien à ses yeux. Je voudrais tant la coiffer; avec des boucles elle sera ravissante. Tiens, je vais te faire un collier.* Und wenn ich murrte, sagte sie: »*Tu ne devrais pas faire des grimaces, cela abîme les traits.*« Es war eine Entgleisung. Aber am schlimmsten, am unannehmbarsten war Fanny. Gewiß war kein Kind, von dem man in Büchern las, je mit einem solchen Teufel geschlagen gewesen! Die ganze Tragödie mit meinem ersten Ritt auf ihr läßt sich gar nicht schildern. Das Pony war ein Engel; aber es war groß und stark und durfte, wie auch unsere Sattelpferde, in jenen Tagen nicht unser Anwesen verlassen. Es war eines von den Dingen, nach denen man nicht fragte. Wir hatten eine Pferdekoppel, und man konnte im Park reiten, obgleich er schrecklich verwildert war, oder man konnte um den Rasen herumtraben, aber die Pferde waren mit Hafer und Klee überfüttert – selbst meine Mutter war abgeworfen worden –, und das Pony versuchte immerzu durchzugehen, ohne eigentlich böse Absicht. Dies schien Papa sehr viel Kummer zu machen, und es wurde mir nicht oft erlaubt zu reiten. Um mich zu trösten, kaufte er Fanny. Fanny galt als brav, lieb und klein. Papa liebte und vertraute Fanny, und Fanny verehrte ihn. Sie fraß ihm aus der Tasche und war sogar fähig, ihm eine brennende Zigarre aus der Hand zu nehmen und ein paarmal daran zu paffen. Am besten gefiel er ihr, wenn er zum Ausgehen angezogen war, und er tippte sich stets an den Hut, wenn er ihr begegnete; aber von allem das Schönste war für sie ein Zylinderhut, und er setzte manchmal einen auf, um ihr eine Freude zu machen. Sie liebte auch Musik mit viel Blech, und es geschah Fanny zuliebe, wenn zur Teestunde das Grammophon aufgezogen unter die Linde gestellt wurde. Fanny war an jenem Tag nicht gekommen; sie machte sich nichts aus meiner Mutter, obwohl sie sich klugerweise hütete, ihr mit offener Feindschaft zu begegnen; es war nur eine beiderseitige Kühle zwischen ihnen, zwei Charmeure, die nichts miteinander anzufangen wußten. Ich war bereit gewesen, Fanny aus ganzem Herzen liebzuhaben; aber Fanny verabscheute mich, mehr als alle anderen.

Sie war ausnehmend hübsch anzusehen. Sie war eine kleine, graue, rassige ägyptische Eselin – nicht mehr jung – mit zartgeformten Gliedern und der schönsten Zeichnung. Papa hatte sie einem gastierenden Zirkus abgekauft, und er erzählte gern von dem feierlichen Schauspiel ihres Abschieds, als die ganzen Zirkusleute, von den Clowns bis zum Manegenmeister und Direktor, sich in Reih und Glied aufgestellt hatten, um sie zu küssen. Nun gehörte sie mir. Jeden Tag wurden wir beide auf lange Stunden allein in den Park hinausgeschickt. Niemand außer mir wußte, daß man auf Fanny nicht reiten konnte. (Später stellte sich heraus, daß das die Karriere ihres Lebens im Zirkus gewesen war. Ihre Nummer hatte darin bestanden, Leute aus dem Publikum abzuwerfen, die durch einen ausgesetzten Preis dazu verleitet worden waren, auf ihr einen Ritt rund um die Manege zu wagen, und sie hatte sie abgeworfen – Männer, die mit den Füßen beinahe den Boden streiften, Jockeys, Sonntagsreiter, Kavallerieoffiziere, einfach alle.) Wir pflegten den Hof zu verlassen, Fanny mit einem schmucken kleinen Sattel, ich auf ihrem Rücken, und davonzutrotten. Sobald wir außer Sichtweite waren, warf sie mich ab. Sie kippte einfach zur Seite, und ich lag im Gras. Als ich es noch einmal versuchte, wälzte sie sich mit mir. Sie wälzte sich sehr heftig. Zuerst wollte ich nicht aufgeben – ich wäre wirklich gar zu gern geritten. Ich versuchte sie zu ermüden. Eines Tages kippte sie nicht, sie ging – überraschend schnell – mit mir in den Obstgarten durch, wo die niedrigen, jungen Apfelbäume standen, und dort kanterten wir auf und ab, ich drückte mich, das Gesicht nach unten, an ihre Mähne, und die Zweige streiften uns. Von diesem Tag an ließ ich sie in Ruhe. Ich stieg nun immer ab, wenn sie ein Zeichen gab, lockerte ihr Sattelgurt und Zaum und war mir selbst überlassen, bis es Zeit war zur gemeinsamen Rückkehr. Diese Regelung schien Fanny recht zu sein, aber ich wußte, daß sie mich verachtete. Manchmal jagte sie mich eine Allee entlang, um mich an meinen Platz zu verweisen, erwischte mich hinten am Saum meines Kleides und schüttelte mich wie wild. Da sie gern Papa aufsuchte, wann immer sie Lust dazu hatte, kam sie oft auf der Suche nach ihm ins Haus. Die Böden waren für sie zu glatt, so wurden Überschuhe aus Filz für sie gemacht und draußen vor dem Hauseingang bereitgestellt. Fanny wußte, wie sie ihren Wünschen Geltung verschaffen konnte, und pflegte einen Diener aufzuhalten, der ihr die Filzschuhe über die Hufe ziehen mußte; ich habe mich nie an Fannys plötzliches Erscheinen gewöhnen können, wenn sie auf der Etage, wo die Schlafzimmer lagen, um eine Ecke bog.

Ich hatte noch eine zweite Funktion in Fannys Leben; sowohl meine Mutter als auch Papa hielten es für richtig, daß ich sie ganz allein pflegen sollte. Fanny unterzog sich den notwendigen Prozeduren mit der ungeduldigen Aufmerksamkeit von Madame du Deffand, wenn diese sich von einer ungeschickten Nichte die Haare bürsten ließ. Nur eines, was ich tat, vermochte ihren Beifall zu finden: Unser Haus stand in einem stillen, trockenen Tal ohne natürliche Gewässer; Nanny erzählte oft vom Strand und meine Mutter vom Meer, und ich fühlte mich nur im kühlen Wasser meiner Badewanne richtig wohl. Ich war sicher, daß die arme Fanny das gleiche fühlen mußte, so wusch ich sie mit einem Schwamm und drückte das angenehm frische Wasser über ihren Nüstern und ihrem Hinterteil aus. Beim erstenmal gab es ein zorniges Erstarren, ein Zucken mit dem Huf, bereit zum Ausschlagen, dann ein überraschtes und erfreutes Einlenken; und von da an hielt sie immer freudig und vertrauensvoll Schwanz und Maul meinem Schwamm entgegen.

Vielleicht wäre ich nicht so sehr unter Fannys Regiment geraten, wenn ich andere Gesellschaft gehabt hätte. Wir hatten keine Besuche – »Wir sehen keine Gäste bei uns«, sagte das Personal –; ich hatte noch nie richtige Kinder gesehen. Alle, die ich kannte, waren so erwachsen wie mein guter Esel. Es gab die Großmama, bei der ich mich wohl gefühlt hatte – ich erinnere mich an gemütliche, dämmrige Tage, da wir in einem warmen Zimmer beisammensaßen und gute Sachen knabberten –, aber davon waren wir jetzt weit weg, und die Erinnerung verblaßte, außerdem erzählte mir Nanny, es sei nicht meine richtige Großmutter. Den Dienstmädchen war ich sehr zugetan, und sie spielten zuweilen auch mit mir. Aber ihre Laune wechselte oft. Sie kamen alle vom Dorf – das für mich eine große Lockung war – sie wurden bei uns angelernt, und sie waren noch am ehesten bereit, sich mit mir abzugeben, wenn sie neu waren. Ich brannte darauf, über ihr häusliches Leben zu hören – wie viele waren es bei diesem Wurf? hatte der Vater sich entschlossen,

Roggen zum Füttern anzubauen, standen die weißen Rüben dieses Jahr wieder so gut? –, und gewöhnlich erzählten sie mir, daß sie einen Schatz hätten. Sie übernahmen es auch, mich über meine Religion aufzuklären (ich hatte gar nicht gewußt, daß ich eine besaß). Denn auch in dieser Beziehung, mußte ich feststellen, gab es einige erhebliche Mängel. Zwar kannte ich das Vaterunser, aber mit einem Schluß, der so verkehrt und schlimm war, daß sie ihn nur mit Schaudern anhörten und eines von Muttis Worten gebrauchten: Ketzerei. Ich hatte keinen Rosenkranz; ich hatte noch nie etwas vom Magnifikat gehört. Die Familie aß Fleisch am Freitag. (Man brauchte nicht lange nach dem Schuldigen zu suchen.) Ich mußte unweigerlich daraus schließen, daß alle meine Angehörigen, und besonders meine Mutter, aus diesen oder jenen Gründen im Zustand der Todsünde lebten. Es wurde kein Zweifel gelassen, wohin dies zuletzt führen müsse. Es wurde erörtert, ob es mir erlaubt sei, freitags Fleisch zu essen. Abstinenz, sagten sie, sei nur ein Gebot der Kirche, und der Gehorsam gegen Vater und Mutter habe den Vorrang. Doch war ich nicht gehalten, zu beichten und sie zu bitten, mich vom Gehorsam zu entbinden? Sie könnten es sich sehr zu Herzen nehmen, vielleicht. Seit wann, sagte ein anderer, sei Bekennertum ein Muß, wenn es doch bekanntlich eine Gnade sei. Die Bekenner kämen gleich nach den Märtyrern. Märtyrer und Bekenner ... Man war sich einig, daß der Weg für mich vorteilhaft wäre. Der Ablaß! Mindestens tausend Jahre Fegefeuer weniger. Am Ende schien man sich darauf zu einigen, daß ich mich völlig *en règle* verhielte, wenn ich äße, was ich vorgesetzt bekäme, aber nicht eine zweite Portion verlangte. Meine eigene Lösung bestand darin, den Freitagsschinken verschwinden zu lassen und den Hunden zu geben. Mein höchster Ehrgeiz war, Ministrant zu werden. Praktische Übungen für dieses Amt füllten einen Teil der Zeit aus, die ich eigentlich mit Fanny verbringen sollte. Es wurde mir erklärt, dieses Amt sei mir verwehrt, da ich ein Mädchen sei; aber es hätten in den Katakomben Jungfrauen bei der Messe ministriert, heutzutage brauche man nur einen Dispens von einem Kardinal. Es wurde der Vorschlag gemacht, ich solle meinen Vater bitten, an einen

Kardinal zu schreiben, oder, besser noch, meine Patentante solle zum Erzbischof gehen.

»*Ihr* würde er es nicht abschlagen.«

»Würde es aber jetzt nicht ...«

In ihren Augen war ein Leuchten aufgeglommen, doch in solchen Augenblicken pflegte unser Diener, ein freundlicher Franzose, uns durch seine plötzliche Gegenwart auseinanderzutreiben. Ich bedauerte das, wußte aber, daß er recht hatte. Zum Ausgleich forderte er mich auf, mit in die Küchenräume zu kommen, und brachte mir ein Spiel bei, das »Taubenvola« hieß. Er erzählte mir viele freundliche und köstliche Geschichten, und ich nahm es ihm nie übel, daß er auf mich aufpaßte. Dieser liebenswerte Mensch weckte zum erstenmal in mir ein Gespür für die Leichtigkeit des Herzens, für tiefempfundene Freuden, für Helligkeit und Maß, und er legte die Grundlagen jener dauerhaften Liebe, die ich von da an für sein Land empfinden sollte.

Man erbat nichts von meiner Patin, die für mich auch Tante Clara war, man ließ es über sich ergehen, daß man von ihr gefragt wurde. *Was* fragte sie einen nicht alles – ich kannte die Antworten, die sie zufriedengestellt hätten, aber es waren Dinge, die man unmöglich sagen konnte. Sie glaubte einem immer. Sie kam nicht oft zu uns auf Besuch, aber wenn sie kam, war sie überall. Zuvor gingen Henrietta und Mademoiselle durchs Haus und ließen Dinge wie Fannys Grammophon verschwinden; Papa hielt sich häufig oben in seinem Zimmern auf, und während dieser Besuche war meine Mutter freundlich zu ihm. Ich fand Tante Clara nicht furchteinflößend, sie brachte einen nur in Verlegenheit; und obgleich sie im allgemeinen keine Notiz von mir nahm, bestand sie immer auf einem Gespräch unter vier Augen. Ich wußte, daß meine Mutter sie davon abzuhalten versuchte.

»Mein Patenkind –?«

Die einzige von uns, die sich bei diesen Gelegenheiten völlig treu blieb, war Nanny. Wenn sie der Meinung war, es sei genug, erschien sie und holte mich weg. Die Bewunderung des ganzen Hauses war ihr gewiß.

»Es würde mir leid tun, wenn ich bei meinen Jahren nicht wüßte, wie man mit alten Damen umzugehen hat. Papisten oder Anglikaner – wenn ihr mich fragt, bellende Hunde beißen nicht.«

Ich spürte aber, daß man damit keineswegs Tante Clara gerecht wurde, auch nicht ihrer Macht; die Ergebnisse sprachen freilich für Nanny. Die pragmatische Methode, wie meine Mutter gesagt hätte.

Willkommen war mir dagegen die Anwesenheit jener anderen großen Dame, der Freundin meiner Mutter, die zuweilen, doch keineswegs immer, so wunderbare Kleider trug (ich konnte Kleider neidlos und gelassen bewundern – Federn, Juwelen, Seide – und dachte dabei gar nicht an Bekleidung für jemanden wie mich selbst); wenn sie bei uns war, gab sich meine Mutter anders, und die Nachmittage waren nicht so lang. Ich liebte es, ihnen zuzuschauen, wenn sie unter den Bäumen oder oben im Salon meiner Mutter saßen, dem mit den hohen Fenstern und dem Bild, das wie ein zweiter Garten war, ich liebte es, sie anzusehen, manchmal ihrer Unterhaltung zuzuhören ...

»Ich *könnte* mein Griechisch wieder auffrischen ... Ich lese gerade den Faust. Du hast ihn natürlich nie gelesen. Ich habe noch keinen Deutschen getroffen, der ihn gelesen hat. Vielleicht ist aber mein Bekanntenkreis nicht ganz repräsentativ.«

»Ich muß doch eine großzügige Natur sein. Weil ich es dir nämlich so gar nicht verüble, daß du derart unverzeihlich recht behalten hast ...«

»Der Ball, wie meine gute Mutter gesagt hätte – sie gebrauchte tatsächlich solche Ausdrücke, weißt du; ich wollte eben daran Anstoß nehmen, als sie starb –, nun ja, man war am Ball ... Die Gute, und auch *sie* hatte recht. Ihr hätte ich es nachgetragen. – Aber natürlich, mein Kleines, kannst du Sahne haben.«

Die prächtige Dame blickte ungeduldig drein.

»Sarah – das ist dein einziger großer Fehler«, sagte meine Mutter. Sie liebkoste den King-Charles-Spaniel. »Ach, du hast das Kind gemeint? Ist es auch hier? Schon die ganze Zeit? Nun geh aber, Küken; geh und lerne was.«

Ich konnte nur wenig lernen. Verschiedene Leute hatten schon versucht, mir das Lesen beizubringen, doch die Verschiedenheit der Aussprache hatte mich völlig verwirrt. Denn ich hatte keine Sprache. Oder ich hatte zu viele Sprachen, nahm sie auf und vergaß sie wieder sehr schnell. Meine Mutter sprach englisch mit mir, und natürlich auch Nanny, die sogar mit dem Personal englisch sprach, das ihre Wünsche auf dieselbe Weise zu verstehen schien, wie ich die Wünsche Fannys verstand. Mit Papa unterhielt sich meine Mutter meistens französisch oder in einer Sprache, die, wie ich wußte, Spanisch war; er redete mich auf französisch an zu der Zeit, da ich es konnte, sonst im süddeutschen Tonfall, der aus seinem Mund ganz anders klang als das Deutsch, das manchmal meine Schwester sprach und das immer in dem anderen Haus gesprochen wurde; es klang, wenn auch in ganz anderer Art, so ähnlich wie der Dialekt der Dienstmädchen, der wiederum eine Sprache für sich war. Mademoiselle, die aus Neuchâtel kam, sollte mein Französisch pflegen, und der Dorfpfarrer hatte mit mir Latein angefangen; doch ohne den stützenden Rückhalt der Bücher waren Ebbe und Flut meiner Leistungen recht ungleichmäßig. Und um die Verwirrung zu vollenden, hatte ich auch noch einen italienischen Namen. Ich hieß Francesca.

»Mammi – ich hab's.«

»Was?«

»Die Frage.«

»Laß hören.«

»Mammi«, fragte ich, »warum bist du hier?«

*

Jules hatte sich Caroline Trafford am nächsten Morgen nach ihrer Begegnung erklärt. Er wurde abgewiesen, blieb noch eine halbe Stunde, als er sein Schicksal erfahren hatte, und schied dann höchst vergnügt.

Diese Stimmung hielt durch den ganzen Winter und das folgende Frühjahr an; es blieb genug von ihr übrig, um ihn ganz angenehm durch den Juli und August zu tragen, als Miss Trafford in Irland und er im Gefolge seiner Schwiegereltern in einem deutschen Bad war. Im Herbst blühte diese Stimmung in Paris erneut auf. Es scheint Perioden im Leben der Menschen zu geben, da sie mit ihrer Lage glücklich und zufrieden sind, wider alle Vernunft, gewiß gegen ihre eigene, ja geradezu gegen ihren eigenen Willen. Jules glaubte, Miss Trafford zu lieben, und hatte versucht, Sarah zu erklären, daß für ihn das Leben ohne sie unmöglich sei; er war abgewiesen worden, und zwar auf eine Weise, die keinen Zweifel ließ, daß sie ihn nicht einmal ernstlich in Erwägung zog. Und doch fühlte er sich nicht nur wohl, war lustig und fidel, ging am Abend und am Tage allerlei Besorgungen nach, seufzte, freute sich des Lebens und klagte nicht, sondern er fühlte sich auch sorgenfrei; zum erstenmal seit seiner Jugend achtete er nicht ängstlich auf die Parzen, er vergaß sie.

Zu Sarah, die sich bewußter von der gleichen Woge tragen ließ, sagte Caroline: »Das Französische Staatsarchiv war keine bloße Lüge – ich habe ja sehr viel Zeit. ›Ein reifer Mann in der Fülle seines Wissens.‹ Und dabei, Sarah, so lebendig! viel lebendiger als ich. Immer frisch, immer ganz er. Nirgends gibt es eine dürre Stelle an ihm. Und so gerecht. Es ist wunderbar, über so vieles zu verfügen und mit so leichter Hand. Nichts ist zu kompliziert oder zu geringfügig. Er nimmt es sich vor, nein, das tut er nicht – er ist da – er ist ganz Aufmerksamkeit, mit seiner Toleranz, seinem Humor, dem unglaublichen Wissen, das er trägt wie einen eben gepflückten Blumenstrauß, mit seiner untadeligen Menschlichkeit und, natürlich, mit der Kraft seines Gefühls.

Alles wird mehr, wenn er es nur berührt. Wird ganz. Und, weißt du, jedes Mal ist es, als wäre es das erste Mal. Ein Mann, der sein Leben lang versucht hat, die Menschen zu verstehen, ihr Handeln, die Welt, und der immer aufgeschlossen bleibt! Neben ihm wirken die anderen Historiker nicht nur ledern, sondern kümmerlich.

Und wie er arbeitet! Wir haben ja keine Ahnung, du und ich. Er glaubt, man muß, man hat die Pflicht, wieder auszuzahlen, was man einnimmt. Und daran hält er sich, jeden Tag aufs neue. Selbst wenn es darum geht, einer Seite sechs Zeilen hinzuzufügen. Und ich warte. Nein, es ist kein Warten; ich liebe diese Zeit. Ich liebe den Raum. Den Augenblick voll auszukosten ... Auf der Straße – stillzustehen, nachtwandlerisch durch die Tuilerien zu gehen ...«

»Caroline«, sagte Sarah, »du solltest dich nicht so vollständig abschließen. Du siehst niemanden als ihn und mich. Und Jules.«

»Ach ja, *und* Jules.« Dabei begegneten sich ihre Blicke. »Er wacht über mich, wenn ich nachtwandle. Ich bin Jules sehr dankbar. Weißt du, daß die Leute über ihn und mich zu reden anfangen? Ist das vielleicht der Lohn der Tugend?«

»Du solltest dich manchmal mit deinen eigenen Leuten abgeben«, sagte Sarah.

»Für mich ist das Francis. In dem einzigen Sinn, den ich gelten lasse.«

»Du solltest dich mit denen abgeben, die es in einem engeren Sinn sind; und du solltest dich mit ihnen in der Öffentlichkeit zeigen.«

»Und dabei hast *du* mir doch zur Vorsicht geraten. Sie würden vielleicht nicht über Jules reden. In London habe ich dieses Mal ein paar sehr merkwürdige Blicke aufgefangen; du kennst ja die Gesichter, die nicht wagen, die Frage zu stellen. Oh, alles bleibt ganz vage. Spreu im Wind ... Mich überrascht nur, daß ich überhaupt darauf achte. Die Leute haben immer über mich geredet; ich kann nicht sagen – nicht wahr? –, daß ich ihnen keinen Anlaß gegeben hätte. Ach, sprechen wir nicht darüber.«

»Caroline«, sagte Sarah, »ich wünschte, du würdest es dir überlegen, ob du nicht bei mir wohnen willst, wenn du hier bist. Bitte, sag nicht wieder sofort nein.«

»Darling, ich bin dir wirklich dankbar. Aber, nein ... Es ist besser so, wie es jetzt ist. Ich bin nicht zum Gast geboren, so wenig wie du, wir brauchen uns darin nichts vorzumachen. Wir wohnen nicht gern mit anderen unter einem Dach, selbst wenn es unsere besten Freunde sind. Und im übrigen mußt du wissen, daß in meiner Familie jede zweite Frau in einer verstaubten Villa in der Brenta ganz allein gestorben ist.«

»In diesem Alter bist du ja noch nicht.«

»O nein«, sagte Caroline.

»Inzwischen –«

»Das Hôtel du Rhin ist eine Festung. Du brauchst dir nur die amerikanischen Gäste anzusehen – diese Jugend, diese ostentative Schutzlosigkeit, diese *unverhüllte* Tugendhaftigkeit. Man muß ihnen den Gefallen tun, daran zu glauben. Nein, Sarah, erspare dir deinen Einwand. Vergiß nicht meine Trumpfkarte, vergiß nicht, daß ich meine Brown habe. Mag ich auch allein in der Welt stehen, mag ich auch keinen Herd, kein Heim haben, so werde ich doch immer an ihre ehrfurchtgebietende Gegenwart gekettet sein, an diese Dienerin, die man nicht entlassen kann. Ich bin von meiner Brown ebenso gut behütet wie die Amerikanerinnen von ihren Gesichtern.«

»Ich habe mir überlegt, ob ich mir ein Haus mieten soll«, sagte Sarah. »Ich bin diese gräßliche Wohnung leid. Ich würde mich gern dort niederlassen, wo auch du bist.«

»O nein, tu es nicht!« Sie hatte es rasch, direkt, mit junger Stimme gesagt. Sarah, die die andere, die bewußt mokante Redeweise ihrer Freundin gewöhnt war, war überrascht.

»Bleiben wir, wie wir sind. Keine Pläne.«

»Aber, meine Liebe, warum?«

»Weil – nun, weil«, sie war wieder die alte Caroline, »weil das anscheinend etwas ist, das ich mit Jules gemeinsam habe. Ich bin abergläubisch.«

Sarah, die ruhelos war, weil sie ihre Projekte nicht ausführen konnte, kaufte ein Automobil.

»Aber du hattest doch eins«, sagte Caroline.

»Dieses ist schneller.«

»So. Das muß sehr unangenehm für die Pferde sein.«

»Welche Pferde?«

»Auf der Straße.«

Sarah tat das mit einem Achselzucken ab. Das folgende Schweigen füllte Caroline damit aus, daß sie sich einige Gedanken über das Leben ihrer Freundin machte. Etwas später sagte sie: »Ich muß hinzusetzen, meine Liebe, daß wir Kohlenbergwerke haben. Ein Bergwerk.«

Das war offenbar eine *amende honorable*, aber diesmal hatte Sarah nicht aufgepaßt.

»Ich will damit sagen, daß wir auch – wir, meine Familie, ich – zum Schaden von, nun, man kann sagen, nicht nur der Pferde, an dem verdienen, was man so den Fortschritt nennt.«

»Warum nicht?« sagte Sarah in ihrem dürren Ton. Und diese Entgegnung mündete wiederum in ein Schweigen, das sie kurz danach selbst beendete. »Das sind doch Sentimentalitäten ... Gefühlsduseleien ...«

»Aber nein, das sind sie nicht.«

»Mein liebes Kind.«

Caroline nahm das nicht übel. Sie war ehrlich genug, sich als die junge Frau zu sehen, die hier im Ausland lebte, sozialreformerische Reden führte, ihr Geld ausgab und kaum nach ihren Einsichten handelte. Sie konnte aber auch über die eigene Schulter sehen. Und dieser Nachfahre humanistischer Liberaler sagte gelassen: »Sarah, *keine* Gefühlsduseleien.«

Sarah wartete; fast geduldig.

Aber Caroline hatte nicht den Willen, ihre eigene Stimmung zu durchbrechen. Sie war noch so jung, daß ihr manche Erfahrung zum erstenmal begegnete. Sie war betroffen von Sarahs Kälte, bestürzt über ihre eigene Heftigkeit, gelähmt von einem Gefühl der Isolierung und großer Einsamkeit, und sie war nicht der Mensch, der mit all dem ohne weiteres fertig werden konnte. Wie ein Pfeil kam ihr ein rettender Einfall. Sie hatten einander eigentlich um sieben Uhr treffen wollen, jetzt mußte es eben sofort sein: Sie wußte, wo sie ihn zu suchen hatte. Sie hatte sich entschieden. »Ich muß gehen«, sagte sie.

Sarah sagte, nicht ohne Zartheit: »Was wirfst du mir vor? Ich habe diese Welt nicht eingerichtet.«

»Aber du findest dich zu leicht damit ab«, sagte Caroline.

Wieder trat eine Pause ein.

Dann schüttelte Sarah es ab. »Das ist Heuchelei, meine Liebe, Lippenbekenntnisse, typisch ...« Sie hielt inne.

»... für das perfide Albion?«

Da sahen sie, fast zugleich, was sie angerichtet hatten, erkannten, daß sie die Welt der Zeitungsparolen in das Zimmer eingelassen hatten; sie starrten beide auf den Teppich, als erwarteten sie, dort Scherben liegen zu sehen. Caroline wußte, es war an ihr, das rechte Wort zu finden, und sie spürte, wie die Sekunden vergingen. Dann hörte sie Sarah sprechen.

»Meine Liebe – wir werden uns bald über das Flottenwettrüsten unterhalten.« Sie sagte es recht gut.

Caroline erhob sich. »Ach, sind wir nicht alle seltsam und schrecklich geschaffen?« sagte sie sehr niedergeschlagen. »Aber jetzt muß ich wirklich gehen; ich bin schon zu spät dran – was dich ja nicht wundern wird.« Dies war das Zeichen, daß sie zu ihrer gewohnten Art zurückgekehrt war, und Sarah nahm es auch so.

»Würdest du mir eine Droschke kommen lassen?«

»Ich lasse dich mit dem Auto hinbringen«, sagte Sarah. »Es steht vor der Tür.«

»O ja, bitte«, sagte Caroline.

Dieses Automobil schien sich einen Platz zu erobern. Immer wenn Caroline später an jene Zeit ihres Lebens zurückzudenken versuchte, sah sie Sarahs Automobil vor sich. Sarahs Automobil (es hieß nie anders) und sie selbst darin, wie es sie in großer Eile irgendwohin brachte; Sarahs Automobil, wie sie damit abgeholt wurde. Sarahs Automobil, vor allen Türen wartend. Es löste und es schuf viele ihrer Probleme – da es an zwei verschiedenen Orten zur gleichen Zeit war, oder doch beinahe; dann wieder versagte es völlig und brachte sie nicht an einen dritten Ort, und es schien ihren Tagen seinen Willen aufzuzwingen. Das Automobil, verkündete Sarah am Telephon, sollte benützt werden, könne nicht benützt werden; sie begann ihre Maler unten an der Seine damit heimzusuchen, und zuweilen brachte es sie bis Giverny. Es muß einer jener wunderbaren langen Oktobermonate gewesen sein, wie ihn damals die Menschen in Paris erlebten.

»Da ist Jules.«

Das Automobil hatte ihre Abfahrt verzögert, und so erwischte er sie vor Sarahs Hauseingang. Er schwenkte seinen Hut.

»Vermutlich heißt das, man sollte ihn einladen ...«

Jules sagte ohne viel Umstände: »Wir müssen einen Picknickkorb mitnehmen.«

»*Ein Picknick*«, sagte Caroline.

»Also gut. Ich werde dafür sorgen, daß sie etwas zurechtmachen.«

»Laß *mich* das machen, darf ich?«

»Wenn du nicht den ganzen Vormittag brauchst.«

»Dringt er tatsächlich bis in deine Küche vor? Kann er so etwas auch?«

»Oh, er versteht es wunderbar.«

»Ich wollte, Francis könnte auch davon profitieren. Der arme Kerl ist entsetzlich versessen auf gute Sachen.«

»Davon gibt es doch genug in dieser Stadt, auch ohne unsere Anstrengungen.«

»Schon, aber solche Männer sorgen dafür, daß das Niveau erhalten bleibt.« Jules kehrte mit nachdenklichem Gesicht zurück. »*Mon Ténébreux*, enthüllen Sie uns das Geheimnis Ihres Korbes?«

»Sie haben das Huhn tranchiert«, sagte er.

»Wir wollten es ohnehin nicht als Ganzes verschlingen«, sagte Sarah.

»Es ist nicht dasselbe«, sagte Caroline.

»Nicht dasselbe«, sagte Jules.

»Können wir losfahren?« fragte Sarah.

»Würde es dir etwas ausmachen, wenn wir in der Avenue Victor Hugo *eine* Minute hielten?«

»Ja.«

»Du meinst, es ist dir recht?«

»Nein«, sagte Sarah.

»Sarah, warum bist du so ungnädig? Kommt das vom Familienleben? Und dabei seid ihr beide doch nur ganz entfernt verwandt.«

Sarah gab keine Antwort.

»Warst du eigentlich früher netter zu ihm? Ihr kanntet euch doch?«

»Ach, hole nur, was du haben wolltest, Jules«, sagte Sarah in gefaßterem Ton.

Während er in dem Laden war, sagte Caroline: »Darling, ich würde etwas darum geben, wenn ich wüßte, was du jetzt denkst.«

»Jules ist ja ganz in Ordnung, aber er ist solch ein Langweiler – bist du dir überhaupt klar darüber, daß er fast dreißig Jahre älter ist als du? Und man kann nicht miteinander reden.«

»Oh, ich rede einfach drauflos, niemand bremst mich.«

»Er hätte auch dich gebremst – in vierzehn Jahren.«

»Das hört sich freilich lang an.« Caroline lächelte Sarah rasch zu, wie sie es manchmal im Verlauf ihrer Gespräche tat.

»Es ist lang«, sagte Sarah mit plötzlich leichtem Herzen.

Sie fuhren durch den Bois; aber erst hinter dem Saint-Cloud-Tor begannen sie die Bäume zu bemerken. In Saint-Germain-en-Laye schlug Sarah selbst eine Rast vor, um die Obstbäume anzusehen. Und danach waren sie drei Menschen, die an einem schönen Tag einen Ausflug machen und viel Schönes sehen. Jules sagte, es sei Ile-de-France-Wetter und die Wolken, der ganze Himmel seien in der Normandie anders, und Sarah pflichtete ihm bei. Nun wollte Caroline diesen Unterschied auch sehen, und sie erklärten ihr, er sei jenseits der Ebene von Mantes zu bemerken, obwohl Sarah meinte, sie werde noch warten müssen, bis sie den Hügel drei Meilen vor Vernon erreicht hätten.

Das Automobil streikte. Während der Chauffeur nach der möglichen Ursache suchte, entdeckten sie einen Bauernhof, der außerdem Café, Weinladen und Samenhandlung war, wo sie im Garten unter einer Laube ihren Imbiß verzehren konnten.

»Jetzt können wir Bauernbrot dazu essen«, sagte Jules. Er ging selbst und holte einen Laib. Caroline nahm ihm das Brot ab.

»Es ist noch warm«, sagte sie. Sie brach ein Stück ab und bot es Sarah an.

»Sag mir nicht, daß du diese Wurst in *meinem* Haus entdeckt hast«, sagte Sarah; »so etwas bekomme ich nie.«

»Das kaufen sie für sich selber ein«, sagte Jules.

»Französische Dienstboten sind höhere Wesen«, sagte Caroline.

»Soll ich Ihnen welche suchen?«

Sarah saß isoliert wie durch einen zeitweiligen Nebel; sie sah Jules sich zu allem möglichen erbieten, sich überbieten, sah die selbstvergessene, die selbstverständliche Unbefangenheit, mit der Caroline alles entgegennahm; sie wünschte, alle Frauen wären Caroline gleich, doch sie wünschte es mit zärtlichem Herzen, und sie fühlte sich fast bereichert durch die unbestimmte Wehmut der Szene.

Der Besitzer des Lokals besaß auch noch eine Gärtnerei und lud sie etwas später ein, sie zu besichtigen.

»Der reinste Sisley«, sagte Sarah. »Jetzt sieht man, woher sie es haben.«

Vor dem Blumentopfschuppen stand eine große Kiste mit frischer Gartenerde. Jules betrachtete sie.

»Fühlen Sie«, sagte der Besitzer.

Jules zog einen Handschuh aus. Caroline, die bereits ohne Handschuhe gekommen war (sie neigte in derlei Dingen zu einer gewissen Unbekümmertheit), hatte die Hand schon in der Kiste.

»Herrlich«, sagte Jules.

»Torf«, sagte Caroline, »seht, wie er krümelt ... er hat etwas Lebendiges an sich.« Sie nahm noch eine Handvoll. »Sarah, sieh – wo bist du denn?«

Sarah stand mit gefalteten Händen in einiger Entfernung.

Caroline nahm die Gestalt in sich auf. Wie man eine Photographie aufnehmen könnte; in jenem Augenblick sah sie sie nur in einer raschen Folge von Erstaunen, Tadel und Mitgefühl. Und als sie, etliche Jahre später, wieder auf jenen Tag zu sprechen kamen, sagte Sarah, sie erinnere sich sehr gut an ihn, allerdings nicht an eine Kiste mit Gartenerde; das Automobil habe nicht gestreikt, sie seien nie auch nur bis in die Nähe von Vernon gelangt, sondern hätten ihr Picknick, wie geplant, in einem Gasthaus am Rande des Waldes von Fontainebleau verzehrt.

Caroline war wieder fort. Jules wußte, daß sie nach Venedig gefahren war.

»Ist das üblich? Zu dieser Jahreszeit?« fragte er.

»Offenbar«, sagte Sarah.

»Hättest du keine Lust? Dann könnte ich mich dir anschließen. Ist das nicht eine gute Idee?«

»Nein.«

»Vielleicht hast du recht«, sagte er.

Sarah ließ es dabei bewenden.

Aber er zögerte noch; und unter der Türe sagte er: »Ich habe irgendwie den Eindruck, Miss Traffords Liebhaber muß ein verheirateter Mann sein.«

Sarah breitete dies genußreich in einem Brief aus. Aber sie schickte ihn nicht ab. Sie zerriß oft die Briefe wieder, die sie Caroline schrieb; das war etwas, was niemand zu wissen brauchte außer ihr selbst.

Als Caroline das nächste Mal aus London zurückkehrte, sagte sie mit steifer Leichtigkeit zu Sarah: »Man weiß es jetzt, es war unmißverständlich. Die Häuser, in die wir zusammen eingeladen wurden, und die Häuser, wo es nicht geschah ... Nicht, daß ich ihn je gesehen hätte. Nun ja – kaum. Vermutlich war Venedig ein Fehler, selbst im November. Geradezu bedrohlich, wie die Leute heutzutage umherreisen. Natürlich sind wir so schnell wie möglich nach Ravenna weitergefahren – diese Kälte –, aber man vergißt ganz, daß man all diese Italiener kennt. Nun gut, irgend jemand muß es ausposaunt haben.« Sie hatte gesprochen, als ob sie eine Aufgabe aufsagte, das Gesicht zur Wand. Nun warf sie Sarah einen Blick zu. Sarah verzog keine Miene. Caroline atmete tief und sprach weiter: »O nein, bis jetzt hat niemand die Brauen hochgezogen. Sie warten ab – man konnte es ticken hören –, wohin der Hase läuft. Und, Sarah, ich weiß das jetzt auch.«

Wieder trafen sich ihre Blicke nicht. »Kann ich vielleicht ein Glas Wasser haben? Nur etwas Wasser. Ich werde mich nicht *trouver mal*, wie Jules es nennen würde.«

Sarah holte das Wasser selbst und reichte es Caroline beinahe ungeschickt.

Caroline trank. »Jetzt ist mir besser«, sagte sie. »Ach, wie lästig.« Dann in festerem Ton: »Ich will nicht darüber sprechen. Jetzt: ja. Aber dann nicht mehr. Sarah, du hast es die ganze Zeit über gesehen, nicht? *Ich hatte keine Ahnung*.«

»Caroline –«

»Ich bin nie auf den Gedanken gekommen, daß alles vorbei sein würde, wenn es einmal herausgekommen ist.« Hier hielt sie Sarahs Blick stand, als wollte sie sie zum Widerspruch auffordern. »Ungewöhnlich, nicht wahr?« fuhr sie fort. »Ich, die ich immer glaube, alles zu kennen. Ich dachte nicht, daß es uns etwas bedeuten würde, was die Leute reden oder wissen. Was heißt überhaupt wissen in solchen Fällen? Schein. Meine Liebe, es gibt keine Gewißheit, es sei denn, man war ungewöhnlich töricht oder leichtsinnig oder man hatte besonderes Pech. Man gibt es einfach nicht zu. Bleibt die äußere Form gewahrt, kann man sich alles leisten. Was einem zu Hilfe kommt, ist der Umstand, daß es als so ungeheuerlich gilt, wenn ein Mädchen mit einem Mann ins Bett geht – ja, Darling, darauf läuft es hinaus. Die Leute können es nicht fassen. Es sei denn, sie werden darauf gestoßen. Es erwischt immer nur diese armen, tapferen Wesen, die herumlaufen und für die freie Liebe kämpfen; aber dafür sind sie ausgezogen, und so hat es auch wieder seine Richtigkeit. Oh, ich sage nicht, daß er nicht gegen einen spricht, der Schein, in manchen Kreisen; daß man nicht einige heikle Augenblicke erleben kann – manche Leute sind ja von vornherein bereit, etwas zu argwöhnen. Da hilft nur dreistes Auftreten. Soll man sagen: man ist noch einmal davongekommen und hat nur ein paar Federn gelassen? Aber *ruiniert* – das ist man nicht.«

»Eine klare Darlegung«, sagte Sarah.

»Ich dachte, das sei es gewesen, weswegen du Angst um mich hattest.«

Sarah bedachte sich. »Das war es zum Teil. Ich hätte mehr sagen sollen.«

»Könntest du das?«

Sarah erwog dies mit der ihr eigenen Klarheit.

»Es gibt immer so vieles zwischen zwei Menschen«, sagte Caroline.

»Was?« sagte Sarah.

»Ich spürte, daß du ihn nicht mochtest.«

»Ich kannte ihn nicht einmal.«

»Ach – aber du hättest ihn bewundern können! Du warst ziemlich kurz angebunden, das weißt du. Und doch mußt du ihn gesehen haben, wie er ist, wenn du damals schon sahst, daß er weder seine Frau noch auch mich dem aussetzen wollte, was jetzt über uns kommt.«

»Ich sah nur, daß solch eine Situation unhaltbar ist.«

»Da er nicht mich und sie zugleich beschützen kann, wird er das einzige tun, was er tun kann. Die Situation aus der Welt schaffen. Einfach, nicht wahr? Eine simple Rechnung.«

Sarah sah gequält aus.

»Aber noch ist es nicht so weit«, sagte Caroline. »*Noch nicht.* Er weiß nicht, was vor sich geht, gottlob. Heißt es nicht, daß die am meisten Betroffenen stets zuletzt davon erfahren? Ich muß alles tun, um es hinauszuziehen, ich muß versuchen, ihn an einen sicheren Ort zu bringen. Vielleicht werden wir nach Irland gehen ... Unser letzter Gastgeber dort war überzeugt, ich sei meine Mutter. Was bin ich für eine Närrin gewesen! Weil er immer eine Geliebte gehabt hat, weil er mir in all dem recht ähnlich ist, *offen* ... Einmal, ziemlich am Anfang, als wir es einrichten konnten, irgendwohin zu fahren, und ich zum erstenmal dort in dem Gasthof war, an einem Freitagnachmittag, mit einem Hund und ohne Gepäck, da ist er in mein Zimmer gekommen, mit einem Buch und einem Korb Aprikosen ... Ich dachte – ach, ich weiß nicht, was ich gedacht habe. Daß er es so hinnehmen würde wie ich, daß es ihm gleichgültig wäre. Jetzt sehe ich, daß er es nicht kann ... Er kann mich nicht dem Klatsch aussetzen, und er kann es ihr nicht antun, den Klatsch anhören zu müssen. Er hängt sehr an ihr; weißt du, sie ist sehr nett. Ja, ich kann fast sagen, ich kenne sie. Ich habe sie gesehen. Ach, das ist lange her; vor Jahren, als ich begann auszugehen. Sie ist jetzt fünfundvierzig. Ich bin froh, daß ich sie gesehen habe. Es ist, als ob es mir deswegen nun leichter fiele – kein *unbekanntes* Gesicht. Ich glaube nicht, daß sie sich meiner erinnern würde. *Sie* ist auf kein Gesicht und keinen Namen angewiesen. Er hat es immer deutlich gemacht, wie weit sie auf ihn zählen kann.«

»Vermutlich«, sagte Sarah.

»Wir haben darüber gesprochen. Natürlich. Daß wir nie heiraten können – oder wirklich zusammen weggehen können. Er *kann* sie nicht im Stich lassen. Wenn sie beide jünger wären ... Aber als Mann in seinem Alter eine Frau in ihrem Alter zu verlassen – es wäre barbarisch, undenkbar.«

»Und du empfindest all dies wirklich so?«

Caroline hob den Kopf. »Ja.«

»Dadurch gewinnt sie einen seltsamen Beschützer.«

»Ich weiß, Sarah. Das gehört auch dazu.«

Es trat Stille ein.

»Ich habe mich oft gefragt ...«

»Ja?«

»Was man sich so fragt. Wie es mit fünfundvierzig ist. Wie *man* ist; was man will, was man fühlt. Ich habe nie gewagt, dich zu fragen. Ich frage dich auch heute nicht ... Heute zählt nicht.«

»Caroline«, sagte Sarah, »bist du niemals eifersüchtig gewesen?«

»Ich habe daran gedacht, wie es wäre, wenn sie stürbe.«

»Hast du es gewünscht?«

»Ich habe mir nicht erlaubt, es zu wünschen. Ich will es nicht. Es hätte alles gefährdet. Man könnte nicht leben in einer solchen Welt. Es hätte das gefährdet, was ihn und mich verbindet. Wenn ich es nicht fertiggebracht hätte, das von mir fernzuhalten, würde ich jetzt den Verstand verlieren.«

»Es gefährdet einen selbst«, sagte Sarah.

Aber Sarah hatte keinen Platz in Carolines Gedanken. »Für mich hat es in dieser Sache nie eine Wahl gegeben. Ich würde heute wieder so handeln. Man sagt nicht nein zu der Krone des Lebens.«

»Meine Liebe«, sagte Sarah, »du bist noch sehr jung.«

»Das«, sagte Caroline und gab sich einen leichten Ruck, »ist vielleicht noch das Schlimmste daran. Ich wollte, ich wollte, es wäre nicht so früh gekommen.« Sie bedeckte das Gesicht mit den Händen.

Sarah überwand sich zu fragen: »Was willst du nun tun?« Caroline nahm die Hände vom Gesicht, diesem schönen Gesicht, das nun für einen Augenblick der Ergebenheit ganz geglättet war. »Ich weiß es nicht.«

Sarah spürte deutlich, geradezu körperlich, daß hier ein Verlangen war, das gestillt werden konnte. Und es kam ihr, was sie sagen mußte. Wenn, gleich wann, der Augenblick kommt, werde ich dich von hier fortbringen. In den Osten, um die Welt, nach China ... Wir werden zwei Jahre wegbleiben, drei, noch länger. Solange du brauchst, bis du die Rückkehr ertragen kannst, die Heimkehr in dein Land und zu dem Leben, das du dort führen mußt und das noch vor dir liegt.

Ich kann es. Ich werde meine Töchter Fremden anvertrauen und meinen Mann seinen Interessen überlassen. Sie brauchen mich nicht.

Es wird so sein, daß du betäubt sein wirst; betäubt von Bewegung, Menschen, Eindrücken, von raschem Wechsel und vom Müdesein. Eine große Reise mit all ihrem Aufwand wird dich ablenken und ausfüllen.

Es wird so sein, daß die Stimmen, die du hören wirst, holländische oder französische oder die Stimmen von Orientalen sind. Ich werde dafür sorgen, daß Männer um dich sind, deren Bewunderung du, ohne viel zu denken, entgegennehmen kannst und die keine Erinnerung in dir wecken.

Wenn du Gefahren willst, sollst du sie haben; wenn du tun willst, was eine Frau nur selten tun kann, werde ich dir dazu verhelfen. Wenn du Kunst willst, nicht nur geschmackvolle Kunstgegenstände, große Kunst, die noch Staunen erregen und leben wird, wenn wir längst dahin sind, werde ich dich lehren. Ich kann über Menschen gebieten, und du tust es allein durch deine Gegenwart. Alles, was in solchen Ländern für eine Frau wie dich geschehen kann, wird geschehen. Doch für dich wird es Staub und Asche sein und eine große Leere.

Du wirst unbeteiligt sein; du wirst keine Freude fühlen. Du

wirst sehr unglücklich sein. Aber die Zeit wird vergehen. Ich werde sie für dich ertragen. Ich werde sie für dich vorwärts treiben. Und deine Jugend wird uns helfen, deine Wißbegier, deine Gewohnheit, das Leben mit vollen Händen zu nehmen. Du wirst wieder unbeschwert sein. Und eines Tages wirst du bereit sein, zu all dem zurückzukehren, was dir noch immer gehört. Und du wirst unversehrt sein.

Sie fühlte sich voller Gewißheit und Kraft und von einer großen Liebe für die junge Frau vor ihr erfüllt. *Überlaß es mir. Ich werde dich darüber hinwegbringen. Ich werde dich von hier fortbringen.* Die Worte waren in ihr, und sie wußte, daß Caroline ergreifen würde, was ihr geboten wurde, wie ein Kind sich willig aus einem zerstörten Zimmer nach oben führen läßt. Aber sie zauderte; zurückgehalten von dem Gefühl, wie armselig, nutzlos, konventionell und dürftig ihr Plan Caroline erscheinen müßte – zurückgehalten vom Bewußtsein ihrer eigenen Freude.

Dann sprach Caroline wieder, und der Augenblick war vorbei.

»Es ist schon ein Problem, nicht wahr?« sagte sie in einem Tonfall, als wollte sie gegen ein sechsfach verriegeltes Tor anreiten, wie Sarah es einmal ausgedrückt hatte.

»Da ich, rein technisch, weiterleben werde. Ich gehöre nicht zu der Art, die stirbt. Nicht wie ein Hund, der auf dem Grab seines Herrn verhungert. Es müßte schon die Haustür sein. Außerdem heulen sie, und das wäre so *mal-vu*. Wie wird man ein Leben los, wenn so viel davon bleibt? Das werden lange zwanzig Jahre sein. Nicht, daß ich vorhätte, mit fünfundvierzig zu sterben – in *ihrem* Alter –, aber *en ces cas-là ce ne sont que les premiers vingtans qui coûtent*.«

»Ich hatte gedacht –« sagte Sarah.

»Nur eines weiß ich bestimmt: Ich werde nicht nach England zurückkehren. Das könnte ich nicht ertragen. Nein ... Zum Glück gibt es in England nichts mehr für mich, nun, da ich nicht einmal mehr ein Zuhause dort habe. Ich werde nie mehr in England leben wollen.«

»Nie ...?«

»Ich brauche nicht einmal zurückzugehen, um meinen Kopf

hoch zu tragen; er war nie gebeugt. Es wird keinen Skandal geben. Ich könnte noch immer den viertnächsten Premierminister heiraten. Ich will nicht; Francis hat mir den Geschmack an der Politik abgewöhnt. Ich bin zu anspruchsvoll, um die Frau eines Politikers werden zu können. Ach, Sarah, wofür bin ich nicht zu anspruchsvoll? ›Wir haben alle Bücher gelesen ...‹ Wer wäre mir jetzt nicht unerträglich? Ich könnte keinen von den netten jungen Männern ertragen, die immer um die Wege waren. Nur kein *junger* Mann. Und ich könnte keine Imitation ertragen ... Einen Schriftsteller mit Ambitionen, aber ohne das entsprechende Aussehen ... irgendeinen Professor, der nie an die frische Luft kommt. Ich könnte niemanden ertragen, der feierlich oder ungehobelt oder arrogant oder überklug oder unfreundlich ist. Und ich kann es nicht ertragen, einen Mann reden zu hören! Was bleibt da noch? Die Jagd vermutlich. Das einzige, was ich liebe und er nicht. Wie er mir fehlen wird!« Sie hielt inne. »Eben habe ich an etwas gedacht. An etwas Schreckliches. Ich möchte es eigentlich nicht sagen, denn sonst würde ich mich vielleicht daran gebunden fühlen. Oder ich sage es doch lieber. Vielleicht hältst du mich dann für verrückt. Das würde helfen. Und ich weiß, du möchtest mir helfen.«

»Was ist es?« fragte Sarah.

»Nur, daß ich ihn jetzt nicht veranlassen darf, mit mir nach Irland zu gehen, um Zeit zu gewinnen. Ich fühle, daß ich die Dinge zwischen ihm und mir intakt halten muß; wenn ich jetzt ein falsches Spiel spiele, würde ich verlieren – ich kann es nicht erklären – nenne es das Gefühl für Anstand zwischen uns. Also darf ich jetzt nicht lügen – ich sehe, wie viele Lügen notwendig wären. O Gott, vielleicht werde ich noch dahin kommen, daß ich glaube, ihm *sagen* zu müssen, was ich weiß. Ist es nicht schrecklich? Ist es unsinnig? Würdest *du* es tun? Sarah, würdest du es ihm sagen?«

»Ja«, sagte Sarah, »ich würde es. Um meiner selbst willen.«

»Ich habe gefürchtet, daß du es so sehen würdest. Danke, Sarah, du verstehst immer.«

Sarah wandte sich ab.

Caroline sagte: »Ich möchte dich um etwas bitten. Ich würde

so gern sehen, daß er deine Bilder kennenlernt. Ich möchte, daß er den Monet sieht, dieses Wunder. Wäre es möglich? Bald?«

»Bringe ihn, wann du willst in dieser Woche; um die Teestunde. Ich werde nicht zu Hause sein.«

»Sarah«, sagte Caroline, »du verstehst immer.«

Ein paar Wochen später teilte Caroline Sarah am Telephon mit, daß sie beschlossen habe, Jules zu heiraten.

2.

»Hast du ein Vorurteil gegen die Taufe?« sagte Jules.

»Es ist wohl nicht sehr ausgeprägt«, sagte Caroline. »Ich erinnere mich noch an das Getue, das Papas Freunde darum machten. Aber das war in den neunziger Jahren.«

»Du selbst hast also kein Vorurteil?«

»Nun – nein. Soweit es sich nicht um diese unglücklichen Heiden handelt. Es ist bestimmt praktischer. Wie ist deine Ansicht? Ich habe es so gern, wenn du Ansichten hast, Jules.«

»Du hättest also nichts dagegen?«

»Hast du ein Geheimnis, *Cher*? Worum geht es denn? Ich hoffe, du denkst nicht schon an unsere Kinder. Während ich mich noch gar nicht entschieden habe, ob wir welche bekommen werden. Doch, ich habe mich schon entschieden. Du bist Henrietta ein so wunderbarer Vater, es wäre kaum zu wiederholen.«

»Henrietta wird allmählich älter«, sagte Jules.

»Nur unmerklich«, sagte Caroline.

»Es ist nicht das gleiche«, sagte Jules.

»Also war doch von unseren Kindern die Rede!«

»Nein, nein«, sagte Jules, »von der Taufe.«

»Wessen Taufe?«

»Ich wollte feststellen, ob du dieses Vorurteil hast. Ich habe es eigentlich kaum angenommen.«

»Nicht?«

»Dieses Vorurteil. Es ist bei manchen Leuten sehr stark.«

»Welches Vorurteil?«

»Gegen die Taufe.«

»O Jules, fang in der Mitte an.«

»Nur, weil es immer so gewesen ist. Wir hatten immer die gleiche. Also hättest du vielleicht nichts dagegen, dich taufen zu lassen?«

»*Ich?*«

»Die gleiche Religion wie unsere Frauen. Verstehst du?«

»Oh, durchaus. Aber, mein lieber Jules, bist du denn ein Wiedertäufer?«

»O nein. Ich glaube es wenigstens nicht. Clara wüßte über das Theoretische Bescheid.«

»Was für eine merkwürdige Sekte für die Schwester des deutschen Außenministers. Bei uns steht sie nicht ganz in solchem Ansehen.«

»Ich glaube, der Vater unseres armen Conrad hatte einige Schwierigkeiten. Kann es sein, daß es mit Bismarck war?«

»Jules – ich kann mir nicht vorstellen, wie du zum Taufbekken wandelst.«

»Ich bin hingetragen worden, als ich eine Woche alt war.«

»Ich auch«, sagte Caroline.

»Willst du damit sagen, du *bist* –?«

»Meine Güte, ja«, sagte Caroline.

»Dann *bist* du katholisch?«

»Meine Mama hätte es so genannt. Sie war anglikanisch. Sie nahm es sehr genau mit der Apostolischen Nachfolge.«

»Ich glaube nicht, daß wir das haben«, sagte Jules.

»Wir?«

»Hat dir Sarah nichts erzählt?«

»Vielleicht war es ihr nicht genügend nachteilig für dich. Aber trotzdem, worum geht es denn?«

»Wir sind immer katholisch gewesen.«

»O Liebling! gut römisch-katholisch? Das hätte ich wissen sollen. Ich dachte, es sollte lutherisch sein. Eine Entdeckung nach der anderen ... Es wird ja immer besser – ein römisch-katholischer Ausländer, was hätte meine gute Mutter dazu gesagt? Und nun willst du, daß ich in eure Kirche eintrete. Das ist immer *de rigueur*, ich weiß. In den Schoß der Römischen Kirche aufgenommen zu werden ... Es hört sich recht gut an. Das ist es, was du von mir erwartest, nicht wahr?«

»Ja«, sagte Jules mit einer Miene, als wenn ihm ein Stein vom Herzen gefallen wäre.

»Ich habe nichts dagegen«, sagte Caroline. »Mein Vater war Agnostiker, wenn dir das Wort geläufig ist. Ich freue mich schon auf meinen Unterricht. Ich muß unbedingt einen Jesuiten haben ... Sarah kann bestimmt den allerbesten herbeischaffen. Nein – Sarah ist zur Zeit so wenig hilfreich. Wir werden uns an Clara wenden; deine Schwägerin ist unser ›Mann‹. O Gott, vermutlich bedeutet das alles, daß man in der Westminster Cathedral getraut wird – nicht etwa im Brompton Oratory, was meinst du? – nun, zur Abwechslung ...«

»Es ist nicht ...« sagte Jules, »es ist nicht so, daß ich nicht glaube ...«, er kam vom Fensterbrett herbei, gegen das er sich gelehnt hatte. »Ce n'est pas que vous ne soyez pas parfaite, Caroline.« Er nahm ihre Hand und küßte sie. »Vous êtes parfaite.« Er holte Luft. »Weißt du, ich glaube, es wäre mir völlig gleich, was du bist. Es ist nur Claras wegen. Sie kann schwierig werden in solchen Dingen.«

»Wie ich mich danach sehne, sie kennenzulernen! Hast du Angst vor ihr, mein Spätzchen?«

»Nein. Aber man tut, was sie will, wenn sie es wirklich will.«

»So wie ich?«

»Anders«, sagte er, und auf seinem Gesicht lag ein Lächeln.

»So wie Sarah?«

»Nicht wie Sarah. Man hat zwar Angst vor Sarah, aber man tut nicht immer, was sie will.«

»Du machst Fortschritte, Liebling«, sagte Caroline. »Obwohl du theologisch eine Enttäuschung bist. Ich habe geglaubt, alle Mitglieder deiner Kirche, die Trappisten ausgenommen, seien vollendete Kasuisten. Hast du wirklich gedacht, man müsse getauft werden?«

»Es ist nötig«, sagte Jules.

»Nein, mein Dummer, das ist es nicht. Die christliche Taufe

geht nicht mehr ab und ist für alle Branchen gültig. Wenn du die Konfession wechselst, wirst du aufgenommen, nicht noch einmal getauft.«

»Ich fürchte, du bist im Irrtum«, sagte er höflich.

»Ich weiß Bescheid. Ich habe es schon einmal durchgemacht.«

»Wieso?«

»Als ... Henriettas Mutter.«

»Meine Vorgängerin! O Jules. Ist sie *getauft* worden? Ja, natürlich, ich verstehe. Wie hast du sie dazu gebracht? Wie hast du ihr es beigebracht? Oh, wenn wir sie nur bei ihrem Namen nennen wollten. Du solltest von ihr erzählen – wirklich. Tu es doch. Wie war sie? Wie bist du zu ihr gestanden? Sprich doch!«

Jules blieb schweigsam.

»Warum kannst du nicht über sie sprechen? Was ist los? Jules! Bitte.«

Er machte eine ungeheure Anstrengung. »Weil«, sagte er, »weil sie tot ist.«

»Oh, mein Lieber. Du weißt, das ist kein Grund. Eines Tages werde ich es dir begreiflich machen. Nous devons changer tout cela. Fangen wir gleich damit an. Wie hast du dich mit ihr unterhalten?«

Jules schwieg verwirrt.

»Nun, ungezwungen? Hast du mit ihr gescherzt? Hast du mit ihr über dich selbst gesprochen?«

»Wir haben uns unterhalten.«

» In welcher Sprache?«

»Französisch.«

»War ihr Französisch gut?«

»Sehr gut.«

»So gut wie meines?«

Jules überlegte. »Melanies Aussprache war besser.«

»Bravo. Bravo, Jules. Aber, war sie das wirklich? Ihre Aussprache? Was ist an meiner verkehrt?«

»Sie klingt nicht so französisch. Aber sie gefällt mir. Ich hab dir gesagt, du bist perfekt.«

»Ach nein, mein Spätzchen, weit entfernt. Weit davon entfernt. Aber weißt du, trotzdem, so komisch es klingt, ich werde mir alle Mühe geben.«

»Es wird dich freuen zu hören, daß es vielleicht einen triftigen Hinderungsgrund gibt.«

Sarah seufzte.

»Geld.«

»Nun ja.«

»Ist das alles, was du dazu zu sagen hast?«

»Was nützt es, wenn ich etwas sage?« sagte Sarah.

»Es ist ziemlich ernst«, sagte Caroline.

»Ja?«

»Es sieht so aus, als ob er völlig auf seine Schwiegereltern angewiesen wäre.«

Sarah beschäftigte sich mit ihren Blumen.

»Sie werden nicht mehr lange seine Schwiegereltern sein.«

Sarah schwieg.

»Wenn du nur aufhören wolltest, ein Gesicht zu machen, als hättest du die Medusa erblickt«, sagte Caroline. »Um wessen Schicksal geht es denn? Hast du eine Ahnung, was Jules nun tun will?«

»Hat er eine Ahnung?«

»Nicht, daß ich wüßte. Ich sollte eigentlich mit ihm darüber sprechen; nur hab ich keine Lust dazu.«

»Die ganze Sache ist absurd.«

»Keineswegs«, sagte Caroline.

»Weil du es für richtig hältst, die Augen davor zu verschließen.«

»Sarah, *bitte*.«

»Was willst du tun?«

»Also endlich.«

»Du hast doch Geld«, sagte Sarah.

»Ach, das wohl. Nicht, was du Geld nennen würdest. Doch es reicht.«

»Es reicht«, sagte Sarah.

»Ich bin überzeugt, daß Jules daran nicht denkt!«

»Denken ist nicht die einzige Einstellung zum Geld.«

»Er wird sich in gewissem Sinn durch die Heirat mit mir ruinieren.«

»Ruinieren?«

»Seine Unabhängigkeit verlieren.«

»Jules' Unabhängigkeit ...«

»Relative Unabhängigkeit. Für mich ist das wichtig.«

»Du überraschst mich«, sagte Sarah.

»Muß ich es aussprechen? Wenn man einen Mann heiratet, weil man den anderen nicht bekommen kann, ist es doch etwas ganz anderes, wenn er ebenfalls keinen Pfennig hat. Verstehst du, was ich meine? O Sarah, was ist denn *nun* wieder?«

»Nichts. Ich dachte nur, das erinnert mich an etwas. Alles scheint mich an etwas zu erinnern.«

»Du nimmst es dir zu sehr zu Herzen«, sagte Caroline. »Du weißt nicht –«

»Es gibt nichts weiter zu wissen«, sagte Caroline rasch.

»Ich habe nach Berlin geschrieben.«

»Ja?«

»Einen *Brief*«, sagte Jules.

»Tatsächlich«, sagte Sarah.

»Ich dachte, es ist besser so.«

»Sehr wahrscheinlich«, sagte Sarah.

»Wegen der neuen Ausgaben.«

»Ja?«

»Caroline.«

»Ja?«

»Ich werde Geld brauchen für Caroline.«

»Jules, was hast du ihnen geschrieben?«

»Nun, ich dachte, es wäre gut, wegen meiner Zuwendung zu schreiben.«

Sarah sagte fast demütig: »Bitte mich nicht, dir zu helfen. Bitte mich nicht, etwas zu tun.«

»Ich glaube, das wird überhaupt nicht nötig sein«, sagte Jules; »ich habe sie nur gebeten, so freundlich zu sein, meine Zuwendung zu erhöhen, da ich heiraten werde.«

3.

Sie wurden kurz nach Ostern getraut; und sie wurden in Berlin getraut. Ein Spielkamerad der Kinder von Carolines Tante bekam in deren Londoner Haus vierzehn Tage vor dem festgesetzten Termin die Masern. Caroline nannte es Vorsehung. »Ich werde es nicht verschieben lassen, und ich werde nicht in unserem alten Haus heiraten, wie sie jetzt vorschlagen. Meine erste Begnadigung – du weißt nicht, wie sehr ich London gefürchtet habe. Berlin wird anders sein; nun freue ich mich geradezu auf Berlin. Schon die Vorstellung, all diese wunderbaren Merz kennenzulernen. Sarah – ich fürchte, ich werde meine Hochzeit in deinem Haus feiern. Es ist nicht anders zu machen. Erinnerst du dich noch, wie du mich immer gedrängt hast, bei dir zu wohnen? Nun bitte ich dich um deine Gastfreundschaft.«

»Ich dachte nie, daß es dieses Haus sein würde.«

Aber Sarah fuhr nach Berlin zurück, zitierte Edu herbei und öffnete ihr Haus wieder.

Jeanne kam schon in der ersten Stunde zu ihr.

»Wie du mir gefehlt hast.«

Sarah machte eine Bewegung.

»Das waren lange anderthalb Jahre hier. Ich habe dich beneidet. Und jetzt, da du wieder hier bist – wirst du bleiben?«

»Ja . . .« sagte Sarah. »Vermutlich werde ich bleiben.«

»Du wirst sehen, es hat sich so manches verändert.«

»Ich hatte den Eindruck, man sieht viele Uniformen auf den Straßen.«

»Das ist mir nicht aufgefallen. Aber es heißt, daß es ziemlich um sich greift.«

»Wie geht es Friedrich?« sagte Sarah.

»Wie immer.«

»Edu kommt morgen zurück.« Sarah betrachtete ihre alte Freundin prüfend. Jeanne war immer ein erfreulicher Anblick gewesen, doch jetzt sah sie beinahe so aus wie alle anderen Leute. Eine ältere Dame, elegant.

»Wer hätte das gedacht«, sagte Jeanne, »als du weggingst,

daß du einer Hochzeit wegen in dieses Haus zurückkommen würdest.«

»Ich muß mich darum kümmern, die Geschenke aus dem Zoll zu bekommen. Ich muß Listen machen. Wo sind nur diese Adressen? Wo habe ich mein Papier? Ich kenne mich anscheinend in meinem eigenen Haus nicht mehr aus.«

»Du kannst auf mich zählen«, sagte Jeanne. »Aber zuerst muß ich alles genau hören. Wie ist sie? Ist sie hübsch? Ist sie vernarrt in Jules? Wie fühlt er sich dabei? Hast du alles eingefädelt? Sie haben sich bei dir kennengelernt, nicht wahr?«

»Durch Zufall«, sagte Sarah.

»Das genügt«, sagte Jeanne. »Unser Jules ist ein Gewohnheitstier. In der Voßstraße heißt sie die ›Engländerin‹; sie wissen nicht, was sie erwarten sollen. Gottlieb und Henrietta sind bereit, sie zu vergöttern, Emil sagt, sie war eine recht *bekannte* Schauspielerin. Er ist um zehn Jahre jünger geworden. Markwald ist überzeugt, sie ist eine Gouvernante. Und natürlich sind sie alle wegen des Kindes aus dem Häuschen, sie werden alles für sie tun, solange sie ihnen Henrietta nicht wegnimmt.«

»Sie sind nicht wehrlos«, sagte Sarah.

»Friedrich sagte, Jules habe sich in diesem Jahr ganz verändert. Sarah, wo wird es stattfinden?«

»In der Hedwigskathedralc.«

»Ach, *ja* ...« sagte Jeanne. »Eine große Hochzeit. «

»Ihr Onkel kommt als Brautführer herüber; und ich weiß nicht, wer noch. Jules hat Bernin gebeten, sein Trauzeuge zu sein.«

»Weiß Jules eigentlich, was er dir da zumutet? Weißt *du* es? Sarah, meine Liebe, verzeih mir die Frage: Ist es klug? Eine so große Sache? und so bald?«

»Was meinst du damit?« sagte Sarah. »Ach, ich verstehe; ich soll es nicht vergessen dürfen. Das Haus eines Bankrotteurs, dessen Schulden nicht bezahlt sind. Es ist zufällig mein Haus. Es hat niemals Edu gehört.«

»Es gibt viele böse Zungen in dieser Stadt«, sagte Jeanne.

»Das war immer so«, sagte Sarah. »Ich weiß nicht, worüber sie sich zu beklagen hätten. Von unverdienter Härte kann nicht die Rede sein; ich kann nicht nur an Edu denken. Ich habe nicht vor, den Rest meines Lebens in einem Mauseloch zu verbringen. Und ich *will* nicht immer an alles denken.«

Jeanne sah sie ruhig an.

»Ich werde mir überlegen müssen, ob Henrietta dabeisein soll oder nicht und daß sie etwas zum Anziehen bekommt.«

»Sie überlassen alles dir«, sagte Jeanne. »Ist sie auch so hilflos? Weißt du, daß du mir noch nicht das geringste erzählt hast? Stimmt es, daß sie sehr leichtlebig ist? Stimmt es, daß sie allein mit Jules nach Italien gefahren ist? Ich weiß nicht einmal, ob sie dreißig oder siebzehn ist. In der Voßstraße hält man beides für möglich.«

»Wenn du auf die Voßstraße hören *willst*.«

»Ich tue es nicht«, sagte Jeanne. »Ich kann es gar nicht. Du weißt, ich höre nur, was Friedrich mir erzählt.«

Sarah wurde nachgiebiger. »*Dir* wird sie gefallen«, sagte sie.

Eine Woche später traf Caroline ein. Sie wurde von Jules und Clara abgeholt. »Ich freue mich sehr, Sie kennenzulernen«, sagte Clara in einem Ton, als stünde sie nicht auf einem Bahnsteig. Caroline aß mit den Feldens und Graf Bernin in der Wilhelmstraße. Clara bat um Entschuldigung, weil sie nicht allein waren – sie führe nur für ihren Bruder das Haus. Die Gäste, drei oder vier Herren, von denen Caroline einen aus London kannte, schienen nichts weiter miteinander zu tun zu haben. Sie saß zwischen Bernin und einem alten Knaben, der ihr unbedingt auf englisch Komplimente machen wollte. Bernin war überaus liebenswürdig, begrüßte sie ganz ungezwungen, schien genau zu wissen, wer sie war, und fragte nicht ein einziges Mal nach England. Es hätte irgendwo auf der Welt sein können; nur nicht in einem Privathaus. Sie sah Bernin mit leichter Hand die Tafel dirigieren, sah Clara, die von nichts Notiz nahm und mit ihrer abwesenden Art gleichwohl dazugehörte; sie sah Jules und Gustavus, die nebeneinander am anderen Ende saßen, und sah jene Ähnlichkeit, die immer verblüffte. Das Essen war fast betont nebensächlich, zumindest war es kärglich. Caroline, die solcherlei gewöhnt war, war nun gleichgültig gegen die Rolle, die sie spielte, oder ihre Wirkung, war ganz distanziert; aller Elan, den Menschen entgegenzukommen, Verbindung zu suchen, Fäden anzuknüpfen, hatte sie verlassen, und sie nahm die Szene vor ihr, den Raum, die Menschen, ihr Leben, ohne urteilenden oder analytischen Blick, nicht mit der Thackerayschen, nicht mit der Trollopeschen Einstellung auf, sondern als den integralen, unmittelbaren Eindruck eines Ganzen, das aus verschiedenen Schichten zusammengefügt war – Glätte, die mühevolle Anstrengung verbarg, eine Ordnung, die chaotische Unruhe überlagerte und zugleich hervorrief, und weiter nichts. Dieser Eindruck formte sich ohne Worte, ohne Denken, aber er hatte die Wirkung einer Kanonenkugel und war außerordentlich unangenehm. Sie wandte sich Jules zu: Er gehörte nicht dazu; von ihm ging Unbeweglichkeit, nicht Ruhe aus, die Unbeweglichkeit eines Schlafenden und dennoch Bedrängten. Es währte nur einen flüchtigen Augenblick. Clara richtete das Wort an sie, und das Gefühl persönlicher Abneigung rief sie wieder zurück, aber die unbehagliche Empfindung verließ sie nicht. Nach dem Essen führte Graf Bernin sie in seine Amtsräume. Dort bat er sie, Frau Merz daran zu erinnern, daß er einen Sekretär schicken werde, um die Details der Sitzordnung bei der Zeremonie und dem Traugottesdienst zu regeln. Er habe den Eindruck, es seien, was die Musik betreffe, noch einige geringfügige Änderungen vonnöten. »Sie kennen natürlich St. Hedwig nicht? Es ist nicht Chartres. Obwohl Ihnen die Kirche recht groß vorkommen wird. Ich möchte Ihnen empfehlen, sie sich zuvor noch anzusehen. Morgen früh? Um elf?« Er machte eine Notiz. »In der Hauptsakristei wird Sie jemand erwarten; Osteingang.« Dann brachte er das Gespräch auf ihren Onkel.

Aus irgendeinem Grund sagte sie: »Nur angeheiratet übrigens. Er hat die Schwester meiner Mutter geheiratet.«

»Aber er kommt herüber?«

»O ja«, antwortete sie.

»Ich lese stets seine Reden.«

»Ich habe eine einzige gehört.«

»Ich frage mich, ob ihm bewußt ist, daß wir im Grunde derselben Partei angehören?«

»Sie haben so viele ...«

»Das Zentrum ist die eigentlich liberale Partei.«

»Ich dachte, es gibt eine Liberale Partei.«

»Es gibt eine Partei, die sich so nennt.«

»Wir haben nicht soviel Platz«, sagte sie, »die Abgeordneten müßten in der Mitte des Saales stehen.«

»Der Reichstag ist geräumiger«, sagte Graf Bernin. »Würden Sie sagen, es besteht Aussicht, daß Jules nun zu uns zurückkehrt?«

»Zu Ihnen?«

»Ins Auswärtige Amt.«

»War er denn so brauchbar?«

»Das liegt lange zurück. Ich hatte damals nie mit ihm zu tun.« Er fügte hinzu: »Sie sind sich doch bewußt, daß Sie jedem Mann zu einer Karriere verhelfen könnten?«

»Ich glaube kaum, daß ich es mit den Karrieren halte«, sagte sie. »Freilich ist das schwerlich der richtige Ort, so etwas zu sagen.«

»Es gibt Karrieren«, sagte Graf Bernin, »und es gibt Pflichterfüllung. Dieses Haus hat beides erlebt. Jules wäre einmal fast zurückgekommen. Er hing damals ein bißchen in der Luft; wir hatten ihm einen Sekretärsposten in Paris verschafft, eigentlich genau nach seinem Geschmack, sollte man denken; er schien davon angetan, doch dann lehnte er ab. Und wissen Sie warum? Es kam ihm zu Bewußtsein, daß er Deutschland in Frankreich vertreten müsse, und er sagte, das könne er nicht. Nicht Deutschland, nicht in Frankreich. Er hat eine merkwürdige Einstellung zu Deutschland.«

»Ich fürchte, er steht damit nicht allein.«

»Ich glaube, Jules haßt Deutschland geradezu. Er hat gefragt, ob er nicht ein anderes Land vertreten könnte. Wie eine Handelsagentur.«

»Das hat Jules wirklich getan?«

»Er ist ein eigensinniger Mensch. Obwohl seine Einstellung in diesem Punkt durchaus etwas für sich hat. Man erfüllt seine Pflicht, wo man eben hingestellt wird, man gibt sein Bestes für die Firma, aber die Firma ist der Gesamtwirtschaft untergeordnet. Ich habe die Firmen gewechselt. Wie mein Vater habe ich zuerst jenes Fleckchen Erde vertreten, in dem ich geboren wurde: Baden; später war es Deutschland. Aber ob Deutschland oder Frankreich oder Montenegro, der wahre Staatsmann ist beauftragt und berufen, für das Wohl des größeren Ganzen zu wirken.«

»Hat diese Auffassung je in der Außenpolitik Früchte getragen?«

»Es gibt den Sauerteig. An vielen Stellen. Unter Männern in allen möglichen Positionen. Wir sind alle auf unseren Platz gestellt, um für das größere Ziel zu arbeiten.«

»Für die Abschaffung der Heere und Flotten?«

»Das kann sehr wohl einer der Aspekte sein.«

»Soziale Gerechtigkeit?«

»Den Armen zu helfen ist stets die Pflicht des Reichen«, sagte Graf Bernin.

»Und wenn es keine Armen mehr gibt?«

»Zäumen Sie nicht das Pferd vom Schwanz her auf?«

»Sie haben mir nicht gesagt, was Ihr Pferd ist.«

»Geistige Einheit, ohne die es keine andere geben kann. Wiederaufrichtung unseres Glaubens. Des alten Glaubens, zu dem *Sie* eben zurückgefunden haben. Ich sehe darin ein glückliches Omen.«

»Graf Bernin«, sagte Caroline, »sind Sie völlig verrückt?«

Er lächelte. »Ich sagte Wiederaufrichtung – es gibt Zeiten, da man nur vorwärts schreiten kann. Ich erwarte nicht, daß die Engländer insgesamt in den Schoß der Römischen Kirche zurückkehren. Doch die Römische Kirche könnte sehr wohl die Anglikanische Kirche aufnehmen. Die Idee einer universalen, geeinigten katholischen Kirche, einer Dreieinigkeit der römischen, griechischen und anglikanischen Zweige, jeder als Glied, jeder ganz, jeder gleichberechtigt, hat durchaus nichts inhärent Unmögliches. Der anglikanische Zweig müßte vielleicht seine Liturgie angleichen ... Andererseits brauchte man nicht unbedingt die Trennung von Kirche und Staat ins Auge zu fassen –«

»Römischer Katholizismus ohne Papsttum?«

»In dem Sinne, wie man es in Ihrem Land versteht.«

»Und der *Papst*?«

»Das wäre die Frage. Wie Sie wissen, wird der Pontifex Maximus nicht geboren, sondern gewählt.«

»Sagen Sie – ist das alles noch ganz orthodox?«

»Es ist nicht an uns, das zu bestimmen. In einem solchen Fall würde vielleicht ein Konzil zu entscheiden haben.«

»Sprechen Sie so zu Kardinälen? Wissen Sie, daß Sie mich schockiert haben?«

»Das will ich nicht hoffen«, sagte Graf Bernin. »Alle großen Träume haben etwas Schockierendes. Für kleine Geister. Dazu rechne ich Sie nicht.« Da trat Gustavus ins Zimmer und führte sie in einen anderen Raum, in dem Clara ganz allein stand. Clara sagte: »Wollen Sie sich von mir helfen lassen?«

Später führte Jules sie in die Voßstraße.

»Sie ist sehr hübsch«, sagte Großmama.

»Erinnert mich an Fräulein zu der Hasenheyde«, sagte ihr Mann.

»Darf ich bitte Ihre Brautjungfer sein?« sagte Henrietta.

»Oh, ich muß Ihnen gratulieren«, sagte Großmama.

»Wir müssen *uns* gratulieren, gnädige Frau.«

»Sie haben netten Schmuck, meine Liebe. Ich muß Ihnen einiges dazuschenken.«

»Tante Sarah hat gesagt, ich soll Sie darum bitten.«

»Viel zu gut für Jules«, sagte Markwald zu Emil.

»Viel zu *gut*.«

»Ich hoffe, Sie gestatten mir, daß ich Ihnen ein bißchen die Stadt zeige?« sagte Friedrich.

»Das kann ich übernehmen, mein Junge«, sagte sein Vater.

»Ich werde ein neues Kleid bekommen«, sagte Henrietta.

»Haben Sie sich schon entschlossen, wo Sie sich nach den Flitterwochen niederlassen wollen?« sagte Friedrich.

»Sie haben kein Zuhause?« sagte Markwald.

»Sie brauchen niemals zu befürchten, daß Sie ohne Heim sein werden«, sagte Emil.

»Das ist Papas Ring«, sagte Henrietta. »Ich weiß, wie der Stein heißt. Hat er ihn Ihnen geschenkt?«

»Das ist ihm schon zur Gewohnheit geworden«, murmelte Emil.

»Ich hoffe, Sie bekommen bei Sarah genug zu essen«, sagte Großmama.

Sie besuchte mit Gustavus das Schloß und besichtigte mit Friedrich Merz Justizgebäude und Panoptikum. Sarah sagte: »Möchtest du nicht die Museumsgalerie ansehen? Sie ist wirklich ganz erstklassig.«

»Ich glaube kaum«, sagte Caroline.

Sie führte Henrietta in eine Konditorei. Clara kam, um sich noch einmal mit ihr zu besprechen. Sarah meinte, sie müsse Jeanne mindestens zum Tee bitten.

Henrietta sagte: »Wollen Sie meine neue Mama sein?« und Caroline antwortete: »Glaubst du nicht, daß es dazu schon etwas spät ist?« Zu Clara sagte sie bei deren zweitem Besuch: »Warum wollen Sie es wissen? Ich glaube nicht, daß Ihnen im mindesten an mir etwas liegt.«

»Mir liegt an jeder christlichen Seele etwas«, sagte Clara.

Ehe sie ging, nahm sie Carolines Hand und sagte: »Wir hoffen so sehr, daß Sie Ihr erstes Kind in Sigmundshofen zur Welt bringen.«

Nachdem Jeanne zum Tee bei Sarah gewesen war, sagte sie zu ihr: »Du mußt mir das vorwitzige Geplapper von neulich verzeihen. Ich war etwas voreilig.«

Zu Caroline sagte Sarah: »Sie hat dir nicht gefallen?«

»Wieso?«

»Wenn, dann hast du es dir nicht anmerken lassen. Sie ist eine sehr nette Frau.«

»Wozu soll es gut sein, wenn ich jetzt mit netten Leuten zusammenkomme?« sagte Caroline.

Friedrich, der sie Unter den Linden spazierenführte, sagte: »Wenn Sie mich fragen: es ist ein schwerer Fehler von Sarah, die Mädchen im Ausland erziehen und sie nie in die Nähe ihrer Großeltern kommen zu lassen. Aus den Augen, aus dem Sinn. Kein Wunder, daß ihnen jetzt nur an Jules' Tochter etwas liegt. Schade, daß sie so wenig hübsch ist. Nun ja, vermutlich ist das bei einer reichen Erbin halb so wichtig.«

»Sie ist doch recht hübsch«, sagte Caroline.

»Die junge Stiefmutter kann es sich leisten, großmütig zu sein«, sagte Friedrich.

»Jules und Edu hören sich heute abend die Melba an«, sagte Sarah; »ich dachte, du wirst keine Lust haben mitzugehen. Soll ich jemanden zu uns bitten, oder bleiben wir ganz unter uns?«

»Wie du willst«, sagte Caroline.

Später sagte sie, mitten in das Schweigen hinein: »Was halten die Deutschen eigentlich von Bernin?«

»Er hat keinen Anhang«, sagte Sarah, »jeder mißtraut ihm.«

»Das ist allerdings eine gute Voraussetzung für ein solches Amt.«

»Man betrachtet ihn als Einzelgänger, er gilt allgemein als das kleinere Übel. Die Sozialdemokraten haben ihn für einige ihrer Reformprojekte benutzt, aber er ist ihnen in der Seele zuwider, und sie würden ihm gern ein Bein stellen; für die Konservativen vom Herrenklub ist er so etwas wie ein utopischer Radikaler, den sie gern vorschieben, wenn sie sich aufgeschlossen geben wollen. Er ist eine große Belastung für seine eigene Partei, und der Kaiser frißt ihm natürlich aus der Hand.«

»In England heißt es, daß er Kanzler werden wird.«

»Das ist durchaus möglich. Wenn ihn nichts aufhält. Meine Leute halten ihn für gefährlich; er wäre in finanzieller Hinsicht eine Katastrophe, er würde einfach alles ausgeben, was er in die Hand bekommt. Er ist überhaupt nicht an Kapitalpflege interessiert und viel zu großspurig.«

»Seine katholische Mission ...«

»Ach, das ist mehr ein privates Steckenpferd«, sagte Sarah.

»*Jules' Familien.* Hast du gewußt, daß er auch einen geisteskranken Bruder hat?«

»Ich hatte mir bereits vorgenommen, mit dir darüber zu sprechen«, sagte Sarah. »Er wäre in einem Heim soviel besser aufgehoben. Woher weißt du davon?«

»Von Clara. Diese Frau kennt keine leichte Unterhaltung. Es ist eigentlich ein Witz, nicht wahr? Einen Schwager zu haben, der deutscher Offizier und ein Irrer ist, der frei herumläuft.«

»Eine typisch Berninsche Verrücktheit«, sagte Sarah.

An ihrem dritten Tag in Berlin wollte Caroline allein einen Spaziergang durch die Stadt machen. Es war ein Aprilnachmittag, und es ging schon auf die Dämmerung zu, die Straßenlaternen wurden eben angezündet, und die Geschäfte waren noch geöffnet. Sie schritt einige Zeit mit unverhülltem Gesicht auf dem Trottoir rasch dahin, beflügelt vom Schwung ihrer Gedanken, und achtete nicht auf den Weg. Allmählich drang ihr eine ständige, geheime Belästigung halb ins Bewußtsein, Geflüster, Blicke streiften sie, Schritte paßten sich ihren an.

»Gnädiges Fräulein ...«

»Du schönes Kind, wohin ...?«

Ein weißer Uniformrock glänzte vor ihr auf, ein betreßter Arm streifte ihr Kleid. An einer Ecke lachten zwei Frauen, die keine Hüte trugen. Neben ihr schlug eine Säbelspitze auf das Pflaster auf.

Sie ging weiter, wie man im Traum durch eine Wildnis geht.

Ein Junge pfiff ihr ins Gesicht; eine Gruppe junger Burschen stellte sich ihr in den Weg; ein Monokel blitzte im Licht; als sie unter den zunehmend dreisteren Blicken völlig zu sich kam, zügelte sie ihren Schritt. Sogleich umringte man sie mit noch gröberer Zudringlichkeit.

»Gnädigste gestatten? Gnädigste ...«

Sie blickte rasch um sich. Sie wußte nicht, wo sie sich befand. Sie versuchte, eine Droschke anzuhalten. Es war keine Droschke. Sie sah eine Frau mit einem Einkaufsnetz, prall voll Lauch und Kohlköpfen, und wandte sich an sie. Sie versuchte es mit ihren wenigen deutschen Brocken. »Ich bin verloren.«

Die Frau sperrte langsam den Mund auf und stieß ein schallendes Gelächter aus.

Caroline wandte sich ab.

Als sie schließlich eine Droschke fand, versuchte ein Mann mit einzusteigen. Sie waren unter einer Laterne, und sie konnte sein Gesicht erkennen: ein ziemlich junges, schwammiges Gesicht mit blondem Schnurrbart, ein überhoher Kragen. Die Panikstimmung wich von ihr, der Zorn hielt sie aufrecht. »Solche Manieren habe ich noch nie erlebt«, sagte sie auf englisch. Der Mann zog sich zurück. Sie schloß den Schlag. Sie versuchte den

Namen des Vororts anzugeben, wo Sarah wohnte; der Kutscher schien sie nicht zu verstehen. Dann weigerte er sich loszufahren. Sie standen noch immer unter derselben Laterne.

»Voßstraße 9«, sagte sie.

»Frau Geheimrat ruhen«, sagte Gottlieb, »aber der Herr Baron sind soeben gekommen.«

Das Haus war sehr warm, erfüllt von einer dichten Stille, in der das Zischen der Gasflammen zu hören war.

»Machen Sie sich nicht die Mühe, jemanden zu holen«, sagte sie; »ich möchte nur, daß Sie Frau Edus Chauffeur kommen lassen. Ich werde hier warten.« Sie setzte sich.

»Er wird in zwanzig Minuten vor dem Haus sein«, sagte Gottlieb. »Darf ich inzwischen eine kleine Erfrischung vorschlagen?«

»Ich könnte einen Schluck Kognak vertragen«, sagte sie.

»Mit *Vergnügen.*«

»Ich bin überzeugt, Sie sind der freundlichste Mensch in dieser Stadt«, sagte Caroline.

Bei Sarah fand sie Jeanne vor. Die beiden packten Geschenke aus.

»Wie lieb von Ihnen, mir eine Karte zu schicken.«

»Das ist doch selbstverständlich«, sagte Caroline.

»Ich bin überzeugt, Sie werden hinreißend aussehen. Wer hat Ihr Kleid gearbeitet?« Sarah blickte nicht auf.

»Es ist noch nicht fertig«, sagte Caroline.

»Das sind sie nie«, sagte Jeanne.

Der nächste Tag war ein Sonntag, und sie aß mit Jules zu Mittag. »Können wir nicht um Gottes willen irgendwohin gehen, wo es ruhig ist?« – »Ja, es gibt ein Lokal. Wenn du nichts dagegen hast, in einem Séparée zu sitzen.« – »Ich habe *nichts* dagegen.«

Sie traten von der Straße her ein.

Es war ein sehr kleiner Raum mit imitiertem französischem Mobiliar. Austern, Graubrot mit Butter und Chablis standen bereits auf dem Tisch.

»Wo sind die Kellner?« fragte Caroline.

»Die Kellner kommen nur, wenn man läutet.«

Sie setzten sich auf die Banquette.

»Es ist Edus Lieblingsrestaurant«, sagte Jules.

Sie legte ihre Serviette beiseite.

»Möchtest du, daß ich das Fenster einen Spalt öffne?« fragte er.

»Ja, bitte.«

»Ich würde viel lieber zu Borchard gehen; aber dort gibt es keine *cabinets particuliers*.«

»Jules«, sagte Caroline, »ich kann das nicht durchhalten.«

Sie fühlte, daß er sich versteifte, wie ein Hund mitten im Lauf. –

Ein Augenblick verging, dann sagte er: »Ich wußte immer, es ist zu schön, um wahr zu sein.«

Sie warf ihm einen Blick zu. »So habe ich es nicht gemeint. Ich will dich nicht aufsitzen lassen. Machen andere Frauen es so? Ich habe es nicht deinetwegen gesagt.«

Er wartete.

»Ich kann es nicht mitmachen – dies alles. Diese Trauungsprozedur – die St.-Hedwigs-Kathedrale ... Vor diesen Traualtar will ich auf keinen Fall treten. Und ich werde es auch nicht tun.« Sie redete sich in Eifer. »Ich bin zu vielem fähig. Aber es gibt Dinge, die mir einfach nicht möglich sind. Und ich bin mir über diese völlig im klaren!«

Jules sagte langsam, sanft: »Ist es wegen der letzten Bindung?«

Sie warf ihm abermals einen Blick zu; dann ließ sie eine Pause des Schweigens eintreten. »Jules, du bist ein ganz ungewöhnlicher Mensch. *Ja.* Wenigstens zum Teil. Ich weiß nicht. Meine Abneigung gegen Traualtäre hat damit nichts zu tun.«

Er sagte ernst: »Man fühlt sich nie besonders wohl bei diesen Zeremonien.«

»Jules.« Sie hielt seinen Blick fest. »Ich möchte dich jetzt um etwas bitten. Sag nicht vorschnell nein! Ich bitte dich, mit mir von hier fortzugehen, jetzt, bald, sofort – vor diesem gräßlichen Datum.«

Jules hörte zu.

»Setzen wir uns in einen Zug nach Spanien und fahren davon. Bring mich von hier fort, ehe ich den Verstand verliere.«

»Wie kann ich denn?« sagte Jules. Dann: »Ja – ich könnte es, ich *kann* es.« Seine Stimme nahm einen hellen, deklamierenden Ton an, und er fuhr fort: »Ich kann dich wegbringen, ich werde dich fortbringen. Morgen?«

»Du bist wunderbar«, sagte sie. »Du hast mir Selbstvertrauen gegeben, ich kannte dich besser, als mir bewußt war. Und, Jules – ich werde es nie vergessen – auch *du* wirst auf mich zählen können.«

»Ich will nur bei dir sein«, sagte er.

Er schenkte ihr Wein ein, und sie aß auch von dem Brot.

»Und jetzt, da wir das geregelt haben, können wir auch ein bißchen vernünftig überlegen. Wir heiraten lieber trotzdem, meinst du nicht auch? Es wäre doch eine unnötige Narrheit, wenn ich in diesem Stadium mit dir durchbrennen wollte.«

»Ganz, wie du willst«, sagte Jules; »unverheiratet hält länger.«

»Gib mir noch ein bißchen Butter und Brot. Wie die arme Jeanne. Hast du diese Erfahrung gemacht? Ich habe immer gehört, du seist so unbeständig.«

»Über zwanzig Jahre«, sagte er. »Natürlich mit Unterbrechungen.«

»Ohne je an Heirat zu denken?«

»Anfänglich wäre es unpassend gewesen. Und wenn man hätte heiraten können, traten Hindernisse auf. Es wäre sehr komfortabel gewesen. Doch jetzt bin ich froh.«

»Sarah sagt, du hättest beinahe eine französische Witwe geheiratet.«

»Keine *Witwe*«, sagte Jules.

»Mein Spätzchen, ich muß es Sarah selbst sagen. Du wirst es allen übrigen beibringen müssen oder auch nicht beibringen können. Ich überlasse es *ganz* dir. Vermutlich also eine kurze Sache auf einem Standesamt? Es muß ja so etwas geben. Wir haben drei Tage Zeit. Du verstehst wenigstens die Sprache.«

»Und Clara?«

»Sie wird es schlucken müssen. *Ich* werde meinem Onkel abtelegraphieren müssen. Er müßte eigentlich dankbar sein, daß man ihm Bernin erspart. Onkel John, der Gute, hat eine so jungenhafte Art; ich komme mir vor, als ob ich nun sogar über seine Karriere wachte.«

»Clara wäre dagegen, wenn wir glaubten, wir seien verheiratet, und sind es nicht.«

»Natürlich, Ziviltrauung zählt ja nicht in eurer – in unserer – Kirche. O Lieber. Ich glaube, das können wir ihr nicht antun ... Nun, wir müssen eben bald in einem spanischen Dorf einen Klosterbruder auftreiben und ihr eine Postkarte oder die Trauungsurkunde schicken.«

»Zwei Trauungen ...«

»*Liebling.*« Er stand auf und läutete.

»Ja, bestelle irgend etwas zum Essen«, sagte sie.

»Die Austern sind warm geworden«, sagte Jules.

»Ich habe meine gegessen.«

Sie wurden in einem Vorzimmer der Voßstraße im Beisein von Clara und Gottlieb von einem Priester getraut. Die Merz waren überredet worden, nicht zu erscheinen. Sie sandten einen Delikatessenkorb an den Zug.

Es war noch ein Hindernis aufgetreten: Caroline hatte während ihrer Verlobungszeit ihre alte Brown in Pension geschickt, und das neue Mädchen weigerte sich plötzlich, mit auf die Reise zu gehen. »Ich werde in den Kleidern schlafen müssen«, sagte Caroline zu Sarah. »Es wird nicht leicht sein, hier jemanden zu finden«, sagte Sarah. Schließlich erbot sich Großmama, ihre Zofe Marie zur Verfügung zu stellen, und Marie sagte, sie habe nichts dagegen, Spanien vor ihrem Tod noch einmal zu sehen.

Als alles vorüber war, sagte Caroline: »Dieser Raum wirkt merkwürdig. Ach, das liegt an Jules' Katzen.«

»Ich habe sie gebeten, diese Götzenbilder wegzunehmen«, sagte Clara.

Caroline gab dem Priester und Gottlieb die Hand. Clara küßte sie. Dann verließen Clara und der Priester das Haus. Jules zog seine Uhr.

»Du mußt zu Henrietta hinaufgehen«, sagte Caroline.

Als sie in der Kutsche saßen, blickten sie aus dem Fenster.

»In Rom wirft man eine Münze in diesen Brunnen«, sagte Jules.

»Mir ist kalt.«

Auf halbem Weg zum Bahnhof sagte Jules: »Sarah hat mich gebeten, dir etwas auszurichten. Es handelt sich um dein Geschenk. Sie gibt dir eines von ihren Bildern.«

Caroline wartete.

»Und zwar das große. Die beiden Frauen auf der Bank.«

Sie wurde weiß.

»Ich soll dir sagen: Da sie nicht wußte, wo du sein wirst, hat sie es in Paris für dich zurückgelassen; es ist auf deinen Namen in einem Banktresor deponiert.«

»Das hätte sie nicht tun sollen. *Nein* ...«

»Das Bild gefällt dir doch, oder nicht?« fragte Jules.

Sie schloß die Augen. »Was es heißen muß, ein solches Geschenk machen zu können ... Schreckeinflößend.«

»Jetzt gehört es dir.«

Caroline brach in Tränen aus. »Sarah hat mir ihren Monet geschenkt – den herrlichen Monet ...« Sie weinte laut, eher wie ein Junge, der über einer toten Ratte in Schluchzen ausbricht, als wie eine Dame, die in der Frühe durch die Straßen fährt. »Ich war scheußlich zu Sarah, scheußlich ... Und jetzt kann ich es ihr nicht einmal sagen. Ich habe mich wie ein Ungeheuer benommen – o Jules!« Sie nahm sein Taschentuch an. »Clara hat recht. Sie sagt, ich sei eigenwillig.«

4.

Sie hatten ein halbes Jahr in Spanien verbracht, als Jules für Caroline ein Pferd kaufte.

»Glaubst du, es wird ihr gefallen? Es soll eine Überraschung sein.«

»Ich bin überzeugt, es ist ein sehr schönes Tier.«

»*Weißt du*, das Wetter wird kühler. Soll ich es hierher in den Patio bringen lassen?«

»Frau Baronin ruhen. Frau Baronin haben gesagt, sie möchten nicht gestört werden.«

»Aber natürlich«, sagte Jules. Marie wollte gehen.

»Sind die englischen Bücher heute gekommen?«

»Nein, Herr Baron.«

»Glaubst du, sie könnten verlorengegangen sein?«

»Es wäre nicht verwunderlich, Herr Baron.«

»Was können wir tun?« fragte Jules.

»Haben Sie noch einen Wunsch, Herr Baron?«

»Kannst du mir bitte Pedro schicken?«

»Pedro ist in die Stadt gegangen, um für Frau Baronin die Briefe wegzubringen.«

»Ach, ja. Wie wär's, wenn wir jemanden nach Gibraltar schickten?« »Gibraltar, Herr Baron?«

»Es muß doch in Gibraltar englische Bücher geben.«

»Das weiß ich wirklich nicht, Herr Baron.«

Die buckligen Hügel in der Ferne lagen um diese Stunde in elfenbeinernem Schimmer. Caroline stand in ihrem Zimmer.

Tu réclamais le Soir; il descend; le voici.

»Und dann«, sagte sie. »Und dann . . .«

»Ach, du bist's?« Sie wandte sich nicht um. »Wie spät ist es?«

»Es ist bald halb fünf, gnädige Frau.«

»Das kann nicht sein, die Sonne ist schon untergegangen.«

»Nun, die Tage werden eben kürzer.«

»Es kommt mir vor, als ob wir so spät wie immer essen«, sagte Caroline.

»Der Herr Baron sind schon eine Weile zurück.«

»Ich werde jetzt wohl mein Bad nehmen. Wie steht es mit dem Wasser?«

»Der Herr Baron haben heute die zweite Zisterne füllen lassen.«

»Nein; es ist noch zu früh. Ich werde ein bißchen warten. Ich läute dann.«

»Sehr wohl, gnädige Frau.«

»Marie – haben Sie manchmal Kopfschmerzen?«
»O nein, gnädige Frau.«
»Ich glaube, ich habe jetzt welche.«
»Die gnädige Frau sollten sich hinlegen.«
»Ich bin erst aufgestanden.«

»Was gibt's?«
»Ich bin's, gnädige Frau. Der Herr Baron ist in der Loggia an der Ostseite. Der Herr Baron möchten wissen, ob Frau Baronin ihm auf ein Spiel Domino und ein Glas Wein vor dem Essen Gesellschaft leisten möchte?«
»Ja, einverstanden; ich komme gleich hinunter. Was fummelst du da herum?«
»Ich lege die Kleider für Frau Baronin heraus.«
»Ach, ich werde mich nicht umziehen.«

Der Wagen stand in der Einfahrt. Jules war seit einer halben Stunde fertig. »Wir werden zu spät kommen«, sagte er.
»Für das Feuerwerk«, sagte Pedro.
»Es gibt drei Tage lang Feuerwerk«, sagte der Kutscher.
»Die Prozession«, sagte Jules. »Die Prozession ist immer so besonders schön.«
Pedro eilte zum Hauseingang, um die Tür zu öffnen.
»Frau Baronin kommt nicht. Frau Baronin hat es sich anders überlegt.«
»Kommt nicht zur Fiesta?« sagte Jules. »Vielleicht war es doch ermüdend für sie das letzte Mal.« Er ging auf das Haus zu.

»Was gibt's?«
»Die Pferde werden unruhig.« »Wieso?«
»Die Pferde an der Kutsche, Herr Baron.«
»Ach, sag ihnen, sie sollen ausspannen. Ich fahre nicht.«

»Was gibt's?«
»Ich bin's: Marie. Ich habe Herrn Baron eine Tasse Schokolade gemacht, Pedro hat mir gezeigt, wie Herr Baron sie gerne hat.«

»Wir sind wieder nach Alcantarra eingeladen. Zur Jagd.«
»Ja, das sind wir.«
»Willst du hinfahren?«
»Um mit vierzig Weibern und ihren Sahnetörtchen in einem Salon zu sitzen, wo die Jalousien herabgelassen sind.«
»Du könntest dich mehr zu den Männern halten.«
»*Zu den Männern.* Ja, die Männer sind ganz passabel. Solange man sich mit ihnen nicht unterhalten muß.«
»Dann willst du also fahren?«
»Nein, Jules.«

Am Ende diese Herbstes fragte Jules Caroline, ob sie lieber einige Zeit in Madrid verbringen möchte. Caroline fragte: wozu?
»Oder vielleicht gehst du lieber anderswohin?«
»Es ist mir neu, daß wir von hier fortgehen wollen. Du hast alles so gut arrangiert.« Er schwieg. »Ist es nicht so?«
»Ich dachte, *du* hättest vielleicht den Wunsch«, sagte Jules.
»Ach, ich.«
»Robert und Tzara waren genauso.«
»Robert und Tzara?«
»Wenn wir zu lange in Paris geblieben sind.«
»Und dann hast du sie aufs Land gebracht?«
»Ja«, sagte Jules.
»Wie selbstlos.«
Er sagte nichts.
»Ich glaube nicht, daß sie *so* viel netter waren als ich.«
»Sie konnten nichts dafür.«
»Wie ich die Geduld hasse. Ich wollte, ich wäre ein Mann.«
»O nein«, sagte er. »Warum?«
»Ich würde auf und davon und zur See gehen.«
»In eine winzige Kabine, im Bauch eines Schiffs? und nirgends für sich sein können – das würde dir gar nicht gefallen. Jemand anders, den ich einmal gekannt habe, hat davon gesprochen, auf ein Schiff zu gehen.« Er wandte ihr den Blick zu, wie um Halt zu finden. »Er wollte ausreißen.«
In Jules' Knabenzeit hatte eine Zirkusnummer, die man

Salto mortale nannte, großen Eindruck auf seine Phantasie gemacht. Jetzt empfand er wieder, wie in seinen Träumen vierzig Jahre zuvor, das Gefühl jener entscheidenden, qualvollen Sekunde, bevor man springen muß – durch die flammende Kuppel hinab in die mit Sägemehl bedeckte Arena, hinab in die Sicherheit, ins Licht. »Es war mein Bruder«, sagte er. »Weißt du, daß ich einen Bruder hatte?«

»Ja, natürlich«, sagte Caroline.

»Vielleicht«, sagte Jules, »ist es gar nicht so schlimm zu sterben?«

»Auch der Tod ist nicht umsonst«, sagte sie. »Was soll ich in Madrid tun?«

»In Madrid?« fragte Jules.

»Was soll ich in Madrid tun?«

Er sah sie hilflos an.

»Warum dann der Vorschlag?«

»Es ist eine Stadt«, sagte er.

»Nichts würde mich in diesem Land überraschen.«

Im Januar ließ Caroline es zu, daß sie nach Madrid zogen. Sie fand keinerlei Gefallen daran. Es war bitter kalt; ein schneidender Wind aus der Guadarrama blies über die Plätze der Stadt; wenn die Schönheit der Mauern und Steine sie nicht berührte, so konnten die häßlichen Züge der Stadt ihre Niedergeschlagenheit nur noch vergrößern. Die Etage, die Jules gemietet hatte, wies stockfleckige Tapeten auf, und es zog aus hundert verschiedenen Richtungen, dazu kamen noch viele andere erstaunliche Mängel. Wieder brachte sie die Tage nach dem Grundsatz des geringsten Widerstandes hin. Aber hier bedeutete selbst Passivität Bälle, Ausfahrten, Theaterbesuche, Handwerker, die ins Haus kamen, Straßen; sie waren von Besuchern belagert. Sie fror, langweilte sich zumeist und fühlte sich oft nicht übermäßig wohl, aber sie war keinen Augenblick allein und kam – eine Leistung in dieser Stadt – immerfort etwas zu spät. Eines Morgens blickte sie aus dem Fenster, lachte über eine Streiterei vor dem Haus, ließ ihr Pferd satteln, erfuhr, daß ihr Sattel verschwunden sei, und sagte sich, daß Trübsal eine

Angewohnheit sei und wie alle Angewohnheiten aufgegeben werden könne. Sie kam zur Teestunde zurück. Doña Nieve und ihre Töchter, sagte man ihr, erwarteten sie in der *sala*.

»Sieben? Hab ich recht verstanden, Pedro?«

»Fünf, Exzellenz.«

»Sie können ja nicht den ganzen Abend warten. Halte dich zurück mit den Erfrischungen.« Sie ging, um Jules aufzusuchen.

»Du siehst wunderbar aus«, sagte er.

»Wie kann ich? In diesen Fetzen?«

»Nicht die Kleider«, sagte Jules.

»Mein armer Liebling. Wie wahr. Ich glaube, ich werde Doña Nieve doch begrüßen. Ich werde sie um ihren Rat bitten. Das wird ihr sehr schmeicheln.«

»Oh, das würde ich nicht tun.«

»Ihr schmeicheln?«

»Zu ihrer Schneiderin gehen.«

»Lieber Jules: Ich finde, sie ist ganz ausgezeichnet angezogen.«

»Es geht«, sagte Jules.

»Zu wem soll ich denn gehen?«

»Ich werde es dir sagen. Ich werde es bald genau wissen.«

»Von wem?«

»Von jemandem, den du nicht kennst.«

»Gut angezogen?«

»O ja«, sagte Jules.

Sie setzte sich lachend hin. »Was für ein Spaß auf meine Kosten. Ich bin so begriffsstutzig. Ich wollte, ich könnte ihn mit jemandem teilen.«

»Mit mir?« sagte Jules.

»Ich glaube nicht.«

»Geh nicht mit auf den Ball heute abend – du weißt, wie verhaßt es dir ist.«

»Jemand muß dich begleiten.«

»Unsinn, *Cher*; du vergißt Doña Nieve und ihre sieben Zwerge. Sie fressen mir aus der Hand.«

»Wer wird dich nach Hause bringen?«

»Du kannst dir denken, daß ich schandbar spät kommen werde. Ach, Mendoza oder ein anderer.«

»Das wäre nicht schicklich.«

»Wirklich, Jules ...«

»Du kennst dieses Land nicht.«

»Ich kann es mir ganz gut vorstellen.«

»Man muß sich sehr vorsehen«, sagte er, »in unserer Lage.«

»Was soll das heißen?«

»Mendoza *ist* dein Liebhaber?«

»Wenn du fragst.«

»Verzeih.«

»Keine Ursache. Oh, *Darling*.« Sie reichte ihm die Hand. »Ich freue mich so sehr, daß es dir noch immer gelingt, mich zu überraschen. Ja, das gelingt dir. Du mußt eine ganz und gar unviktorianische Erziehung genossen haben.«

»Und Zuñega de Valdafuentes?«

»Heißt er *so?* Ich habe nur immer gehört, daß man ihn Zuzu nennt. Ja.«

»Sie alle –« sagte Jules.

»O nein, nein. Nicht alle.«

»Nein, nicht alle. Mr. Symington?«

»Mit Mr. Symington unterhalte ich mich. Ich mag Mr. Symington sehr.«

»Wie mich.«

»Ich mag dich *sehr*, Jules. Viel lieber als Mr. Symington.«

»Ja«, sagte Jules.

»Mein Lieber«, sagte sie, »ich glaube, ich sollte darüber sprechen, obwohl jetzt nicht ganz der richtige Augenblick ist: Wenn du Schluß machen möchtest – und ich sehe nicht, was du anderes wünschen kannst –, so steht das natürlich in deinem Belieben. Ich werde tun, was dir am wenigsten unangenehm scheint – Trennung, Scheidung; ich brauche dir kaum noch zu sagen, daß alles meine Schuld war.«

»Nicht Schuld.«

»Du bist großmütig.«

»Das Leben ist sehr schwierig«, sagte er.

»Es ist das, was wir daraus machen.«
»Du kennst die Gefahren nicht«, sagte Jules.
»Ach, Gefahren ...«
»Du hast keine Angst.«
Sie wandte ihre Aufmerksamkeit ihm zu. »Du etwa?«
»Es gibt immer Grund dazu«, sagte er.
Sie dachte darüber nach. »Weißt du – ich werde versuchen, dir Glück zu bringen. Wenn ich dich schon nicht *glücklich* machen kann, kann ich wenigstens das versuchen.«
»Du willst mich nicht verlassen?«
»Ich dachte deinetwegen daran.«
»Meinetwegen?«
»Diesmal ja.«
»O *nein.*«
»Dann«, sagte Caroline, »dann werde ich dir sagen, was wir tun werden: Wir bleiben noch einen Sommer in Andalusien und richten uns darauf ein, nächsten Winter nach Nordafrika zu gehen. Vielleicht als erste Station auf dem Weg nach Persien.«

An einem Abend dieses Frühlings (Jules war bereits in den Süden vorausgefahren, um ihr Haus in Ordnung zu bringen) kam Caroline nach Hause und fand Mr. Symington vor, der im Dämmerlicht im ausgeräumten Salon saß und mit Zeitungen raschelte.
»O Symie«, sagte sie, »hat man sich um Sie gekümmert?«
»Stundenlang. Es ist doch immer aufschlußreich, die hiesigen Zeitungen durchzusehen. Wissen Sie, wer angekommen ist? Sie nennen ihn *El Ilustre Sabio Ingles*, zwei Spalten lang, hier –« Er reichte ihr den »Madrileño«. »In der Botschaft hatte kein Mensch die leiseste Ahnung.«
»Hier?« sagte sie.
»Ja, lesen Sie doch, die Franzosen geben ihm einen Empfang – typisch.«
»In Madrid?«
»Madrid ist nicht Somaliland.«
Was dann geschah, erzählte Caroline später selbst einmal: Wir sahen einander. Sofort. Ich weiß nicht wie. Ich muß Symie

irgendwie losgeworden sein ... Ich muß eine Nachricht geschickt haben ... Ich weiß es nicht mehr. Ich, die kein Warten ertragen kann, keine Ungewißheit aushalten kann, ich hatte plötzlich den Boden unter den Füßen verloren. Ich war meiner selbst nicht mehr gewiß.

Und dann war er auf einmal da.

Etwas ganz Ungewöhnliches geschah nun, das, wovon man immer hatte reden hören. Es war, als ob wir niemals auch nur einen einzigen Tag lang getrennt gewesen wären. Kein Suchen, nichts beiseite, kein Nebengedanke, kein Zaudern – nur noch er, ich, wir: *alles war richtig*. Zurückgeflutet an seinen Platz, als ob die Lichter wieder aufgeflammt wären ... Ein Augenblick, da alles frei und richtig war, vollkommen richtig; und unendliche, unendliche Erleichterung. Man atmete wieder, und was auch noch geschehen mochte, man wußte, es konnte nicht an einen heran. Er war hier – ganz wie vordem – so rasch und selbstverständlich wie ein Wunder.

Und natürlich war alles, was er tat, richtig. Er hatte einen Wagen dabei, der vor der Tür wartete, er wohnte in einem Haus, das ihm jemand zur Verfügung gestellt hatte, wir waren am selben Abend noch auf dem Lande. In diesen ersten Stunden ließen wir nicht voneinander. Es war etwas Unvermeidbares, es hatte einen Hauch von jener Schwerelosigkeit, die man an Schlittschuhläufern bemerkt, an Vögeln ...

Dann geschah etwas anderes. Wieder war es unerwartet und unabweisbar. Es war, als ob wir zum zweitenmal in achtundvierzig Stunden zu etwas hingeführt worden wären, das wir, wir beide, irgendwann in der Vergangenheit selbst geformt hatten. Eine Gegenüberstellung ... – Am nächsten Tag war alles anders. Die Zeit war doch für uns vergangen; wir waren doch getrennt gewesen. Wir überlegten, wir prüften, wir zögerten. Wir spürten die Vergangenheit, wir mußten an die Zukunft denken. Es war nicht mehr das gleiche: ja, es war zu Ende. Es war noch das Beste, was uns widerfahren konnte, aber es war uns widerfahren. Ich war eingetreten wie in einen offenen Garten; aber man betritt ihn nicht ein zweites Mal auf diesem Weg.

Ich wußte mehr über mich, über das, was ich brauchte, über

das Leben in der Zeit. Ich erkannte die hohe Wand von Unpersönlichkeit zwischen uns – seinen Verzicht, den freiwilligen, noblen Verzicht auf jeden Besitzanspruch – und sah ein, daß es für mich nicht möglich war. Ich war nicht mehr so zivilisiert. Und ich kannte nun die Kluft, die sich später auftut zwischen Bewunderung und Bindung. Ich sah ein, daß es, wenn es jetzt nicht zu Ende war, sich wandeln mußte, und was der Wandel bedeuten würde.

Eine Woche lang sahen wir einander jeden Tag, jede Stunde. Wir sprachen nicht darüber. Auch das hatte ich gelernt. Wir waren sanft; wie Geister. Ich dachte oft an Jules – an seine naivere Anhänglichkeit; ich dachte an ihn mit mehr als Dankbarkeit, und ich war sehr betrübt. Denn es war klar, daß das Ende mit Francis auch das Ende mit Jules bedeutete.

Am Ende der Woche ging sie fort. Sie fuhr mit einem Zug aus Madrid hinaus. Er blieb noch einige Tage. Sie ging traurig fort; sie fühlte sich schal, kalt und leer; sie war allein. Aber sie war auch frei. Und ihr Halt war das Gefühl, leergefegt zu sein, ein stilles, trotziges Gefühl, noch einmal davongekommen zu sein, frei und ledig für ein neues Leben. Sie wußte genau, was kommen mußte und was sie zu tun hatte. Sie prüfte all ihre Handlungen des vergangenen Jahres, sah die Sackgasse, in die sie sich verrannt hatte, und all das war nicht schmeichelhaft. Sie sah, wie sie Jules benutzt hatte und wohin es sie beide noch geführt hätte; und sie erkannte mit Schrecken, wie knapp sie entronnen war. All dies betrachtete sie ganz kühl, verblüfft darüber, wie sehr sie die Realitäten mißachtet hatte, und es erschien ihr verrückt, kopflos, kindisch und absurd, aber schon mischte sich Ungeduld in ihre Gedanken; schon verstand sie es nicht mehr und wandte sich davon ab.

Carolines spanische Freunde hatten dafür gesorgt, daß sie und ihre Zofe zwei Coupés in einem Extrawagen bekamen, der an den Zug nach Südspanien angehängt wurde, und so verlief für sie die weite langsame Reise ohne Störungen und Zwischenfälle. In der ersten Nacht ging sie nicht zu Bett; sie saß da, die Lichter waren gelöscht, und durch die offenen Fenster strömte die Luft herein. Sie saß – schaute hinaus, schaute hinaus und sog die Nachtluft mit vollen Zügen ein. Die Nacht war milchig, von jähen Lichtern durchzuckt, die Landschaft nur im Umriß zu erkennen. Der Zug glitt durch dunkle Flecke, fuhr im spitzen Winkel auf Mauern zu, die, kulissengleich, ganz nahe herankamen, bis sie sich in Schatten und Dunkelheit verloren, flog über ein offenes Gelände: die aufgeteilten, linienbegrenzten Flächen eines Rangierbahnhofs. Ab und zu tauchten plötzlich zwei Stangen, ein Mast, die Konturen eines Eisenträgers auf, standen zusammenhanglos da, schlossen sich zu einem Muster zusammen, leuchtend und konkret, wuchsen empor, glitten vorüber und waren verschwunden. Sie waren auch durch Caroline hindurchgegangen. Sie und die Nacht waren das Medium, und die Bewegung und diese Formen – diese Signale – diese Beständigkeit – waren ein Teil von ihnen. Quecksilberne Schienenbänder liefen neben ihr her, teilten sich, eilten vorwärts, liefen zusammen, weiter, verloren sich in der Dunkelheit. Der Zug fegte an einem leeren, hell erleuchteten Bahnsteig vorüber, sie wußte, daß ihr Vater und ihre Mutter tot waren, einen Sekundenbruchteil war ihr, als existiere sie nicht mehr. Sie starben in der Fremde, vor der Zeit: erst jetzt wurde es ihr ganz bewußt; sie empfand diesen Verlust und ihren eigenen, und dann weinte sie über die toten Eltern mit frischer, mit der ersten Trauer. Als sie geweint hatte, wurde sie ruhig; während die Nacht fortschritt, erfüllte sie eine gelöste Stimmung; das Bewußtsein der wachsenden Entfernung, das Gefühl, der Zukunft entgegenzueilen, belebte sie wieder. Es kam ein Punkt, da ihr eigentliches Ziel schon hinter ihr zu liegen schien, da sie sich fragte, was sie hier wolle, und die Fahrt nach Süden (das Großreinemachen hatte sie sie genannt) ihr wie eine leere Schale, eine Wiederholung vorkam. Daß es nur nicht zu lange dauerte! Sie stellte sich vor, sie sei wieder in England. Das leere Schiff... Und da überkam sie plötzlich ein freudiges Verlangen nach nichts als Rückkehr. Der Westen! Paris zunächst, Vorgeschmack, selbst schon Erfüllung, ein Verweilen – und dann, dann würde sie die Straßen Londons sehen, betreten, riechen. Sie sah einen alten Mann über eine Weiche gebeugt und herumstochern, nun richtete er sich auf, er hatte sie gesehen. Sie lächelte ihm zu, sie fühlte, das Lächeln, das er nicht sehen konnte, verband sie. Sie nahm die Börse, die neben ihr auf dem Sitz lag, und schüttelte den Inhalt zum Fenster hinaus; die Goldmünzen fielen im Fahrtwind unhörbar auf die Gleise, heller als die Schottersteine, und verschwanden ... Der alte Mann war schon nicht mehr zu sehen.

Irgend jemand wird sie finden, sagte sie. Und dann wünschte sie etwas.

Jules war nicht am Bahnhof. Da niemand sicher zu wissen schien, ob der Zug sieben Stunden zu spät oder einen Tag zu früh eintraf, war das nicht verwunderlich. Sie überließ es Marie, einige verschwundene Schachteln zusammenzusuchen, und nahm sich einen Mietwagen. Pedro öffnete die Tür. Sie ging durch das Haus, von Zimmer zu Zimmer, und betrachtete alles angelegentlich und genau, wie man vielleicht eine Villa in Pompeji besichtigt. Sie war noch in den Reisekleidern, als Jules hereinkam.

»Es ist mir eben durch den Kopf gegangen, wie schön das Haus ist«, sagte sie.

Er küßte ihr die Hand.

»Wie warm es schon ist. Laß dich ansehen.«

»Ich fürchte«, sagte er, »ich habe ziemlich viel gespielt, während du fort warst.«

»Eine lästige Männersitte. Hast du sehr viel verloren?«

»Wieso weißt du das?« sagte Jules. »Sieh ... Aber zuerst mußt du etwas zu essen bekommen.«

»O ja, zuerst etwas zu essen«, sagte Caroline.

Und dann brachte man ihr das Telegramm.

Sie wurde rot.

»Es ist gestern gekommen«, sagte Jules, »ich habe für dich unterschrieben.«

Sie empfand vor allem Zorn. »Wie verschmiert es aussieht«, sagte sie und starrte auf den Umschlag, der voller Stempel und durchgestrichener Adressen war.

Dann sah sie, daß das Telegramm für sie an die Deutsche Botschaft in Madrid geschickt und von dort weitergeleitet worden war. Sie riß es auf. Der Text schien ursprünglich englisch gewesen zu sein; einige Worte waren zusammengeschrieben und die meisten orthographisch falsch, aber nach ein paar Sekunden wurde der Sinn langsam verständlich:

JULES BRUDER ERSCHOSSEN
UNFALL EMPFEHLE DRINGEND
SOFORTIGE RÜCKKEHR – SARAH

Carolines Extrawaggon (und Marie) befanden sich noch auf dem Bahnhof, und für den Schaffner war es das Natürlichste von der Welt, daß sie wieder einstiegen. Als sie abgefahren waren, legte Jules sich sofort nieder. Caroline saß ihm mit einem Roman von Edith Wharton gegenüber, den sie in ihrer Reisetasche gehabt hatte. Gegen Abend brachte Pedro, der irgendwo im Bauch des Zuges untergebracht worden war, Sherry und Sandwiches, und Jules begann zu sprechen. Zuvor hatte er nur zwei Dinge gesagt:

»Gustavus – ach, der Ärmste.«

Und darauf: »Du begleitest mich doch?«

Danach hatte er alles, sogar das Packen seiner eigenen Sachen, Caroline und Pedro überlassen. Jetzt redete er ohne Unterlaß. Caroline, die in solchen Dingen wenig Erfahrung besaß, fragte sich beunruhigt, ob er vielleicht krank sei.

»Mein Vater – ich bin überzeugt, er hätte dir gefallen. Du hättest ihm gefallen ...«

»Die Winter waren längst nicht so kalt, wie man heute behauptet. In unseren Schlafzimmern wurde Feuer gemacht, bevor wir zur Jagd aufgestanden sind – aber das geschah wohl mehr, weil es so gemütlich war ...«

»Als Jean mit dem Bären getanzt hat, das hat dem Bären gefallen. Eigentlich mögen sie es nicht ...«

»Der arme Gustavus. Ich glaube, er kann nicht sehr glücklich gewesen sein ...«

»Jetzt ist keiner mehr übrig. Nur ich und Jean. Caroline – ich muß ihn jetzt besuchen. Glaubst du, daß er mich gern sehen möchte?« Und wieder sagte er: »Kommst du mit?«

Später sagte er: »Ich war einmal dort – nachdem – als das mit Gabriel passiert war.«

»Jules«, sagte Caroline, »quäl dich doch nicht.«

Er lehnte sich zurück.

»Es ist alles schon lange her, nicht wahr?«

»Eigentlich nicht«, sagte er.

Und bald darauf: »Wir hatten alles, was wir brauchten ... Wenn man in die Diele gekommen ist, hat man das Bienenwachs gerochen ...«

»Als ich zurückkam, habe ich einen Lemuren mitgebracht...«

»Sie wußten nicht, wie es dort zuging. Ich wußte es. Er hat es mir erzählt.«

»Jules.«

»Ich glaube nicht, daß es Gustavus jemals etwas ausgemacht hat. Als er zurückgeschickt wurde ... Er *wurde* zurückgeschickt.«

»Jules!«

»Caroline?«

»Du wirst wieder dein Asthma bekommen.«

»Wie wird es sein, wenn ich ihn jetzt wiedersehe? *Sag* es mir?«

»Mein Lieber«, sagte sie, »du bedenkst nicht, daß ich kaum etwas darüber weiß. Du hast mir nie davon erzählt.«

»Wie es dort zugegangen ist ... Und die Männer, die gekommen sind ... Papa hat nicht gewußt ... Du bist Gabriel so ähnlich. Ich werde es dir erzählen.«

Caroline saß auf dem Sitz gegenüber, benommen, todmüde.

»Du weißt nicht, wie er ausgesehen hat ... Du weißt nicht ...«

Einmal kam Pedro an die Tür, und sie schlüpfte hinaus. Sie hatte schon zuvor nach Madrid telegraphiert, nun hatten sie dort einen Aufenthalt, und sie erfuhr, daß man ihren Wünschen entsprechen werde; ein Beamter kam in den Wagen, um ihr zu sagen, daß sie an den Expreß nach San Sebastian angehängt würden. Zugwechsel an der Grenze und dann noch einmal in Bayonne, anschließend direkt über Angoulême-Poitiers-Paris-Lüttich-Aachen nach Köln. »Sie werden übermorgen in Deutschland sein, so Gott will.«

Vor Mitternacht erschien Pedro wieder und brachte eine Flasche Medizin, die er sich von einer mitreisenden Dame ausgeliehen hatte. Baldrian, sagte Caroline, sie kenne es am Geruch. Zusammen maßen sie ein paar Tropfen ab. Jules hielt ihre Hand fest.

»Auch wenn er sich verändert hat, wird es am besten sein, ihn zu besuchen, nicht wahr? Wir werden ihn besuchen. Wir werden hinfahren, sobald – sobald wir hinfahren können ... Papa ließ nie jemanden an die Bäume – wie sie dir gefallen hätten – und Wachs, Wachs zum Polieren, Wachs von unseren eigenen Bienen ...«

Als er endlich eingeschlafen war, ließ ihn Caroline allein und stahl sich in das Coupé, das sie nun mit Marie teilte. Sie streifte die Kleider ab, ohne Licht zu machen, kroch in das Bett und war sogleich eingeschlafen. Ein paar Stunden später wachte sie plötzlich auf. Es war kurz vor Tagesanbruch, der Zug stand. Zweierlei wurde ihr jäh bewußt: Der Text des Telegramms war höchst sonderbar. Und sie bekam wahrscheinlich ein Kind.

5.

Es war wieder früher Morgen, als sie zwei Tage später über die deutsche Grenze fuhren. Bei einem Aufenthalt hörte Caroline hinter den zugezogenen Vorhängen, wie draußen auf dem Bahnsteig jemand auf und ab lief und einen Namen ausrief; es war ein etwas störender Lärm. Als der Zug wieder anfuhr, wußte sie, was es gewesen war.

Fel-den ... Fel-den ...

Sie stand auf und kleidete sich an. Dann wurde ihr ein Stoß Telegramme gebracht. Sie waren alle für Jules bestimmt; sie hoffte, daß er noch schlief, und legte sie zur Seite.

Als der Zug in die erste große Station einlief, war sie bei ihm. Jules war eben erwacht, Pedro machte sich mit einem Spirituskocher zu schaffen; es regnete, wie Jules bemerkte. Wieder glaubte sie seinen Namen zu hören. Sie erwarteten nicht, vor dem Eintreffen in Berlin irgendwelchen Bekannten zu begegnen. Sie beugte sich hinaus. Ein paar Männer kamen herbei und fragten nach Baron Felden. Wer sind Sie? wollte sie schon fragen, dann begriff sie, daß es Reporter waren. »Mein Mann fühlt sich nicht wohl«, sie versuchte die Sicht durch das Fenster zu verdecken; »was wollen Sie?« Doch Caroline sprach damals noch nicht richtig Deutsch, und ihre Sätze verfehlten ihre Wirkung. Sie drängten sich unter ihrem Fenster. »Da drin ist er«, sagte einer von ihnen.

»Was gibt es?« rief Jules auf französisch von seinem Bett her.

»Bitte gehen Sie doch«, sagte sie; »ich komme hinaus und spreche mit Ihnen.«

»Ist sie die Französin oder die Jüdin?«

Das verstand Caroline. Sorgfältig auf Substantive und Grammatik achtend, sagte sie: »Ich bin die englische Frau.«

»Die, welche die Hochzeit abgesagt hat ...«

Pedro kam, um das Fenster hochzuschieben; sie hinderte ihn daran. »Was wollen Sie?« fragte sie.

Aber schon war einer im Korridor. Hinter ihr ging die Tür auf, und er trat ein. »So, die Herrschaften glauben wohl, sie könnten immer ihren Willen durchsetzen –«

»Guten Morgen«, sagte Jules. Er trug einen Schlafrock und hielt ein leichtes Silbertablett mit einer Tasse chinesischen Tees. Im Abteil roch es nach *cuir de russie* und frischer Luft.

»Doña Carolina, soll ich ihn hinauswerfen?« sagte Pedro.

Der Mann hatte die brennende Zigarre im Mund behalten. »Entschuldigung, wenn ich störe.«

»Ist es unbedingt nötig, daß Sie so mit uns sprechen?« sagte Caroline.

»Wie ich sehe, sind die Myrmidonen des Großherzogs noch nicht ausgerückt, um Sie zu beschützen.«

»Est-ce la Révolution?« sagte Jules. »Cela tombe bien.«

»Ihr Freund, Seine Königliche Hoheit der Großherzog von Baden; Sie sind hier in Karlsruhe, falls Sie es noch nicht wissen sollten.«

»Sie kommen von Seiner Hoheit?« sagte Jules.

In diesem Augenblick entstand im Korridor eine Bewegung.

Zwei weitere Männer erschienen in der Tür. Der Schlafwagenschaffner war nirgends zu sehen, aber Marie versuchte sie zu verscheuchen.

»Sie sollten sich schämen«, sagte sie.

»Vielleicht hat sie auch einen Posten bei den Leibdragonern.«

»Wir repräsentieren das deutsche Volk«, sagte der Mann mit der Zigarre zu Jules.

Da wandte sich Caroline ihnen zu. »Gentlemen –« sagte sie, und eine Flut englischer Worte folgte. Es hätte vielleicht Eindruck gemacht, wenn sie nicht alle zugleich begonnen hätten auf Jules einzureden. Jules wurde ohnmächtig. So erfuhr sie erst später von Marie, was er zuvor noch gehört hatte, nämlich daß Hauptmann Johannes von Felden von einem Soldaten seines Regiments erschossen worden war.

Ich habe nicht die Absicht, jetzt eine ausführliche Darstellung des Felden-Skandals zu geben. Selbst wenn ich es wollte, wäre ich doch kaum kompetent. Die erste Phase war schon vorüber, als ich auf die Welt kam; die nächste erlebte ich mit, ohne es zu wissen. Mein Wissen über Institutionen, Regierung und Stimmung im kaiserlichen Deutschland ist bruchstückhaft, konventionell und instinktiv und enthält sicherlich viele Ungenauigkeiten und Lücken; es ist außerdem retrospektiv und so unauslöschlich, daß eine nachträgliche Korrektur unmöglich erscheint. Es ist ein unheimliches Wissen, ein Eindruck, wie man ihn etwa von einem Haus bekommt, durch das man mit einer Kerze in der Hand gegangen ist. Die Bernin-Akten sind niemals veröffentlicht worden; und man glaubt heute, daß sie vernichtet wurden. Doch wahrscheinlich existieren noch die Zeitungen aus jener Zeit. Ich habe sie nicht gelesen. Und ich bezweifle, daß ich sie je lesen werde. Was ich weiß, erfuhr ich, wie alles andere von dieser Geschichte, aus zweiter und dritter Hand, in großen Portionen oder rätselhaften Andeutungen, nach und nach oder blitzartig, vom Hörensagen oder durch Klatsch oder Erzählungen, durch ein oder zwei Schilderungen, in denen für die, welche sie gaben, alles lag. Auch machte ich mir auf manches meinen eigenen Reim. Ich bin nie in Spanien gewesen; ich kenne das Paris vor dem Ersten Weltkrieg, wo meine Mutter als junge Frau über die Seinebrücke ging, um Sarah zu besuchen, und mit Jules durch die Tuilerien spazierte, nur aus Worten und von Bildern; ich bin nie mehr nach Deutschland zurückgekehrt. Mit einer Ausnahme waren die Menschen jener Zeit aus meinem Leben verschwunden, noch ehe meine Kindheit zu Ende war: Ich habe sie nicht wiedergesehen. Sie sind heute alle tot. Ihre Häuser stehen nicht mehr. Ihre wenigen Nachkommen müssen über drei Kontinente verstreut sein. Selbst wenn ich wollte, würde es mir schwerfallen, sie zu finden. Es ist eine abgeschlossene Geschichte – unbeweglich in der unabänderlichen Vergangenheit; unberührbar, vollständig, wie in einem versiegelten Glasbehälter versenkt. Für mich war es nie eine neue Geschichte. Jede zweite Hand hatte eine erste berührt; jedem Fragment hatte sich ein zweites zugesellt – diese Wendung war der Schlüssel zu einem Blick gewesen, an den man sich entsann, diese Flunkerei strafte eine andere Lügen, dieser Hinweis erhellte einstmals mitangehörte Worte, jene Erzählung ließ die Stimmung eines ganzen Winters wiedererstehen. Welche Erinnerungen sind die der anderen? Welche sind meine? Ich weiß von keiner Zeit, da ich nicht von den Erlebnissen anderer bestimmt gewesen wäre. In gewissem Sinne ist das meine eigene Geschichte.

Das Bemerkenswerteste am Felden-Skandal war die außergewöhnliche Bösartigkeit der entfesselten Emotionen. Öffentliche Skandale, Skandale in Zeiten relativer Stabilität, das heißt, wenn wohl viele der bestehenden Gesellschaftsordnung gerne einen Stoß versetzen würden, aber nur wenige bereit sind, sie einzureißen, laufen nach einem bestimmten Schema ab. Irgend etwas, ein Fall von Amtsmißbrauch, ein Verbrechen, irgendein grobes Unrecht, gerät durch fahrlässige oder absichtliche Indiskretion an die Öffentlichkeit und wird aufgegriffen. Das Regime, das den besagten Übergriff geduldet, begangen oder aber begünstigt haben soll, versucht die ans Licht gekommenen Dinge abzustreiten oder zu beschönigen. Wenn diese Tatsachen dann zufällig auch noch allzusehr im Widerspruch zu dem stehen, was der Durchschnittsbürger von seiner Regierung zu erwarten gewohnt ist, wenn sie ordnungswidrig, unehrenhaft oder sensationell genug sind oder doch so dargestellt werden oder wenn der Bürger einfach sehr arm oder sehr einfältig oder ein Querulant ist, dann wird der Skandal tatsächlich zum öffentlichen Skandal, und der Stein kommt ins Rollen. Die Motive sind das Wesentlichste, aber wie gewöhnlich werden die Motive durcheinandergehen. Manche der Ankläger erhalten ihre Stichworte von Parteien, manche werden von Grundsätzen geleitet, andere haben die Moral im Auge oder die eigene Karriere oder ihre Freunde und Feinde, und die meisten werden ein bißchen von all dem im Kopf haben; und fast jeder wird, nach seiner Auffassung von staatsbürgerlicher Pflicht, glauben, an das Ganze zu denken, das doch so kompliziert ist. Die Männer in den Staatsstellen werden gleichfalls von der Loyalität gegenüber den Gruppen, denen sie angehören, oder gegenüber ihresgleichen und von der Wichtigkeit ihrer Karriere für das Vaterland und für sich selbst durchdrungen sein. Es wird ein gewisses Maß ehrenvoller Beweggründe geben und ein gewisses Maß von Wahrheitsliebe und häufig mehr als ein gewisses Maß an Gutwilligkeit, aber es wird auch ein gerütteltes Maß vom Gegenteil im Spiele sein. Und wenn aller Wirrwarr und alles Gezeter zu Ende ist, wenn Köpfe gerollt sind und die Flut von Tinte und Druckerschwärze verebbt ist, wenn die Stimmen des Zorns und des gespielten Zorns sich erhoben haben, wenn viele sich selbstgerecht gebärdet und einige Angst empfunden haben, wenn der Streitfall entschieden ist und die Untersuchungskommission ihren Bericht vorgelegt hat, wenn jede Seite so weit gegangen ist, wie sie für gut hielt, und viele Jahre ins Land gegangen sind, dann wird sehr wahrscheinlich etwas Gerechtigkeit geübt und ein wenig Schuld geahndet worden sein: der Unschuldige wird seinen Posten wiedererhalten, und seine Verfolger werden den ihren verlieren; diese Praktiken werden diskreditiert, und jener Bezirk wird der letzte sein, wo sie ihre Verträge auf diese Weise unter Dach und Fach bringen; aber die Bezirksverwaltung weiß so gut wie andere auch, daß sie nicht als erste so handelte; der Unschuldige ist bis zum Beweis seiner Unschuld durch den Schmutz gezerrt worden, aber gleichwohl werden manche Leute die Meinung vertreten, seine Unschuld sei ein großes Ärgernis, und andere zeigen sich durchaus nicht überzeugt, und wieder andere setzen sich im geheimen für die Männer ein, die zu Schaden gekommen sind, und wissen, daß der Tag kommen werde, da es kaum mehr nötig sein wird, öffentlich für sie einzutreten; doch wie viele von denen, die so laut und herzhaft gegen die Übeltäter wetterten, waren eigentlich gegen die Missetat? Eine neue Rechnung ist aufgemacht worden; die Zinsen werden anwachsen; und alles in allem ist die Luft in dem betreffenden Land ein bißchen stickiger geworden.

Trotz allem aber fehlt gewöhnlich in einem solchen Aufruhr nicht ein Element der Großzügigkeit. Ein Flüstern von Toleranz, Bewährung von Freundschaften, der Wunsch, für andere Besseres zu erreichen; ein Ruf nach dem Helden, und nicht nur nach den Teufeln und Sündenböcken. Im Felden-Skandal scheint sich jeder, fast unterschiedslos, gegen jeden gestellt zu haben. Natürlich muß es gestimmt haben, daß keiner eine völlig reine Weste hatte, aber es kam noch etwas anderes hinzu: Die Geschehnisse, die diesen Aufschrei gegen die bestehende Ordnung verursachten – die Nachwirkungen einer Regelwidrigkeit, die in einem entlegenen Winkel des Landes dreißig Jahre lang bestanden hatte –, waren nicht repräsentativ für dieses System. Es mag sein, daß sie ein seltsames Licht auf die Wilhelminische Ära geworfen haben, charakteristisch waren sie sicherlich nicht, ja, die Menschen müssen sich gefragt haben, wie etwas Derartiges hier überhaupt geschehen konnte. Und doch war das Geschrei groß, und anscheinend ist nirgends, nicht ein einziges Mal, ein Lachen laut geworden.

Der Oberst, der Johannes' Regimentskommandeur gewesen war, hatte den Abschied genommen. (Er war nicht aus dem Holz geschnitzt, aus dem man Generäle macht.) Der Nachfolger war ein neuer Besen aus dem Norden. Er sah sich die Liste seiner Leute an und stellte fest, daß sich darunter ein Hauptmann befand, dem ein Gestüt im Schwarzwald unterstellt war und der sich noch nicht zum Rapport gemeldet hatte. Er stellte Fragen und erfuhr, daß der Hauptmann niemals zum Rapport erschien. Er fragte weiter, aber scheint keine Antworten bekommen zu haben. »Es ist schon immer so gewesen.« – »Wir haben den Hauptmann nie zu Gesicht bekommen.« – »Der Major weiß Bescheid.« Das Unglück wollte es, daß der Major auf einem ausgedehnten Urlaub war; seine Gesundheit war nicht die beste, und er verbrachte mit seiner Frau den Winter auf Madeira. Der Oberst, dem eine ganze Reihe von Dingen mißfiel, erklärte im Kasino, daß er den Hauptmann kommen lassen werde.

»Oh, das würde ich nicht tun, Herr Oberst.«

»Warum nicht, bitte sehr?«

»Er würde nicht kommen.«

»*Hauptmann* von Felden?«

»Nun gut, wenn Sie es wirklich wissen wollen, Herr Oberst, er soll nicht ganz richtig im Kopf sein.«

»Der *Hauptmann?*«

»So heißt es jedenfalls.«

»Unerhört.«

»Vielleicht kommt es davon, daß er älter wird, Herr Oberst. Er ist seit Menschengedenken dort draußen. Er muß uralt sein.«

»Ein *Hauptmann?* Nein, nein, da stimmt etwas nicht. Um das Pensionierungsalter kommt er nicht herum.«

»Es heißt, der Großherzog hat ein besonderes Interesse an ihm. Bei seiner Mutter war es jedenfalls so.«

»Der Großherzog?«

»Unser Großherzog, Herr Oberst.«

»Ach so.«

Ein junger Subalternoffizier krähte: »Vielleicht ist er der Ritter mit der eisernen Maske?«

»Ich werde ihn sofort holen lassen«, sagte der Oberst.

»Ich würde dem Major schreiben, Herr Oberst, wirklich.«

»Ins Ausland schreiben? Wegen einer Sache, die zwölf Meilen von hier vor sich geht?«

So schickte denn der Oberst nach dem Hauptmann; und als

Johannes nicht kam, schickte er wieder nach ihm, diesmal einen Sekondeleutnant aus seiner eigenen Heimat und einen Korporal. Sie hießen von Putnitz und Schaale. Johannes' Bursche war durch die erste Aufforderung des Obersten aufgescheucht worden und versuchte ihm eine Uniform anzuziehen. Johannes schien sich davor zu fürchten und wehrte sich. Er warf sich auf den Boden und versuchte durch Hinundherwälzen den Uniformrock abzustreifen. Der Bursche half ihm sofort wieder heraus und brachte es fertig, ihn zu beruhigen. Dann ließ er ihn allein, um die Abgesandten des Obersten zu bitten, den Hauptmann an diesem Tag nicht zu besuchen, da der Hauptmann sich nicht wohl fühle. Der Leutnant sah den Burschen an, der Breecheshosen und eine gestreifte Jacke trug, und erklärte ihm, er habe Befehl, den Hauptmann zu *sprechen*. Darauf betraten der Leutnant und der Korporal Johannes' Zimmer. Der Leutnant schlug vor dem ranghöheren Offizier die Hacken zusammen und meldete sich in einer Sprache, die Johannes eigentlich längst fremd geworden sein mußte. Johannes bleckte die Zähne und sprang ihm an die Kehle. Was dann geschah, ließ sich später nicht mit Sicherheit feststellen. Der Angriff muß ebenso jäh wie wild gewesen sein, und von Putnitz schrie laut auf. Der Korporal blieb bei seiner Behauptung, daß der Leutnant ausdrücklich um Hilfe gerufen habe; Putnitz sagte aus, daß es nicht so gewesen sei, aber einmal räumte er ein, er könne es nicht mit Sicherheit sagen. Der Korporal zog seinen Revolver und gab zwei Schüsse ab, und als der Bursche hereinstürzte, lag Johannes schon im Sterben. Der Leutnant blutete und redete wirr unter dem Eindruck des Schocks; der Korporal stand da und starrte auf die Waffe in seiner Hand.

Der Oberst war in einer schwierigen Situation. Zuerst schien es ihm gar nicht so. Er ließ Leutnant von Putnitz in Arrest setzen und den Korporal in Eisen legen, dann traf er Vorbereitungen für eine Kriegsgerichtsverhandlung. Vielleicht hätte er wenigstens einen von den beiden gleich am Tag darauf erschießen lassen, hätte nicht Johannes' Bursche, der »getreue Georg«, wie er in der Folge genannt wurde, den Kopf verloren. Er lief davon. Zwei Stunden nach der Tat erschien er auf dem Fahrrad in seinem Heimatdorf; außer sich vor Schmerz und Schrecken taumelte er in die Küche seines Elternhauses und rief: »Sie haben meinen Hauptmann ermordet!« Dann fuhr er weiter nach Sigmundshofen, wo die Dame lebte, die sie einmal besucht und dem Hauptmann immer wie eine Schwester geschrieben hatte. Das Haus war geschlossen, aber zufällig war Clara anwesend, die alljährlich um diese Zeit im Frühjahr auf eine Woche herunterkam, um das Haus zu lüften. Clara hatte die Sechzig schon hinter sich und war nicht bei guter Gesundheit; sie war immer rücksichtslos gegen sich selbst gewesen, und ihr Körper vermochte nicht, die Kraft herzugeben, die sie ihm fortwährend abforderte. Was sie hören mußte, war schrecklich für sie. »Es muß Gottes Wille gewesen sein«, sagte sie. Dann: »Ein Gericht.« – »War ein Priester bei ihm?« fragte sie. »Hinweggenommen wie ein Kind ... Ach ja ...« Der Bursche, der weinte, sah die Verwirrung und weinte noch lauter. Clara sah nicht, daß er Zuspruch brauchte. Sie bat ihn, eine Stunde zu warten, in der sie ihre Fassung wiederfinden wollte; der Bursche begab sich in die Dorfschenke und erzählte, was er erlebt hatte.

Unterdessen hatte der Oberst angeordnet, ihn wegen Fahnenflucht festzunehmen. Und als der Bursche mit Clara und einem jungen Priester aus Sigmundshofen-Dorf, den Clara mitgenommen hatte, in der Garnisonstadt aus der Lokalbahn stieg, wurde er vom Bahnsteig weg verhaftet. Clara versuchte dazwischenzutreten; dann machte sie sich unverzüglich daran, die Festnahme des Burschen zusammen mit einer langen Botschaft über den öffentlichen Telegraphen an ihren Mann, ihren Bruder und an Jules zu depeschieren. Die Nachricht an Jules ging in Spanien verloren. Auf Fahnenflucht stand Todesstrafe, die, in Friedenszeiten, umgewandelt werden konnte oder auch nicht. Der Oberst erklärte später, sein Festnahmebefehl sei nur Routinesache gewesen.

Als dem Oberst gemeldet wurde, daß eine Verwandte des toten Hauptmanns eingetroffen sei, bekam er ein sehr ungutes Gefühl.

»Sie ist die Schwester des Staatssekretärs«, erklärte ihm sein Stellvertreter.

»Tatsächlich? Was Sie nicht sagen. Eine weitere Unregelmäßigkeit zweifelsohne.« Dann besann er sich, daß nun, da drei Schuldige eingelocht waren, Felden als ein verstorbener Kamerad und als das Opfer anzusehen sei, und er entschloß sich, der Dame sein Beileid auszusprechen. Noch ehe er sein Vorhaben ausführen konnte, wurde Clara gemeldet.

Sie ließ ihn gar nicht zu Wort kommen. »Man hat mit großer Fahrlässigkeit gehandelt«, sagte sie. »Wie konnten Sie zulassen, daß er Uniformen zu sehen bekam?«

»Gnädige Frau –« sagte der Oberst.

»Auch wir tragen Schuld. Es war ein Fehler, ihn hierzulassen. Wir hätten Ihnen nicht trauen dürfen.«

Was der Oberst von Clara hörte, erschütterte ihn zutiefst. War das noch die gleiche stolze Armee, der er in Stettin und Schwerin und in Lüneburg freudig gedient hatte? Er war völlig verstört und wollte nichts hören, aber er konnte sie nicht zum Schweigen bringen. Als sie schließlich gegangen war, war er derart bestürzt, daß er seinen Grundsatz, nach dem er Regimentsangelegenheiten behandelte, umstieß und auf der Stelle einen Bericht – eine Reihe peinlicher Fragen – an die Brigade abfaßte. (Er hatte später Grund, sich selbst dankbar zu sein; dieser Bericht sollte zwar nicht seine Karriere retten, aber er verhinderte, daß er sofort kassiert wurde.) Noch am selben Abend erfuhr er, daß aus der Stadt Zeitungsreporter erschienen waren. Er gab Anweisung, sie davonzujagen. Die Reporter verschafften sich ein Fahrzeug und machten sich auf den Weg zum Schwarzwald und zum Haus des Hauptmanns. Und so gelangte durch diese drei, durch den »getreuen Georg«, Clara und den Oberst, die Geschichte in die Morgenzeitungen.

Zuerst wirkte sie an den Frühstückstischen nur wie eine unbedeutende Sensation. Einige Tage lang hieß sie der »Mord an dem Dragoneroffizier«; natürlich war dieses Schlagwort unhaltbar, aber irgendwie wurde der Grundton der öffentlichen Meinung davon bestimmt; und keine der späteren Etikettierungen konnte sich so recht durchsetzen.

Dann, noch ehe die Woche um war, wurde die Affäre in eine bestimmte Bahn gelenkt: In der neuen sozialistischen Tageszeitung »Fortschritt« erschien der erste einer Serie von Leitartikeln, verfaßt von einem der schonungslosesten und fähigsten Publizisten jener Zeit, der unter dem Pseudonym Quintus Narden schrieb. Narden war kein junger Mann mehr, und er war schon seit Jahren der Sprachführer der Antimilitaristen; die Armee war geradezu sein Monopol – diese wuchernde Ansammlung säbelrasselnder Drohnen, dieser Staat im Staate, dieser Tummelplatz aristokratischer Anmaßung und Müßiggängerei, dieser immer größer werdende Nachtmahr ... Der Artikel trug die Überschrift: »Eine Familie.« Er wolle versuchen, schrieb Narden, die Karrieren dreier Brüder zu skizzieren. Drei Barone. Vergnügungssüchtige Männer, aufgewachsen im Schoß des Luxus, wenn auch nur mäßig begütert. Wie sorgten sie also für ihr Fortkommen? Hatten sie einen Beruf erlernt? Ließen sie sich herbei, ein Handwerk zu erlernen? Kam Arbeit für sie überhaupt in Frage? Es *wurde* für sie gesorgt. Von wem? Von ihren feudalen Beziehungen, von ihren Frauen, vom – deutschen Volk. Und zwar auf dem Weg über den Staatsdienst, über die Hochfinanz, über – sosehr der Leser sich auch überfordert glauben möge – das Deutsche Heer. Er wolle den ältesten der drei zuerst vorstellen. Sein Lebensweg sei einfach verlaufen. Mit zwanzig Jahren ehelichte er die einzige Tochter eines unserer vermögendsten Staatsmänner und begann ein geruhsames Leben auf dem Gut ihres Vaters, nachdem sein eigenes Erbteil, ein paar verlotterte und verschuldete Hektar Grund, verkauft worden war. Und seither hatte er immer dort gelebt. Er wäre noch heute dort, hätte er nicht vor kurzem dieses Domizil gegen ein anderes eingetauscht, das sein gräflicher Schwager – *zeitweilig-* in der Reichshauptstadt aufgeschlagen hatte, in dessen Kielwasser er nach der Berufung des letzteren in ein Ministeramt hierhergekommen sei. Zum Dank für fast vierzigjährige Gastfreundschaft habe der Baron seinem Schwiegervater, beziehungsweise seinem Schwager, ein bißchen Schreibarbeit abgenommen, bei der es sich wohl um Dinge gehandelt habe, die nicht solchen Beamten überlassen werden konnten, die dafür ausgebildet waren und ihren Amtseid abgelegt hatten? Der zweite Bruder wollte höher hinaus. Er war kein Stubenhocker und hatte sich ohne erkennbare Qualifikation – mit Hilfe des Schwiegervaters seines Bruders (jenes verstorbenen Staatsmannes und Vaters des bewußten Ministers) Zutritt zum diplomatischen Dienst verschafft. Nachdem er die Diplomatie ein paar Jahre mit seiner anerkannt anmutigen Gegenwart geziert hatte, habe er ihr nonchalant den Rücken gekehrt, als sich eine noch erstrebenswertere Sinekure in Gestalt einer ehelichen Verbindung mit unserer israelitischen Plutokratie eingestellt hatte. Weder das allgemein Unpassende dieser Verbindung (unpassend nach den Grundsätzen seiner eigenen Kaste) noch der große Altersunterschied, denn die Braut war zwanzig Jahre jünger als er und von labiler Gesundheit, noch auch die offenkundige Zurückhaltung der Brauteltern hatten den Unerschrockenen von seinem Ziel abbringen können. Wieder begab er sich auf Reisen und nahm seine junge Frau mit. Sie starb bald. Nunmehr ungebunden, aber glänzend versorgt, ließ sich der Baron, der stets auf sein Vaterland mit Verachtung herabgeblickt hatte, in der französischen Hauptstadt nieder und begann ein Leben, für dessen Schilderung diese Seiten schwerlich der rechte Ort sind, und von dort aus setzte er seine emsigen und zweifellos einträglichen Besuche bei seinen ehemaligen Schwiegereltern fort. Unfähig, selbst seinen Vaterpflichten nachzukommen, brachte er es fertig, das einzige Kind aus seiner kurzen Ehe mit ihrer unglücklichen Tochter diesen alten Leuten aufzuhalsen. Nebenbei bemerkt, eine erstaunliche Großzügigkeit bei einer jüdischen Familie, die sich bekanntlich stets gesträubt hat, für die Verpflichtungen ihrer eigenen Sprößlinge aufzukommen; obwohl dies wiederum weniger erstaunlich ist, wenn man sie im Licht der Protektion betrachtet, die eine andere Dame, ebenfalls Jüdin und sehr wohlhabend und gleichfalls erwähnter Familie durch Heirat verbunden, über einen Zeitraum von vielen Jahren – die nachzurechnen die Höflichkeit verbietet – als, wie man es nennen könnte, treue Freundin und Beschützerin dem Baron gewährt hat, ein Einvernehmen, das erst getrübt wurde, als er vor kurzem zum zweitenmal das Wagnis einer Ehe unternahm.

Der augenblickliche Ehepartner sei seines Wissens eine englische Dame mit einflußreichen Verbindungen und, selbstverständlich, sehr begütert. Es könne kaum einen Zweifel geben, daß der Baron, der seine Gunst nicht leichtsinnig verschenke, eine gute Wahl getroffen habe. Und doch sei es vielleicht die Frage, ob dieser Mann, der es sich wie ein Kuckuck in fremden Nestern gut sein läßt, unter den praktischer und knausiger eingestellten Bewohnern Albions ganz dieselbe zärtliche Fürsorge finden werde, die ihm die leichtgläubigen, gutmütigen Deutschen angedeihen ließen.

An dieser Stelle legte Quintus Narden eine Pause ein und bat seine Leser um Verzeihung, daß er ihre Geduld mit einer solch banalen Geschichte strapaziert habe. Nun müsse er von dem dritten Bruder sprechen. Er sei der jüngste der drei, und es sei über ihn wenig bekannt, außer daß er, der sich keiner besonderen Talente oder Bildung rühmen könne und offensichtlich des Durchsetzungsvermögens seiner Brüder ermangele, in der Armee untergebracht worden sei. Daran sei nichts Ungewöhnliches, auch nicht – wenn man seine Beziehungen bedenke – an dem Umstand, daß er ohne weiteres in einem Reichsland seine Karriere in einem feudalen Kavallerieregiment begonnen zu haben scheine. So weit, so normal. Aber als die Jahre vergingen, verlor dieses Wunderkind den Verstand. Es wurde geistesschwach, geistesgestört, non compos. Auch das noch keine ungewöhnliche Entwicklung – es sei gut möglich, daß die Öde, die völlige Nutzlosigkeit, die Vergnügungssucht, die Sinnlosigkeit und Frivolität seiner Existenz die geringen Anlagen, die dieser ziemlich mittelmäßige junge Mann einmal besessen haben mochte, aufgezehrt hatten. (Ein Fall, der bei näherer Untersuchung im Heer Seiner Majestät vielleicht nicht allzu selten anzutreffen wäre.) Und hier, schrieb Narden, müsse er wiederum innehalten – er zweifle, ob seine Feder imstande sei, Tatsachen, die zugleich so trivial und armselig seien, glaubhaft darzustellen. Der Zustand des Offiziers habe sich nicht gebessert. Er müsse, soviel sei nunmehr klar, wohl zwanzig Jahre lang unzurechnungsfähig gewesen sein. Wo brachte er diese Zeit zu? In der sicheren Obhut des einen oder anderen seiner Brüder oder bei deren angeheirateten Verwandten? In einem privaten

Heim? In einer Anstalt? In gewissem Sinn, ja. Der Offizier brachte die Jahre im Heeresdienst zu. Zwanzig Jahre blieb er in seinem Regiment, bis der Tod gewaltsam ein Ende machte; er bezog seinen Sold; er trug des Kaisers Uniform; er wurde seinen Dienstjahren entsprechend zum Hauptmann befördert. Der Schreiber dieser Zeilen habe nie die Ansicht vertreten, daß ausgerechnet Militärs am besten dafür geeignet seien, einen krankhaften Geisteszustand zu erkennen – aber zwei volle Jahrzehnte! Narden brach seine Ausführungen ab, erklärte, er sei zu verwirrt, um eine vernünftige Darlegung der Tatsachen wagen zu können; er hoffe, so schrieb er, bis zur Montagausgabe sein Gleichgewicht so weit wiedergefunden zu haben, daß er einige Aspekte dieser Angelegenheit, die seine Besorgnis erregten, unter der Überschrift UNENTDECKT ODER VERTUSCHT? behandeln könne.

Dieser Artikel erzwang sich Beachtung. »Was sollen wir jetzt wieder verbrochen haben?« fragte man im Kriegsministerium.

»Gehen wir lieber der Sache nach.«

»Wir können es uns nicht bieten lassen, daß Narden uns vorschreibt, wer als Offizier tauglich ist.«

»Gehen wir lieber der Sache nach.«

Das Ergebnis war verblüffend. Tatsächlich war seit dreißig Jahren ein Offizier dieses Namens in der Heeresliste geführt worden; aber niemand hatte je etwas von ihm gehört, außer einer Handvoll Leute in der betreffenden Garnison, und die nahmen keine verantwortlichen Stellungen ein. Es gab keine Aufzeichnungen. Es war nie ein Bericht vorgelegt worden. Sämtliche Regimentskommandeure des Hauptmanns waren verstorben (mit Ausnahme des vorletzten, der aber noch nichts hatte verlauten lassen). Der Kriegsminister sprach mit dem Generalstabschef und beschloß, die Kriegsgerichtsverhandlung gegen Leutnant Putnitz und Korporal Schaale aussetzen zu lassen.

»Das Regiment hat telegraphiert, ob der Offizier mit allen militärischen Ehren beigesetzt werden soll.«

»Natürlich. Nein. Vielleicht nicht. Lassen Sie es verschieben; ja, lassen Sie es verschieben.«

»Geht uns nichts an«, sagten die Mitglieder der regierenden Partei zueinander. »Sollen sich die Generäle darüber den Kopf zerbrechen.«

»Ich wäre nicht so sicher; schließlich müssen *wir* die Bewilligungen durchdrücken.«

»Peinliche Geschichte, das mit Bernin – der Bursche, der da erschossen worden ist, ist der Mann seiner Schwester oder sein Schwager oder so ähnlich.«

»Sagen Sie nur, Sie haben das Drecksblatt gelesen?«

»Nur einen Blick draufgeworfen.«

»Bernin ist mit allen Wassern gewaschen.«

»Ich wollte, man könnte das gleiche von der Regierung sagen.«

»Daß so etwas passieren mußte, ehe wir den Haushalt durchgebracht haben!«

»Das kann doch nicht wahr sein?« sagte man in den Klubs.

»Der Kerl all diese Jahre verrückt ...«

»Ein bißchen stark.«

»Ach, das ist doch nur ein Windei von dieser alten Giftspritze.«

»Narden war immer vorsichtig; auf seine Weise.«

»*Nun*, wenn etwas Wahres dran ist, dann kann ich nur sagen, es macht gar keinen guten Eindruck.«

Auf einhundertzwanzig Gewerkschaftsabenden überall im Land sagte der Vorsitzende: »Genossen –«

»Wer ist Baron Blaubart?«

»*Immer* diese Erbinnen.«

»Unersättlich.«

»Einen lasse ich mir gefallen pro Familie – das ist was für den zweitältesten Sohn.«

»Wie *hat* er es nur angestellt?«

»*Unsere* Steuern.«
»Sehr richtig.«
»*Unsere* Ersparnisse.«
»Hört, hört!«
»Die Pfennige des arbeitenden Mannes.«
»*Dahin* gehen sie also!«
»Verrückte verprassen unser Geld.«

»Hast du gelesen – die Juden haben auch ihre Finger drin.«
»Immer wenn etwas faul ist im Staate Dänemark . . .«
»Das Militär traut sich nichts gegen sie zu unternehmen, sonst kriegen sie den Stahl nicht.«
»Krupp ist doch kein Jude, Onkel?«
»Die Juden könnten ihm den Geldhahn zudrehen.«
»Natürlich.«

An dem Sonntagabend, der auf die Veröffentlichung des Narden-Artikels folgte, meldete eine Garnison in der Nähe von Magdeburg, daß eine Menschenmenge sich mit Gewalt Zutritt zum Regimentskasino verschafft und ein Individuum mit sich geschleppt habe, das mit den Insignien, Küraß und Federbusch, eines Kavallieroffiziers geschmückt war und um den Hals ein Schild mit der Aufschrift ICH AUCH trug. Dieser Bursche sei im Spielzimmer der Herren Offiziere abgesetzt worden und der Mob habe sich sodann lärmend wieder entfernt. Das Individuum, das sich bei näherer Untersuchung als der Sprache nicht mächtig herausgestellt habe, sei später abgeholt worden; es habe sich um den Dorftrottel einer Nachbargemeinde gehandelt.

Diese Art von Offiziersfopperei machte Schule und blieb viele Jahre lang ein beliebtes Sonntagabendvergnügen in den ländlichen Gegenden Deutschlands.

An diesem ersten Sonntag trafen Jules und Caroline in Berlin ein. Es war Abend, und der Bahnhof schien bevölkert. Caroline hatte die leise Hoffnung gehegt, daß sie nicht abgeholt werden würden. Aber Sarah war da. Sarah war gekommen, um ihre

Freundin abzuholen. Sie hatte einen Bediensteten mitgebracht und einen Wagen und trug die längsten Füchse und einen riesigen Hut.

»*Du* –«

»Wie geht es ihm?« fragte Sarah.

»Ich weiß nicht. Du wirst ja sehen. Er glaubt, er hat Bronchitis.«

Sarah sagte: »In der Voßstraße hofft man, daß ihr beide dort wohnt. Ihr werdet erwartet.«

»O Sarah, was für eine schreckliche Vorstellung; du meinst es doch nicht ernst?«

»Du *weißt*, du kannst jederzeit zu mir kommen, nur –«

»Ich dachte, wir würden in ein Hotel gehen.«

»Ich würde zu den alten Leuten gehen«, sagte Sarah, »wirklich, ich würde dazu raten.«

Julius erschien, in seinen Mantel gehüllt. Er begrüßte Sarah. »Es ist kalt«, sagte er.

»Jules«, sagte Caroline in einem lauten, fast inständigen Ton, wie Sarah bemerkte. »Sarah sagt mir, die Merz wollen, daß wir bei ihnen wohnen.«

»Ich wohne immer in der Voßstraße. Ich bin gekommen, um Henrietta zu sehen. Wo ist Henrietta? Warum ist sie nicht hier?«

»Nun, es ist ziemlich spät«, sagte Sarah.

»Henrietta ist kein Kind mehr«, sagte Julius verdrossen.

»Es ist ein bißchen kalt«, sagte Caroline.

»Es ist *sehr* kalt«, sagte Julius.

»Nun gut«, sagte Caroline, »wir können ebensogut zu ihnen gehen. Auf ein paar Tage.«

Im Wagen sprachen sie wenig. Julius fröstelte ostentativ.

»Es war sehr nett von dir, den langen Weg hierher zu machen, und du bist doch gar nicht für Bahnhöfe. Ich war auf Gustavus gefaßt.«

»Meine Liebe, es ist nicht der Rede wert.« Sarah verschwieg, daß Edu sie angefleht hatte, nicht zu gehen.

»Trägt man jetzt *wirklich* solche Hüte? Ich kann die Augen gar nicht davon abwenden.«

»Man *beginnt* sie zu tragen«, sagte Sarah.

»Wie couragiert! Ich würde nicht wagen, mich damit auf der Straße sehen zu lassen.«

»Du wirst es wagen«, sagte Sarah.

Etwas später sagte sie: »Ich hoffe, du hast mein Telegramm nicht als Einmischung empfunden?«

»Ich hatte Madrid schon verlassen, als es kam«, sagte Caroline. »Es scheint schon wieder eine ganze Ewigkeit her zu sein.«

»Ich habe es nur gesandt, weil –«

»Es war das einzige Telegramm, das wir bekommen haben«, sagte Caroline.

Sie überquerten die Wilhelmstraße. »Clara ist nicht hier«, begann Sarah.

»Ach so.«

»Sie ist noch fort; da unten. Ganz allein. Sie warten nämlich noch.« Sie warf einen Seitenblick auf Jules.

»Sie warten noch?« sagte Caroline.

»Mit der Beisetzung.«

Caroline blickte auf. »Wir dachten, das sei alles längst vorbei.« »Nein«, sagte Sarah, *»nichts ist vorbei.«*

»Du mußt mich bei ihnen entschuldigen, Caro. Ich muß gleich auf mein Zimmer gehen«, sagte Julius. »Ich fühle mich gar nicht wohl.« Er hustete. »Sie sollen mir das Essen hinaufbringen; Henrietta kann kommen und mit mir essen. Ich möchte, daß Pedro hinaufkommt; nicht Gottlieb. *Wirst* du es ihnen sagen?«

Quintus Nardens Artikel am nächsten Morgen begann mit einer Entschuldigung. Er sei auf einige sachliche Irrtümer aufmerksam gemacht worden und beeile sich, sie richtigzustellen.

1. Baron Felden habe keine Schreibarbeiten für seinen Schwager, den derzeitigen Staatssekretär für Auswärtige Angelegenheiten, erledigt, wie letzte Woche irrtümlicherweise in diesem Blatt behauptet worden sei. »Oh, ich kümmere mich manchmal darum, wer bei den Diners zuerst den Saal betritt, Conrad ist ein bißchen lässig in Fragen des Vortritts«, soll der Baron über dieses Thema geäußert haben. Es sei auch nicht zutreffend, daß er niemals einer nutzbringenden Beschäftigung

nachgegangen sei. Baron Felden habe eine Reihe von Jahren dem Heraldischen Büro des Großherzogtums Baden ehrenamtlich seine Hilfe angedeihen lassen und empfange heute ein bescheidenes Salär für seine namhaften Beiträge.

2. Baron Julius von Feldens gegenwärtige eheliche Verbindung entspreche nicht der gegebenen Darstellung. Der Verfasser sei einer Fehlinformation über die tatsächliche Position der Baronin in ihrem Heimatland zum Opfer gefallen; zu der Zeit, da sie den Baron kennengelernt hatte, habe sie ein relativ bescheidenes Leben in Paris geführt. Ihr persönliches Vermögen sei nur mäßig.

Sowohl der Baron als auch seine Frau hielten sich derzeit in Deutschland auf.

3. Die Darstellung, daß Hauptmann von Felden während seiner Dienstzeit geisteskrank geworden sei, müsse ergänzt werden. Es habe sich mittlerweile herausgestellt, daß er schon bei seinem Eintritt in den Heeresdienst vor siebenundzwanzig Jahren völlig unzurechnungsfähig gewesen sei.

»Worum geht es eigentlich?« sagte Großmama Merz. Man saß beim zweiten Frühstück.

»Jules muß wegen Verleumdung klagen«, sagte Emil.

»Schadenersatz«, sagte Großpapa.

»Schöner Schwiegersohn«, sagte Markwald.

»Wir sind auch nicht ungeschoren geblieben, Herr Markwald.«

»Hat jemand zuviel Geld ausgegeben?« sagte Großmama.

»Es geht um Jules' Bruder, Mama.«

»Die Regimentstragödie, gnädige Frau.«

»Der unglückliche junge Mensch ... Ihr dürft vor Jules nicht darüber sprechen.«

»*Nein, nein.*«

»Sarah wird es schon tun«, sagte Großpapa triumphierend.

»Wie gut Caroline gestern abend ausgesehen hat«, sagte Emil.

»Ich glaube, es ist nichts gewonnen, wenn man die Sache in diesem Augenblick vor Gericht bringt«, sagte Friedrich.

»Die Feldens müßten Ehrabschneidung nachweisen«, sagte Markwald.

»Markwald«, sagte Emil, »bist du Quintus Narden? Ich hatte dich schon oft im Verdacht!«

»*Cui bono*?« sagte der Kanzler, »kann mir vielleicht darauf jemand Antwort geben? C u i b o n o ?«

»Versorgung eines jüngeren Sohnes, Exzellenz? Wie behauptet worden ist.«

»Quatsch. Das würde ich den Sozialdemokraten überlassen.«

»Ihre Hoheit, die verstorbene Großherzogin von Baden –«

»Eine völlig untadelige, rechtlich denkende alte Dame. Wir hatten nie Schwierigkeiten mit ihr. Ich fürchte, da ist irgend jemand zu weit gegangen, viel zu weit. Aber *warum*?«

Zeitungskorrespondenten brachten einen Stabsmajor, der für die Unterrichtung der Öffentlichkeit zuständig war, zu einer Erklärung. »Er hat sich nur um Pferde gekümmert«, sagte der Major. Eine Erklärung, die umgehend gedruckt und sowohl von der Infanterie als auch von der Kavallerie übel vermerkt wurde.

»Caroline –«

»Oh, fang nicht an, bei *mir* ein Blatt vor den Mund zu nehmen, Sarah! Und du machst es so ungeschickt.«

»Dieser *ekelhafte* –«

»Es ist im großen und ganzen wahr? Oder?«

»Wenn ich daran denke, daß dieser Mensch bei mir zum Essen war!«

»Ich hab es dir immer gesagt«, sagte Edu.

»Was hast du gesagt?« fragte Sarah.

»Und doch sieht es Jules so gar nicht ähnlich, nicht wahr? Obwohl ich nicht sagen könnte, daß ich es Gustavus keinesfalls zutrauen würde.«

»Deine Freunde mit den Künstlermähnen«, sagte Edu.

»Dieser ist sehr *soigné*.«

»Ich verstehe es so wenig, wie Narden es von sich behauptet«, sagte Caroline später, als sie allein waren.

»Es ist ein merkwürdiges Durcheinander.«

»Es ist schrecklich.«

»Ja, wenn man jetzt darüber nachdenkt.«

»Ich muß dir etwas sagen. Ich glaube, Jules hat dreißig Jahre lang versucht, nicht davon zu sprechen; dann hat er versucht, es mir zu sagen. Ich habe es nicht verstanden. War zu sehr mit mir selbst beschäftigt. Zu sehr mit meinem geliebten Ich beschäftigt ... Jetzt ist es zu spät.«

»Zu spät ist das richtige Wort«, sagte Sarah.

»O Sarah – wie konnte es nur geschehen?«

»Du weißt sehr gut, wer die Schuld trägt.«

»Wir alle, Sarah.«

»Die Bernins.«

Caroline seufzte.

»Weißt du, warum Bernin nie geheiratet hat?«

»Das habe ich mich oft gefragt.«

»Und ich glaube bestimmt, daß er sich Söhne gewünscht hat. Man sagt, er wollte sich für ein Kirchenamt frei halten. Für den Fall – für ein Amt, wozu man einen Roten Hut braucht.«

»*Nein?*«

»Es tut mir überhaupt nicht leid, daß sich nun zeigt, wie Bernin wirklich ist.«

»Sprechen die Leute über die Bernins?«

»*Überall.*«

Die Artikel im »Fortschritt« riefen einige der wenigen altruistischen Gesten während der Affäre hervor. In den darauffolgenden Tagen erhielten sowohl Julius als auch Gustavus mehrere hundert Briefe von unbekannten Offizieren aller Dienstgrade, die sich erboten, in ihrem Namen Quintus Narden zu fordern. Die Briefe an Julius wurden von Caroline geöffnet, die sich fragte, ob nicht Dankschreiben – gedruckte Karten? – angebracht seien; etliche von den an Gustavus gerichteten Briefen gelangten zur Kenntnis der Behörden. Irgend jemand reagierte prompt, und allenthalben mußten die Kommandeure ihre Herren darauf hinweisen, daß Herr Narden nicht satisfaktionsfähig sei. (Als Narden davon erfuhr, zeigte er sich erheitert über seine Unantastbarkeit und übergoß die dreihundert standesstolzen Leutnants mit ätzendem Hohn, womit er manches brave Bürgerherz in Wallung brachte.)

»Friedrich, was gibt's Neues?«

Friedrich warf einen Stoß Zeitungen auf den Tisch. »Unruhen in Hamburg, Unruhen in Leipzig, drohender Hafenarbeiterstreik in Kiel. Sie verlangen ein ordentliches Gerichtsverfahren für Korporal Schaale, und die Armee will nicht nachgeben.«

»Das fällt ihnen immer schwer«, sagte Caroline.

»Eine Schwurgerichtsverhandlung wegen Totschlags.«

»Nun ist Schaale sogar zum Helden avanciert«, sagte Edu.

»Unruhen in Bremen, Unruhen in Dresden, Pflastersteine auf die Polizei in Stuttgart, Unruhen in Karlsruhe – nein, diesmal nicht wegen Schaale; sie protestieren für den ›getreuen Georg‹ dort unten.«

»Die Armee muß nachgeben«, sagte Markwald schrill.

»Ich dachte, Clara hätte den armen Kerl inzwischen herausgeholt«, sagte Caroline.

»Meine Beste«, sagte Friedrich, »kein Mensch in ganz Deutschland würde heute einen Finger für Clara Bernin-Felden rühren.«

»Er hat mir Foxy geschickt. Als ich noch ganz klein war. Der Bursche meines Onkels, der ›getreue Georg‹. Er ist in einer Kiste angekommen. Du erinnerst dich doch an Foxy, Onkel Edu?«

Edu, in dessen Haus das Tier sein ganzes Leben verbracht hatte, sagte: »O ja, Foxy ... Großer Gott, wirklich? Was? Der getreue Georg? *Wieso*?«

»*Henrietta*?«

»Was tust *du* denn hier?«

»Wer hat dir denn gesagt ...?«

»Surtout pas devant -«

»Mein guter Emil, das Kind spricht viel besser Französisch als du«, sagte Sarah.

»Dein Onkel hat dir einen Hund geschickt?« sagte Caroline.

»Nur hab ich nichts davon gewußt. Und mein Onkel hat ihn nicht geschickt. Er konnte nämlich nicht.« Henriettas Gesichtszüge waren die der Merz, aber sie sprach wie Jules und auch ein wenig wie ihre Großmutter; dies bemerkte Caroline jetzt.

»Aber du magst Hunde?« sagte sie, und sie hatte das Gefühl, daß ihr eigenes Leben auch zu Ende war.

»Wir wollen doch keine Revolution, nur weil die Militärs das Gesicht nicht verlieren wollen«, sagte Markwald.

Sarah sagte: »Wir können dich jetzt wirklich nicht brauchen.«

»Also gut«, sagte Henrietta, »dann gehe ich zu Gottlieb.«

»Das sagen alle vernünftigen Leute«, sagte Friedrich.

Caroline sagte zu Sarah: »Der Junge muß damals in ihrem Alter gewesen sein ... Jules' Bruder.«

»Sie werden niemals nachgeben«, sagte Sarah, »und es würde ihnen gar nichts ausmachen, eine Revolution niederzuschlagen.«

»Was würde dann aus *uns* werden?« sagte Friedrich.

»Ganz recht.«

»Die Regierung muß etwas unternehmen.«

»Die Regierung?« sagte Sarah, »ich würde der Regierung keine acht Tage mehr geben.«

»Bestimmt würde der Korporal auch von einem Kriegsgericht freigesprochen?« sagte Caroline.

»Die Leute glauben nicht daran.«

»Nicht, wenn Putnitz bei seiner Aussage bleibt.«

»Ich möchte nicht in seiner Haut stecken.«

»Sie würden ihn am liebsten in Stücke reißen.«

»Ist denn jemand noch unbeliebter als wir?« sagte Caroline.

»Er bestreitet, um Hilfe gerufen zu haben.«

»Berlin ist ruhig. Bis jetzt.«

»Berlin hat die Abendblätter.«

»Wird denn *nichts* gegen diese unternommen?«

»Anscheinend nicht.«

Von Quintus Nardens Tisch waren fette Krumen für die Groschenblätter abgefallen.

»Ich hatte keine Ahnung, daß Nelly so reich war«, sagte Jeanne zu Sarah. »Ich wußte, daß sie es zu etwas gebracht hatte. Aber – Hausbesitz in der Avenue du Bois de Boulogne ...«

»Sehr wahrscheinlich lauter Lügen.«

»Eine der prominentesten Figuren der Halbwelt vor dreißig Jahren. Das stimmt.«

»Dreißig Jahre, das ist grausam«, sagte Sarah.

»Und ungerecht. Sie hat La Païva überdauert.«

»Nun ja, *sie* muß nicht hier leben.«

»Meine alte Freundin war sehr erfolgreich.«

»Natürlich haben sie alles verdreht; ich weiß ganz sicher, daß Jules Madame de la T... seit fünfzehn Jahren nicht mehr gesehen hat. Und es war nie die Rede davon, daß er sie heiraten würde. Erinnerst du dich an die stille Witwe mit dem Kind, über die die alten Leute sich so sehr aufgeregt haben? Wollte Gott, er hätte *sie* damals geheiratet. Wie hieß sie gleich wieder?«

»Ich habe es nie gewußt«, sagte Jeanne.

»Dupont! Die geheimnisvolle Madame Dupont.«

Jeanne konnte noch immer erröten. »Nelly de la Turbie heißt in Wirklichkeit Dupont. Damals hat man sich doch diese Phantasienamen zugelegt; ich glaube, das tut man heute nicht mehr, abgesehen von den Theaterleuten.«

»Dann hätte sie also beinahe hier gelebt! Gütiger Himmel! Stell dir vor, *sie* wäre in der Voßstraße gelandet.«

»Nicht sie«, sagte Jeanne. »Das wäre das Ende der Voßstraße gewesen, was Jules betrifft.«

»Noch einmal: gütiger Himmel!« sagte Sarah. »Und das Kind?«

»Das war vielleicht eine Geschichte; sie dachte damals, sie sei verliebt. Das Kind ist von dem spanischen Grafen. Nicht von Jules.«

Narden beschäftigte sich nicht weiter mit den privaten Angelegenheiten der Feldens im »Fortschritt«, aber nachdem in anderen Blättern Episoden aus Jules' Leben in Frankreich erschienen waren, erwähnte er in der nächsten Morgenausgabe, daß das

Auswärtige Amt in dem und dem Jahr dem Baron einen Sekretärsposten an der Botschaft in Paris angetragen habe, was abgelehnt worden sei. Im Staatsdienst, wo das Uhrwerk der Beförderungen langsam und gleichmäßig ablief und Ministerialdirektoren und Regierungsräte geduldig ihre Jahre absaßen, erregte diese Enthüllung die Gemüter mehr als alles andere, was vorausgegangen war. Keiner der Federfuchser hatte Bernin je leiden können, jetzt meldete sich die Opposition gegen den Grafen offen, einmütig, beinahe leidenschaftlich zu Wort.

Julius und Gustavus hatten sich noch nicht gesehen. Julius war durch Erkältung und Asthma ans Haus gefesselt, und da Clara fort war, schienen die Brüder jeder Verbindung, oder auch der Notwendigkeit einer Verbindung, beraubt. Das bedrückte Caroline.

»Er kommt *nie* hierher«, sagte Sarah.

»Gustavus? Großer Gott.«

»Und es ist im Augenblick nicht gerade ein Vergnügen, aus dem Haus zu gehen.«

»Du willst mir doch nicht erzählen, daß sie *beide* zu Hause sitzen?« sagte Caroline.

»Sehr wahrscheinlich. Für Männer ist es viel schlimmer.«

»Der arme Jules, er kommt sich vor wie ein Insekt, das sich in ein welkes Blatt verwandelt hat. Fast durchsichtig.«

»Aber allein.«

»O ja, ganz allein. Armer Jules.«

»Sie müssen es hinter sich bringen. Daß sie einander treffen, meine ich«, sagte Sarah.

»Ich weiß nicht, was da ist zwischen Jules und Gustavus. Jules hat in der ersten Nacht im Zug ganz wirr geredet, als er noch dachte, es sei Gustavus ... Und wenn sie nur endlich dieses Begräbnis abhalten wollten!«

»Dann wird es besser werden.«

»Es wird Jules helfen.«

»Er wird nicht hingehen«, sagte Sarah.

»Aber er muß.«

»Was wir jetzt tun oder nicht tun, spielt nicht die geringste Rolle.«

Caroline sagte: »Sarah, sag mir eines: Ist es – ist Jules so, weil er so lange bei den Merz gelebt hat?«

»Nein«, sagte Sarah.

»Ach, ich will es gar nicht verstehen«, sagte Caroline.

»Du hast doch in Paris ganz gut verstanden.«

»Sprechen wir nicht von Paris.«

»Dein Monet ist noch immer dort.«

»Ich kann es nicht glauben.«

»Bleib, wie du bist!« sagte Sarah leidenschaftlich.

»Ich bin nicht sehr gut ohne – nicht sehr gut, wenn ich allein bin«, sagte Caroline.

Sarah erhob sich und trat ans Fenster, wie sie es in ihren eigenen Häusern immer tat. Das Fenster ging auf den Hof, und kein Fenster der Voßstraße hatte die richtige Größe.

»Das ist also nur eine Krise?« sagte Caroline, und für einen Augenblick klang ihre Stimme so jung wie früher. »Nicht wahr, Sarah?«

Sarah wandte sich zu ihr um, blickte sie aber nicht an. »Eine Krise? Es gibt keine Krisen. Es ist alles eine Kette, eine lange Kette. O ja, sie wird vorbeigehen, diese Krise.«

»Ich habe falsch gefragt«, sagte Caroline.

»Zwölf Herren, die Herrn Geheimrat sprechen möchten.«

»Was wollen sie?«

»Man hat den Wunsch angedeutet, das persönlich unterbreiten zu wollen, Herr Geheimrat.«

»Zwölf?« sagte Großmama.

»Eine Deputation, gnädige Frau.«

»Ob sie schon zu Mittag gegessen haben?«

»Auf ihre Art wohl, gnädige Frau.«

»Gottlieb, was soll das Ganze?« sagte Friedrich.

»Die israelitische Einzelhandelsvereinigung von Groß-Berlin.«

»Warum hast du das nicht gleich gesagt?«

»Ich habe es nicht für wichtig gehalten.«

»Ich werde mit ihnen sprechen«, sagte Friedrich.

»Schick sie fort«, sagte Markwald.

»Führ sie herein«, sagte Großpapa.

»Ich habe den Eindruck, sie wollen Herrn Geheimrat allein sprechen.«

»Hier sind wir alle«, sagte Großpapa. »Sie werden nicht verlangen, daß wir aufstehen und gehen«, sagte seine Frau.

»*Ich* gehe vielleicht besser«, sagte Caroline und verließ den Raum. »Ich glaube, Sie haben recht, Baronin«, sagte Fräulein von Reventlow und folgte ihr. Gottlieb hielt ihnen eine Tür auf, durch eine andere marschierte die Abordnung im Gänsemarsch herein. Sie hielten ihre Zylinderhüte in der Hand und schauten respektvoll um sich.

»Herr Geheimrat! Frau Geheimrat! Meine Herren!«

»'n Morgen«, sagte Großpapa.

Der Anführer der Deputation zog ein Dokument aus der Rocktasche.

»Will er uns vielleicht etwas vorlesen?« sagte Großmama.

»Eine Ansprache, gnädige Frau«, zischelte Gottlieb.

Ein Mitglied der Deputation verbesserte ihn. »Eine Bittschrift.«

»Verstehe kein Wort, was er sagt –«

»Sprechen Sie lauter«, sagte Großpapa.

»An der Lautstärke liegt es nicht«, sagte Gottlieb.

»Wir *kompromittieren* –?«

»Die Gemeinschaft, gnädige Frau.«

»Die *Gemeinschaft* –?«

»Die Gemeinschaft der Interessen.«

»Ach so.«

»*Wir* sind doch keine Kurzwarenhändler«, flüsterte Emil Markwald zu.

»Wir haben uns in die Nesseln gesetzt.«

»Diese wichtigtuerischen Esel«, sagte Emil.

»*Zuflucht gewähren* –?« sagte Großmama.

»Eine Art Aufforderung, gnädige Frau.«

»*Assim* –? *Assim* –?«

»Assimilationisten.«

»Muß wohl einer von diesen Halbedelsteinen sein ... billiges Zeug. *Hineinziehen* –? *Glaubensgenossen*? *Schiffbruch* –?«

»Pst, gnädige Frau; sie wollen, daß wir zuhören.«
»Warum setzen sie sich nicht?«
»Haben wir sie aufgefordert?« murmelte Emil.
»*Nichtjuden* –? Wo?«
»Gnädige Frau ...«
»*Eliminieren* –?«
Markwald sprang ein. »Hinauswerfen.«
»Ja, das meine ich«, sagte ein Mitglied der Deputation, »soll der Goi den Goi auffressen.«
»*WO* –?« rief Großmama.
»Moritz Blumenthal!«
»Herr Geheimrat?«
»Ich habe Ihren Vater gekannt, da hatte er noch nicht mal einen Topf zum Reinpinkeln.«
»Oh, Herr Geheimrat.«
»Haben Sie vielleicht meinen Schwiegersohn gemeint?«
»Nun ja, Herr Geheimrat –«
»Geh nach Haus, Junge, und kehr vor deiner eigenen Tür! Und das gleiche kannst du der Gemeinde bestellen.«
»Papa!«
»Meine Familie lebt bei mir, solange es mir paßt, und«, der alte Mann blickte befriedigt um sich, »ich jage zum Teufel, wen ich will.«
»Ja, Herr Geheimrat, natürlich, Herr Geheimrat, nur wir werden alle darunter zu leiden haben, wir wissen, wir werden ...«
»Wahr gesprochen«, murmelte Markwald.
»Merz & Merz unter den Märtyrern«, sagte Emil.

Fragen wurden gestellt; wieder war Graf Bernins Hand deutlich zu erkennen; Johannes wurde still und ohne vorherige Ankündigung in Sigmundshofen beerdigt, so daß das peinliche Problem seiner Beisetzung aus der Welt geschafft war. Außer Clara, Gustavus und dem Priester nahmen zwei Offiziere von Johannes' Regiment, der »getreue Georg« und eine Anzahl älterer Leute aus dem Dorf Landen teil, die ihn noch als Jungen gekannt hatten. Der Staatssekretär für Auswärtige Angelegenheiten war wegen des Staatsbesuchs des bulgarischen Kronprinzen in Berlin unabkömmlich. Der private Charakter der Beisetzungsfeier wurde hinterher dem Heer als Schwäche ausgelegt; man konnte sich jedoch darauf berufen, daß man damit den Wünschen der Familie entsprochen habe.

Drei Tage danach brach Korporal Schaale aus.

Der Kaiser sagte seine Jachtreise ab; im Reichstag wurde die längst erwartete Interpellation eingebracht; und in derselben Nacht rotteten sich sowohl vor dem Kriegsministerium als auch in der Wilhelmstraße Demonstranten zusammen. Man erwartete, daß die Regierung am Morgen gestürzt werde.

»Und wenn es ihm gelungen ist, ohne Hilfe zu entkommen? Das kommt doch vor. Ich hätte es an seiner Stelle versucht, und bei diesem Oberst überrascht mich gar nichts.«

»Das Land muß in sehr schlechten Händen sein«, sagte Markwald.

»Keine Autorität«, sagte Friedrich.

»Das würde ich nicht sagen«, sagte Caroline.

»Frauen sind geborene Anarchisten.«

Clara war zurückgekommen, und Caroline ging an diesem Nachmittag zu ihr. Es war gleich um die Ecke, aber sie nahm den Merzschen Landauer. Der Eingang war belagert, und es wurden ein paar herabsetzende Bemerkungen über eine Frau laut, die ähnliche Kleider wie sie trug. Sie wurde nach oben in denselben Raum geführt, in dem ein gutes Jahr zuvor Clara sie gebeten hatte, sich helfen zu lassen. Sie hatte Clara seit ihrer Trauung nicht mehr gesehen, und es war ihr, als sei sie diejenige, die nun gekommen war, dieser müden und aufrechten Gestalt ihre Hilfe anzubieten. Gustavus war auch da.

Sie entschuldigte Julius' Fehlen beim Begräbnis. »Ich wäre gerne selbst hingefahren«, sagte sie.

»Du hast ihn nicht gekannt. Es bestand also kein Anlaß.«

Gustavus sagte: »Warum setzt du dich nicht, Clara?«

Clara ging nicht darauf ein.

Caroline, die auf einem unbequemen kleinen Stuhl saß,

wurde so verlegen, wie sie bei ihrer Selbstsicherheit überhaupt konnte. Sie kam sich zu elegant, zu klein, zu jung vor.

»Es wird offenbar so vieles mißverstanden. Mein Bruder muß ein klärendes Wort sprechen. Die Leute würden sich anders benehmen, wenn man ihnen sagte, was wirklich geschehen ist.«

»Liebe Clara –« sagte Gustavus.

Caroline sah ihn an und wurde sich bewußt, wie selten sie ihn gesehen hatte. Abermals überraschte sie die Ähnlichkeit zwischen ihm und Jules, aber auch der Unterschied. Gustavus war von stärkerer Statur als sein Bruder – er war nicht etwa vitaler, aber er war immer ganz da –, und es fehlte ihm völlig Jules' außermenschliche Feinheit, die oft das Gefühl hervorrief, als sei dieser in einem Raum nur halb gegenwärtig. Beide Männer schienen jünger, als sie waren; Jules sah jünger aus. Gustavus hatte die betriebsame Jungenhaftigkeit des ewigen Adjutanten an sich. »Was ist denn wirklich geschehen?« fragte sie.

Clara erzählte es ihr. »Und jetzt will Conrad nicht sprechen. Er sagt, er habe nichts mit ihm zu tun gehabt, er sagt, er sei nicht dabei gewesen. Das stimmt natürlich. Er war damals die ganzen Jahre über en poste in Rom. Als er zurückkam, war das mit Jean bereits geregelt. Papa hat es arrangiert. Als Papa starb, waren alle sehr hilfsbereit, und so ist es geblieben, wie es war. Conrad war so viel älter und so früh von zu Hause weg; ich glaube, er hat Jean gar nicht gekannt.«

»Wie entsetzlich unfair«, sagte Caroline.

»Wie meinst du?«

»Es ist unfair.«

»*Unfair* – was für ein merkwürdiges Wort.«

»Dann ist also alles wahr?« sagte Caroline; »Jules hat mir zwar manches erzählt, aber es hat sich so seltsam angehört.«

»Jules wußte nicht alles«, sagte Clara.

»*Und sie haben ihn zurückgeschickt?*«

»Wir haben alle versucht, es zu verhindern, so gut wir es verstanden. Auch mein Vater. Als er einsah, was es bedeuten würde, hat er versucht, es rückgängig zu machen. Wir hatten einen sehr guten Menschen bei uns – einen Priester –, er ist inzwischen gestorben. Papa kam zu spät. Heute weiß ich, daß es Jeans Vater so bestimmt war. Obwohl wir andern weiterhin unser Bestes tun mußten; sieh, Caroline – das war unsere Pflicht.«

»Aber zum Militär? Clara, zum Militär?«

»Wir haben es nicht von *der* Seite gesehen. Jedenfalls Papa nicht. Es war ja nur ein Gestüt ... Eines von unseren badischen Regimentern ... Das schien immer noch die beste Lösung zu sein.«

Caroline blickte Clara eindringlich an, mit Scheu und etwas wie aufkeimender Bewunderung. Zum erstenmal seit ihrer Ankunft in dieser Stadt fühlte sie sich nicht so trostlos allein.

Clara sagte: »Vielleicht war alles doch noch anders zu Papas Zeit. Es ist furchtbar, daß es nun unsertwegen einen solchen Skandal gibt. Conrad muß sprechen. Gustavus –«

Aber da bemerkten sie erst, daß Gustavus das Zimmer verlassen hatte.

Am nächsten Tag kam es nicht zum Sturz der Regierung. Bernin äußerte sich nicht; aber der Kanzler erhob sich und sprach einige ruhige, feste Worte. Er sprach von Leuten, die aus einer Mücke einen Elefanten machten, er sprach von selbstsüchtiger Propaganda; er sicherte eine Untersuchung der zur Debatte stehenden Angelegenheit zu, bezweifelte aber, daß sie dazu angetan sein könne, das Leben eines großen Reiches ernstlich zu stören; er verpflichtete sich, dafür Sorge zu tragen, daß die Gerechtigkeit ihren Lauf nehme und der betreffende Flüchtling aufgespürt werde; und er versprach, die öffentliche Ordnung aufrechtzuerhalten.

Diese Rede hatte eine wunderbar beruhigende Wirkung. Besonnene Bürger wurden sich bewußt, daß sie sich zu rasch hatten hinreißen lassen.

»Jetzt könnte es abflauen«, sagte Sarah.

Die Woche verging. Schaale wurde nicht gefunden. In den Städten war zwar überall Polizei zusammengezogen, aber sie hielt sich zurück; es schien, als würden die Leute allmählich der Unruhen müde.

Dann ließ Quintus Narden die nächste Bombe platzen: Hauptmann Felden sei von Seiner Majestät mit einem Orden ausgezeichnet worden.

»*Mein* Roter Adler!« sagte Gustavus.

»Dieser Operettenhof«, sagte Sarah. »Schade, daß man es sonst so wenig merkt.«

In ganz Bayern erschien an den Hauswänden ein Anschlag, auf dem der Eindruck erweckt wurde, der Kaiser sei seit 1902 geisteskrank, und mancherorts wurde der Kronprinz zum Regenten ausgerufen.

An diesem Tage trat Graf Bernin zurück.

6.

»Er hatte den Korporal im Auswärtigen Amt versteckt.«

»Ist er dort gefunden worden?«

»Nein, das ist es ja! Sie haben ihn mit hinunter nach Baden genommen. Er ist in einem Koffer hinausgeschmuggelt worden.«

»Nein, nicht in einem Koffer, er ist frech wie Oskar zum Haupteingang hinausmarschiert, als Priester verkleidet. Die Schwester hat das eingefädelt.«

»Mein lieber Freund, das ist alles ganz falsch: Der Mordfall Felden wurde von Bülow dazu *benützt* – wirklich sehr gerissen von ihm –, um ihn loszuwerden. Das Kabinett war ihm in der Marinesache auf die Schliche gekommen.«

»Die Engländerin hat den Mittelsmann gespielt. Baron Blaubart war nur der Deckmantel. Er ist dafür bezahlt worden, daß er sie geheiratet hat.«

»Er hat den Bischöfen im englischen Oberhaus versprochen,

daß unser Marinebudget gekürzt wird, dafür sollten sich dann die Bischöfe an Rom verkaufen.«

»Ich habe gehört, es sollen die Zionisten gewesen sein.«

»O ja, die Zionisten auch.«

»Der Baron hat gekniffen; er hat sie gar nicht geheiratet. Hat sich lieber an Frau Shylock gehalten. Er hat in ihrer Kathedrale da irgendeinen Zauber aufgezogen; einer aus meiner Abteilung kennt jemanden, der dort war; er sagt, vor lauter Weihrauch habe man die eigene Hand nicht vor den Augen gesehen, aber eine Braut sei nicht dagewesen.«

»Sie werden ihnen die Kapelle auf ihrem Gut schließen müssen; er ist exkommuniziert worden, obwohl er sich es nicht anmerken läßt. Der Heilige Vater hat eine Geheimbulle geschickt.«

»Er hat Deutschland verlassen. Zu Fuß.«

»Wird ihm nicht viel nützen. Sie werden ihn einlochen, sobald er dort ist. Im Vatikan. Er kennt alle Geheimnisse der Kirche.«

»Wird er dann Mönch werden?«

»Nein, Staatsgefangener.«

»*Haben Sie schon gehört*? Graf Bernin soll wegen Hochverrats angeklagt werden.«

»Friedrich, was gibt's Neues?«

»Putnitz ist kassiert worden. Wegen Feigheit.«

»Was wird er jetzt tun?«

»Ach, eine Kugel oder die Kolonien. Hier ist er, in Zivil. ›Kommentar des Ex-Leutnants‹. Das 9-Uhr-Abendblatt hat ihn auf dem Bahnhof erwischt. ›‚Alles nur ein Versehen', sagt von Putnitz.‹«

»Ich wollte, Clara hätte ihn gehört«, sagte Caroline.

»Die Ärztevereinigung verlangt eine Untersuchung der medizinischen Zustände im Heer, es soll eine Kommission eingesetzt werden.«

»Ein langweiliger Tag. Sonst noch was?«

»An der Börse herrscht Hochstimmung. Sehr komisch.«

»Gar nicht komisch«, sagte Sarah. »Der Süden wird sich lange Zeit nicht mehr mucksen, ein Sieg für die Industrie. Diese katholischen Bauernparteien sind so gut wie erledigt.«

»Du erwartest doch nicht etwa eine Hausse?« »O ja.«

»Sonst noch was?«

»Nur Gerüchte.«

»Die Vorlage über die achtzehnmonatige Wehrpflicht wird noch vor den Ferien drankommen.«

»Der alte Jesuit ist weg; aber wir werden hilflos dasitzen.«

»Armes Deutschland.«

In der Tat, die Schwierigkeiten der Regierung, sowohl in der Öffentlichkeit als auch intern, hatten sich nicht verringert. Zu viele Fragen waren ohne Antwort geblieben, und im ganzen Land war das Verhalten der maßgebenden Leute von der Überzeugung bestimmt, daß irgendwo irgend etwas ganz schiefgegangen war. In den Regierungsbehörden wurden Anfragen an Unterabteilungen weitergereicht, und jeder war auf seine Kollegen im nächsttieferen Korridor wütend; die herrschende Kaste wurde durch das Gefühl entzweit, daß einer den anderen im Stich gelassen habe, und in ihrem Herzen gaben sie dem Kaiser die Schuld.

»S. M. hatte schon immer eine unglückliche Hand in der Wahl seiner Freunde.«

»Unter dem Alten Herrn hätte das nicht passieren können.«

Nirgends hatte man viel Mitgefühl für die Feldens; und den ganzen Sommer hindurch goß die Klatschpresse ihre Schmutzkübel nach Herzenslust über sie aus. Sie waren vogelfrei.

»Was fängt sie denn den ganzen Tag mit sich an?«

»Sie hat ihr eigenes Wohnzimmer, oben. Ich gehe zu ihr; sie kommt zu mir. Sie besteht darauf. Sie besteht darauf, wenigstens einmal am Tag auszugehen. Sie macht ihre Besorgungen, sie geht in den Zoo, sie reitet ein bißchen im Tiergarten. Sie spricht davon, daß sie ihre Pferde kommen lassen will. Und sie liest . . .«

»*Ich* weiß Bescheid. Zwei Romane pro Tag. Als nächstes kommen dann die Pralinen.«

»Sie liest hauptsächlich Historisches.«

»Sie sollten aus Berlin weg!«

»Aber wohin?«

»Ganz aus Deutschland fort«, sagte Jeanne.

»Ich glaube nicht, daß sie das tun würde, sie würde es Davonlaufen nennen.«

»Du solltest es ihr sagen, Sarah.«

»*Ich*? Sie hat mir gesagt, sie werde sich nicht nach England absetzen wie Edu.«

»Ich hätte sie mir anders vorgestellt, mehr – ich weiß nicht«, sagte Jeanne.

»Mehr was?«

»Weltkundiger ...? weiblicher ...? verwöhnter ...?«

»Ja, das ist wirklich überraschend. Caroline ist ein englischer Gentleman.«

»Die zwei oder drei, die man zu meiner Zeit kannte, haben entsetzlich viel getrunken. Aber ich weiß, das meinst du nicht.«

»Nein.«

»Es hat keinen Sinn, daß sie bleibt, Sarah.«

»Es gefällt ihr hier auch nicht besser als dir.«

»Ich habe mich daran gewöhnt.«

»Ich hasse es!« sagte Sarah. »Mit dem notorischen Mangel meiner Rasse an Patriotismus, wie Quintus Narden sagt.«

»Meine Existenz nimmt er nicht zur Kenntnis«, sagte Jeanne. »Ich bin nur gut genug für das 9-Uhr-Abendblatt. ›Die andere ausländische Konkubine.‹ Meine armen grauen Haare ... Allerdings habe ich dadurch gelernt, wie wenig ein richtiger Ehemann einem nützt.«

»Jules liest die Zeitungen nicht.«

»Reizt es ihn denn nicht?«

»Er kommt gar nicht auf den Gedanken.«

»So stelle *ich* mir einen Gentleman vor.«

»Er kommt jetzt wieder zum Essen nach unten«, sagte Sarah. »Zu manchen Mahlzeiten wenigstens.«

»Natürlich hat sie das Kind«, sagte Jeanne.

»Welches Kind?«

»Jules' Tochter.«

»Ich glaube, sie versucht sie zu erziehen. Das ist verlorene Liebesmüh bei Henrietta.«

»Das Mädchen sollte herausgehalten werden. Sarah – ist es schlimm? Auf den Straßen?«

»Berlin ist groß. Wirklich schlimm ist es nur vor der Haustür in der Voßstraße. Und dabei macht es in diesem Haus keinem Menschen das geringste aus, nur ihr und mir und natürlich dem armen Friedrich –«

»Ich glaube fast, Friedrich geht durch den Hintereingang«, sagte Jeanne und sah ihrer Freundin in die Augen.

»Du liebst ihn wirklich«, sagte Sarah.

»Er liebt mich.« Sarah schwieg.

»Kannst du das verstehen?«

»*Ja*«, sagte sie. »Nein. Doch. Weißt du, ich glaube, meine Tochter will diesen Geiger heiraten.«

»Wirst du es zulassen?«

»Entweder erlaube ich es, oder sie läuft mir davon. Ich bin überzeugt, das letztere wäre ihr viel lieber. Ihm allerdings nicht, nach dem Eindruck, den er auf mich macht; er ist den ganzen Tag bei uns, und sie glaubt, wunder wie mutig das von ihm ist. Dabei hab ich vor dem Haus ein paar Leute von der Wach- und Schließgesellschaft stehen.«

»Das habe ich gelesen«, sagte Jeanne.

»Meine Leibwache. Die gleichen Leute verwenden wir in Kastell im Werk.«

»Auch davon habe ich gelesen.«

»Meinetwillen würde ich es nicht tun – letztes Mal habe ich auch nichts unternommen –, aber ich will meine Gäste nicht vor meiner eigenen Tür anpöbeln lassen.«

»Den Geiger?«

»An ihn habe ich dabei nicht gedacht.«

Jeanne sagte: »Du *hast* sie sehr gern.«

»Ich wollte, sie hätte mich nie kennengelernt«, sagte Sarah.

HOCHZEIT HINTER VERSCHLOSSENEN TÜREN, ABER – EINE FRESSORGIE

Jüdisch-aristokratisches Gelage bei
steigender Arbeitslosigkeit

»Das *muß* ein Schwindel sein«, sagte Caroline. »Wo ich mit der armen Clara zusammen nicht einmal ein Sandwich gegessen habe. Außerdem bist *du* das mit Jules vor diesem lukullischen Büfett, nicht ich. Aber irgendwie kommt es mir bekannt vor – ich habe diese Schinken und Hirschgeweihe doch schon einmal gesehen.«

»Im Familienalbum«, sagte Sarah. »Jules' und mein fünfzigster Geburtstag. Ich habe es nicht vergessen.«

»Eine ungewöhnliche Kulisse. Es ist doch nicht echt?«

»Was?«

»Die Eßwaren?«

»Durchaus echt«, sagte Sarah.

»Frau Baronin, ich wollte Frau Geheimrat nicht stören, aber sollten wir ihnen nicht etwas Suppe hinausschicken?«

»Tun Sie es sonst auch?«

»Es ist bei uns Brauch, ein bißchen Wohltätigkeit zu üben.«

»Dann vermutlich doch. Ja, gewiß.«

»Mein liebes Kind«, sagte Markwald, »sie schreien nach Wildbret.«

»Nicht sehr realistisch von ihnen«, sagte Emil.

»Da doch jetzt gar nicht die Zeit für Wild ist«, sagte Gottlieb.

»Trotzdem, vielleicht doch keine Suppe?« sagte Caroline.

»Sie sind nicht gekommen, um vernünftig zu sein, und auch nicht, um sich füttern zu lassen«, sagte eine Stimme von der Türe her.

»Frau Eduard«, meldete Gottlieb.

Sarah trug einen Sonnenschirm. Sie sah kühl, aber ungehalten aus. »Wer hat gesagt, Preußen sei ein Polizeistaat?«

»Glaubst du, sie werden die Belagerung lange durchhalten, Gottlieb?« sagte Markwald.

»Wir können vielleicht mit ihrem Rückzug für die Dauer der Nacht rechnen.«

»Es war, als ob man durch einen schlechten Breughel ginge«, sagte Sarah.

»Ihr Elend ist bedrückend anzusehen, gnädige Frau.«
»Nicht schlimmer als in Spanien«, sagte Caroline.
»Ich wußte gar nicht, daß es davon so viele hier gibt.«
»Niemand tut das zum Spaß.«
»Wenn ich mir erlauben darf, Marie zu zitieren, gnädige Frau«, sagte Gottlieb. »Marie sagt, sie sind der Chor aus Boris Godunow.«

»Heute morgen ist Edu an der Reihe.«
»Was ist Edu Hekuba?«
»Seine Schulden.«
»Er ist ja nicht hier und kann es nicht hören.«
»Kein Richter wird ihn jemals freistellen, er wird ein Bankrotteur bleiben bis ans Ende seiner Tage. Man muß es geradezu als ein Glück im Unglück ansehen.«
»Aber, Liebling, ein Unglück bleibt es trotzdem.«

Sarah sagte zu Caroline: »Jeanne würde sich freuen, wenn du sie besuchtest.«
»Das ist sehr nett von ihr.«
»Sie würde zu dir kommen, wenn sie könnte.«
»Sie und Gustavus –«
»Bitte, geh«, sagte Sarah.
»Sie muß sich doch erinnern, daß ich nicht zu ihr gekommen bin, als ich das erste Mal hier war; ich würde ihr kaum einen Gefallen tun, wenn ich jetzt hinginge.«

»Bin ich verrückt? Sind sie verrückt? Sind alle Feldens verrückt?« Sarah nahm die Zeitung und las.

AFFEN STANDESGEMÄSSER UMGANG
FÜR JÜDISCHE BRAUT, MEINTE BARON

»Der hier schreibt, die Schimpansen hätten bei einem Komplott süddeutscher Separatisten mitgewirkt, um von innen her Schande über das Land zu bringen. Das arme Geschöpf in dem Käfig in Hamburg, mit dem ich damals gesprochen habe?«

»Caroline, du solltest nicht hierbleiben.«

»Mein Platz ist an der Seite meines Mannes, nicht wahr? Du solltest sehen, was für Briefe ich von daheim bekomme. Sie lassen es sich alle sehr angelegen sein, mir zu schreiben. Über den Rittersporn und Mr. Asquiths Budget und Mrs. Patrick Campbell, und nach mir fragen sie überhaupt nicht – als ob ich schon tot und begraben wäre.«

»Hast du dir schon einmal überlegt, daß Jules sehr wahrscheinlich gar nicht hier wäre, wenn du nicht gewesen wärst? Und mein Telegramm.«

»Sarah, ich *kann* jetzt keine Pläne machen.«

»Das sieht dir aber gar nicht ähnlich.«

»Allerdings.«

»Du mußt dich zu etwas entschließen.«

»Ich sage doch, ich kann keine Pläne machen.«

Sarah sagte: »Liebe Caroline, mach es dir nicht noch schwerer als nötig.«

Caroline schwieg.

»Ich habe eine Idee«, sagte Sarah.

»Ach, laß doch!«

»Wir können nicht den ganzen Sommer hierbleiben.Denkst du nie an die Zeit? Wir haben schon bald August.«

»Ich verstehe nicht, warum *du* bleibst.«

Mit unveränderter Stimme sagte Sarah: »Einmal, weil ich zufällig eine Mutter bin; gerade jetzt könnte ich kaum wegfahren, ohne daß meine Tochter mir vorwerfen würde, ich schleppe sie davon.«

»Wie steht es denn mit dieser Geschichte?«

»Nicht gut«, sagte Sarah.

»Hör nicht auf sie! Kein Mensch weiß, was für sie gut ist.«

»Und ich soll es wissen?«

»Verzeih meine Heftigkeit«, sagte Caroline. »Wir haben alle unsere Sorgen.«

»Ja.«

»Man kann sie nicht teilen.«

»Caroline – ist da nicht noch etwas anderes?«

»Natürlich nicht«, sagte Caroline.

Pedro, der Diener, den sie aus Spanien mitgebracht hatten, machte Kummer. Wenn er mit Jules zusammen war, dann war er ganz zufrieden, und sie unterhielten sich über das, was sie interessierte. Aber er mußte zur Messe gehen, und er mußte seinen freien Tag haben, und er kannte die Stadt nicht, und er kannte die Sprache nicht, trotzdem wurde er in den Kneipen der Nachbarschaft bekannt und langweilte sich sehr, und häufig kam er spät und angeheitert nach Hause. Marie, die dem Diener in Spanien kaum je ein gutes Wort gegeben hatte, war hier sein Schutzengel geworden; sie kümmerte sich darum, daß er Reis bekam, der kein Reispudding war, sie veranlaßte Gottlieb, daß er Pedro das tägliche Quantum Wein zukommen ließ, sie machte sich Sorgen um ihn. Wenn sie freundlich gestimmt war, nannte Pedro sie »Tia«, und das gefiel ihr.

An einem heißen Sonntagvormittag waren Gottlieb, Marie und die Schar der Bediensteten früh vom Kirchgang heimgekommen; nicht so Pedro. Gottlieb trug im Speisezimmer das Essen auf; als er endlich Zeit fand, sich selbst zu Tisch zu setzen, ließ ihn Marie, die schon ihre Haube aufgesetzt hatte, nicht dazu kommen. Sie schien genau zu wissen, wohin sie zu gehen hatten; doch Gottlieb, der im Umgang mit Marie einen respektvollen Ton anschlug, wagte nicht, sie deswegen aufzuziehen. In der dritten Spelunke, wie sie diese Schankstuben nannte, entdeckte er Pedro (sie war selbstverständlich draußen geblieben). Pedro stand schwankend auf zwei Tischen; sie hatten ihm Weißbier mit Kartoffelschnaps zu trinken gegeben; jemand aus dem Publikum, der ungefähr soviel Französisch verstand wie Pedro, hatte die Rolle des Dolmetschers und Conférenciers übernommen.

»Was hat die erste Frau getan?«

»Die erste Frau den ganzen Tag weinen.« Pedro krümmte sich auf den Tischplatten zusammen und mimte eine Frau, die traurig auf einer Chaiselongue liegt.

»Und die zweite Frau?«

»Sie auch weinen ganzen Tag.« (»Der *Lügner*«, sagte Caroline später.) Pedro nahm die Haltung einer Frau ein, die anmutig und wehmütig am Fenster lehnt.

»Und jetzt erzähl ihnen, warum die armen Frauen weinen.«

Pedro reckte sich stolz. »Weil mein Herr ist ganz großartiger Mann.«

Die alten Leute und der Haushalt machten sich für die jährliche Abreise ins Kurbad bereit; Sarah war zu Besuch wie gewöhnlich, sie saß mit Caroline oben in deren Wohnzimmer.

»Ich wollte, hier gäbe es einen Hund«, sagte Caroline. »Hast du gelesen, der ›getreue Georg‹ ist aus dem Dienst ausgeschieden. Nach einunddreißig Dienstjahren. ›Bursche sagt, das Heer ohne seinen Hauptmann nicht mehr das gleiche.‹ Hoffentlich bekommt er seine Pension.«

»Er muß sie kriegen«, sagte Sarah.

»Wir sollten etwas für ihn tun.«

»Darum wird sich schon Clara angenommen haben.«

»Wir können nicht alles Clara überlassen. Und jetzt, da dieses ganze Geld da ist.«

»Du sprichst von dem, was Jules und Gustavus geerbt haben?«

»Wie praktisch doch die Zeitungen sind. Wir brauchen einander gar nichts mehr zu sagen.«

»Jules sollte sich mit seinen Anwälten besprechen, Caroline.«

»Ich kann ihn nicht einmal dazu auffordern. Ich wage nicht, den Namen seines Bruders zu erwähnen.«

»Irgend etwas sollte geschehen«, sagte Sarah.

»Das weiß ich sehr gut. Man muß das Geld ablehnen. Oder verschenken ... Ob *ich* eine Vollmacht bekäme?«

»Ich fürchte, in einem solchen Fall nicht. Es sei denn ... Jules ist doch fähig, Geschäfte zu tätigen?«

»O ja, ja. Wenn er will.«

»Er hat meinen Schwiegervater um einen Vorschuß gebeten. Weißt du das schon? Er scheint keinen Pfennig zu haben.«

»*Wie* ist das möglich?«

»Er hat ein volles Jahreseinkommen in Granada verspielt, kurz bevor ihr abgefahren seid.«

»Großer Gott!« sagte Caroline.

»Und dabei liegt ihm gar nichts am Spielen. Sie tun es, ohne sich etwas dabei zu denken.«

»Es war in meiner Abwesenheit.«

»Vielleicht war er einsam«, sagte Sarah.

»Auch eine Art Trost –« sagte Caroline.

»Anscheinend sind die Rechnungen in Madrid nicht bezahlt.«

»Ich dachte, *ich* hätte sie bezahlt.«

»Rechnungen haben nun mal die Angewohnheit, einen zu verfolgen.«

»Und jetzt dieses Geld ... Wenn es auch nicht so viel ist, wie behauptet wird, so ist es doch eine ganze Menge.«

»Was der Hauptmann gespart hat.«

»Sarah – weißt du eigentlich, wie er gelebt hat? Clara hat es mir erzählt.«

»Er hatte ein Haus für sich, nicht wahr?«

»Es war leer. Sarah – leer; keinerlei persönliche Habe, kaum ein Möbelstück. Vorhänge und ein paar Kochtöpfe. Er hat nie etwas besessen, er hat nie etwas gekauft. Er hat auf Stroh geschlafen, auf sauberem Stroh ... Und dann sein Essen! Er scheint hauptsächlich von Hafergrütze und Mohrrüben und Milch gelebt zu haben. Der ›getreue Georg‹ hat dafür gesorgt, daß er genug warme bequeme Sachen zum Anziehen hatte. Aber sonst nichts ... nie etwas anderes ... Kannst du dir das vorstellen, Sarah? All diese Jahre? Der ›getreue Georg‹ hat seine Sache sehr gut gemacht, er hat aufgepaßt, daß er nicht betrogen wurde. Kein Wunder, daß er seinen Sold kaum angerührt hat.«

»Und dazu kommt, was sein Vater ihm hinterlassen hat, ein Drittel des Besitzes. So viel, wie Jules bekommen hat.«

»Soviel ich weiß, hat Jules das seinige bald ausgegeben.«

»Für ein hübsches Haus abseits der Straße nach Grasse, für Reisen, für Madame de la Turbie ...«

»Du erinnerst dich, als ich letzten Frühling hier war? Damals habe ich nie an ihn gedacht. Ich hätte ihn mit Jules besuchen können. Er wäre jetzt noch am Leben. Nein, Sarah, ich muß daran denken. Hast du dir etwas anderes überlegt, hast du dir je überlegt, daß er vielleicht hätte geheilt werden können? Ich habe darüber gelesen. Sarah, als sie ihn tot gefunden haben, hatte er eine Einladung zu meiner Hochzeit in seinem Haus.«

Sarah schwieg.

»Und jetzt kann ich mit Jules nicht einmal über ihn sprechen. Ich kann mit Jules fast gar nicht sprechen.«

»Ich weiß, wie es ist, wenn er seine totale Sonnenfinsternis hat. Es wird Zeit, daß er wieder zum Vorschein kommt. Auch wegen der anderen Sache.«

»Das kann man nur ignorieren«, sagte Caroline.

Unausgesprochen standen die Worte vor den Frauen:

JUNGE BARONIN STARB AN GEBROCHENEM
HERZEN
FAHRLÄSSIGKEIT ODER SCHLIMMERES?
Feuchtes Haus – Aussage französischer Zofe

»Ihre Eltern haben es nicht gelesen, Gott sei Dank. Aber ihre Brüder. Und Emil und Markwald und die Dienstboten. Ihr Kind vielleicht –«

»Es ist Gift«, sagte Caroline.

»Melanie war ein eigenartiges Mädchen. Wenn man wenigstens gelegentlich ein Wort aus Jules herausbekommen könnte.«

»Er ist vor ein paar Tagen mit mir spazierengegangen. Ich habe ihn dazu bewegen können. Er haßt es, daß ich ausgehe, aber da er nicht darüber diskutieren kann, habe ich mir das zunutze gemacht.«

»Und wie war es?«

»Furchtbar. Von mir haben die Leute schon langsam genug, aber es war das erste Mal, daß sie *ihn* zu sehen bekamen. Er war eigentlich wunderbar; hat nicht einmal gezuckt, nur ein bißchen steifer ist er geworden. Ich denke mir, so müssen Männer auf dem Schlachtfeld aussehen – ein Onkel von mir ist bei Balaklava mitgeritten. Jules hat nicht ein Wort gesprochen. Auch nachher hat er kein Wort gesagt. Ich begreife jetzt, was Clara mit Buße meint.«

»Wann hast du sie eigentlich so viel gesehen?«

»Ich habe sie dreimal in den zwei Wochen gesehen, die sie hier war«, sagte Caroline. »Ich fürchte, dieser Spaziergang hat Jules' Zustand eher verschlimmert.«

»Dann muß jemand für ihn handeln; ich bin auch der Meinung, man sollte in der Erbschaftsangelegenheit eine Geste machen. Es wird Komplikationen geben – das ist meistens so, wenn kein Testament vorhanden ist –, doch soviel ich weiß, ist alles angelegt, auf eine altmodische Art, aber durchaus nicht schlecht. Dazu kommt noch das Legat, das der alte Graf dem Hauptmann in seinem Testament ausgesetzt hatte.«

»Das dürfte an die Bernins zurückfallen«, sagte Caroline.

»Keineswegs«, sagte Sarah. »*Du* solltest die Anwälte aufsuchen. Es muß an die Feldens gehen. An Gustavus und Jules als Treuhänder und danach direkt an Claras Kinder, wenn sie welche hätte, und an Jules' Nachkommenschaft. Das heißt an Henrietta, wenn sie einundzwanzig ist.«

»Ich würde nicht zulassen, daß ein Kind von mir es anrührt.«

»Das Gesetz würde dich daran hindern.«

»Du meinst, daß alle Kinder, die ich vielleicht einmal haben werde, das Geld dieses armen Jungen erben würden, und ich könnte nichts dagegen tun?«

»Alle Kinder aus der Ehe mit Jules – gewiß.«

Sarah sprach weiter. »Es ist wirklich erstaunlich, die Leute kennen sich nie aus. Sie scheinen genau zu wissen, was sie erwartet, wenn sie wegen Mordes vor Gericht kommen, oder was eine unrechtmäßige Verhaftung ist, aber wenn es um Eigentumsrecht geht ... Dadurch wird alles so unsicher.«

»Sarah, ich muß dich etwas fragen. Du kennst ihn doch schon sehr lange. Wird Jules – wird er, wird er wieder werden, wie er war?«

»Er ist nie anders gewesen.« Sarah hatte sofort geantwortet. Sie sprach in ihrem kältesten Ton, in dem Ton, den Caroline so selten zu hören bekam. »Jules ist ein Fels. Aus Gummi, aber ein Fels. Er hat sich stets in sensible Unnahbarkeit gehüllt – und er *ist* unnahbar. Jules hat nie gewußt, was ein anderes menschliches Wesen fühlt. Jules wird uns alle überdauern.«

»Du bist sehr bitter.«

»Ich bin heute morgen ziemlich eingenommen gegen alles, was Felden heißt.«

Caroline blickte weg. »In *was* wir dich hineingezogen haben«, sagte sie.

»*Du*?« In Sarahs Gesicht, das sie jetzt zu ihrer Freundin aufhob, stand keine Hoffnung. Und sie sagte wie jemand, den die gute Meinung anderer nicht mehr kümmert: »Du kannst es ruhig wissen, du mußt es dich ohnehin jedesmal gefragt haben, wenn eine Zeitung es herausgeplärrt hat, ja, ich war in Jules verliebt, aber er hat sich mehr für die kleine Merz interessiert, und so habe ich die Ehe zustande gebracht ... Um vor mir selbst das Gesicht zu wahren ... Um großmütig dazustehen ... Es war nicht gerade eine große Liebe, aber beinahe so etwas wie *l'amour propre*. Es ist alles so lange her, daß es schon fast nicht mehr wahr ist. Ja, *ich* habe diese Ehe gestiftet, ich habe ein Talent, Dinge zu arrangieren, genausogut wie Clara, nur eben auf meine Art.« Da verließ sie ihre Stimmung. »Aber –« sie sprach die Worte mit großem Nachdruck, »bei deiner Ehe hatte ich nicht die Hand im Spiel.«

»Nein ...« sagte Caroline, »nein ...« und versuchte, einen klaren Gedanken zu fassen. Sie war mehr über den Ton entsetzt und hatte kaum richtig begriffen, was sie gehört hatte; so sagte sie also: »Es wird nie mehr so sein, wie es war ... bezahlen heißt nicht zurückkaufen ... lassen wir nicht noch mehr Elend herein ... laß uns sein, was wir sind, klügere Frauen vielleicht, nicht bessere –«

Als zwei Tage darauf Sarah in der Voßstraße erschien, wurde sie ins Herrenzimmer geführt. »Hast du unsere Neuigkeit gehört?«

»Meine Eltern freuen sich so sehr.«

»Wir freuen uns alle sehr.«

»Jules hat es uns gestern abend gesagt.«

»*Er* freut sich.«

»Sie hat es ihm erst gestern gesagt.«

»Henrietta soll ein Brüderchen bekommen, gnädige Frau.«

»Anfang nächsten Jahres.«

»Jules hat gesagt, im Januar.«
»Oder Februar.«
»Du mußt zu ihm gehen und ihm gratulieren.«
»Wo ist Caroline?« sagte Sarah.
»Oben.«
»Sie hat sich heute nicht sehen lassen.«
Sarah zögerte.
»Frau Baronin sind ausgegangen, gnädige Frau«, sagte Gottlieb; »der Herr Baron haben sie selbst in den Wagen gesetzt. Der Herr Baron wollten, daß sie an die frische Luft kommt.«

Doch Caroline hatte beschlossen, Jeanne einen Besuch zu machen. Vielleicht geschah es in einer Art Neujahrsstimmung, da man gute Vorsätze faßt, aber sie wußte es selbst kaum. Auf jeden Fall fuhr sie hin.

Jeanne bewohnte jetzt eine sehr hübsche Etage in einer unauffälligen Straße.

Caroline sah alles mit neuen Augen an. »Was für ein reizendes Zimmer«, sagte sie.

»Man tut, was man kann«, sagte Jeanne. Sie sah nur ihre Besucherin. Da sie immer einen ausgeprägten Sinn für Schönheit gehabt hatte und wußte, welche Rolle diese im Leben einer Frau spielt, war sie bewegt.

»Natürlich, Sarahs Haus ist herrlich.«

»Sarah macht alles à l'anglaise«, sagte Jeanne.

Caroline lachte. (Jeanne hörte sich schon sagen: Sie ist nicht nur schön – sie ist strahlend schön.)

»Allerdings nicht ihre Bilder.«

»Nein, die nicht«, sagte Jeanne; »ich bekehre mich allmählich zu ihnen.«

»Ich war schon bekehrt. Aber ich habe sie nie richtig gesehen, bis ich Sarah kennengelernt habe. Sie hat es mir beigebracht.«

Jeanne läutete nach Tee. »Was ich gern wissen möchte«, sagte Caroline, »bleiben eigentlich alle Leute den Sommer über in Berlin oder nur alle Leute, die ich kenne?«

»Ich bin ein schlechtes Beispiel. Friedrich ist gern, wo seine Eltern sind, und ich habe nicht viel fürs Landleben übrig.«

»Nein –?« sagte Caroline.

»Ich fühle mich auf dem Lande verloren. Ich habe ein kleines Haus, eine Villa, in Travemünde – das liegt am Meer –, aber ich glaube, ich habe in zehn Jahren ein halbes Dutzend Mal nicht mehr als drei Tage dort verbracht.«

»Ist das nicht eine Verschwendung?«

»Ich habe es nicht gekauft, um dort zu leben. Ich hielt das für eine ganz vernünftige Idee – Sie verstehen, sicherer als auf der Bank.«

»Ist es direkt an der See?« sagte Caroline.

»O ja, ganz nahe an der See. Freilich, es ist keine Einöde; man kann den Fuß auf die Erde setzen, ohne sich den Knöchel zu verrenken, die Wege sind gepflastert. Die Gegend ist ziemlich im Kommen.« Irgend etwas bewog sie hinzuzufügen: »Hätten Sie Lust hinzufahren? Das Haus steht leer. Es ist ein kleiner Garten dabei, und es ist wirklich gar nicht so übel. Warum probieren Sie es nicht einmal, vielleicht können Sie es dort aushalten? Es ist nicht weit, Sie könnten mit Ihrem Mann hinfahren. Und mir würden Sie eine große Freude machen.«

»Wie reizend von Ihnen, dieser Vorschlag«, sagte Caroline.

»Sagen Sie nicht nein, überlegen Sie es sich. Es wäre eine Abwechslung. Keine großartige Abwechslung ...« Sie lächelte. Dann kam ihr der Gedanke, daß es doch einen Vorteil hatte, sechzig zu sein, und sie sagte: »Darf ich Ihnen etwas sagen? Ich wünschte wirklich, sie würden wieder zurückfahren.«

»Wohin?«

»Haben Sie nicht vor, nach Spanien zurückzukehren?«

»O nein!« sagte Caroline.

»Und auf Reisen ... Eine Ortsveränderung ... Sie sollten nicht hierbleiben.« Sie sagte es sehr freundlich.

Caroline sagte: »Wissen Sie, ich erwarte ein Kind.«

»Meine Liebe.« Jeanne tat nicht so, als ob dies sie unberührt ließe. Sie sagte herzlich: »Ja, das ist natürlich etwas anderes. Ich freue mich sehr für Jules. Das wird ihm mehr als alles andere helfen.«

»Er scheint es auch so zu nehmen.«

»Und Sie?« sagte Jeanne. Caroline gab keine Antwort.

»Sie sind so jung.«

»So jung gerade nicht mehr; die meisten meiner Freundinnen haben Kinder.«

»Viele Frauen«, sagte Jeanne, »haben Kinder, bevor sie sie wollen; oder sie warten, und dann ist es zu spät. So ist es nun einmal . . . Aber man weiß eben nie.«

Caroline sagte: »Der Augenblick ist nicht günstig.«

»Nein, meine Liebe, nein. Aber es wird Ihnen helfen, alles hinter sich zu bringen.«

In Jeannes Worten war Güte zu spüren, Güte und Mitgefühl, aber kein Schmerz – jener Schmerz, den Caroline, halb bewußt, Sarah mit fast jedem Wort zufügte, das sie sprach. Dieses Mal spürte sie, daß das, was sie sagen wollte, nicht in Schichten von Gefühl und Verzweiflung versank oder daß es abprallte, unnütz oder unverstanden, wie es ihr mit Clara oder Jules ging, sondern daß es zu ihr zurücksprang, klar und rein, wie Münzen, die man auf einen Ladentisch fallen läßt, um ihren Wert zu prüfen. Sie antwortete, was sie eigentlich nicht hatte sagen wollen: »Ich habe Angst. Gerade vor dem, was Sie angedeutet haben, ich habe Angst, was es ihm sein wird. Sie wissen ja, daß Jules nicht gerade ein idealer Erzieher ist.«

Jeanne sagte: »Ein Sohn wird ihn verändern.«

Carolines Stimmung schlug jäh um, sie sagte kalt: »Soll ich ihm etwa seinen verlorenen Bruder wiedergeben?«

Jeanne sah vieles, wenn nicht alles. Sie erkannte den Aufschrei des Herzens und zog sich zurück. Sie wartete, bis die Worte der jungen Frau verklungen waren, dann sagte sie: »Jules hat Henrietta als sein Kind geliebt.«

»Solange sie ein Kind war.«

»Sie ist es noch.«

»Nicht in seinen Augen. Und dann, was sie aus ihr gemacht haben.«

Jeanne sagte: »Die Umstände waren . . .«

»Ich weiß. Das Geld; Jules' eigene merkwürdige Position; die Zukunft des Kindes.«

»Sie scheint jetzt gesichert.«

»Es wäre an der Zeit. Keine Kindheit, keine Eltern, und vierzehn Jahre lang in einem stickigen Haus eingesperrt zu sein ... Sie sollte bei Jules leben.«

»Friedrich sagt, sie würden sie noch immer nicht gehen lassen.«

»Nicht von Berlin fort?«

»Nein; wenn sie Ausland hören, denken sie nur an eines.«

»Das habe ich mir gedacht«, sagte Caroline.

»Ich will Ihnen etwas sagen, meine Liebe: Sie werden bald so viel mit sich selbst beschäftigt sein – *cela change les idées*.«

»So hübsch hat es noch niemand ausgedrückt«, sagte Caroline.

Jeanne sagte: »In der letzten Zeit war es nicht sehr leicht für Sie.«

»Nun ja – nein.«

Die Ältere breitete die Arme aus. Dankbar und ganz natürlich überließ sich Caroline der Umarmung.

Unter der Türe sagte sie: »Ich weiß jetzt, was wir tun werden. Ich habe gerade einen Entschluß gefaßt.«

»Entschließen Sie sich nicht zu rasch.«

»Liebe Jeanne. Neue Pläne stimmen mich immer fröhlich.«

7·

Einmal hat alles ein Ende, und als der Herbst gekommen war und die Ferien vorüber waren und der Reichstag wieder zusammentrat, ging die Vorlage über die Dienstzeitverkürzung nicht durch, und der Haushalt wurde angenommen, der neue Staatssekretär des Auswärtigen war eine farblose Figur, in Marokko schien sich wieder allerhand Ärger zusammenzubrauen, in Hannover hatte sich ein geheimnisvolles Verbrechen ereignet, das Kaiserpaar kündigte einen Hofball an, und schließlich lief ein nagelneues Linienschiff vom Stapel. Putnitz betätigte sich in der Landwirtschaft, ebenso der »getreue Georg«; der Oberst, ein paar Majore und ein Generalmajor waren in den Ruhestand versetzt worden; Korporal Schaale blieb unauffindbar; die Zeitungen, und damit notgedrungen auch die Öffentlichkeit, verloren das Interesse an den Feldens und deren Beziehungen und Belangen; das Merzsche Haus war wieder ein Haus wie alle anderen, Leute kamen und gingen, und die Passanten blieben nicht mehr stehen.

Caroline schrieb und beantwortete Briefe; reiste hierhin und dorthin; fuhr nach Süddeutschland, fand, daß Gustavus sich gut auskannte, und entdeckte schließlich, wonach sie gesucht hatte.

»Du bist entschlossen?« sagte Sarah, eine Woche später.

»Absolut.«

»Du wirst angebunden sein.«

»Womit ist man das nicht? Also kann man sich ebensogut ein Zuhause schaffen.«

»An der elsässischen Grenze? Die Welt ist größer.«

»Nicht für mich«, sagte Caroline.

Sarah probierte eine andere Taktik. »Wenn du dein ganzes Kapital opfern *willst* –«

»Nicht das ganze. Nur ein paar Aktien. Sie lassen mich ohnehin nicht an mein Vermögen heran. Ich werde auf die Zinsen etwas aufnehmen müssen.«

»Dann sind dir finanziell die Hände gebunden.«

Caroline zuckte die Achseln.

Sarah wechselte abermals die Taktik: »Jules hat es nicht einmal gesehen.«

»Das Haus wird ihm gefallen, ob er will oder nicht. So wie mir. Und dir wird es auch so gehen.« Sie lächelte.

Aber einen Monat später war noch nichts unterschrieben. Caroline hätte nach England gehen sollen, und das Haus war bestimmt noch nicht fertig. »Jetzt muß ich alles bis nachher verschieben«, sagte sie; »ich habe es gewußt.«

»Beim ersten Haus ist es immer am schwersten«, sagte Sarah.

»Und die armen Tiere müssen jetzt jeden Tag aus Spanien ankommen.«

»*Wer?*«

»Die Pferde. Ich hatte so sehr gehofft, daß alles fertig sein würde, wenn sie kommen. Weißt du, was Gustavus zu mir gesagt hat, der Schwachkopf? ›Du und Jules, ihr habt doch nicht vor zu reiten?‹ Sarah, du machst dir keine Vorstellung, wie es dort unten ist, was sie für ein Leben führen – der schiere Trübsinn. Ich habe es über mich gebracht, einmal mit ihnen zusammen zu essen. Bernin benimmt sich, als ob nichts passiert wäre; aber er ist ganz desperat, er langweilt sich unsäglich. Man spricht davon, daß er nach Südamerika gehen könnte. Glaubst du, er wird am Ende noch Kaiser von Brasilien? Clara geht im Dienst an ihren Armen auf; Gustavus ist früher jede Woche nach Karlsruhe hineingefahren, um den Leuten bei ihren Stammbäumen zu helfen, aber man hat ihn gedrängt, damit aufzuhören; jetzt rührt er sich kaum noch vom Fleck. Doch scheinen alle dort unten so freundlich zu sein, wenn auch ein bißchen neugierig.«

»Das sind die Nachbarn, die du dir ausgesucht hast«, sagte Sarah.

»Ganz und gar nicht, meine Liebe, man braucht von den Bernins aus Stunden und Stunden mit dem Bummelzug. Und da weder Gustavus noch Jules so leicht in einen Zug steigen –«

»Du wirst Clara auf dem Hals haben.«

»Sie ist meine Schwägerin. Clara hat schließlich auch eine ganze Menge auf dem Hals gehabt.«

»Caroline, fahr mich nicht so an. Edu hat *mir* das immer vorgehalten.«

»Es kommt wohl davon, weil ich Gustavus so oft widersprochen habe. Du hast noch nicht einmal die halbe Geschichte gehört. Er hat vorgeschlagen – sehr gewunden, wie ich zugeben muß –, daß wir den Jungen Landeney nennen sollen, das ist einer ihrer Titel, jedenfalls solange er minderjährig ist, und wenn wir schon einmal dabei seien, dann sollte auch ich meinen Namen ändern; er hat gemeint, ich solle mich Baronin Landeney nennen. Er hat gesagt, es wäre angenehmer für mich.«

»Wie schade, daß er nicht Edu den Vorschlag machen kann«, sagte Sarah.

»Ich glaube, ich werde die Pferde nicht nach Sigmundshofen geben.«

Am Ende der Woche sagte sie: »Hast du schon einmal Anwälte erlebt, die so langsam arbeiten wie meine?«

Sarah sagte: »Ich sehe trotzdem nicht ein, warum mein Schwiegervater –«

»Du weißt, das kommt nicht in Frage«, sagte Caroline.

»Warum läßt du dann nicht *mich*?«

»Anscheinend reißt man sich darum, Jules ein Haus zu kaufen. Diesmal bin ich dran.«

»Laß mich wenigstens ein bißchen für dich spekulieren. Versuch's mit ein paar Tausend, ich werde sie dir in einem Monat verdoppeln. Ich könnte – ach, vergessen wir es.«

Caroline sagte: »Ich bin dir wirklich dankbar. Sehr. Aber leider muß ich wieder nein sagen.«

»Und ich bin darin so gut«, sagte Sarah.

Statt dessen durfte sie ihnen eine Wohnung suchen.

»Hier? Ja, doch wohl. Warum auch nicht? Es hat keinen Sinn, jetzt etwas Besonderes zu suchen. Ich muß an Jules denken, er weiß nicht, daß die Affäre vorüber ist. Niemand weiß, wie man es ihm sagen soll. Liebling, besorge uns rasch etwas.«

Nachdem Carolines Kind geboren war, ging Jeanne zu ihr hinein. »Reg sie nicht auf«, sagte Jules. »Paß auf, daß sie möglichst nicht spricht«, sagte Sarah. Caroline fragte matt: »Ist es in Ordnung?«

»Ja«, sagte Jeanne, pianissimo.

»Ja?«

»Schsch . . . Ja.«

»Zehn Zehen und alles andere?«

»Ja, ja.«

»Ist es ein Junge?«

»Nein. Ja.«

»Was denn nun?«

»Sie brauchen Ruhe, meine Liebe«, sagte Jeanne.

»Lebt es?«

»O ja.«

»O MEIN GOTT, WAS IST ES DENN?«

»Ein Mädchen.«

»Vielleicht eine Gnade?« sagte Caroline.

Zehn Minuten später machte sie ein Auge halb auf. »Dann müssen wir es also nicht Julius Augustus nennen«, sagte sie.

Als ein paar Wochen vorbei waren, sagte sie: »Mit dieser Wohnung haben wir keinen sehr guten Griff getan, Sarah. Und sieh dir das an!« Das Sofa war mit Voranschlägen bedeckt. »Sie warten aufs Frühjahr, um sich das Dach vorzunehmen, das übertrifft noch englische Handwerker. Bis dahin kehren wir wohl besser zu den Fleischtöpfen zurück.«

»Hältst du das aus?«

»Die alten Leute werden sich freuen, wenn sie uns noch ein bißchen bei sich haben. Das ist das wenigste, was man tun kann, nachdem sie so zu uns gehalten haben.«

Als ihr eigenes Haus fertig war, hatte Julius ein Automobil und Caroline eine englische Kinderfrau besorgt.

»Es sind ganz rasante Dinger«, sagte Edu.

»Ich möchte es mehr zum Reisen nehmen«, sagte Julius.

»Mein alter Junge, du wirst nicht die Zeit dazu haben.«

Zeit spielte in den folgenden Jahren kaum eine Rolle, und Julius konnte seine ursprüngliche Absicht ausführen. Während der ganzen Zeit, in der dieser Wagen existierte, hatte er keine andere Aufgabe, als Julius, und zwar nur Julius und seinen Diener, zweimal im Jahr zwischen seinem Haus auf dem Land und der Voßstraße hin und her zu bringen. In der Zeit dazwischen war der Wagen vergessen, ja unsichtbar; er stand auf seinen hohen, eleganten Rädern in einer Werkstatt in Colmar.

Caroline und die Kinder fuhren stets mit der Bahn.

Sie hatte gerade begonnen, sich über Henriettas Einführung in die Gesellschaft Gedanken zu machen, und ihr eigenes Kind war knapp drei Jahre alt, da kam plötzlich Korporal Schaale wieder zum Vorschein und wurde erneut festgenommen. Sein Verschwinden erklärte sich einfach. Er war nicht weggezaubert worden. Erschreckt von der bevorstehenden Verhandlung, war er aus seiner Zelle ausgebrochen, was ihm nicht schwerfiel, da er früher selbst hier Bewacher gewesen war, und er entwich in die Schweiz, wo er sich unter einem anderen Namen verborgen hielt und Arbeit fand. Von Heimweh getrieben, war er auf einen Besuch zurückgekommen. Er wurde sofort vor das Kriegsgericht gestellt, beinahe über Nacht. Putnitz bestritt wiederum, um Hilfe gerufen zu haben (»Ich habe aufgeschrien, weil ich erschrocken war«), die Aussage des »getreuen Georg« (»Der Hauptmann hat nie einer Fliege etwas zuleide getan«) wirkte sich sehr unheilvoll aus, es gab keinen Beweis für Johannes' Gefährlichkeit, ja nicht einmal – da ihn kein Arzt untersucht hatte – einen Beweis für seine Unzurechnungsfähigkeit, und Schaale wurde zum Tode verurteilt.

Sofort flammte das Feuer wieder auf. Die Geschichte wurde aufgewärmt, und eine Woche lang tobten die Leidenschaften. Caroline hielt sich gerade in Berlin auf; sie war mit ihrer kleinen Tochter und der Kinderfrau ausgefahren; in der Lenéestraße wurde ihr Coupé von einer Menschenansammlung erkannt, aus der ein paar Steine auf den Wagen flogen. Zwei Tage später wurde Schaales Urteil durch einen kaiserlichen Gnadenakt umgewandelt: Der Korporal wurde auf die Festung geschafft, um seine lebenslängliche Haft zu verbüßen. Das öffentliche Gewissen war beruhigt.

Schaales Eltern, einige Anwälte und die Liga für Menschenrechte versuchten, eine Berufung durchzusetzen. Von den Behörden mit Mißtrauen, von den Leuten und ihren Mitstreitern mit Argwohn betrachtet, von ihren Ehemännern weder bestärkt noch unterstützt, gesellten sich Clara und Caroline dazu.

Von Anfang an sah es ziemlich hoffnungslos aus. Man hielt sie im ungewissen; in der Sache selbst ereignete sich nichts Neues. Wie vernünftige Leute es ausdrückten – ein Mann hatte die Nerven verloren und einen anderen erschossen, es war ziemlich sicher, daß dieser andere ein Verrückter gewesen war, aber trotzdem, wenn es auch nicht direkt Mord war, so doch eine Reaktion, die von der Gesellschaft schwerlich gutgeheißen werden konnte; der Mann, der abgedrückt hatte, war Soldat und hätte wissen müssen, was er tat, außerdem war Festungshaft nicht das gleiche wie Zuchthaus.

Sarah pflichtete dieser Ansicht eigentlich bei, doch gab sie Caroline einen Scheck.

Nach zwei Jahren wurde die Berufung endgültig abgewiesen.

»Wir dürfen es niemals aufgeben«, sagte Caroline zu Clara. »Dieser Mensch ist immer noch eingesperrt.«

»Es steht uns nicht an, uns darüber Gedanken zu machen. Wir können den Grund nicht wissen. Vielleicht wird er dadurch vor großer Versuchung bewahrt. *Unsere* Pflicht ist es, seine Begnadigung zu erwirken. Wir brauchen nicht über das Ergebnis zu entscheiden.«

Die Verfechter einer Revision des Schaale-Urteils verloren einer um den anderen den Mut. Die Eltern des Korporals weigerten sich, weiterhin ihre Unterschrift herzugeben; die Anwälte scherten aus. Zuletzt hielten nur noch ein Bischof – ein barmherziger Mann, der viel auf Clara hielt –, ein Sekretär der Liga, das Geld der Kastell-Anilin-Werke, Caroline und Clara die Bewegung am Leben, Caroline mit geradezu abergläubischem Eifer.

»Ich habe das Gefühl, ich bezahle die ganze Liga für Menschenrechte«, sagte Sarah; »sie sind bestimmt noch nie so in Geld geschwommen.«

»Nun ja, *gut* so«, sagte Caroline.

»Es kommt ziemlich teuer«, sagte Sarah.

»Darling, geh auf die Börse und spekuliere«, sagte Caroline.

»Ich hätte ebensogut Edus Schulden bezahlen können; das wäre vielleicht billiger gekommen.«

»Vielleicht könnte man ihm zur Flucht verhelfen?« sagte Caroline.

»Ich würde nicht dazu raten.«

»Es wäre nicht dasselbe.«

»Eine Begnadigung«, sagte Jeanne.

»Ich will aber, daß er von Rechts wegen freigelassen wird«, sagte Caroline.

Jeanne sagte: »Die Zeitungen sind eure einzige Hoffnung. Könntet ihr sie nicht veranlassen, die Sache noch einmal aufs Tapet zu bringen?«

»Es gibt nichts Neues zu berichten. Clara hat versucht, sich mit dem Schweizer Arzt in Verbindung zu setzen, bei dem er eine Zeitlang gelebt hat; er ist verstorben. Eine seiner Töchter kann sich noch daran erinnern.«

»Das reicht nicht«, sagte Sarah.

»Bringt sie dazu, daß sie irgend etwas aufrühren«, sagte Jeanne.

»Und Quintus Narden als unser Zola!«

»Ich würde zu Narden gehen, wenn es einen Sinn hätte«, sagte Caroline.

»Meine Liebe«, sagte Sarah, »der Felden-Skandal ist mausetot.«

*

»Das ist eine ziemlich lange Geschichte, Küken«, sagte meine Mutter. »Vielleicht eines Tages – ein Teil davon – ich fürchte, ich komme dabei nicht sehr gut weg.«

Fünfter Teil

EINE BEGNADIGUNG

Als unser sechster Winter in der Voßstraße zu Ende ging, starb Großpapa Merz. Er starb im Schlaf. Am Morgen sickerte die Nachricht auf die gleiche sanfte, heimliche Weise durch das Haus. Meine Mutter wurde geholt. Das Haus war voll von Frauen; Gouvernanten, die Gesellschafterin, Hausmädchen, Nanny, Henrietta, Marie, aber zufällig war meine Mutter die einzige erwachsene Frau der Familie. Sie ging allein zu dem alten Mann und seiner Frau hinein, in das Schlafzimmer im Erdgeschoß, das keiner von uns jemals gesehen hatte.

Später wurden wir alle aufgefordert hinunterzugehen. Aber zuvor kam meine Mutter zu mir ins Kinderzimmer. Henrietta war bei ihr, in einem engen schwarzen Kleid; sie sah verängstigt aus. Ich war bereits in Mantel und Hut.

»Es ist traurig, Küken«, sagte meine Mutter und küßte mich. »Man hat jedesmal dieses Gefühl. Aber er hat ein langes Leben gehabt, und er hat sein Leben geliebt.«

»Ist das gut?« sagte ich.

»Für manche Menschen, ja.«

»*Wir* werden einen schönen, langen Tag bei Frau Edu verbringen, gnädige Frau«, sagte Nanny; »ich habe schon telephoniert.«

»Ihr Vater ist bereits dort.«

»Wird es nicht hübsch sein im Garten?«

»Ich sehe keinen Grund dafür«, sagte meine Mutter.

»Komm nach unten und setz dich zu Großmama Merz, Küken; sie hat eigens nach dir gefragt.«

Ich drehte mich zu Nanny um. »Muß ich etwas zu ihr sagen?«

»Kümmern Sie sich vielleicht um Henrietta, Nanny«, sagte meine Mutter, »sie sagt, sie habe Kopfweh. Möchtest du hierbleiben?«

»Ja, bitte, Caro«, sagte Henrietta.

Großmama war in ihrem Wohnzimmer; sie saß wie immer in ihrem Sessel und trug ihre gewohnte Kleidung. Ihre Hände lagen im Schoß, doch übers Gesicht rollten ihr langsam große, runde Tränen, ohne daß sie es zu bemerken schien, denn sie tat nichts, um sie wegzuwischen oder ihnen Einhalt zu gebieten, und der Anblick faszinierte mich. Ich setzte mich auf den Boden.

»Etwas Junges ist am besten«, sagte sie, tätschelte mir die Wange, sah aber dabei meine Mutter an.

Nach einer Weile sagte sie: »Wo sind die Männer?«

Meine Mutter gab mir ein Zeichen zu klingeln.

Gottlieb kam herein, seine Augen waren verschwollen, die Stimme war nicht zu erkennen. »Die Herren sind beim Frühstück mit den Trauergästen, gnädige Frau.«

»Ah, ja.«

Als wieder eine Weile vergangen war, sagte sie: »Rück deinen Stuhl ein bißchen näher zu mir her, liebe Caroline.« Meine Mutter gehorchte.

»Du bist unruhig«, sagte meine Mutter zu mir.

»Ja.«

»Hast du dir nichts zum Spielen mitgebracht?«

»*Im Angesicht des Todes*?« aber ich sagte es nicht laut.

»Hier sitzen wir alle drei, und keine von uns kann stricken«, sagte meine Mutter. »Ich habe oft bedauert, daß ich es nicht gelernt habe. Du nicht?«

»Stricken ist sehr langweilig«, sagte Großmama.

»Für dich ist es noch nicht zu spät zum Lernen, Küken«, sagte meine Mutter.

»Zu spät«, sagte ich.

»Wollen wir ein bißchen Dämon spielen?« Meine Mutter hatte dieses kürzere Spiel einige Jahre zuvor eingeführt.

»Nicht vor dem Essen, liebe Caroline«, sagte Großmama.

Später gelang es mir zu entwischen. Das Herrenzimmer war voller Menschen. Es waren meistens Männer, und viele von ihnen weinten. Sie saßen um Friedrich herum, der in seinem Sessel kauerte und schmerzerfüllt in sein Taschentuch schluchzte. Emil und Vetter Markwald saßen neben ihm, und Markwald wurde auch vom Weinen geschüttelt. Gottlieb stand an der Tür und meldete neue Besucher.

»Herr Kommerzienrat Veilchenfeldt!«

»Herr Doktor Herzberg; Herr Prokurist Stern!«

»Herr Schiffahrtsdirektor Warburg!«

»Herr Rechtsanwalt Wolff!«

»Herr und Frau Schwabach; Herr Bankdirektor Reichenheim!«

»Herr Sanitätsrat Goldschmitt!«

Die neuen Trauergäste gingen alle geradewegs zum Sohn des Hauses hin, drückten ihm die Hand und sagten etwas. Ich schob mich näher hin, bis ich es verstehen konnte. »Mein Beileid – mein herzliches Beileid.«

Ein Bediensteter und Plon, der junge elsässische Diener meines Vaters, reichten Kaffee, Portwein, belegte Brote und Kuchen auf Tabletts.

Die Vorzimmer füllten sich gleichfalls mit Menschen; ich ging hinaus und stellte mich im Vestibül auf.

»Frau von der Waldemar!«

»Nein, nein – sie wollen mich heute sicher nicht sehen, ich bin nur gekommen, um mich in die Kondolenzliste einzutragen.«

Doch Gottlieb schob sie kurzentschlossen hinein. Ich folgte der Dame und sah, wie meine Mutter aus dem inneren Salon kam, um mit ihr zu sprechen.

Um die Mittagsstunde erschien ein sehr alter Herr. Er trug einen pelzgefütterten Mantel mit Seidenaufschlägen. Er wurde unverzüglich zu Großmama hineingeführt.

»Herr Handelskammerpräsident Simon!«

»Mein ergebenstes Beileid.«

Großmama sagte: »Einer mußte den Anfang machen.«

Ich war an diesem Tag ganz mir selbst überlassen, und irgendwann geriet ich in die Küche. Auch unsere Köchin hatte geweint, aber sie sagte, es sei eigentlich ein Freudentag. Ich war mir im Zweifel. So sehr im Zweifel wie schon während des ganzen Tages. »Du weißt, wo dein Großpapa jetzt ist?« – »Ja«, sagte ich und tat so, als interessierte ich mich für den Mehlkasten. Ich sagte nicht, daß insgeheim meine Antwort »Fegefeuer« war. Als ich wieder im Herrenzimmer war, drehte mich einer der Erwachsenen um. »Was tust du kleines Mädchen denn hier«, sagte er, »in einem blauen Kleid?«

Kühner geworden, sagte ich: »Im Angesicht des Todes?« diesmal aber laut.

»Hör einer an, du böses Kind ...!«

Ich flüchtete wieder auf meinen Posten im Vestibül.

Aber als ich Edu und Sarah die Treppe heraufkommen sah, versteckte ich mich hinter einer Draperie. Sarah trug einen kleinen schwarzen Schleier; sie hielt sich sehr aufrecht; Edu ging hinter ihr. Er war gebeugt. Gottlieb trat ihnen mit ausgestreckter Hand entgegen. Edu nahm sie mit beiden Händen. »Innigstes Beileid«, sagte Gottlieb. Die beiden Männer brachen in Tränen aus. Sarah schritt weiter.

Am Nachmittag traf ich meine Mutter auf einem Flur. »Was hältst du von alledem, Küken?« sagte sie.

Ich überlegte. »Es gefällt mir«, sagte ich. »Ich finde es nett. Das Weinen gefällt mir. Heute sind alle freundlich.«

Meine Mutter sah mich an. »Du hast nicht so unrecht«, sagte sie.

»Ist es immer so?«

»Keineswegs. Manchmal kommen auch keine Leute.«

»So, als wenn wir in unserem Haus gewesen wären und nur durch die Post davon erfahren hätten? Ist das trauriger?«

»Anders.«

Ich merkte es gewöhnlich, wenn meine Mutter mich nicht mehr brauchen konnte, aber jetzt war ich zu sehr erfüllt von dem, was geschehen war. »Sarah hat nicht geweint. War sie beleidigt?«

»Es ist nicht unwahrscheinlich«, sagte meine Mutter.

»Mammi –«

Sie wartete.

»Henrietta sagt, ein Todesfall zieht immer einen anderen nach sich.«

»Was für ein Unsinn. Sie hat doch keine Statistiken gelesen?«

»Papa hat es ihr gesagt.«

Nach dem Tee hoffte ich Plon mein Herz ausschütten zu können. Aber der Tag hatte Plon ganz durcheinandergebracht.

Ich sagte: »Er ist ohne die Sakramente gestorben.«

»Er hat sie nicht gebraucht. Hier geht alles ganz anders.«

»Ich weiß«, wisperte ich, »*Ketzer.*«

»Oh, das würde ich doch nicht sagen. Der Katechismus sagt einem nicht alles. Dafür hatte er diese Feier. *Verstehst* du?«

Es war die Zeit, da wir gewöhnlich wieder aufs Land gingen, aber wir verschoben es um ein paar Wochen.

»Es wird sich manches ändern«, hatte Sarah zu Caroline gesagt.

»Vermutlich. Obwohl man es sich in diesem Haus nicht vorstellen kann.«

»Es wird bald kein Haus mehr geben«, sagte Sarah; »es ist alles Wahnsinn!« Sie leistete sich eine dramatische Geste. »Weißt du über das Testament Bescheid?«

»Es war kaum zu vermeiden«, sagte Caroline.

Großpapa Merz' Testament stammte aus der Zeit von Edus Bankrott. Abgesehen von einer umfangreichen Liste von Nachträgen, war das Dokument recht einfach. Legate und Renten für die Bediensteten, Legate und Renten für Emil und Markwald, symbolische Vermächtnisse für die Kinder von Edu und Sarah, ein großes Legat für Friedrich und ein nur wenig kleineres für Jules und für beide eine Leibrente; laut Testamentsnachtrag hunderttausend Mark und einige Smaragde für Caroline; das Hauptvermögen fiel auf Lebenszeit an die Frau des alten Herrn und danach an ihrer beider Enkelin Henrietta. Auch der Familienschmuck ging an Julius' Tochter. Sarah, Sarahs Töchter, Caroline und Carolines eigenes Kind sollten sich je einen Ring auswählen.

»Sie haben alle einen schönen Schock vor sich. Ich habe es seit Jahren kommen sehen. Bist du dir darüber im klaren, wie sie mit ihrem Geld umgegangen sind . . .? Ich spreche nicht von diesem Haus, wir wissen alle, was es gekostet hat; die Diener waren ja förmlich stolz auf die fürstlichen Rechnungen, die immerfort ins Haus gekommen sind. Weißt du, wieviel sie im Jahr allein für Butter ausgegeben haben?«

»Es kann nicht mehr sein, als wir für Francescas Kuh bezahlen, aber sag es nur, ich bin bereit, mich zu entsetzen.«

»Hast du in den Nachrufen gelesen, wie oft von ihrer Wohltätigkeit die Rede ist? Edu und ich dachten, es sei alles maßlos übertrieben. Durchaus nicht. *Es war Gottliebs Werk*. Er hatte einen eigenen Fonds, den er nach seinem Gutdünken verwenden konnte. Aber ich denke gar nicht an all dies – Lappalien –, obwohl es völlig verrückt ist. Bist du dir bewußt, wieviel Bargeld alljährlich durch die ganzen Zuwendungen weggegangen ist? Es sind keineswegs nur Taschengelder. Friedrich ist sehr gut versorgt, Jules bezieht das Einkommen eines reichen Mannes, eines relativ reichen Mannes –«

»Er ist ziemlich verschlossen, wenn es um seine Privatangelegenheiten geht«, sagte Caroline.

Sarah klärte sie auf.

»Er hat das *angenommen*? Jedes Jahr?«

»Es ist zum letztenmal erhöht worden, als das Kind geboren wurde.«

»Und *ich* bezahle Nanny. Wir scheinen ständig in Verlegenheiten zu sein ... Es heißt zwar, es lebt sich spottbillig da unten, so wie wir leben, aber das stimmt nicht.«

»Dann natürlich Edu – ich wußte, daß sie ihn jahrelang auf die eine oder andere Art unterstützt haben – es ist mir sonnenklar, daß Edu unter der Hand gespielt hat; ja, hoch gespielt. Schön, nimm mal eintausend und die Woche darauf zweitausend und hin und wieder fünftausend, die er seinem Vater abgeluchst hat, zähle alles zusammen, und du wirst sehen, was das für das Kapital heißt.«

»Sarah, ich dachte, sie seien so immens reich«, sagte Caroline.

»Es ist eingetreten, was immer eintritt, wenn man seine Einkommensquellen nicht im Auge behält. In den letzten vierzig Jahren hat der alte Herr in der Firma Merz & Merz nichts anderes getan, als sich immer höhere Dividenden zu genehmigen. Die Fabriken sind noch in Ordnung, obwohl sie dringend modernisiert werden müßten ... Seine Partner haben ihn gewähren lassen, sie wußten, daß er nicht ewig leben könne. Das dumme ist nur, daß es beinahe doch so weit gekommen wäre; sie werden seine Anteile jetzt spottbillig einheimsen. Die Banken haben die gleiche Rechnung aufgestellt, die Konten sind enorm überzogen.

Und was *vorhanden* ist – nichts davon ist so viel wert, wie es auf dem Papier steht. Mein Schwiegervater hat ein paarmal überaus ungeschickt Geld angelegt und sich dann nicht weiter darum gekümmert. Obendrein hat er ab und zu gern ein bißchen spekuliert. Friedrich hat ihn dabei beraten. Sehr schlecht. Friedrich bringt es nicht über sich, etwas wieder abzustoßen, was er einmal gekauft hat, gleichgültig, ob es steigt oder fällt. Er ist nicht der Typ dafür und versucht es trotzdem immer wieder. Wenn er zuwenig Schneid hat, dann hatte der alte Herr zu viel, doch keiner von beiden hatte die leiseste Ahnung. Und sie waren zu *langsam*; wenn ich ihnen einen Tip gab, haben sie sich angestellt, als würde sich bis zur Sintflut nichts ändern.«

»Sarah – waren alle Merz Spieler?«

»Ja. Außer Markwald.«

»Er hat doch sein Geld ebenfalls verloren.«

»Ja.«

»Was war bei allen der Grund?«

»Mangel an richtiger Beschäftigung«, sagte Sarah.

»Worauf läuft das nun alles hinaus, was du mir da erzählt hast?«

»Daß es nicht so weitergehen kann.«

»Es ist nichts mehr übrig?« sagte Caroline.

»Wir werden die Aktien verkaufen müssen und noch einiges andere, um die überzogenen Konten abzudecken und diese Legate auszuzahlen ... Und wir müssen für die alte Dame und den ganzen Haushalt noch weitere fünf, zehn, fünfzehn Jahre aufkommen ... *Und* die Mittel für die Leibrenten aufbringen. Es ist nicht zu machen. Meine Liebe – *Jeanne darf im Alter nicht in Not geraten.*

Natürlich vermache ich ihr etwas. Aber das ... wenn alles normal geht ... Und das ist nicht das gleiche. Wenn es je dazu kommen sollte, muß es ein Abschiedsgeschenk von einer Freundin sein – keine Versorgung. Ich denke mir, sie hat einige Ersparnisse; er wohl auch – wenn er sie nicht ausgegeben hat –, aber selbst dann ist es nicht so, wie es eigentlich sein sollte, sie hat es anders verdient. Also *muß* ich dafür sorgen, daß Friedrich sein Erbteil bekommt. Und natürlich das Personal; und die beiden alten Knaben, aber das ist kein Problem.«

»Jules wird seines nicht annehmen«, sagte Caroline.

»*Nun ja* ...« sagte Sarah, »wenn er mit der Hälfte zufrieden wäre? Das wäre schon eine Hilfe.«

»Er wird nichts annehmen.«

»Das ist Unsinn«, sagte Sarah. »Er hatte ein Recht, etwas zu erwarten. Und er könnte es sich nicht leisten.«

»Ich habe vergessen, von meinem eigenen Legat zu sprechen«, sagte Caroline.

»Meine Liebe, das ist nur ein Tropfen auf einen heißen Stein. Und es würde einen solch schlechten Eindruck machen. Der alte Herr hat dich angebetet. Aber eines können wir tun: Wir müssen das Haus verkaufen. Die Stadt möchte es schon seit zehn Jahren haben; kein Mensch kann es sich heute noch leisten, ein solches Haus zu bewohnen.«

»Die arme alte Dame.«

»Sie braucht es nie zu erfahren. Niemand wird davon etwas wissen außer dir und Friedrich und den Anwälten. Ich werde es kaufen.«

Caroline unterdrückte eine Bewegung. Kurz darauf sagte sie: »Dann wird es also doch weitergehen.«

Sarah sagte: »Ich hätte nie gedacht, daß es eines Tages dazu kommen würde. Ich weiß noch, wie ich zum erstenmal hierhergekommen bin. Ich hatte mich gerade mit Edu verlobt.«

Caroline hatte plötzlich eine Erleuchtung. »Als ich mich in jenem Winter für Jules entschloß, hast du damals an all das gedacht?«

Sarah sagte: »Ich wollte dich hier nicht sehen.«

»Wie du es gehaßt haben mußt; immer.«

»Das Haus – ja. Und du?«

»Für mich war es nur ein Wartezimmer wie andere auch«, sagte Caroline. Dann fügte sie hinzu: »Also wird Henrietta keine reiche Erbin sein?«

»Nun, *das* wohl kaum«, sagte Sarah.

In dieser Woche fuhr Nanny in den Urlaub. »Wohin fährst du, Nanny?« sagte ich.

»Nach Hause«, sagte Nanny.

Sie hatte um die Erlaubnis gebeten, mich mitzunehmen. Meiner Mutter schien der Vorschlag zu gefallen; sie zögerte; dann sagte sie nein.

»Ich nehme sie später einmal selbst mit.« Nanny war gekränkt.

Immerhin durfte ich sie an die Bahn begleiten. Als ich vom Bahnhof zurückgekommen war, vermied ich es, Marie zu begegnen; ich war aufgeregt und versuchte mich mit einem Spiel zu zerstreuen, das ich selbst erfunden und Pferderennen getauft hatte. Ich galoppierte durch das Vorzimmer – ein Teil davon war die Gerade, die Ecken mußten ganz genau ausgeritten werden, und es war auch gut, wenn man dabei die Augen schloß. Ich rannte gegen etwas, und ehe ich wußte, wie mir geschah, flog mir gelbes Porzellan um die Ohren. Ich hatte eine von Papas Katzen heruntergestoßen. Ich heulte laut.

Diener kamen, meine Mutter wurde geholt. Ich saß noch immer mitten in den Scherben, als ich sie an der Tür hörte. »Muß ich denn jedesmal kommen, wenn das Kind etwas kaputtmacht?« Sie trat herein und wurde blaß. Sie stand ganz still. »Sarahs Katzen«, schrie sie auf. »O mein Gott, das einzige, an dem sie hängt.«

Sie bückte sich, hob einige Stücke auf und versuchte sie zusammenzusetzen. Dann nahm sie etwas anderes vom Boden. Es war eine Zeitung, sehr alt und dünn und schmutzig. »Was ist das?« sagte sie.

»Es ist herausgefallen.«

»Wo?«

»Aus der armen Katze. Als sie kaputtgegangen ist.«

Wieder stand meine Mutter still. Sie drehte die Zeitung hin und her.

»Es war innen drin?« sagte sie.

»Ja.«

Sie rief Gottlieb. »Können wir die andere hochheben?« sagte sie. »Ich möchte etwas sehen.« Gottlieb rief Plon, und vorsichtig nahmen sie die Katze, die noch ganz war, vom Sockel und drehten sie um, den Kopf nach unten.

»Erinnern Sie sich noch, ob es zwei gleiche Stücke waren? Massiv? Keine Löcher?«

»Es waren identische Stücke, gnädige Frau. Wir haben sie jedes Jahr einmal heruntergenommen, um sie zu reinigen.«

Meine Mutter sah zornig aus. Sie hielt noch immer die Zeitung in der Hand.

»Was ist das?« sagte ich.

»The Staffordshire Clarion vom 16. August 1879.«

»Ich habe es nicht mit Absicht getan, Mammi«, sagte ich, aber meine Mutter war aus dem Zimmer gegangen, ohne mich anzusehen.

Wir fuhren bald danach wieder aufs Land. Mein Onkel Gustavus, Clara und ihr Bruder verbrachten Ostern bei uns. Der Ostersonntag war ein schöner Tag, wenn auch windig, und die Erwachsenen nahmen den Tee im Freien unter der Linde ein. Fanny kam uns besuchen. Mein Vater spielte mit Gustavus Domino. Fanny beschnupperte ihre Jacken. »Sie möchte deine Brieftasche haben«, sagte mein Vater; »sie zählt gerne nach, wieviel Geld man in der Tasche hat, das war eine ihrer Nummern. Gib sie ihr.« Gustavus fischte seine Brieftasche heraus und hielt sie Fanny hin. Es war eine große, pralle Brieftasche aus weichglänzendem Leder. »Du hast ja deine immer noch«, sagte mein Vater, »ich auch. Sie halten ewig.«

Fanny spitzte das Maul und zog nacheinander die Geldscheine heraus, ohne sie naß zu machen.

Ich quiekte.

»Was es ihr für Spaß macht, sich zu produzieren«, sagte meine Mutter; »Clara, glaubst du, es ist gut für Esel?«

»Wir hatten eine Gans, die hat es auch gekonnt«, sagte Gustavus.

Fanny machte mit den Lippen ein zweites Fach der Brieftasche auf. »Nein!« sagte mein Onkel. Fanny drückte das Maul zusammen und zog ihm die Brieftasche aus der Hand. »Du darfst nicht die Brieftaschen anderer Leute nehmen«, sagte mein Vater. Aber Fanny schüttelte die Mähne, machte einen Luftsprung und ein paar Sätze zur Seite.

»Ganz ausgehungert nach Publikum«, sagte meine Mutter. »Nimm sie ihr weg, Küken.«

Ich stand mit entschlossenem Ausdruck auf. »Fanny, bitte«, sagte ich und stellte mich vor sie hin. Fanny sah mich mit ihren großen, klaren Augen an. Sie nahm die Brieftasche an einer Ecke zwischen die Zähne und schüttelte sie, so wie sie es manchmal mit mir machte: Geldscheine, Photographien und Zettel flatterten über den Rasen.

»O du ungeschicktes Tier«, rief mein Onkel.

»Fang die Blätter ein!« rief meine Mutter. Ich rannte los. Ich war rascher als der Wind und erhaschte mehrere Handvoll, noch ehe die anderen da waren.

Tante Clara hob etwas auf, das neben ihren Füßen auf der Erde lag. Sie hielt es auf Armeslänge von sich weg: »Das muß von dir sein, Conrad«, sagte sie, »es ist deine Schrift.« Graf Bernin und mein Vater waren als einzige sitzen geblieben. Graf Bernin warf einen Blick darauf. »Nein, es ist nicht von mir«, sagte er, »es ist Papas Schrift.«

»Gib es her!«

Nun blickten wir alle auf Gustavus.

»Darf ich es nicht sehen?« sagte Graf Bernin ruhig.

»Gib es her ...« sagte mein Onkel noch einmal, und ich sehe ihn heute noch vor mir. Ich hatte noch nie jemanden so still stehen sehen.

Mein Vater erhob sich.

»Bitte bleib, Jules«, sagte Graf Bernin.

Dann sprach er. »Das ist ein Brief, den mein Vater an deinen Vater geschrieben hat, Gustavus. Wir alle haben davon gehört. Dein Vater soll ihn verbrannt haben. Ungeöffnet. Ungelesen. Das jedenfalls hast du ihm und meiner Schwester damals gesagt. Würdest du die Güte haben, es uns zu erklären, Gustavus?«

Clara machte eine Bewegung. Bernin wandte sich meiner Mutter zu. »Caroline, möchtest du so freundlich sein, uns das vorzulesen? Ich würde gerne deine Meinung hören. Die Meinung eines jeden hier.«

Meine Mutter sah Clara an. Clara neigte den Kopf.

Meine Mutter sah das Blatt, atmete tief, dann las sie mit ihrer sehr englischen Aussprache langsam die deutschen Worte vor:

Lieber Felden!

Bitte widmen Sie diesen Zeilen Ihre volle Aufmerksamkeit.

Ihr Junge darf nicht zurückgeschickt werden. Pater Hauser sagt mir, er könnte den Verstand verlieren. Hauser hat, wie Sie sich vielleicht erinnern, einige Jahre als Mediziner praktiziert, ehe er ins Seminar eintrat. Er hat mich überzeugt. Es geht um eine politische Sache, und Montclair und Konsorten haben Sie hinters Licht geführt. Es ist äußerst ernst; ich kann jetzt hier nicht weg, da ich festgehalten bin, aber ich hoffe, am Abend in Landen zu sein und alles regeln zu können. Bis dahin soll Julius auf seinen Bruder gut aufpassen.

In großer Eile, immer Ihr

B.

Als sie zu Ende gelesen hatte, sprach zuerst Clara. »Unser Vater hat das geschrieben, Conrad«, sagte sie. Ihre Lippen bewegten sich.

»Ich habe nie davon gehört«, sagte Julius. Er zitterte.

»Du warst nicht da, Jules«, sagte Clara. »Es war, nachdem du weg warst, daß wir von dieser Nachricht erfuhren; es war in der Nacht, als Gabriel ums Leben gekommen ist. Mein Vater soll den deinen in einem Brief gewarnt haben, doch dein Vater soll sich geweigert haben, ihn zu lesen, und ihn ins Feuer geworfen haben. Aber der alte Baron hat mir gesagt, er habe an jenem Tag keinen Brief gesehen. Ich habe immer gespürt, daß sowohl mein Vater als auch Gustavus über diese Nachricht etwas wußten, was sie nicht sagen wollten. Ich war mir nie sicher, ob der Brief tatsächlich existiert hat. In meinem Herzen glaubte ich, daß Gustavus zu meinem Vater hatte gut sein wollen, und ich wußte, daß ihm die Lüge vergeben werden würde. Jetzt brauche *ich* Vergebung.«

Julius sagte: »Caroline . . .?«

Sie sagte: »Hat Jules' Vater diesen Brief gelesen?«

»Ja, Gustavus«, sagte Clara, »sag uns, was geschehen ist. Wir können es jetzt hören.«

Gustavus hatte sich wieder gesetzt. Er wirkte nicht mehr so starr. »Ach, ich erinnere mich kaum mehr«, sagte er, »an diesem Tag ist so viel geschehen. Ja, ich glaube, Papa hat ihn gelesen und ist zornig geworden, ja, und dann hat er den Umschlag ins Feuer geworfen ... Ja, jetzt erinnere ich mich wieder an alles.«

Graf Bernins Augen ruhten auf ihm.

»Er wollte zu seinem eigenen Vater gut sein«, sagte Clara.

Caroline sagte: »Wie hat Jules' Vater den Brief bekommen? Wer hat ihn gebracht? Wer war der Bote?«

»Gustavus war der Bote«, sagte Clara.

Julius sagte: »Ins Feuer? Es war Juli. Im Juli ist auf Landen niemals Feuer gemacht worden.«

Es folgte ein langes, bedeutungsschweres Schweigen.

Dann sprach Clara: »Sag uns jetzt die Wahrheit.«

»Die Wahrheit!« sagte Graf Bernin. »Ich glaube, mein Vater hat sie immer gewußt.«

»Du hast den Brief niemals abgegeben«, sagte Clara.

Aber niemand sah sie an. Jules hatte die Hände vors Gesicht geschlagen.

Dann sagte Caroline: »Aber warum? Um Gottes willen, warum?«

Clara faßte sich. Dann sagte sie mit großer Anstrengung: »Mein Vater fürchtete, seine Karriere zu gefährden; er hatte uns gesagt, wenn Jean nicht zurückgeschickt würde, könnte er Gustavus und mir nicht die Einwilligung zur Hochzeit geben.« Nach einer Pause sagte sie: »Er hat es für mich getan.«

Caroline rief: »Sagt doch etwas. Einer muß sprechen! Gustavus ... Jules ...«

Graf Bernin erhob sich. Sein Gesicht sah schrecklich aus. »*Du warst es also*«, sagte er, »*du* ...!« aber er verlor die Gewalt über seine Stimme. »Du hast das über uns gebracht. Jetzt wird vieles klar – wie mein Vater dich in seinem Haus behandelt, warum er dich nie in die Regierung gebracht hat ... Oh, warum hat er es mir nicht gesagt? Du, ja du hast unser Werk zerstört –

sein Werk – meines! *Du* hast uns zugrunde gerichtet. Jetzt kommt es über dich.«

Ich war immer noch da, wartete auf eine Gelegenheit, unbemerkt verschwinden zu können. Nun nützte ich die Chance und entfloh. Ich erreichte das Haus auf dem Umweg über den Obstgarten; als ich es fast erreicht hatte, schoß eine Gestalt an mir vorbei. Es war Gustavus.

»Geh zu ihm, Jules«, sagte Caroline. »Schüttle ihn, schlag ihn – wenn dir danach zumute ist, aber sag ihm, wie es in dir aussieht. Geh *gleich*.«

Julius schichtete die Dominosteine sorgsam in die Schachtel. »Es gibt nichts zu sagen«, sagte er.

Zufällig wollte meine Mutter eine halbe Stunde später in die Bibliothek gehen. Als sie den Schuß hörte, lag ihre Hand gerade auf der Türklinke. Sie trat ein, sah, rief nach Hilfe; doch für Hilfe war es zu spät. Als der Arzt eintraf, konnte er nicht viel mehr tun, als Clara ein Beruhigungsmittel geben. Clara war ohnmächtig geworden, als sie es erfahren hatte.

Später am Abend suchte Graf Bernin Caroline in ihrem Wohnzimmer auf.

»Ich bin gekommen, dich um etwas zu bitten.«

Caroline bot ihm einen Stuhl an.

»Als du ihn gefunden hast – war er da schon tot?«

»Ja. Es war, wie der Arzt gesagt hat. Er ist sofort gestorben.«

»Caroline: meine Schwester darf nie davon erfahren.«

»Wird der Arzt es ihr nicht sagen?«

»Ich habe mit dem Mann gesprochen. Er ist Katholik.«

»*Du hast schon mit ihm gesprochen*«, sagte Caroline.

»Ich werde über meine Schwester wachen. Wo ich kann.«

Sie sagte: »Willst du es nicht erklären?«

»Ja, *dir* muß ich es wohl erklären.«

»Ich habe niemals vorgegeben, etwas zu sein, was ich nicht bin. Das heißt, über die Höflichkeit hinaus.«

»Ich war mir darüber im klaren«, sagte er kalt. »Es ist furchtbar für uns, daß er so gestorben ist – ohne Sakramente.«

»Arme Clara. O Conrad –« Sie blickte den alten Mann an, denn alt war er, und sah sich selbst und ihn, zwei Menschen allein in einem erleuchteten Zimmer, in einem Haus, in dem Unaussprechliches geschehen ist.

»Es gibt noch eine Möglichkeit, die Möglichkeit, die wir alle haben; sie ist unabhängig von der Gegenwart eines Priesters. Es ist die Reue. Wenn wir vor unserem Tod noch einen Augenblick der Reue erleben, eine Sekunde, in der wir die wahre Natur unserer Taten einsehen und sie bereuen, nicht aus Furcht, sondern um der Liebe Gottes willen, wenn wir nur diesen einen Augenblick noch erleben, dann ist Gott uns vielleicht gnädig. ›Zwischen Lipp' und Kelchesrand‹ . . .«

»Ja«, sagte Caroline, »ich *kann* es verstehen. Eine wunderbare Vorstellung . . .«

»Aber es ist eine Frist nötig«, sagte Graf Bernin. »Bedenke, daß er von seiner eigenen Hand gestorben ist. Seine Chance kann erst *dann* gekommen sein, als er schon abgedrückt hatte.«

Caroline sagte: »Er war tot, als ich ins Zimmer kam. Es tut mir leid.«

»Ohne diesen Sekundenbruchteil – hör mich an! – *kann* er nicht gerettet werden.«

»*Du bist sehr sicher*«, sagte Caroline.

»Genauso wie Clara. Wenn man von deiner Einstellung ausgeht, was ich nicht tue, wenn man also annimmt, wir *könnten* uns täuschen, dann würde damit kein Schaden angerichtet werden, denn es würde Clara nicht weh tun. Du kennst sie. Wenn sie erfährt, daß ihr Mann sofort gestorben ist, wird sie wissen, daß er diese Frist nicht mehr hatte. Sie wird wissen, daß er verdammt ist.«

»*Conrad.*«

»Es ist nicht nötig, zimperlich zu sein, Caroline. *De mortuis* – es gibt kein Wort, das törichter ist. Tausende von Seelen werden alljährlich verdammt, alljährlich . . . Es ist nun einmal so. Es ist Vermessenheit, von Seelenheil auch nur zu sprechen. An was wir glauben müssen, das ist die Möglichkeit des Heils.«

Caroline sagte: »Er war praktisch noch ein Junge, als er es getan hat . . . In einem Augenblick der Kopflosigkeit . . . Ein junger Mensch, in Todesangst, daß er nicht bekommt, was er sich ersehnt hat ... Wie viele von uns ...? Und er hat es das ganze Leben mit sich herumgetragen. Denke nur daran, daß er den Brief aufgehoben hat ...«

»So siehst du es«, sagte Graf Bernin.

»Hat sie ihn noch einmal gesehen? Ehe – nach dem, was im Garten geschehen ist?« »Ja.«

»Sie hat mit ihm gesprochen?« »Ja.«

»Und es hat nichts geändert?« »Es hat alles geändert.«

»Sie hat ihm Vorwürfe gemacht?«

»In gewisser Weise. Sie hat etwas sehr Dummes getan. Aber das ist jetzt bedeutungslos.«

»Was hat sie getan?« sagte Caroline.

»Es ist nicht nötig, das jetzt noch einmal hervorzuzerren.«

»Willst du es mir nicht doch sagen, Conrad?«

Graf Bernin sagte widerstrebend: »Sie hat ihm gedroht, ihn öffentlich bloßzustellen.«

»Clara?«

»Die Idee hatte sich in ihrem Kopf festgesetzt. Sie dachte, wenn der Brief ihres Vaters bekannt würde, könnte damit das Interesse der Öffentlichkeit, nun ja, an dem Fall dieses Korporals wiedererweckt werden. Sie dachte, es könnte die Chance sein, nach der sie gesucht hatten. Das hat sie Gustavus gesagt, sie hat ihm gesagt, daß die Freilassung des Korporals *seine* Chance der Sühne sein könnte. Anschließend ist sie zu mir gekommen, um es mir zu sagen.«

»Und du?«

»Ich habe ihr gesagt, ich würde alles tun, was in meiner Macht stünde, um ein solches Vorhaben zu verhindern. Das erste Resultat hat mir recht gegeben.«

»*Arme* Clara.«

»Willst du mir helfen, ihr zu helfen?« sagte Graf Bernin.

»Kann eine theologische Haarspalterei einer Frau von ihrer Geistesart einen Halt geben?«

»Hoffnung ist mehr als das. Wenn wir ihr diese Hoffnung nehmen, werden wir ihr die letzte Chance, Seelenfrieden auf Erden zu finden, genommen haben.«

»Conrad – sie hat ihn doch geliebt?«

»Ich weiß es nicht«, sagte Graf Bernin rauh. »Es geht mich nichts an. Sie hatte Pflichten gegen ihn als seine Frau; und sie war verantwortlich für ihre Ehe.«

»Wenn wir ihr – diese Geschichte erzählen – wird sie dann nicht, nach deinen eigenen Worten, später die Wahrheit entdecken?«

»Dann wird ihr alle Hilfe zuteil werden, die sie vielleicht braucht. Für uns geht es, jetzt und hier, nicht darum. Da du nicht glaubst, ist es für dich überhaupt ohne Bedeutung.«

»So soll ich also für deine Schwester die Szene erfinden, daß Gustavus auf dem Sterbebett bereut hat.«

»Es wird nichts dergleichen von dir verlangt. Ich möchte lediglich, daß du sagst, du hieltest es für möglich, daß Gustavus noch am Leben war, als du die Tür geöffnet und Hilfe geholt hast. Ich möchte, daß du ihr das sagst, wenn sie dich fragt. Wie ich sie kenne, wird sie dich fragen, sobald sie morgen erwacht. Sie wird dir glauben, da sie weiß, daß du die Bedeutung dieser Frage nicht kennst. Willst du das für uns tun?«

Sie sagte: »Ich glaube nicht, daß ich es kann.«

Er wartete.

»*Es ist schon zuviel gelogen worden.*«

Er wartete noch immer.

»Es muß jetzt ein Ende haben. Ich spüre, es muß sein. Es erstickt mich. Ich spüre: noch eine Lüge mehr, und wir müssen alle verderben.«

»Das ist Aberglaube«, sagte er.

»Mag sein. Wissen wir, woher der Aberglaube kommt? Die Griechen waren abergläubisch. Ich *weiß*, daß wir diese Kette zerbrechen müssen.« In verändertem Ton fügte sie hinzu: »Ich weiß, du hast recht, was Clara betrifft. Ich würde alles tun, um ihr zu helfen. Nur verlange nicht von mir, daß ich die nächste Lüge auftische.«

»Das ist die einzige Möglichkeit, wie du ihr helfen *kannst*«, sagte er. »Vielleicht wirst du darum gebeten – die nächste Lüge aufzutischen, wie du es nennst –, um eine alte Lüge von dir selbst zu tilgen.«

Sie blickte ihn klar und sanft an. »Du hast also davon gewußt? Ich habe mich das oft gefragt. Ich habe nicht gewollt, daß es eine Lüge sei. Aber natürlich hast du recht: Ich habe zugelassen, daß es dazu wurde. Damals ging es auch um andere; es schien am besten so. Heute wiegt es nicht mehr schwer, es ist dafür bezahlt worden.«

»Ich weiß nicht, wovon du redest, Caroline«, sagte Graf Bernin. »Verstehe ich dich recht, daß du einmal gelogen *hast*, anderen zuliebe?«

»Du folgerst gut«, sagte sie.

»Willst du den Schluß daraus ziehen?«

»Nein, Conrad; nein. So geht es nicht. Es läßt sich nicht manipulieren; selbst unsere schlimmen Taten, scheint mir, müssen spontan geschehen. Nicht Unrecht um eines anderen Unrechts willen ...«

»Ist eine barmherzige Lüge, die einen Mitmenschen vor unabwendbarer Seelenqual bewahrt, ein Unrecht? In deinen Augen? Dein Gewissen muß seltsam beschaffen sein.«

Sie sagte: »Ich weiß, daß ich es nicht tun darf. Ich weiß es, als sähe ich es geschrieben vor mir.«

»*Du bist sehr sicher*«, sagte Graf Bernin.

»Was kann ich tun?« sagte sie traurig.

Graf Bernin sagte mit leiser Stimme, mit einer Stimme, die nur für sich selbst zu sprechen schien: »Für den Menschen, der sich selbst überlassen ist, bleibt alles unergründbar ... für den Menschen, der sich allein glaubt ... das menschliche Gehirn schafft sich seine eigenen Trugbilder ... der Geist, der nie nach anderem als nach sich selbst gefragt hat, ist allein ... es gibt eine ergründbare Wirklichkeit ... eine Brücke ... für die, welche der Wahrheit fern sind ... die nicht sehen wollen: das ist das Mitleid.«

Caroline sagte: »Wenn Gustavus diese Frist vergönnt gewesen wäre, die er nicht gehabt hat – was gibt uns dann die Gewißheit, daß er sie genützt hätte?«

»Gottes Barmherzigkeit ist grenzenlos.«

Sie wurde wach. »Hast du das jemals selbst gespürt?«

»Es ist mein Glaube«, sagte Graf Bernin.

»Ach –« Dann sagte sie: »Es hat keinen Sinn, Conrad. Es tut mir leid.« Und darauf: »Es muß schon spät sein.«

Aber Graf Bernin blieb.

Nach einer Weile sagte sie: »Wenn diese Barmherzigkeit so grenzenlos ist, warum wurde ihm dann nicht die Frist gewährt, die er gebraucht hätte? warum wurde die Kugel nicht in eine andere Richtung gelenkt? warum wurde er nicht überhaupt vor dem bewahrt, was er getan hat?«

»Das sind die Fragen eines Heiden und eines Schulkindes. Es gibt den freien Willen, und es gibt ein Gesetz.«

»Ach ja«, sagte sie, »ein Gesetz.«

Und dann wieder sagte sie: »Wenn ich deine Bitte erfülle, wirst *du* dann Clara erlauben, wirst du mir erlauben, für den Korporal zu tun, was wir vermögen?«

»Für den Menschen, der deines Mannes Bruder umgebracht hat?«

»*Er* hat ihn nicht umgebracht.«

»Machst du dir klar, was das alles noch einmal bedeutet? Für Jules, für mich – für uns alle. Für die Mädchen.«

»Für uns alle.«

»Deine Gegenwart hat große Unruhe unter uns gestiftet. Du verlangst jetzt sehr viel.«

»Nein, Conrad, keine Sorge – ich verlange es nicht. Ich verlange nichts. Keine Tauschgeschäfte ... Ich wollte dem Korporal zur Freiheit verhelfen, aber nicht auf diese Weise, nicht um diesen Preis ...« Dann erschien ein Lächeln auf ihrem Gesicht. »Wir wissen beide, wenn Clara es sich vorgenommen hat, wird sie es auf jeden Fall tun.«

Graf Bernin sagte: »Da du so sehr zögerst, darf ich es an deiner Stelle tun? Ich würde Clara morgen sagen, daß ich dich sofort gefragt hätte – sie wird das verstehen – und was du mir geantwortet hast. Sie wird dich nicht noch einmal fragen. Willst du mir das erlauben?«

Sie sagte müde: »Ich kann es dir nicht begreiflich machen. Es wäre das gleiche. Es wäre schlimmer. Ach, ich will nicht kleinlich sein – und vor allem will ich nicht hartherzig sein –«

»Ich habe mich immer für dich interessiert«, sagte Graf Bernin. »Es hat eine Zeit gegeben, da ich wirklich gewünscht habe, daß dein Kind ein Junge sein möge ... Ich hätte ihn vielleicht wie meinen Sohn behandelt, ihn zu meinem Erben gemacht ... Jules' Zustimmung dazu hätte man schon erhalten. Nachdem nun alles so gekommen ist, brauche ich keinen Erben mehr.«

Etwas später sagte er: »Könntest du dich nicht getäuscht haben? Ein Irrtum, eine falsche Beobachtung – aus menschlicher Unzulänglichkeit.«

»Du vergißt den Arzt«, sagte Caroline.

»Der morgen zugänglicher sein wird.«

Sie seufzte.

Er betrachtete das Bild an der Wand. »Diese Dinge liebst du, nicht wahr? Ich glaube, man würde sich dem zuwenden, wenn man auf der anderen Seite stände.«

»Der Kunst?« sagte sie.

»Nicht jeder Kunst. Dieser hier.« Er las, was auf dem Namensschild stand: »Claude Monet. Ich sehe, das ist –« er unterbrach sich, »überzeugend.«

»Hat dich so etwas niemals verlockt?«

»Als Junge mochte ich Shakespeare gern.«

Caroline sagte: »Conrad, du hast ein so langes Leben hinter dir, zweimal so lang wie mein Leben. Was für eine seltsame Ernte ...«

Graf Bernin sagte: »Mich hat niemals ein Mensch verstanden.«

Dann sagte er: »Mein Vater hat *einen* Fehler gemacht. Und ich habe ihn nachgemacht. Er hat geglaubt, man müsse die Ketzerei von oben her bekämpfen. Die wahre Gefahr dieses Jahrhunderts ist der Unglaube.«

Dann stand er auf. »Du würdest dich doch als Humanisten bezeichnen, oder nicht? Ich bitte dich, meine Bitte mit dieser Einstellung zu betrachten.«

»Ach, als was ich mich bezeichne ...« sagte sie. »Aber was es auch ist, siehst du nicht, daß es gegen dich spricht?«

»Ich werde dich jetzt allein lassen«, sagte Graf Bernin. »Vergiß nicht, als erstes wird dich meine Schwester morgen fragen.«

Caroline blieb einige Zeit allein; der Abend war noch mild, wenn auch dunkel; dann ging sie nach oben und klopfte an Julius' Tür.

»Ich weiß, es ist spät«, sagte sie, »und wir sind alle erledigt, aber ich muß mit dir sprechen. Jetzt. Ich kann es nicht mit mir allein abmachen. Dies eine Mal will ich dich behandeln, als wärst du mein älterer Bruder – was du ja sein könntest.«

Julius war in seinem Ankleidezimmer. Alle Lichter brannten, und er war noch in seinen Kleidern. Er hatte eine Spiritusflamme angezündet, um eine Flüssigkeit gegen sein Asthma verdampfen zu lassen; ein Hauptbuch lag aufgeschlagen auf dem Tisch, aber er schrieb nicht.

Als Caroline eintrat, stand er mit dem Rücken gegen die zugezogenen Fenstervorhänge. »Sind sie fort?« sagte er.

»Wer?«

»Gehen sie nicht? Sie müssen! Sie können nicht hier bleiben, nicht in diesem Haus. Sie müssen – alles – mitnehmen nach Sigmundshofen.«

»*Heute nacht?*«

»Sie müssen gehen. Mach es ihnen klar, Caro. Du hast mit ihnen gesprochen, sie müssen dir gesagt haben, wann sie gehen.«

Sie hielt an sich. »Jules, so geht das nicht«, sagte sie.

»Du stehst nicht auf meiner Seite«, sagte er.

Wieder nahm sie einen Anlauf. »Ich brauche dich«, sagte sie.

Er trat an den Tisch, nahm die Karaffe und goß ihr etwas Kognak ein. »Ich kann heute nacht nicht rauchen«, sagte er, »deswegen.« Er griff sich an die Brust.

»Jules, Conrad bittet mich, Clara zu sagen, daß er nicht sofort gestorben ist.«

»*Nein*«, sagte er, »*nein, nein.*«

Sie blickte ihn an und sah, daß sein Gesicht grau war. Irgend etwas fiel von ihm ab, aber sie konnte nicht sagen, was es war; doch sie hatte es bei Pferden erlebt, es war diese Angst.

»Ich war den ganzen Abend allein«, sagte er.

»Es war so viel zu tun.«

»Ich hätte dich rufen lassen. Aber ich dachte, du triffst Vorbereitungen für ihre Abreise. Spielen wir ein bißchen Piquet.« Er holte die Karten.

Sie hoben ab. »Du fängst an«, sagte sie. Sie nahm ihre Karten in die Hand, legte ab, nahm fünf neue. Sie hielt inne. »Es geht nicht«, sagte sie und sah, daß Jules gleichfalls die Karten niedergelegt hatte. Es waren lauter Pik-Karten.

Jules fuhr zurück.

»Ein Schabernack«, sagte Caroline. »Ein ziemlich schlechter Scherz.« Sie drehte die Karten um. »Nein, *durchaus nicht*. Es sind Grabuge-Karten; Plon muß sie in der Voßstraße aus Versehen mitgenommen haben. Soll ich nachsehen, ob ich andere finde?«

»Ach nein!« sagte Julius.

Sie blieb an seinem Schreibtisch sitzen. Er stand vor ihr.

»Meinst du nicht, daß wir darüber sprechen müssen? Wir brauchen nicht von meinem Dilemma zu sprechen, aber wir müssen über das Vorgefallene sprechen.«

Er hielt sich die Hände an die Ohren. »Sprich davon nicht zu mir, sprich niemals davon.«

Sie blickte ihn aufmerksam an.

»Ich habe gute Lust fortzugehen«, sagte er unvermittelt.

Sie wollte ihn beruhigen. Sie ging auf seinen Ton ein. »Ja, das wäre vielleicht eine gute Idee.«

»Eine lange Reise«, sagte Julius.

»Dann könnten wir das Haus schließen.«

Er sagte argwöhnisch: »Dafür gibt es keinen Grund.«

»Du weißt, wir müssen es früher oder später doch tun«, sagte Caroline.

»Wer sagt das?« sagte Julius.

»Wir hätten schon früher darüber sprechen sollen. Ich wollte es nur nicht, solange wir unter ihrem Dach wohnten.«

»Du hast es mit Sarah besprochen«, sagte Julius.

»Natürlich.«

»Die Anwälte halten es einfach für grotesk.«

»Jules –?«

»Man darf Sarah nicht in alles dreinreden lassen.«

»Du willst doch nicht sagen, daß du auf diesem Geld bestehst?«

»Ich weiß davon nichts«, sagte Julius, »ich weiß nichts über Geld. Es ist mir hinterlassen worden. Es hat nichts mit dir oder mit mir zu tun. Die Anwälte werden es regeln.«

»*Jules*.«

»Du stehst nicht auf meiner Seite«, sagte Julius.

Sie erhob sich abrupt und ging zur Tür. »Bleib«, sagte er.

»Es hat keinen Sinn«, sagte Caroline und ging hinaus.

Als sie die Treppe hinunterging, spürte sie, daß das Haus schlief und doch nicht schlief: Sie sah Clara unter der Wirkung des Beruhigungsmittels schlummern, sah die Diener und die Frauen aus dem Dorf, die in der Bibliothek die Totenwache hielten, sah das Kinderzimmer, die Dienstmädchen in unruhigem Schlaf, Menschen allein, schlaflos und wachend. Auf der letzten Stufe wurde ihr klar, was sie tun mußte.

Graf Bernin saß unten im Salon und schrieb.

»Ich habe mich entschlossen«, sagte sie.

Er neigte den Kopf.

»Ich werde fortgehen. Jetzt. Sofort. Meine Anwesenheit hat keinen Sinn mehr.«

»Ja; aber wann kommst du wieder?«

»Ich werde nicht wiederkommen«, sagte Caroline.

Als sie in ihrem Zimmer war, setzte sie sich hin, um den Brief zu schreiben, dann erkannte sie, daß es nicht so sein durfte. Sie ging selbst zu Jules. Noch immer brannten alle Lichter, er stand in der gleichen Haltung am Fenster. Sie hatte nicht bemerkt, daß noch keine zehn Minuten vergangen waren.

»Ich verlasse dich, Jules«, sagte sie; »dieses Mal wirklich. Ich kann jetzt nichts sagen. Ich werde das Kind in einigen Tagen abholen lassen; alles andere können wir brieflich regeln. Dieses Haus gehört dir, ich habe es dir geschenkt.«

Julius sagte: »Ich habe immer gewußt, daß du mich verlassen wirst. Es war zu schön, um wahr zu sein.«

»Nein, Jules, das war es nicht. Seit vielen Jahren nicht mehr – ich weiß, du hast etwas gegen mich. Ich war dir nur ein schwacher Schutz.«

Er sagte: »Du gehst doch nicht *jetzt*?«

»Doch.«

»Was für ein Unsinn.«

»Du hast mir gezeigt, daß es möglich ist, dein Haus zu dieser Stunde zu verlassen.«

An der Tür sagte sie: »Was ich dich noch fragen wollte – hast du gewußt, daß die Katzen, die du den Merz geschenkt hast, Fälschungen waren?«

»O ja«, sagte Julius. »Ich bin übers Ohr gehauen worden. Ich war damals noch sehr jung, aber eine Woche später habe ich es gewußt. Es war einer meiner größten Mißgriffe.«

»Und was hat dich veranlaßt, sie zu verschenken?«

»Ich wollte sie nicht mehr sehen. Was sollte ich tun? Sieh, sie waren schön – es waren sehr gute Fälschungen.«

Ich erwachte. Durch das offene Fenster drang etwas Licht vom Park herein, und ich konnte den Umriß des Gesichts erkennen, das sich über mich beugte. »Gehst du fort, Mammi?« sagte ich.

»Ja, ich gehe fort. Ich werde dich abholen lassen, Küken; Nanny wird dich bald holen kommen.«

»Fährst du mit dem Zug?«

»Es wird vermutlich ein Bummelzug sein.«

»Wohin fährst du?«

»Nach England.«

»England ist gut? Nanny sagt das.«

»Im Augenblick bin ich für England ziemlich voreingenommen.«

»Ich werde in England bei dir sein?«

»Ja. Du mußt jetzt schlafen.«

»Versprichst du es?«

»Ich verspreche es«, sagte meine Mutter.

*

Doch Nanny kam nie. Mein Vater fand ein paar Briefe in einem Buch und schickte sie den Anwälten, und ich wurde meiner Mutter nicht zugesprochen. Nach einiger Zeit sandte mein Vater mir einen Zettel mit der Aufforderung, ihren Namen nicht mehr vor ihm zu erwähnen; dies kränkte mich ein wenig, denn ich hätte ohnehin nicht von ihr gesprochen. Ihr Zimmer, das mit dem Bild, blieb verschlossen. Ich lebte mit meinem Vater im Sommer in unserem Haus auf dem Lande und im Winter bei Großmama Merz in der Voßstraße. Ich fuhr nun mit meinem Vater im Automobil nach Berlin; er sagte, wir seien ruiniert und könnten uns keine Eisenbahnbilletts leisten. Er sprach oft von unserem Ruin, und manche Anzeichen deuteten darauf hin; er hatte die Pferde verkauft und weigerte sich, für die Dienstboten Bier kommen zu lassen, sie mußten die älteren Weine auftrinken. Und ich hatte bald nichts mehr anzuziehen. Decken und Kittel seien für kleine Kinder das Beste, sagte er, und ich war es zufrieden. Wir hatten kein Personal vom Dorf mehr; mein Vater ließ es aus Frankreich kommen und verbot ihm, aus dem Haus zu gehen oder mit den Leuten aus dem Dorf zu sprechen; sie kämen nur auf umstürzlerische Gedanken, erklärte er mir. Wenn wir Sachen brauchten, die ins Haus geliefert werden mußten, suchte mein Vater sie in einem Katalog aus, und sie kamen in Paketen. Unser Diener hatte uns bald verlassen; angeblich, um zu heiraten, aber ich hatte den Eindruck, meine Mutter fehlte ihm. Ich bekam keine neue Kinderfrau, aber das eine oder andere der Hausmädchen kümmerte sich um mich. Mein Vater ging noch immer zu Auktionen. Die neuen Dienstboten erzählten mir, daß wir nicht wirklich arm seien; ich wußte selbst, daß mein Vater die Sache mit der Merzschen Erbschaft geregelt hatte und daß wir außerdem von einem Teil des Vermögens lebten, das von seinem Bruder Johannes auf ihn gekommen war.

Wenn wir auf dem Lande waren, nahmen mein Vater und ich alle Mahlzeiten zusammen ein. Er erzählte mir, was er getan hatte, als er ein Junge gewesen war, sprach über Möbel und wußte auch über Obstbäume und Gemüse Bescheid und über den Weinbau, und er lehrte mich mancherlei. Wir waren nie schweigsam, obwohl es mir selbst immer etwas schwerfiel, mit ihm zu sprechen. Er hatte in jenen Jahren viel unter seinem Asthma zu leiden, und ich wußte, daß es ihm Sorgen machte. Henrietta begleitete uns nicht mehr aufs Land; Großmama fühlte sich einsam, und sie blieb die ganze Zeit bei ihr. Mein Vater sagte, es sei viel besser so.

»Hoffentlich traust du niemals einer jungen Frau«, sagte er zu mir.

Später blieb Henrietta auch aus dem Grund weg, weil sie sich verlobt hatte. Und zwar mit dem Geiger, der einmal mit Sarahs jüngster Tochter verlobt gewesen war. Sarah sagte zuerst, es sei ein Glück, aber dann sagte sie, es sei doch keines, weil ihre Tochter nun mit einem anderen jungen Mann durchgebrannt war.

»Er ist womöglich noch schlimmer«, sagte sie.

Wir sahen Sarah nicht oft. Sie kam nun nicht mehr so häufig in die Voßstraße; Edu freilich erschien jeden Tag. Mein Vater war nicht gut auf Sarah zu sprechen; er nannte sie eine falsche Freundin, die großes Unglück über uns gebracht habe. Sarahs älteste Tochter besuchte einen Kursus, um Krankenschwester zu werden. Edu sagte, Sarah sei ziemlich unglücklich deswegen, aber er meinte, sobald ein junger Mann auftauchen würde, wäre es damit vorbei. Sarah sagte, junge Männer kämen nur wegen der anderen.

Ich erfuhr auch, daß Sarah Edus Schulden bezahlt hatte.

»Warum nicht?« hatte sie gesagt. »Die alten Spieler werden Augen machen. Ich bin in der letzten Zeit anscheinend so steinreich geworden – ich sehe keinen Sinn mehr darin, die Sache weiterzutreiben. Ich weiß nicht einmal mehr, warum ich je damit angefangen habe.«

Jeden Tag, wenn ich hinunterkam und guten Morgen wünschte, sagte Großmama Merz zu mir: »Wann werden wir deine schöne Mama wiedersehen, Kind? Sie fehlt mir sehr.«

Da mein Vater um diese Stunde selten nach unten kam, machte ich mir nicht viel daraus.

Ich wurde nicht in die Schule geschickt; mein Vater war nicht dafür. Eine Zeitlang wäre es vielleicht auch recht unangenehm gewesen. Tante Clara hatte recht behalten – der Bernin-Brief, wie man ihn bald nannte, und dazu die Tatsache, daß Gustavus Selbstmord begangen hatte, erweckten das Interesse der Öffentlichkeit aufs neue. Man schien diesmal das Gefühl zu haben, daß Korporal Schaale besser doch freigelassen würde. Die Behörden wurden des Ärgers müde; das Verfahren wurde zwar nicht wieder aufgerollt, aber er wurde begnadigt und auf freien Fuß gesetzt.

Wir sahen Tante Clara nie mehr.

Im November 1913 zog sich mein Vater auf der Fahrt nach Berlin eine Bronchitis zu. Wir erreichten zwar die Voßstraße, aber die Bronchitis hatte sein Asthma verschlimmert, und das Asthma zog das Herz in Mitleidenschaft. Er atmete mühsam, und je mehr er nach Atem rang, um so schlimmer wurde es. Sie gaben ihm Morphium, um die Verkrampfung zu lösen, aber lag er ruhig, dann schnürte ihm die Bronchitis die Luft ab. Dann kam Lungenentzündung dazu. Er wollte nicht sterben und war doch überzeugt, daß ihm der Tod bestimmt war; diese Wochen müssen ganz furchtbar für ihn gewesen sein. Ich hatte mich vor solchen Dingen zu fürchten begonnen und vermied es möglichst, zu ihm hineinzugehen. Emil und das Personal halfen mir dabei. Als er am Ende nach mir verlangte, ging ich nicht zu ihm.

Sie setzten ihn in der Merzschen Familiengruft bei, neben seiner ersten Frau Melanie.

Kurze Zeit danach erfuhr ich, daß ich zu meiner Mutter gebracht werden würde. Ich sollte an der holländischen Grenze abgeholt werden, und eine von Großpapa Merz' Gesellschafterinnen sollte mich auf der deutschen Strecke begleiten. Aber als bekannt wurde, daß mich meine Mutter persönlich in Holland abholen wolle, erbot sich Marie mitzufahren.

Marie und ich kamen auf dem Grenzbahnhof an, in Schwarz gekleidet. Wir gingen in den stickigen Wartesaal, aber meine Mutter war nicht da. Nach einer Weile gingen wir wieder hinaus. Es war sehr kalt. Wir hatten vom Zug aus gesehen, daß es geschneit hatte.

»Immer verspätet«, sagte Marie; aber sie sagte es mit Freude in der Stimme.

Dann war sie da. »Frau Baronin sind so schön wie immer«, sagte Marie.

Meine Mutter beugte sich nieder, um sie zu küssen. Sie trug einen Pelz und einen kleinen Schleier. Ich hatte geglaubt, Marie sei robuster und fülliger und meine Mutter klein. Nun sah ich, daß es nicht so war. Marie war zerbrechlich und alt. »Sie haben die Zerstörungskraft von drei Jahren wohl doch überschätzt«, sagte meine Mutter; »aber es wäre mir lieb, wenn Sie mich Trafford nennen, wie Sie es in Spanien anfänglich getan haben, wissen Sie noch?«

»Ach, Spanien ...« sagte Marie. »O Miss Trafford!«

»Nun, vielleicht nicht unbedingt *Miss*?« sagte meine Mutter und drehte sich zu mir um. »Jetzt laß dich mal ansehen«, sagte sie. »Kannst du noch Englisch, Küken?«

»Nein, ja, ich weiß nicht«, sagte ich und stellte fest, daß ich es doch noch konnte.

»*Deine Kleider* –« sagte meine Mutter.

»Das kommt nur davon, weil sie neu sind«, sagte ich. »Sonst trage ich andere Sachen.«

Wir gingen auf einen anderen Bahnsteig. Es war nicht mehr viel Zeit.

»Ich habe einen Brief von Frau Edu mitgebracht, gnädige Frau«, sagte Marie.

»Oh, geben Sie ihn mir«, sagte meine Mutter. »*Wie* geht es ihr?«

»Sie wird älter, wie wir alle. Wenn Sie mich fragen, gnädige Frau, sie ist sehr betroffen über Herrn Baron.«

Meine Mutter saß in einem Abteil und las den Brief, während Marie sich um meine Sachen kümmerte.

»Ich muß ihr eine Antwort schicken«, sagte meine Mutter. »Küken, reist du mit Notizbuch und Bleistift? Wohl kaum.« Sie öffnete ihre eigene Tasche.

Der Schaffner schlug schon die Türen zu. »Ach, macht nichts«, sagte sie. Sie trat ans Fenster. »Grüßen Sie sie von mir, ja? Oh, eine Frage muß ich ihr beantworten. Marie, können Sie eine Botschaft behalten? Wollen Sie Frau Edu, zusammen mit meinen Grüßen, bestellen, daß die Briefe, die gefunden wurden, im ›Briefwechsel von Gustave Flaubert‹ waren; es waren spanisch geschriebene Briefe, ohne Bedeutung für mich – können

Sie sich das merken? unwichtige spanische Briefe – ich habe sie selber hineingelegt, ich dachte, Jules liest nie.« Der Zug fuhr an, ich stand auf dem Trittbrett und umarmte Marie. »Bestellen Sie ihr«, sagte Caroline, »bestellen Sie ihr, ich hätte mich auch darin getäuscht.«

Frauen

Barbara Gordon
Ich tanze so schnell ich kann
Roman
(rororo 5083)
In diesem autobiographischen Roman beschreibt die preisgekrönte Fernsehproduzentin Barbara Gordon rückhaltlos offen ihren Weg in eine totale Valium-Abhängigkeit, die verzweifelten Versuche, sich von dieser Sucht zu befreien, verschiedene erfolglose Therapien und schließlich den endgültigen Zusammenbruch, aus dem sich erst die Hoffnung für einen Neubeginn abzeichnet. Eine Beichte, die erschüttert und betroffen macht.

Mary Gaitskill
Im Spiegel der anderen
Roman
(rororo 12577)
Die beiden jungen Frauen Justine und Dorothy sind sich bei ihrer ersten Begegnung zunächst völlig fremd. Und trotzdem entsteht zwischen ihnen eine Nähe, weil sie spüren, daß sie ähnliche tiefe Verletzungen und Entbehrungen erleiden mußten...
Schlechter Umgang *Stories*
(rororo 12541)

Mary Mackey
Aus Leidenschaft *Ein Ballett-Roman*
(rororo 13057)

Emily Listfield
Eine Liebe in New York
Roman
(rororo 12817)
Amanda und Sam wagen den großen Schritt: Sie ziehen zusammen und entschließen sich nach einigem Hin und Her zu heiraten.

rororo Romane und Erzählungen

Lorrie Moore
Leben ist Glücksache *Stories*
(rororo 12842)
Schonungslos und mit feiner Ironie deckt Lorrie Moore in den neun Erzählungen dieses Bandes auf, wie sich Menschen durch ihre Schwächen, Ängste und Verletzbarkeiten in ausweglose Situationen versricken.

Françoise Sagan
Die seidene Fessel *Roman*
(rororo 13155)
Vincent, ein Dandy und mäßig begabter Musiker, der sich von seiner wohlhabenden Frau Laurence aushalten läßt, wird durch eine Filmmelodie plötzlich reich und berühmt.

Candia McWilliam
Die dritte Seite der Liebe
Roman
(rororo 12935)
Der Herzchirurg Lucas Salik ist ein vom Leben verwöhnter, selbstsicherer und eleganter Mann. Stets bewahrt er einen kühlen Kopf. Doch eines Tages spielt ihm das eigene Herz einen Streich - er verliert es an den jungen attraktiven Hal Darbo...

Romane und Erzählungen

Barbara Taylor Bradford
Bewahrt den Traum *Roman*
(rororo 12794 und als gebundene Ausgabe im Wunderlich Verlag)
Eine bewegende Familiensaga: die Erfolgsautorin erzählt mit Charme und Einfühlungsvermögen vor allem die Geschichte zweier Frauen, die sich ihren Platz in einer männlichen Welt erkämpfen.
Und greifen nach den Sternen
Roman
(rororo 13064)
Wer Liebe sät *Roman*
(rororo 12865 und als gebundene Ausgabe im Wunderlich Verlag)

Barbara Chase-Riboud
Die Frau aus Virginia *Roman*
(rororo 5574)
Die mitreißende Liebesgeschichte des amerikanischen Präsidenten Thomas Jefferson und der schönen Mulattin Sally Hemings.

Marga Berck
Sommer in Lesmona
(rororo 1818)
Diese Briefe der Jahrhundertwende, geschrieben von einem jungen Mädchen aus reichem Hanseatenhaus, fügen sich zusammen zu einem meisterhaften Roman zum unerschöpflichen Thema erste Liebe.

Diane Pearson
Der Sommer der Barschinskys
Roman
(rororo 12540)
Die Erfolgsautorin von «Csárdás» hat mit diesem Roman wieder eines jener seltenen Bücher geschrieben, die eigentlich keine letzte Seite haben dürften.

rororo Unterhaltung

Dorothy Dunnett
Die Farben des Reichtums
Der Aufstieg des Hauses Niccolò. Roman
656 Seiten. Gebunden im Wunderlich Verlag und als rororo 12855
«Spionagethriller, Liebesgeschichte, spannendes Lehrbuch (wie lebten die Menschen vor 500 Jahren?) - einer der schönsten historischen Romane seit langem.» *Brigitte*
Der Frühling des Widders
Die Machtentfaltung des Hauseses Niccolò. Roman
640 Seiten. Gebunden im Wunderlich Verlag
Das Spiel der Skorpione
Niccolò und der Kampf um Zypern. Roman
784 Seiten. Gebunden im Wunderlich Verlag

Marti Leimbach
Wen die Götter lieben *Roman*
272 Seiten. Gebunden im Wunderlich Verlag und als rororo 13000
Das Buch zum Film «Entscheidung aus Liebe». Die Geschichte von Hilary und Viktor.

Romane

Marie Cardinal
Die Irlandreise *Roman einer Ehe*
(rororo neue frau 4806)
Ein Paar macht Urlaub in Irland. Ein grausiger Fund am Strand führt beide auf die Spur zu sich selbst. Plötzlich lautet die Frage: Wer sind wir?
Schattenmund *Roman einer Analyse*
(rororo neue frau 4333)

Margaret Drabble
Die Begierde nach Wissen *Roman*
(rororo neue frau 12763)
Die Soziologin Alix ist unterwegs zu ihrem Mörder. Liz, ihre Freundin, wird plötzlich mit Liebesaffären ihrer spießigen Schwester konfrontiert, und die Kunsthistorikerin Esther trifft auf einen nicht allzu heterosexuellen Staatssekretär. Margaret Drabble führt uns die achtziger Jahre an drei skurrilen Londoner Frauenschicksalen vor.

Toni Morrison,
Sehr blaue Augen *Roman*
(rororo neue frau 4392)
Es war einmal ein kleines Mädchen, das hätte so gerne blaue Augen gehabt – aber alle Menschen, die es kannte, hatten brauene Augen und sehr braune Haut... Toni Morrison gilt als eine der größten poetischen Begabungen unter den schwarzen amerikanischen Schriftstellern.
Solomons Lied. Teerbaby *Romane*
Kassette mit 2 Bänden
(rororo neue frau 5740)

rororo neue frau

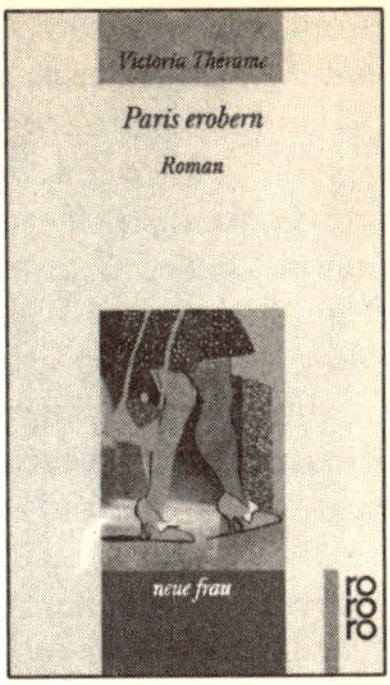

Fumiko Enchi
Die Wartejahre *Roman*
(rororo neue frau 5520)

Victoria Thérame
Paris erobern *Roman*
(rororo neue frau 12892)
Eine freche, sensible Erzählung aus dem erst neulich vergangenen Zeitalter der Sinnlichkeit.
Die Taxifahrerin
(rororo neue frau 4235)
Besser als jede soziologische Untersuchung erzählt Victoria Thérame von den Straßen von Paris und was Frauen und Männer heute voneinander halten.

Sandra Young
Ein Rattenloch ist kein Vogelnest
Eine Jugend in den Slums von Baltimore
(rororo neue frau 5188)

rororo neue frau wird herausgegeben von Angela Praesent und Gisela Krahl. Ein Gesamtverzeichnis der Reihe *neue frau* finden Sie in der *Rowohlt Revue*. Jedes Vierteljahr neu. Kostenlos. In Ihrer Buchhandlung.

Romane und Erzählungen

Simone de Beauvoir
Marcelle, Chantal, Lisa... *Ein Roman in Erzählungen*
(rororo neue frau 4755)
Ihr «Gesellenstück» nannte Simone de Beauvoir ihren Roman über fünf Töchter aus gutem Hause – ihr erstes erzählerisches Werk, das sie jahrzehntelang unveröffentlicht aufbewahrte.

Mary Catherine Bateson
Mit den Augen einer Tochter
Meine Erinnerung an Margaret Mead und Gregory Bateson
(rororo neue frau 5904)
Wie erzog Margaret Mead ihre einzige Tochter? Wie erlebte das Kind die Trennung ihrer berühmten Eltern? Mary Catherine Bateson schildert in diesem Buch ihre außergewöhnliche Kindheit.

Mary Benson
Silvester in Johannesburg
Roman
(rororo neue frau 12523)

Marguerite Duras
Agatha. Atlantik Mann
(rororo neue frau 5825)
Ein Drehbuch und eine Erzählung der weltberühmten Schriftstellerin.

Martha Gellhorn
Reisen mit mir und ihm *Berichte*
(rororo neue frau 12628)
Packende Reportagen und sensible Erzählungen. «Martha Gellhorn ist unfähig, einen langweiligen Satz zu schreiben.» *The Times*
Paare, Paare *Erzählungen*
(rororo neue frau 12511)
Das Wetter in Afrika *Ein Roman in Novellen*
(rororo neue frau 12354)

rororo neue frau

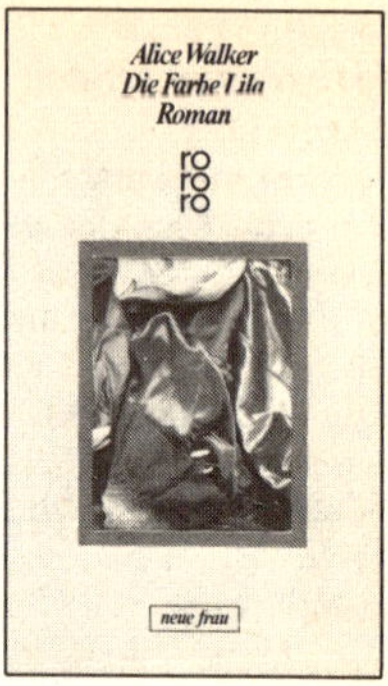

Margaret Mead
Brombeerblüten im Winter *Ein befreites Leben*
(rororo neue frau 4226)

Erika Pluhar
AusTagebüchern *Ausgewählt von Angela Praesent und Erika Pluhar*
(rororo neue frau 4865)

Alice Walker
Die Farbe Lila *Roman*
(rororo neue frau 5427)
Durch die Bluessängerin Shug entdeckt Celia, jahrelang mißhandelt, ihren eigenen Wert und ihre Kraft. Für ihren großartigen Roman erhielt Alice Walker den Pulitzer-Preis.

rororo neue frau wird herausgegeben von Angela Praesent und Gisela Krahl. Ein Gesamtverzeichnis der Reihe finden Sie in der *Rowohlt Revue*. Jedes Vierteljahr neu. Kostenlos. In Ihrer Buchhandlung.

3302/2b

Rowohlt im Kino

John Updike
Die Hexen von Eastwick
(rororo 12366)
Updikes amüsanten Roman über Schwarze Magie, eine amerikanische Kleinstadt und drei geschiedene Frauen hat George Miller mit Cher, Susan Sarandron, Michelle Pfeiffer und Jack Nicholson verfilmt.

Hubert Selby
Letzte Ausfahrt Brooklyn
(rororo 1469)
Produzent: Bernd Eichinger
Regie: Uli Edel
Musik: Mark Knopfler

Alberto Moravia
Ich und Er
(rororo 1666)
Ein Mann in den Fallstricken seines übermächtigen Sexuallebens – erfolgreich verfilmt von Doris Doerrie.

Paul Bowles
Himmel über der Wüste
(rororo 5789)
«Ein erstklassiger Abenteuerroman von einem wirklich erstklassigen Schriftsteller.»
Tennessee Williams
Ein grandioser Film von Bernardo Bertolucci mit John Malkovich und Debra Winger

John Irving
Garp und wie er die Welt sah
(rororo 5042)
Irvings Bestseller in der Verfilmung von George Roy Hill.

Alice Walker
Die Farbe Lila
(rororo neue frau 5427)
Ein Steven Spielberg-Film mit der überragenden Whoopi Goldberg.

rororo Unterhaltung

Henry Miller
Stille Tage in Clichy
(rororo 5161)
Claude Chabrol hat diesen Klassiker in ein Filmkunstwerk verwandelt.

Oliver Sacks
Awakenings – Zeit des Erwachens
(rororo 8878)
Ein fesselndes Buch – ein mitreißender Film mit Robert de Niro.

Ruth Rendell
Dämon hinter Spitzenstores
(rororo thriller 2677)
Rendells atemberaubender Thriller wurde jetzt unter dem Titel «Der Mann nebenan» mit Anthony Perkins in der Hauptrolle verfilmt.

Marti Leimbach
Wen die Götter lieben
(rororo 13000)
Das Buch zum Film «Entscheidung aus Liebe» mit Julia Roberts und Campbell Scott in den Hauptrollen.

3290/1

3298/1